GRöLS Verlage

„BÜCHER SIND WIE FALLSCHIRME. SIE NÜTZEN UNS NICHTS, WENN WIR SIE NICHT ÖFFNEN."

Gröls Verlag

Redaktionelle Hinweise und Impressum

Das vorliegende Werk wurde zugunsten der Authentizität sehr zurückhaltend bearbeitet. So wurden etwa ursprüngliche Rechtschreibfehler *nicht* systematisch behoben, denn kleine Unvollkommenheiten machen das Buch – wie im Übrigen den Menschen – erst authentisch. Mitunter wurden jedoch zum Beispiel Absätze behutsam neu getrennt, um den Lesefluss zu erleichtern.

Um die Texte zu rekonstruieren, werden antiquarische Bücher von Lesegeräten gescannt und dann durch eine Software lesbar gemacht. Der so entstandene Text wird von Menschen gegengelesen und korrigiert – hierbei treten auch Fehler auf. Wenn Sie ebenfalls antiquarische Texte einreichen möchten, finden Sie weitere Informationen auf www.groels.de

Viel Freude bei der Lektüre wünscht Ihnen das Team des Gröls-Verlags.

Adressen

Verleger: Sophia Gröls, Im Borngrund 26, 61440 Oberursel

Externer Dienstleister für Distribution & Herstellung: BoD, In de Tarpen 42, 22848 Norderstedt

Unsere „Edition | Werke der Weltliteratur“ hat den Anspruch, eine der größten und vollständigsten Sammlungen klassischer Literatur in deutscher Sprache zu sein. Nach und nach versammeln wir hier nicht nur die „üblichen Verdächtigen“ von Goethe bis Schiller, sondern auch Kleinode der vergangenen Jahrhunderte, die – zu Unrecht – drohen, in Vergessenheit zu geraten. Wir kultivieren und kuratieren damit einen der wertvollsten Bereiche der abendländischen Kultur. Kleine Auswahl:

Francis Bacon • Neues Organon • **Balzac** • Glanz und Elend der Kurtisanen • **Joachim H. Campe** • Robinson der Jüngere • **Dante Alighieri** • Die Göttliche Komödie • **Daniel Defoe** • Robinson Crusoe • **Charles Dickens** • Oliver Twist • **Denis Diderot** • Jacques der Fatalist • **Fjodor Dostojewski** • Schuld und Sühne • **Arthur Conan Doyle** • Der Hund von Baskerville • **Marie von Ebner-Eschenbach** • Das Gemeindekind • **Elisabeth von Österreich** • Das Poetische Tagebuch • **Friedrich Engels** • Die Lage der arbeitenden Klasse • **Ludwig Feuerbach** • Das Wesen des Christentums • **Johann G. Fichte** • Reden an die deutsche Nation • **Fitzgerald** • Zärtlich ist die Nacht • **Flaubert** • Madame Bovary • **Gorch Fock** • Seefahrt ist not! • **Theodor Fontane** • Effi Briest • **Robert Musil** • Über die Dummheit • **Edgar Wallace** • Der Frosch mit der Maske • **Jakob Wassermann** • Der Fall Maurizius • **Oscar Wilde** • Das Bildnis des Dorian Grey • **Émile Zola** • Germinal • **Stefan Zweig** • Schachnovelle • **Hugo von Hofmannsthal** • Der Tor und der Tod • **Anton Tschechow** • Ein Heiratsantrag • **Arthur Schnitzler** • Reigen • **Friedrich Schiller** • Kabale und Liebe • **Nicolo Machiavelli** • Der Fürst • **Gotthold E. Lessing** • Nathan der Weise • **Augustinus** • Die Bekenntnisse des heiligen Augustinus • **Marcus Aurelius** • Selbstbetrachtungen • **Charles Baudelaire** • Die Blumen des Bösen • **Harriett Stowe** • Onkel Toms Hütte • **Walter Benjamin** • Deutsche Menschen • **Hugo Bettauer** • Die Stadt ohne Juden • **Lewis Caroll** • *und viele mehr….*

Jules Verne

Die Jangada

Erster & Zweiter Band

Inhalt

Erster Band

Erstes Kapitel

Ein Buschhauptmann

„Hstbjuookhihyujjchvggxelepcsuhruczcvyqfifuiu
otsgyqiifuqlnnudvluhihrhuppuxhfjtnsqxtjvfhifojiqpf
dkxvbbflyqfexdrckltwiqlfoxeuchiwdhjsixrggwuvifjx
azeqbnhlwwpndkxmqfngenqxudyqijshgkvevpxrfjwhv
xtyflpwutogiupndkhhtjmhrggafuadnyvqkvdjbpxhfjtg
mdofowihbnsnwlembophksehvkkjspmwfjnzektjoqepg
sahmfjsfwsuvjhd.

Der Mann, der das Schriftstück in der Hand hielt, dessen letzten Absatz diese bizarre Buchstabenzusammenstellung bildete, hielt nachdenklich inne, nachdem er nochmals aufmerksam gelesen hatte.

Das Schriftstück enthielt etwa hundert solcher nicht einmal in Worte eingeteilten Zeilen und schien schon vor vielen Jahren geschrieben worden zu sein, denn das dicke Papier, das diese Hieroglyphen bedeckten, war schon verschrumpft und vergilbt.

Aber nach welchem Grundsatze waren diese Buchstaben zusammengestellt worden? Dieser Mann allein hätte es sagen können. In der Tat sind diese chiffrierten Schriften mit den Schlössern der modernen eisernen Schränke zu vergleichen. Sie sind in derselben Weise gesichert. Die Kombinationen, die sie darstellen, zählen nach Milliarden, und das Leben eines Rechenmeisters würde nicht hinreichen, sie alle aufzuzeichnen. Man muß das „Wort“ haben, um den sichern Verschluß öffnen zu können, und um ein Kryptogramm dieser Art lesen zu können, muß man die „Chiffer“ haben. Dieses Kryptogramm aber sollte, wie sich zeigen wird, allen noch so sinnreichen Versuchen einer Lösung, und zwar unter den kritischsten Verhältnissen Widerstand leisten.

Der Mann, der dieses Schriftstück gelesen hatte, war ein einfacher Buschhauptmann.

In Brasilien versteht man unter der Bezeichnung “Capitães do mato“ die Beamten, denen die Verfolgung flüchtiger Neger obliegt. Diese Einrichtung datiert vom Jahre 1722. Zu dieser Zeit war der Gedanke an die Abschaffung der Sklaverei erst in den Köpfen einiger Philanthropen erwacht. Noch sollte über ein Jahrhundert verfließen, ehe die zivilisierten Völker diesen Gedanken annahmen und ausführten. Es scheint jedoch ein Recht und zwar das erste der natürlichen Rechte zu sein, daß der Mensch frei sei und sich selber gehöre, und doch waren tausend Jahre verflossen, ehe einigen Nationen der edle Gedanke kam, dieses Recht zu proklamieren.

Im Jahre 1852 – in diesem Jahre spielt die folgende Geschichte – gab es noch Sklaven in Brasilien und demzufolge auch Buschkapitäne, die auf sie Jagd machten. Gewisse staatsökonomische Gründe hatten die Stunde der allgemeinen Emanzipation verzögert; aber schon hatte der Schwarze das Recht, sich loszukaufen, und schon waren dann seine Kinder auch frei. Also war der Tag nicht mehr fern, an welchem dieses herrliche Land, das drei Vierteile von ganz Europa in sich aufnehmen könnte, unter seinen 10 Millionen Einwohnern nicht einen Sklaven mehr zählen sollte.

In Wahrheit stand das Amt der Buschkapitäne schon auf dem Aussterbe-Etat, und die Verhaftung der Flüchtlinge brachte zu dieser Zeit erheblich weniger ein als ehedem. Wenn nun während der langen Zeit, in welcher dieses Gewerbe ziemlich ertragreich war, die Buschkapitäne eine Schar von Abenteurern bildeten, die sich im großen und ganzen nur aus nicht sonderlich geachteten und gut beleumdeten Freigelassenen und Deserteuren zusammensetzte, so versteht es sich von selbst, daß zu unserer Zeit diese Sklavenjäger dem Abschaum der Gesellschaft angehörten, und wahrscheinlich war der Mann mit dem Schriftstück ein würdiger Vertreter aus den heruntergekommenen Reihen der “Capitães do mato“.

Dieser Torres nun – so nannte er sich – war kein Mestize und kein Indianer und auch kein Schwarzer, wie die Mehrzahl seiner Kameraden, sondern ein Weißer von brasilianischer Herkunft, der ein wenig mehr Bildung empfangen hatte, als für seine derzeitige Stellung erforderlich war. In der Tat dürfte man in ihm nur einen jener Ausgestoßenen erblicken, denen man in den fernen Gegenden der neuen Welt so oft begegnet, und wenn zu einer Zeit, wo das brasilische Gesetz noch von gewissen Aemtern die Mulatten und auch andere Mischlinge ausschloß, dieses Gesetz auf ihn angewendet worden war, so konnte der Grund hierzu nicht in seiner Abkunft, sondern nur in seinem persönlichen Unwert liegen.

In diesem Augenblick war Torres übrigens nicht mehr in Brasilien. Er hatte vor kurzem die Grenze überschritten und streifte seit einigen Tagen in den Wäldern von Peru umher, durch deren Mitte der obere Amazonas seinen Lauf nimmt.

Torres war ein Mann von etwa 30 Jahren und von guter Statur, auf die, dank außergewöhnlichem Temperament und eiserner Gesundheit, die Strapazen einer problematischen Existenz anscheinend ohne Einwirkung geblieben waren.

Er war von mittlerem Wuchs und breitschultrig, hatte regelmäßige Züge und einen festen Gang. Sein von der brennenden Tropenluft gebräuntes Gesicht war von einem dichten schwarzen Bart umrahmt. Die Brauen standen dicht zusammen, und die darunter versteckten Augen hatten den lebhaften, doch harten und trocknen Blick eines schamlosen, unverfrorenen Menschen. Schon zur Zeit, wo das Klima ihn noch nicht bronzen gefärbt, hatte er das Erröten nicht gekannt, und nur unterm Einfluß böser Leidenschaften hatte sein Gesicht sich verzogen.

Torres war nach der ziemlich urwüchsigen Art der Buschklepper gekleidet. Seinem Anzug sah man es an, daß er ihn schon ziemlich lange trug. Auf dem Kopf hatte er einen breitkrempigen ledernen Hut, eine Hose aus grober Wolle verlor sich in den Schäften derber Stiefel, die den solidesten Bestandteil dieses Kostüms bildeten; über dem allen trug er einen verschossenen gelblichen Puncho, der weder von seiner Weste noch von der Jacke über der Brust etwas sehen ließ.

Wenn Torres auch ein Buschkapitän war, so schien er doch wenigstens gegenwärtig dieses Amtes nicht mehr zu walten. Dies war daraus zu schließen, daß er völlig unzureichend mit Verteidigungs- oder Angriffswaffen versehen war, um die Schwarzen zu verfolgen. Keine Feuerwaffe, weder Büchse noch Revolver, hatte er. Nur im Gürtel hatte er eine jener Waffen, die mehr einem Säbel, als einem Jagdmesser gleichen und die man „ manchetta“ nennt. Außerdem hatte Torres noch eine „ enchada“, eine Art Axt, die besonders auf der Jagd auf Gürteltiere und Agutis verwendet wird – welche Tiere in den Wäldern des obern Amazonas, wo eigentlich wilde Tiere wenig zu befürchten sind, in großer Zahl vorkommen.

Jedesfalls war an diesem Tage, dem 4. Mai 1852, dieser Abenteurer auffallend vertieft in das Schriftstück, auf das seine Augen geheftet waren, oder er war schon zu sehr daran gewöhnt, diese Wälder Südamerikas zu durchstreifen, als daß die Pracht der Natur noch Reiz für ihn hätte haben sollen. Nichts konnte ihn von seiner Beschäftigung ablenken: weder der langgezogene Ruf der Brüllaffen, den Saint Hilaire sehr richtig mit dem Dröhnen der Art des Holzfällers vergleicht; – noch das trockene Klirren der Ringe einer Klapperschlange, die allerdings kaum je den Menschen angreift, aber doch außerordentlich giftig ist; – noch die kreischende Stimme der gehörnten Kröte, die in der Klasse der Reptilien den Preis der Häßlichkeit davonträgt; – noch auch das sonore Gequak des Ochsenfrosches, der zwar an Größe nicht an das Rind heranreicht, es aber an Kraft der Stimme noch übertrifft.

Von all dem Gelärm, das sozusagen die Gesamtstimme der Wälder der neuen Welt bildet, vernahm Torres nichts.

Eine sehr interessante Schilderung der Tierstimmen im Urwalde giebt Alexander von Humboldt:

„Die Nacht war still und heiter, und der Mond schien herrlich. Die Krokodile lagen am Ufer; sie hatten sich so gelegt, das; sie das Feuer sehen konnten. Wir glauben bemerkt zu haben, daß der Glanz desselben sie herlockt, wie die Fische, die Krebse und andere Wassertiere. Die Indianer zeigten uns im Sand die Fährten dreier Tiger, darunter zweier ganz jungen. Ohne Zweifel hatte hier ein Weibchen seine Jungen zum Trinken an den Fluß geführt. Da wir am Ufer keinen Baum fanden, steckten wir die Ruder in den Boden und befestigten unsere Hängematten daran. Alles blieb ziemlich ruhig bis um elf Uhr nachts; da aber erhob sich im benachbarten Wald ein so furchtbarer Lärm, daß man beinahe kein Auge schließen konnte. Unter den vielen Stimmen wilder Tiere, die zusammen schrien, erkannten unsere Indianer nur diejenigen, die sich auch einzeln hören ließen, namentlich die leisen Flötentöne der Sapajous, die Seufzer der Alouatos, das Brüllen des Tigers und des Kuguars, oder amerikanischen Löwen ohne Mähne, das Geschrei des Bisamschweins, des Faultiers, des Hocco, des Parraqua und einiger andern hühnerartigen Vögel. Wenn die Jaguars dem Waldrande sich näherten, so fing unser Hund, der bis dahin fortwährend gebellt hatte, an zu heulen und suchte Schutz unter den Hängematten. Zuweilen, nachdem es lange geschwiegen, erscholl das Brüllen der Tiger von den Bäumen herunter, und dann folgte darauf das anhaltende schrille Pfeifen der Affen, die sich wohl bei der drohenden Gefahr auf und davon machten."

Aus „Alexander von Humboldts Reise in die Aequinoktial-Gegenden des neuen Kontinents."

Befragt man die Indianer, warum die Tiere des Waldes zu gewissen Stunden einen so furchtbaren Lärm erheben, so geben sie die lustige Antwort: „Sie feiern den Vollmond." Ich glaube, die Unruhe rührt meist daher, daß im innern Walde sich irgendwo ein Kampf entsponnen hat. Die Jaguars zum Beispiel machen Jagd auf die Bisamschweine und Tapirs, die nur Schutz finden, wenn sie beisammenbleiben, und in gedrängten Nudeln fliehend das Gebüsch, das ihnen in den Weg kommt, niederreißen. Die Affen, scheu und furchtsam, erschrecken ob dieser Jagd und beantworten von den Bäumen herab das Geschrei der großen Tiere. Sie wecken die gesellig lebenden Vögel auf, und nicht lange, so ist die ganze Menagerie in Aufruhr. Am Fuße eines prächtigen Baumes saß er, und er bewunderte nicht einmal das hohe Gezweig dieses „ pão terro" oder Eisenbaumes – einer dunkelrindigen Baumart, deren metallhartes Holz bei den Waffen oder dem Werkzeug des wilden Indianers das Eisen ersetzt. Nein! ganz in Gedanken vertieft, wendete der Buschhauptmann das seltsame Schriftstück zwischen den Fingern hin und her. Mit der Chiffer, deren Geheimnis er besaß, setzte er für jeden Buchstaben den richtigen Wert, las und kontrollierte den Sinn dieser Zeilen, die für jeden andern unverständlich waren, und ein böses Lächeln glitt über sein Gesicht.

Dann murmelte er halblaut ein paar Worte, die an diesem verlassenen Fleck des peruanischen Urwaldes niemand hören konnte und die außerdem auch niemand hätte verstehen können.

„Ja," sagte er, „hundert Zeilen sind das, gut geschrieben, die für einen, den ich kenne, eine Bedeutung haben, die er nicht ahnen kann! Dieser eine ist reich! Für ihn ist's eine Frage des Lebens oder des Todes, und so was wird teuer bezahlt!"

Mit gierigem Blick betrachtete er das Schriftstück.

„Für jedes Wort des letzten Satzes ein Konto Reïs, das gäbe schon eine Summe! Dieser Satz hat Wert. Er faßt das ganze Schriftstück in sich! Er gibt den wahren Personen ihren wahren Namen! Aber ehe man versuchen könnte, ihn zu verstehen, müßte man damit anfangen, die Zahl der Worte, die er enthält, festzustellen, und selbst wenn das erreicht ist, bleibt der wahre Sinn noch immer ein Rätsel!"

Nach diesen Worten begann Torres bei sich zu rechnen.

„Hier sind 58 Worte! das ergäbe 58 Kontos! damit könnte man leben in Brasilien, in Amerika, wo man wollte, und brauchte nicht einmal was zu arbeiten dabei. Und wenn mir gar für alle Worte dieses Schriftstücks ein solcher Preis gezahlt würde! Dann müßte ich nach Hunderten von Kontos rechnen! Ach, tausend Teufel! Hier muß ich ein Vermögen herausschlagen, oder ich bin der dümmste Tölpel auf der Welt!"

Während Torres die riesigen Summen berechnete, schienen sich seine Hände schon über Rollen Goldes zusammenzuballen.

Plötzlich nahmen seine Gedanken eine andere Richtung.

„Endlich," rief er, „nähere ich mich dem Ziele! und die Strapazen dieser Reise von der Küste des Atlantischen Ozeans bis zum Oberlauf des

Amazonas sollen mir nicht leid tun! Es wäre möglich gewesen, daß dieser Mann Amerika verlassen hätte und jenseits des Meeres weilte, wie hätte ich ihn dann erreichen sollen? Aber nein! Er ist da, und wenn ich in den Wipfel eines dieser Bäume steige, kann ich das Dach des Hauses sehen, wo er mit seiner ganzen Familie wohnt.“

Dann ergriff er das Papier und schwenkte es mit nervöser Gebärde:

„Ehe die Sonne noch einmal untergeht,“ sagte er, „werde ich bei ihm sein! Ehe der morgige Tag anbricht, wird er wissen, daß seine Ehre, sein Leben in diesen Zeilen liegt! Und wenn er die Chiffer erfahren will, durch die er die Worte lesen kann, gut, dann wird er diese Chiffer bezahlen! Er wird sie, wenn ich will, mit seinem gesamten Vermögen bezahlen, wie er sie mit seinem Blute bezahlen würde! Ah, tausend Teufel! Der würdige Kamerad von der Miliz, der mir dieses kostbare Schriftstück gegeben hat, der mir das Geheimnis anvertraut hat, der mir gesagt hat, wo ich seinen ehemaligen Kollegen finde und unter welchem Namen er sich seit Jahren verborgen hält, dieser würdige Kamerad ahnte nicht, daß er damit mein Glück machte!“

Torres betrachtete noch einmal das vergilbte Papier, und nachdem er es sorgfältig zusammengelegt hatte, steckte er es in ein festes Kupferetui, das ihm gleichzeitig als Portemonnaie diente.

Wenn in der Tat das ganze Vermögen des Mannes in diesem Etui von der Größe einer Zigarrentasche enthalten war, dann hätte er in keinem Lande der Welt für reich gelten können. Er hatte darin ein wenig von allen Münzen der umliegenden Staaten: zwei Doppelkondors der vereinigten Staaten von Columbia, deren jedes etwa 100 Francs wert war, ferner zwei venezuelische Bolivars von etwa dem gleichen Wert, peruanische Sols von etwa dem doppelten Wert, einige chilenische Escudos von höchstens 50 Francs Wert, und ein paar andere kleine Geldstücke. Aber dies alles ergab nicht einmal die runde Summe von 500 Francs, und obendrein wäre Torres ziemlich in Verlegenheit geraten, wenn er hätte sagen sollen, wo und auf welche Weise er zu dem Gelde gekommen war.

Das eine stand fest, daß Torres seit einiger Zeit das Handwerk des Buschhauptmanns aufgegeben hatte, dem er in der Provinz Para nachgegangen war – und daß er seit ein paar Monaten den Amazonas stromauf gewandert, die Grenze überschritten und peruanisches Gebiet betreten hatte.

Dieser Abenteurer brauchte übrigens wenig zum Leben. Was für Ausgaben hätte er sich machen sollen? Obdach und Kleidung kosteten ihm nichts. Der Wald versorgte ihn mit Nahrung, die er sich nach Art der Waldläufer kostenlos zubereitete. Für Tabak, den er sich in den Missionen oder in Dörfern kaufte, ebenso für Branntwein in die Korbflasche genügten ein paar Reïs. Mit Wenigem konnte er weit kommen.

Als das Schriftstück in das Etui gesteckt war, dessen Deckel hermetisch schloß, schob es Torres nicht in die Tasche des Kittels, den sein Poncho verdeckte, sondern glaubte aus übergroßer Vorsicht besser zu tun, indem er es dicht neben sich in die Wurzelhöhlung des Baumes legte, zu dessen Füßen er sich ausgestreckt hatte.

Das war eine Unklugheit, die ihn bald teuer zu stehen gekommen wäre!

Es war sehr heiß. Das Wetter war schwül. Wenn die Kirche des nächsten Weilers eine Uhr gehabt hätte, so hätte diese Uhr jetzt zwei Uhr nachmittags schlagen müssen, und da der Wind in dieser Richtung wehte, hätte Torres sie hören müssen, denn die Entfernung betrug nicht über zwei Meilen.

Aber jedesfalls war die Zeit ihm gleichgiltig. Gewöhnt, sich nach der bald genau, bald ungenau berechneten Höhe der Sonne überm Horizont zu richten, kann der Abenteurer seine verschiedenen Verrichtungen nicht mit militärischer Pünktlichkeit erledigen. Er frühstückt oder ißt zu Mittag, wann es ihm gefällt. Er schläft, wo und wann ihn Schlaf überkommt. Wenn der Tisch nicht immer gedeckt ist, das Bett ist immer gemacht, am Fuße eines Baumes, im Dickicht eines Gebüsches, mitten im Walde.

Im Punkte der Behaglichkeit war Torres nicht sehr penibel. Wenn er am Vormittag schon weit gegangen war, dann aß er ein wenig, und das

Bedürfnis zu schlafen machte sich fühlbar. Nach zwei bis drei Stunden Ruhe war er wieder marschfähig. Er legte sich also so bequem als möglich ins Gras und erwartete den Schlaf.

Indessen gehörte Torres nicht zu den Leuten, die einschlafen, ohne sich vorher auf gewisse Weise darauf vorbereitet zu haben. Er hatte die Gewohnheit, zuerst ein paar Schluck starken Schnaps zu trinken und dann eine Pfeife zu rauchen. Der Branntwein erregt das Gehirn, und der Rauch des Tabaks mischt sich so schön in das Gewebe der Träume. Wenigstens war dies seine Meinung.

Torres setzte also zuvörderst eine Korbflasche, die er bei sich trug, an die Lippen. Sie enthielt jenen Schnaps, der in Peru allgemein unter dem Namen „Chica“ und am obern Amazonas im besondern unter dem Namen „Caysuma“ bekannt ist. Dieser Schnaps ist das Produkt einer leichten Destillation der süßen Maniokwurzel, die der Gärung ausgesetzt wird. Der Buschhauptmann, der eine etwas ausgepichte Kehle hatte, hatte dem Schnaps eine gute Menge Taffia beigemischt.

Als Torres ein paar Schluck von diesem Schnaps getrunken hatte, schüttelte er die Flasche und stellte mit Bedauern fest, daß sie fast leer war.

„Wird wieder gefüllt!“ sagte er einfach.

Dann zog er eine kurze Wurzelpfeife hervor, füllte sie mit scharfem, grobem Brasiltabak, dessen Blätter zu dem von Nicot nach Frankreich gebrachten alten „Petunia“ gehörten.

Dieser Tabak hatte nichts gemein mit dem Scaserlati feinster Auslese, den die französischen Händler produzieren – aber Torres war in diesem Punkte ebenso wenig heikel wie in andern. Er schlug Funken, entzündete ein wenig von dem klebrigen Stoff, der, unter dem Namen „Ameisenschwamm“ bekannt, von gewissen Hautflüglern abgesondert wird, und steckte seine Pfeife in Brand.

Beim zehnten Zuge schlossen sich seine Augen, die Pfeife entfiel seinen Händen, und er schlief ein, oder vielmehr er versank in eine Art Betäubung, die eigentlich kein richtiger Schlaf war.

Zweites Kapitel
Der Dieb und der Bestohlene

Torres schlief etwa seit einer halben Stunde, als unter den Bäumen ein Geräusch entstand. Es war, wie wenn mit leichten Schritten jemand barfüßig einher gegangen wäre, behutsam, damit ihn niemand hörte. Sich gegen jede verdächtige Annäherung zu sichern, wäre des Abenteurers erste Sorge gewesen, wenn er in diesem Augenblick die Augen aufgehabt hätte. Aber er wachte von dem Geräusch nicht auf, und der, der herankam, konnte sich ihm bis auf zehn Schritte nähern, ohne bemerkt zu werden.

Es war kein Mensch, es war ein „Guariba“.

Von all den Affen mit Greifschwanz, von denen die Wälder des obern Amazonas wimmeln – Sahuis von eleganter Körperform, gehörnte Sajus, grauhaarige Monos, Saguine, die eine Maske unter dem fratzenhaften Gesicht zu tragen scheinen – von all diesen Arten ist ohne Zweifel der Guarika der originellste. Von geselliger und wenig bösartiger Veranlagung, unterscheidet er sich wesentlich von dem wilden und faulen „Mucura“ und tritt meist in Rudeln auf. Sein Erscheinen kündet sich schon von weitem in jenem Konzert eintöniger Stimmen an, das den Psalmen der Kirchensänger ähnlich klingt. Aber wenn dieser Affe auch nicht bösartig von Natur ist, darf man ihn doch auch nicht unvorsichtig angreifen. Jedesfalls ist ein Reisender, der eingeschlafen ist, wie man sehen wird, in Gefahr, wenn ein Guariba ihn in dieser wehrlosen Lage entdeckt.

Dieser Affe, der in Brasilien auch „ barbado“ genannt wird, ist von hohem Wuchs. Bei der Geschmeidigkeit und Kraft seiner Glieder kann er ebenso auf dem Boden kämpfen, wie in den Wipfeln der Waldesriesen von Zweig zu Zweige springen.

Jetzt aber näherte sich der Guariba vorsichtig, Schritt für Schritt. Er warf Blicke nach rechts und links und bewegte seinen Schweif hastig. Bei diesen Vertretern der Affenrasse hat die Natur sich nicht damit begnügt, vier Hände zu verleihen – wie sie es bei den Vierhändern getan hat – sie hat sich noch großmütiger gezeigt, denn diese Affen haben in Wahrheit fünf Hände, da das Ende ihres Schwanzes eine vollkommen ausgebildete Fähigkeit zum Greifen hat.

Der Guariba näherte sich nun geräuschlos und schwang einen derben Knüttel, der, von seinem kraftvollen Arm geführt, eine gefährliche Waffe werden mußte. Soeben hatte er den Mann bemerkt, der am Fuße eines Baumes lag, aber da der Schläfer sich nicht bewegte, sah er sich versucht, ihn ganz aus der Nähe zu betrachten. Er ging also näher heran, nicht ohne Zaudern, und blieb, drei Schritt vor ihm entfernt, stehen.

Auf seinem bärtigen Gesicht machte sich ein Grinsen breit, das seine scharfen, elfenbeinweißen Zähne zeigte, und er schwang seinen Knüttel in einer Weise, die für den Buschhauptmann nichts Gutes ahnen ließ.

Sicherlich beseelte der Anblick des Mannes den Affen mit nicht eben wohlwollenden Gedanken. Hatte er etwa besondere Gründe, an diesem Muster der Menschenrasse, das der Zufall ihm wehrlos in die Hand gab, seinen Zorn auszulassen? Vielleicht! Es ist bekannt, wie gut gewisse Tiere die Erinnerung an widerfahrene Unbilden bewahren, und es war möglich, daß dieser Affe einen alten Groll gegen die Waldläufer hegte.

Für die Indianer besonders ist der Affe ein in hohem Grade begehrliches Wild, und welcher Gattung er auch angehören mag, sie jagen ihn mit allem Eifer eines Nimrods, nicht nur wegen des Vergnügens, ihn zu jagen, sondern auch wegen des Vergnügens, ihn zu essen.

Wie dem auch sei – wenn der Guariba auch nicht geneigt schien, die Rollen diesmal zu vertauschen, wenn er auch nicht die Natur soweit hätte vergessen mögen, daß er als einfacher Pflanzenfresser daran gedacht hätte, den Buschhauptmann aufzufressen – so schien er doch zum mindesten fest entschlossen, einem seiner natürlichen Feinde den Garaus zu machen.

Nachdem er ihn daher ein Weilchen betrachtet hatte, schlich der Guariba um den Baum herum. Er ging langsam, mit angehaltenem Atem, kam aber zusehends näher. Seine Haltung war drohend, sein Gesicht wild. Nichts konnte leichter für ihn sein, als mit einem Schlage diesen regungslosen Menschen zu töten, und in diesem Augenblick hing Torres' Leben in der Tat nur an einem Faden.

Der Guariba blieb ein zweites mal dicht an dem Baume stehen, er stellte sich seitwärts, um auf den Kopf des Schläfers gut zielen zu können, und hob schon den Knüttel, um zuzuschlagen.

Aber wenn Torres unklug gewesen war, dicht neben sich in die Wurzelhöhlung das Etui zu legen, das sein Schriftstück und sein Hab und Gut enthielt, so war es doch diese Unklugheit, die ihm jetzt das Leben rettete.

Ein Sonnenstrahl fiel durch die Zweige auf das Etui, dessen blankes Metall wie ein Spiegel leuchtete. Mit der seiner Gattung eignen Albernheit kam der Affe sofort von seinem Vorhaben ab. Seine Gedanken – wenn überhaupt ein Tier Gedanken haben kann – nahmen auf der Stelle eine andere Richtung. Er bückte sich, hob das Etui auf, trat ein paar Schritt zurück und führte es an die Augen, indem er es erstaunt betrachtete und funkeln ließ. Vielleicht war er noch verwunderter, als er die Goldstücke klappern hörte, die das Etui enthielt. Diese Musik entzückte ihn. Dann nahm er es zum Maule, und seine Zähne knirschten auf dem Metall, jedoch versuchte er nicht, es zu zerbeißen.

Ohne Zweifel glaubte der Guariba eine Frucht von neuer Art gefunden zu haben, eine funkelnde Mandel, deren Kern frei in der Schale lag. Wenn er diesen Irrtum auch bald begriff, so dachte er doch nicht daran, das Etui wegzuwerfen. Im Gegenteil nahm er es noch fester in die linke Hand und ließ jetzt seinen Stock fallen, der im Fallen einen trockenen Zweig zerbrach.

Bei diesem Geräusch erwachte Torres, und mit der Geschwindigkeit der Leute, die immer auf dem Qui vive sind und bei denen zwischen Schlafen und Wachsein kein Üebergangszustand besteht, war er sofort auf den Beinen.

Im Moment hatte Torres erkannt, was los war.

„Ein Guariba!“ rief er.

Er ergriff die manchetta, die dicht bei ihm lag, und war zur Gegenwehr bereit.

Erschrocken, war der Affe sogleich zurückgewichen, und weniger mutig gegenüber einem wachen Menschen als gegenüber einem schlafenden, machte er einen flinken Satz und verschwand unter den Bäumen.

„Es war Zeit!“ rief Torres. „Das Vieh hätte mich ohne Umstände totgeschlagen.“

In den Händen des Affen, der zwanzig Schritt weiter stehen geblieben war und ihn mit wilden Grimassen ansah, wie wenn er ihn foppen wollte, erblickte er plötzlich sein kostbares Etui.

„Der Spitzbube!“ rief er. „Wenn er mich nicht totgeschlagen hat, hat er doch etwas Schlimmeres getan, er hat mich bestohlen!“

Der Gedanke, daß das Etui sein Geld berge, beschäftigte ihn zunächst nicht. Was ihn aber aufspringen ließ, war der Gedanke, daß in dem Etui sich das Schriftstück befand, dessen Verlust für ihn unersetzlich war und ihm alle Hoffnungen raubte.

„Tausend Teufel!“ rief er.

Koste es, was es wolle, Torres war entschlossen, sein Etui wiederzubekommen, und machte sich an die Verfolgung des Guariba.

Er verhehlte es sich nicht, daß es nicht leicht war, dieses flinke Tier zu erhaschen. Auf dem Boden würde es zu schnell fliehen, in den Zweigen zu hoch. Ein gut gezielter Schuß allein hätte es im Laufen oder Springen einholen können, aber Torres besah keine Feuerwaffe. Mit seinem Säbeldolch oder seiner Art hätte er nur dann etwas gegen den Guariba ausrichten können, wenn sich ihm Gelegenheit geboten hätte, ihn aus der Nähe zu treffen.

Es wurde bald ersichtlich, daß der Affe höchstens durch List zu fangen war. Torres mußte also versuchen, ob er das boshafte Tier übertölpeln könne. Stehen bleiben, sich hinter einem Baumstämme verstecken, unter einem Dickicht verschwinden, den Guariba locken, entweder stehen zu bleiben oder zurückzukommen: das war alles, was er anstellen konnte. Aber wenn der Buschhauptmann verschwand, wartete der Affe geduldig, bis er wiederkam, und auf diese Weise machte Torres sich müde, ohne irgend etwas zu erreichen.

„Verdammter Guariba!“ rief er bald. „Ich werde nie zum Ziele kommen, und er kann mich auf diese Weise bis zur brasilianischen Grenze zurückbringen. Wenn er mein Etui wenigstens fallen ließe! Aber nein! Das Klappern der Goldstücke macht ihm Spaß. Ach, du Dieb! wenn ich dich kriege!“

Noch einmal nahm Torres die Verfolgung auf, Und der Affe flüchtete mit erneutem Eifer.

Auf diese Weise verging eine Stunde, ohne daß etwas erreicht worden wäre. Torres gab die Sache erklärlicherweise nicht so leicht auf. Wie sollte er ohne dieses Schriftstück zu Gelde kommen?

Jetzt ergriff die Wut den Buschhauptmann. Er fluchte, er stampfte auf den Boden und drohte dem Guariba. Das schadenfrohe Tier antwortete nur mit einem Grinsen, das wohl angetan war, den Mann außer sich zu bringen.

Und noch immer setzte Torres die Verfolgung fort. Er lief, bis er außer Atem war, verstrickte sich in dem hohen Kraut, den dichten Zweigen, den dazwischen gezogenen Schlinggewächsen, durch die der Guariba glatt hindurchschlüpfte. Dicke, unterm Gras verborgene Zweige versperrten mitunter die Pfade. Er fiel hin und stand wieder auf. Endlich begann er zu rufen: „Hierher! hierher! Haltet den Dieb!“ wie wenn ihn jemand hätte hören können.

Bald war er am Ende seiner Kräfte, der Atem ging ihm aus, und er mußte Halt machen.

„Tausend Teufel!“ keuchte er. „Wenn ich die flüchtigen Neger durch den Wald verfolgte, das war weniger mühsam. Aber ich werde ihn noch kriegen, diesen verwünschten Affen! Ich will laufen, ja laufen, so lange mich die Beine tragen können, und wir werden ja sehen!“

Der Guariba war stehen geblieben, als er sah, daß der Abenteurer ihn nicht mehr verfolgte. Auch er legte sich hin, obwohl er nicht in dem Maße erschöpft war wie Torres, der sich kaum noch rühren konnte.

So blieb er zehn Minuten etwa sitzen, kaute ein paar Wurzeln, die er aus der Erde gerissen hatte. Und ließ ab und zu das Etui an seinem Ohre klappern.

Außer sich vor Wut, warf Torres mit Steinen nach ihm, die ihn wohl erreichten, aber ihm in dieser Entfernung keinen Schaden zufügten.

Dennoch mußte ein Entschluß gefaßt werden. Einesteils war es unsinnig, den Affen noch weiter zu verfolgen, wo so wenig Aussicht bestand, ihn zu erwischen, andererseits war es zum wahnsinnig werden, sich endgültig mit diesem Zufall und all seinen Folgen abzufinden und sich darein zu fügen, daß man von einem blöden Tier besiegt, verhöhnt und an der Nase herumgeführt worden war.

Und doch mußte Torres einsehen, daß der Dieb leicht verschwinden konnte, wenn die Nacht hereingebrochen war, und daß er, der Bestohlene, sogar Schwierigkeiten haben würde, in diesem dichten Walde zurückzufinden. Bei der Verfolgung war er um mehrere Meilen von dem Ufer des Flusses abgekommen, und schon war es nicht mehr leicht, wieder dorthin zu gelangen.

Torres hielt inne, versuchte, sich kaltblütig zu sammeln, und stieß einen letzten Fluch aus. Er gab endgültig den Gedanken auf, sein Etui wiederzubekommen – aber als er unwillkürlich noch einmal an das Schriftstück dachte und an die Zukunft, die auf der beabsichtigten

Ausnutzung desselben aufgebaut war, da sagte er sich, daß er doch noch einen letzten Versuch machen müsse.

Er erhob sich.

Der Guariba stand auch auf.

Er tat ein paar Schritte vorwärts.

Der Affe trat ein paar Schritte rückwärts; aber anstatt noch tiefer in den Wald hineinzudringen, blieb er am Fuße eines riesigen Feigenbaumes stehen – jenes Baumes, dessen Spielarten am ganzen Becken des obern Amazonas so zahlreich sind.

Den Stamm mit seinen vier Händen fassen, mit der Geschicklichkeit eines Clowns daran emporklettern, sich mit seinem Greifschwanz an die ersten, in 40 Fuß Höhe horizontal ausgestreckten Zweige hängen, sich dann in den Wipfel des Baumes hinaufschwingen bis zu dem Punkt, wo die letzten Zweige sich unter ihm neigten, das war für den flinken Affen ein Kinderspiel und Sache von wenigen Augenblicken.

Hier machte er sich's bequem und setzte sein unterbrochenes Mahl fort, indem er die Früchte abriß, die er mit den Händen erlangen konnte. Sicher hatte auch Torres Verlangen zu essen und zu trinken, aber es war ihm unmöglich. Seine Tasche war leer, seine Flasche war leer.

Anstatt aber umzukehren, ging er zu dem Baume hin, obwohl er bei dem jetzigen Platze des Affen noch weniger Aussichten hatte. Er konnte nicht einen Augenblick daran denken, zu den Zweigen dieses Feigenbaumes hinaufzuklimmen, von denen der Dieb übrigens dann rasch zu einem andern hinübergesprungen wäre.

Und noch immer klang das Klappern des verlornen Etuis ihm in die Ohren.

In seiner wahnsinnigen Wut redete jetzt Torres den Guariba an. Es wäre unmöglich, wiederzugeben, mit welcher Reihe von Schimpfworten er ihn überhäufte. Nicht nur nannte er ihn einen Mestizen, was schon im Munde eines Brasilianers von weißer Rasse eine schwere Schmähung ist, sondern er schimpfte ihn sogar einen Curiboca, das heißt Mischling vom Neger und Indianer. Von allen Schmähungen aber, die ein Mensch dem andern entgegenschleudern kann, ist dies die bitterste in diesen Aequatorialländern.

Aber der Affe, der eben nur ein Vierhänder war, machte sich lustig über all das, was einen Menschen in Wut versetzt hätte.

Nun fing abermals Torres an, ihn zu werfen, mit Steinen, mit Wurzelstücken, mit allem, was ihm als Wurfgeschoß dienen konnte. Hatte er denn Aussicht, den Affen ernstlich verletzen zu können? Nein! Er wußte eben nicht mehr, was er tat. Die Wut über seine Ohnmacht nahm ihm alle Vernunft. Vielleicht hoffte er aus einen Augenblick, daß der Guariba bei einem Griff von einem Zweig zum andern das Etui fallen ließe oder daß er es etwa gar, um hinter seinem Angreifer nicht zurückzustehen, ihm an den Kopf werfen würde. Aber nein! Der Affe wollte das Etui behalten, und indem er es mit der einen Hand festhielt, blieben ihm zur Fortbewegung immer noch drei.

Endlich wollte Torres in seiner Verzweiflung die Sache aufgeben und nach dem Amazonas zurückkehren, als er Stimmen vernahm. Ja! Stimmen von Menschen!

Zwanzig Schritt von dem Fleck, wo der Buschhauptmann stehen geblieben war, sprachen Leute.

Torres' erste Sorge war, sich in einem dichten Gebüsch zu verstecken. Als vorsichtiger Mann wollte er sich nicht zeigen, ohne zu wissen, mit wem er es zu tun hatte.

Klopfenden Herzens, voller Neugier, spitzte er die Ohren und wartete, als plötzlich ein Schuß fiel.

Ein Schrei folgte, und tödlich getroffen, fiel der Affe schwer zu Boden, in der Hand noch immer das Etui des Buschhauptmanns.

„Beim Teufel!“ rief dieser. „Das nenne ich eine Kugel zur rechten Zeit!“

Und ohne sich darüber zu beunruhigen, daß er gesehen wurde, trat er nun aus dem Gestrüpp hervor, als zwei junge Männer unter den Bäumen erschienen.

Es waren Brasilianer in Jagdkleidung. Sie trugen Lederstiefel, leichte Hüte aus Palmfasern, eine Jacke oder Joppe, die in der Taille eng anlag und bequemer war, als der übliche Puncho. Nach ihren Gesichtszügen und ihrem Teint zu urteilen, waren es Portugiesen.

Beide waren mit einer jener langen Büchsen von spanischer Arbeit versehen, die ein wenig an die arabischen Flinten erinnern – Gewehre von guter Tragweite und Treffsicherheit, deren sich die Trapper in den Wäldern des obern Amazonas mit Erfolg bedienen.

Ein Beweis dafür war das eben Geschehene. In schrägem Abstand von über 80 Fuß war der Vierhänder mitten in den Kopf getroffen worden.

Außerdem trugen die beiden Männer im Gürtel eine Art von Dolchmesser, in Brasilien „ foca“ genannt, mit dem die Jäger ohne Zaudern den Unzen und andern, wenn auch nicht sehr gefährlichen, doch in diesen Wäldern sehr zahlreichen Raubtieren zu Leibe rücken.

Augenscheinlich hatte Torres von diesem Zusammentreffen nichts zu befürchten, und er lief weiter nach dem Affen hin. Aber die jungen Männer, die in derselben Richtung gingen, hatten einen kürzeren Weg, und nach wenigen Schritten standen sie vor Torres.

Dieser hatte seine Geistesgegenwart wiedererlangt.

„Vielen Dank, meine Herren,“ sagte er heiter zu ihnen, die Krempe seines Hutes lüftend. „Sie haben mir, indem Sie dieses boshafte Tier erlegten, einen großen Dienst erwiesen.“

Die Jäger sahen zuerst einander an, da sie nicht begriffen, wofür ihnen dieser Dank wurde.

Torres erklärte ihnen mit wenigen Worten die Sachlage.

„Sie glauben, bloß einen Affen getötet zu haben,“ sagte er, „aber in Wahrheit haben Sie einen Dieb zur Strecke gebracht!“

„Wenn wir Ihnen von Nutzen gewesen sind,“ antwortete der jüngere von beiden, „so ist es sicher geschehen, ohne daß wir es ahnten; aber wir sind deswegen nicht weniger erfreut darüber, Ihnen einen Dienst geleistet zu haben."

Und er trat ein paar Schritt zurück und neigte sich über den Guariba. Ohne Mühe nahm er das Etui aus der noch zusammengeballten Hand.

„Dies ist ohne Zweifel Ihr Eigentum, mein Herr?" fragte er.

„Das ist es," antwortete Torres, ergriff rasch das Etui und vermochte einen tiefen Seufzer der Erleichterung nicht zu unterdrücken.

„Wem bin ich Dank schuldig, meine Herren," fragte er, „für den mir erwiesenen Dienst?"

„Meinem Freunde Manuel, Hilfsarzt in der brasilianischen Armee," antwortete der junge Mann.

„Wenn ich den Affen geschossen habe," bemerkte Manuel, „so hast du mich doch erst auf ihn aufmerksam gemacht, mein lieber Benito."

„In diesem Falle, meine Herren," versetzte Torres, „bin ich Ihnen beiden verpflichtet, sowohl dem Herrn Manuel, als auch dem Herrn –"

„Benito Garral," antwortete Manuel.

Der Buschhauptmann mußte sich große Gewalt antun, um bei diesem Namen nicht zu zittern, und besonders, als der junge Mann in verbindlichem Tone hinzufügte:

„Die Farm meines Vaters Joam Garral ist nur drei Meilen von hier entfernt. Wenn es Ihnen gefällig ist, Herr –"

„Torres," antwortete der Abenteurer.

„Wenn Sie mitkommen wollen, Herr Torres, so werden Sie gastfreundliche Aufnahme finden."

„Ich weiß nicht, ob ich kann," antwortete Torres, der, von diesem ganz unerwarteten Zusammentreffen überrascht, unschlüssig war. „Ich fürchte in Wahrheit, ich kann Ihr Anerbieten nicht annehmen. Der Vorfall, den ich Ihnen erzählt habe, hat mir Zeitverlust verursacht. Ich muß sofort zum Amazonas zurück – ich will noch stromab bis nach Para –"

„Nun, Herr Torres," versetzte Benito, „möglicherweise sehen wir uns dann am Strome wieder; denn noch in diesem Monat nimmt mein Vater und seine ganze Familie denselben Weg, wie Sie."

„Ach!" rief Torres lebhaft, „Ihr Vater beabsichtigt, die brasilianische Grenze wieder zu überschreiten?"

„Ja, wir wollen ein paar Monate verreisen," antwortete Benito. „Wenigstens hoffen wir, ihn dazu zu bestimmen – nicht wahr, Manuel?"

Manuel nickte.

„Nun, meine Herren," entgegnete Torres, „dann könnten wir uns tatsächlich unterwegs noch einmal treffen. Aber so leid es mir tut, kann ich in diesem Augenblick Ihr Anerbieten nicht annehmen. Nichtsdestoweniger danke ich Ihnen und betrachte mich als Ihr zwiefacher Schuldner."

Mit diesen Worten grüßte Torres die jungen Männer, die seinen Gruß erwiderten und ihren Weg nach der Farm fortsetzten.

Er sah ihnen nach. Als sie ihm aus den Augen gekommen waren, sagte er in dumpfem Tone:

„Ah! Er will wieder über die Grenze! Soll er nur hinüber, dann ist er meiner Gnade noch mehr überantwortet! Glückliche Reise, Joam Garral!"

Nach diesen Worten verschwand der Buschhauptmann, in der Absicht, zum linken Flußufer zurückzukehren, in südlicher Richtung in dem dichten Urwald.

Drittes Kapitel
Die Familie Garral

Die Stadt Iquitos liegt nahe dem linken Ufer des Amazonenstromes, fast auf dem 74. Meridian, an jenem Teil des großen Flusses, der noch den Namen Maranon trägt und dessen Bett Peru von der Republik Ecuador, 55 Meilen westlich von der brasilianischen Grenze, trennt.

Iquitos ist von Missionaren gegründet worden, wie all diese Haufen von Hütten, diese Weiler oder Flecken, die man im Becken des Amazonas trifft. Bis zum 17. Jahre dieses Jahrhunderts hatten die Iquitos-Indianer, die eine Zeitlang die einzige Bevölkerung bildeten, sich ins Innere der Provinz, ziemlich weit vom Flusse weg, zurückgezogen. Aber infolge eines Vulkanausbruchs versiegten plötzlich die Quellen ihres Gebietes, und sie waren gezwungen, sich am linken Ufer des Maranon niederzulassen. Der Stamm veränderte sich bald infolge von Verbindungen, die mit Nachbarstämmen, Ticunas und Omaguas, eingegangen wurden, und heute hat Iquitos nur noch eine gemischte Bevölkerung, zu der noch einige Spanier und ein paar Mestizenfamilien gezählt werden müssen.

Etwa 40 ziemlich klägliche Hütten, die sehr dürftig mit Stroh gedeckt sind, bilden das ganze Dorf, das übrigens auf einer 60 Fuß über den Flußufern gelegenen Esplanade sehr malerisch gruppiert ist. Eine Treppe aus überquer gelegenen Holzstämmen führt hinauf, und da es an jedem Aussichtspunkt fehlt, liegt es den Blicken des Reisenden verborgen, so lange dieser nicht die Treppe hinaufgestiegen ist. Aber einmal auf der Höhe, steht man vor einer wenig standfesten Umzäunung aus verschiedenem Busch- und Strauchwerk, das durch zusammengeflochtene Schlingpflanzen verbunden ist, wie sie hie und da von den Wipfeln der Bananen und Palmen herabhängen.

Zu jener Zeit – und jedesfalls wird die Mode nicht so bald die ursprüngliche Tracht verdrängen – gingen die Iquitos-Indianer fast ganz nackt. Nur die Spanier und Mestizen, die ihre eingeborenen Mitbürger verachteten, kleideten sich mit einem einfachen Hemd und einer leichten baumwollenen, Hose und trugen einen Strohhut. Im übrigen führten sie alle in diesem Dorfe ein ziemlich elendes Dasein, pflegten wenig Verkehr miteinander und kamen bisweilen nur zu den Stunden zusammen, wo die Glocke der Mission sie in die baufällige Hütte rief, die als Kirche diente.

Aber wenn im Iquitosdorfe wie in fast allen Weilern am obern Amazonas, das Leben fast auf der Stufe der Urzustände blieb, so brauchte man doch nur eine Meile stromab zu gehen, und man traf an demselben

Ufer eine reiche Niederlassung, wo alles zu einem komfortabeln Leben Erforderliche beisammen war.

Dies war die Farm Joam Garrals, nach der die beiden jungen Männer nach ihrem Zusammentreffen mit dem Buschhauptmann zurückkehrten.

An einem Knie des Flusses, dort wo der 500 Fuß breite Rio Nanay mündet, war schon vor Jahren diese Farm, diese Meierei oder, um den landesüblichen Ausdruck zu gebrauchen, diese „fazenda“, die jetzt in voller Blüte stand, gegründet worden. Im Norden begrenzte sie der Nanay mit dem rechten Ufer auf eine kleine Meile, und im Osten zog sie sich auf die gleiche Entfernung am Ufer des großen Flusses hin. Gegen Westen war sie durch mehrere kleine Wasserläufe, Zuflüsse des Nanay, und einige Lagunen von mäßiger Ausdehnung von der Savanne und den sogenannten Campinen begrenzt, die den Tieren zur Weide dienen.

Im Jahre 1826 – 26 Jahre vor der Zeit, zu der diese Geschichte beginnt – war Joam Garral von dem Besitzer der Farm aufgenommen worden.

Dieser Portugiese namens Magalhaes trieb keinen andern Handel als die Ausschlachtung der Wälder, und seine vor kurzem gegründete Niederlassung nahm damals nur eine halbe Meile am linken Flußufer ein.

Hier lebte Magalhaes – gastfreundlich wie alle Portugiesen vom alten Stamm – mit seiner Tochter Yaquita, die seit dem Tode ihrer Mutter die Führung des Hausstandes übernommen hatte. Magalhaes war ein tüchtiger, ausdauernder Arbeiter, aber es fehlte ihm an Bildung. Wenn er sich auch darauf verstand, die paar Sklaven, die er besaß, und das Dutzend Indianer, die er für ihre Dienste ablohnte, zu leiten, so zeigte er sich doch weniger fähig, seinen Handel nach außen hin geschickt zu führen. Infolge dieses Mangels an Kenntnis gedieh die Ansiedlung bei Iquitos nicht, und der portugiesische Handelsmann befand sich in etwas schwierigen Verhältnissen.

Unter diesen Umständen erschien eines Tages Joam Garral, der damals 22 Jahre alt war, vor Magalhaes. Völlig erschöpft und aller Hilfsmittel bar, war er bis hierher gekommen. Magalhaes hatte ihn halb tot vor Hunger und Ermüdung im nahen Walde gefunden. Der Portugiese hatte das Herz auf dem rechten Fleck. Er fragte den Unbekannten nicht, woher er käme, sondern sorgte nur für das, dessen er bedürftig war. Die trotz der Ermattung edeln und stolzen Züge Joam Garrals hatten ihm imponiert. Er hob ihn auf, brachte ihn auf die Beine und bot ihm zunächst für einige Tage Gastfreundschaft an. Er blieb sein ganzes Leben lang.

Unter diesen Umständen war Joam Garral in die Farm bei Iquitos gekommen.

Von Geburt Brasilier, stand Joam Garral allein da und ohne Vermögen. Kummer und Sorge, sagte er, hätten ihn gezwungen, seine Heimat zu verlassen und jeden Gedanken an eine Rückkehr aufzugeben. Er bat seinen Wirt, ihm die Darlegung seiner unglücklichen Vergangenheit zu erlassen – wenn ihm Unglück widerfahren sei, so habe er es doch nicht verdient. Ein neues Leben, ein Leben der Arbeit suchte und wünschte er. Er war aufs Geratewohl gegangen, mit dem Gedanken, sich eine feste Stellung in einer Fazenda des Innern zu suchen. Er war gebildet und intelligent. Sein ganzes Wesen bekundete, daß er ein charakterfester Mann von klarem Verstand und rechtschaffner Gesinnung war. Magalhaes hatte ihn sofort lieb gewonnen und schlug ihm vor, er solle auf seiner Farm bleiben, da er ja die Eigenschaften mitbrachte, die dem würdigen Fazendero fehlten.

So am Garral nahm ohne Zaudern an. Er hatte zuerst die Absicht gehabt, in einem „ seringal" einzutreten – Kautschukmanufaktur, wo ein guter Arbeiter damals 5 bis 6 Piaster täglich bekam und, wenn das Glück ihm hold war, selbst Eigentümer werden konnte. Magalhaes machte ihn mit Recht darauf aufmerksam, daß, wenn der Lohn auch hoch war, es doch nur zur Erntezeit in den Seringals Arbeit gab, das heißt auf ein paar Monate. Eine feste dauernde Stellung, wie der junge Mann sie wünschen mußte, könnte sich nicht daraus ergeben.

Der Portugiese hatte recht. Joam Garral verstand ihn und trat ohne weiteres in den Dienst der Fazenda, entschlossen, ihr all seine Kräfte zu widmen.

Magalhaes hatte seine gute Tat nicht zu bereuen. Seine Verhältnisse kamen ins Geleise. Sein Holzhandel, der sich auf dem Amazonas bis Para erstreckte, gewann unter dem energischen Betrieb Joam Garrals bald bedeutende Ausdehnung. Die Fazenda vergrößerte sich bald und erstreckte sich am Flußufer bis zur Mündung des Nanay. Aus der Hütte machte man ein reizendes Haus, das ein Stockwerk hoch, von einer Veranda umgeben und halb verborgen war unter schönen Bäumen, Mimosen, Sykomoren, Bauhinien und Paulinien, deren Stämme unter einer Fülle von Granaten und Bromelien mit scharlachroten Blüten und einem Gewirr von Schlingpflanzen verschwanden.

Weiter entfernt lagen hinter riesigen Gebüschen und unter großen Gruppen baumartiger Pflanzen die Gebäude, in denen das Personal der Fazenda wohnte, die Gesindehäuser, die Hütten der Neger und Indianer. Vom Flußufer aus, das von Rohr und Wasserpflanzen bewachsen war, sah man nur das Jagdhaus.

Ein weites, längs der Lagunen mühsam urbar gemachtes Gelände bot ausgezeichnete Weiden. Hier trieb sich Vieh in Menge herum. Dies war eine neue bedeutende Einnahmequelle in diesem reichen Lande, wo eine Herde sich in vier Jahren verdoppelt und, abgesehen von dem Erlös aus dem Fleisch und den Fellen der für den Unterhalt der Züchter geschlachteten Tiere, zehn Prozent Zinsen trägt. An Stelle abgeholzter Wälder wurden „ sitios“ oder Anpflanzungen von Manihot oder Kaffee vorgenommen. Felder von Zuckerrohr machten bald den Bau einer Mühle nötig zum Zerstoßen der zuckerhaltigen Stengel, aus denen Melasse, Taffia und Rum hergestellt wurde. Kurz, zehn Jahre nach der Ankunft Joam Garrals war die Fazenda eine der reichsten Niederlassungen am obern Amazonas. Dank der guten Leitung des jungen Geschäftsführers bei den innern Arbeiten und dem äußern Vertrieb gedieh sie von Tag zu Tag mehr.

Der Portugiese hatte nicht so lange gewartet, sich für das, was er Joam Garral schuldete, erkenntlich zu zeigen. Um ihm nach Verdienst zu lohnen, hatte er ihm zunächst einen Anteil am Gewinn seines Betriebes gegeben; vier Jahre nach seiner Ankunft hatte er ihn zum Sozius gemacht mit gleichem Recht und gleichen Anteilen.

Aber er dachte daran, es noch besser zu machen. Yaquita, seine Tochter, halte gleichfalls in dem jungen schweigsamen Mann, der sanft gegen andere und hart gegen sich selber war, hohe Eigenschaften des Herzens und des Geistes erkannt. Sie liebte ihn, aber obwohl seinerseits Joam nicht blind geblieben war für die Vorzüge und die Schönheit dieses tüchtigen Mädchens, so schien er, ob aus Stolz, ob aus Zurückhaltung, doch nicht daran zu denken, sie zur Frau zu begehren.

Ein unglücklicher Vorfall beschleunigte die Entscheidung.

Eines Tages wurde Magalhaes beim Holzfällen, als er gerade einen Schlag führte, durch den Sturz eines Baumes tödlich verwundet. Ohne daß er sich noch bewegen konnte, wurde er nach der Farm getragen, und da er sich verloren fühlte, tröstete er Yaquita, die an seiner Seite weinte, ergriff ihre Hand und legte sie in die Joam Garrals, den er schwören ließ, daß er das Mädchen zur Frau nehmen wolle.

„Du hast mein Glück begründet," sagte er, „und ich werde nicht ruhig sterben, ehe ich nicht weiß, daß durch diese Vereinigung die Zukunft meiner Tochter gesichert ist!"

„Ich kann ihr ergebener Diener, ihr Bruder, ihr Beschützer bleiben, ohne ihr Mann zu sein," hatte Joam Garral zuerst geantwortet. „Ich danke Euch alles, Magalhaes, ich werde das nie vergessen, und der Lohn, den Ihr für meine Mühe zahlen wollt, ist mehr, als ich verdiene!"

Der Greis hatte auf seinem Willen bestanden. Der Tod ließ ihm keine Frist, er verlangte das Versprechen und erhielt es.

Yaquita war damals 22, Joam 26 Jahre alt. Beide liebten sich und heirateten sich wenige Stunden vor dem Tode Magalhaes, der noch die Kraft hatte, ihren Bund zu segnen.

Infolge dieser Umstände wurde im Jahre 1830 Joam Garral der neue Fazendero von Iquitos zur höchsten Freude des ganzen Personals der Farm.

Nach vollzogener Vereinigung konnte die Niederlassung nur immer mehr blühen und gedeihen.

Ein Jahr nach der Hochzeit schenkte Yaquita ihrem Manne einen Knaben, und zwei Jahre später eine Tochter. Benito und Minha, die Enkelkinder des alten Portugiesen, sollten ihres Großvaters und ihrer Eltern würdige Kinder werden.

Die Tochter wurde ein reizendes Mädchen. Sie kam nicht von der Fazenda weg. In diesem reinen und gesunden Milieu aufwachsend, inmitten der schönen Natur der Tropen, genügte für sie die Erziehung der Mutter, der Unterricht des Vaters. Was hätte sie in einem Kloster von Manaos oder Belem mehr erlernen können? Hätten sich bei ihr Herz und Geist zarter ausgebildet, wenn sie fern vom Vaterhause gewesen wäre? Wenn ihr auch nicht beschieden war, ihrer Mutter in der Verwaltung der Fazenda zu folgen, so war sie doch jeder Stellung, die die Zukunft ihr bringen konnte, gewachsen.

Mit Benito stand es anders. Sein Vater wollte ihm mit Recht eine so tüchtige und vollkommene Ausbildung zuteil werden lassen, wie man sie damals schon in den Hauptstädten Brasiliens erhalten konnte. Der reiche Fazendero brauchte sich nichts zu versagen, und sein Sohn zeigte glückliche Veranlagung, einen offenen Kopf, eine rege Fassungsgabe, und ebenso treffliche Eigenschaften des Herzens. Im Alter von 12 Jahren wurde er nach Para geschickt, und dort erhielt er unter Anleitung ausgezeichneter Professoren eine Bildung, die ihn später zu einem bedeutenden Manne machen sollte. In den schönen und exakten Wissenschaften sowie in den Künsten blieb ihm nichts fremd. Er bildete sich, obgleich der Reichtum seines Vaters es ihm gestattet hätte, müßig zu sein. Er gehörte nicht zu denen, die sich einbilden, daß Reichtum der Arbeit enthebe, sondern er war einer jener gediegenen und rechten, tapfern Geister, die der Ueberzeugung sind, daß niemand, der auf den Namen eines Menschen Anrecht haben will, sich dieser natürlichen Verpflichtung entziehen dürfe.

Während der ersten Jahre seines Aufenthalts in Belem oder Para, lernte Benito Manuel Valdez kennen. Dieser junge Mann, der Sohn eines Kaufmanns von Para, war in derselben Anstalt wie Benito. Die Uebereinstimmung in ihren Charakteren und Geschmäckern machte beide bald zu engen Freunden und sie wurden unzertrennliche Kameraden.

Manuel war 1832 geboren und ein Jahr älter als Benito. Er hatte nur noch die Mutter, die von dem bescheidenen Vermögen lebte, das ihr Mann ihr hinterlassen hatte. Als Manuel seine Anfangsstudien beendet hatte, widmete er sich dem Studium der Medizin. Für diesen edeln Beruf hegte er große Vorliebe, und er beabsichtigte, in den Heerdienst, zu dem er sich hingezogen fühlte, einzutreten.

Zur Zeit, wo wir ihn mit seinem Freunde Benito getroffen haben, war Manuel Valdez schon befördert worden und verlebte ein paar Monate Urlaub auf der Fazenda, wo er immer seine Ferien zubrachte. Dieser junge Mann von hübschem, feinem Gesicht und einem angebornen Stolz, der ihm gut stand, war für Joam und Yaquita gewissermaßen ein zweiter Sohn. Aber wenn diese Eigenschaft als Sohn ihn zum Bruder Benitos machte, so war er mit diesem Verhältnis gegenüber Minha nicht einverstanden, und bald sollte ihn und das junge Mädchen ein engeres Band zusammen schließen, als Bruder und Schwester verbindet.

Im Jahre 1852 – von dem vier Monate bereits zu Beginn dieser Erzählung verflossen sind – war Joam Garral 48 Jahre alt. Unter einem verzehrenden Klima, das den Menschen sehr schnell aufreibt, hatte er durch seine Nüchternheit, Enthaltsamkeit und arbeitsame Lebensführung zu widerstehen vermocht, wo andere frühzeitig schon zusammenfallen. Sein Haar, das er kurz trug, und sein Bart, den er voll trug, wurden schon grau und gaben ihm das Aussehen eines Puritaners. Die sprichwörtliche Ehrlichkeit der brasilianischen Kaufleute und Fazenderos war auf sein Gesicht geschrieben, dessen ins Auge springender Ausdruck Rechtschaffenheit war. Obwohl von ruhigem Temperament, verspürte man doch in ihm ein innerliches Feuer, das er zu beherrschen verstand.

Die Festigkeit seines Blickes bekundete große Kraft, die ihn sicher nie im Stiche ließ, wenn es galt, mit seiner Person einzutreten.

Und doch konnte man bei diesem ruhigen Manne von kraftvoller Statur, dem alles im Leben geglückt zu sein schien, einen Unterton der Traurigkeit wahrnehmen, den selbst die Zärtlichkeit Yaquitas nicht zu überwinden vermochte.

Warum vermochte dieser Gerechte, dessen Verhältnisse derart waren, daß sein Glück gesichert war, dies nicht voll zu genießen? Warum schien er nur an dem Glück der andern, nicht am eignen, Freude zu haben? War diese Veranlagung einem geheimen Schmerz beizumessen? Hierüber machte seine Frau sich fortwährend Gedanken.

Yaquita war jetzt 44 Jahre alt. In diesem Tropenlande, wo die Frauen schon mit 30 Jahren alt sind, hatte auch sie dem zerstörenden Einfluß des Klimas zu widerstehen vermocht. Ihre Züge, die ein wenig hart geworden, aber noch immer schön waren, hatten noch den stolzen portugiesischen Typus, in welchem edler Gesichtsschnitt und Seelenwürde sich so natürlich einen.

Benito und Minha vergalten mit grenzenloser Zuneigung die Liebe, die ihre Eltern ihnen entgegenbrachten.

Benito, der jetzt 21 Jahre zählte, war ein lebendiger, mutiger, impulsiver Charakter, während sein Freund Manuel ernster und bedächtiger war. Nachdem Benito ein volles Jahr in Belem, so fern von der Fazenda, zugebracht hatte, war es eine große Freude für ihn, mit seinem jungen Freunde in das Vaterhaus zurückzukehren, seinen Vater, seine Mutter, seine Schwester wiederzusehen und als der leidenschaftliche Jäger, der er war, in den stolzen Wäldern am obern Amazonas umherzustreifen, deren Geheimnisse der Mensch noch in langen Jahrhunderten nicht ganz ergründen wird.

Minha war jetzt 20 Jahre alt. Sie war ein reizendes junges Mädchen, eine Brünette mit großen blauen Augen, aus denen ihre Seele blickte. Von mittlerm Wuchs und schön gebaut, erinnerte sie, eine lebende Grazie, an den edeln Typus der Yaquita. Ein wenig ernster als ihr Bruder, gutherzig, wohltätig und leutselig, war sie bei allen beliebt. Hierüber konnte man die niedrigsten Diener der Fazenda getrost befragen. Den Freund ihres Bruders, Manuel Valdez, hätte man nämlich nicht danach fragen dürfen, „wie er sie fände". Er war zu sehr interessiert und hätte keine unparteiische Antwort geben können.

Die Schilderung der Familie Garral wäre nicht vollständig, sondern ermangelte noch einiger Züge, wenn nicht von dem zahlreichen Personal der Fazenda gesprochen würde.

In erster Linie ist zu nennen eine 60 Jahre alte Negerin Cybele, die durch den Willen ihres Herrn frei war, aber in ihrer Zuneigung für ihn und die Seinen noch Sklavin geblieben war. Sie war Yaquitas Amme gewesen und gehörte zur Familie. Sie duzte Tochter und Mutter. Das ganze Leben dieses braven Geschöpfes war verflossen auf diesen Feldern, in diesen Wäldern, an diesem Flußufer – welche den Horizont der Farm begrenzten. Zu der Zeit, als der Handel mit Schwarzen noch blühte, war sie als Kind nach Iquitos gekommen, hatte das Dorf nie verlassen, hatte sich dort verheiratet, und als sie frühzeitig Witwe geworden war und auch ihren einzigen Sohn verloren hatte, war sie bei Magalhaes in Dienst geblieben. Vom Amazonenstrom kannte sie nur das Stück, das vor ihren Augen vorbeifloß.

Neben ihr, und besonders für den Dienst Minhas bestimmt, war eine hübsche, frohlaunige Mulattin, die gleichaltrig mit der Tochter des Hauses und ihr treu ergehen war. Sie hieß Lina. Sie war eine jener zarten, etwas verwöhnten Wesen, denen man große Vertraulichkeit erlaubt, die dafür aber ihre Herrinnen abgöttisch verehren. Lebhaft, regsam, zärtlich und schmeichlerisch wie sie war, war ihr im Hause alles erlaubt.

Was das männliche Dienstpersonal anbelangt, so zählte man zwei Klassen: die Indianer, etwa 100 an der Zahl, die gegen Lohn die Arbeiten der Fazenda zu verrichten hatten, und die Schwarzen, etwa doppelt so viel, die noch nicht frei waren, deren Kinder aber nicht mehr als Sklaven geboren wurden. In dieser Hinsicht war Joam Garral der brasilianischen Regierung vorausgeschritten.

In diesem Lande sind übrigens mehr als in jedem andern die von Benguela, dem Kongo, oder der Goldlüste gekommenen Neger immer mit Milde behandelt worden, und nicht in der Fazenda von Iquitos hat man die traurigen Beispiele von Grausamkeit zu suchen, die auf ausländischen Pflanzungen so an der Tagesordnung waren.

Viertes Kapitel
Unschlüssig

Manuel liebte die Schwester seines Freundes Benito, und das junge Mädchen erwiderte diese Liebe. Beide hatten sich schätzen gelernt und waren einander wirklich würdig.

Als er sich über die Empfindungen, die er gegen Minha hegte, völlig klar war, hatte Manuel sich zunächst Benito offenbart.

„Freund Manuel," hatte sogleich der enthusiastische junge Mann geantwortet, „das ist recht, daß du meine Schwester heiraten willst! Laß mich machen! Ich werde zunächst mit unserer Mutter reden, und ich glaube dir versprechen zu können, daß sie ohne weiteres ihre Zustimmung geben wird."

Eine halbe Stunde später war es getan. Benito hatte seiner Mutter nichts Neues mitteilen können: die gute Yaquita hatte schon längst in den Herzen der jungen Leute gelesen.

Zehn Minuten später war Benito vor Minha getreten. Hier brauchte er, wie zugegeben werden muß, keine große Beredsamkeit aufzuwenden. Bei den ersten Worten hatte das liebliche Kind den Kopf gegen ihres Bruders Schulter gelegt, und das Geständnis: „Wie glücklich bin ich!" kam ihr von Herzen.

Die Antwort kam fast der Frage zuvor, und die Antwort sagte alles. Benito fragte nicht mehr.

Die Zustimmung Joam Garrals konnte nicht Gegenstand des Zweifels sein. Aber wenn Yaquita und ihre Kinder nicht sogleich mit ihm über diesen Heiratsgedanken sprachen, so geschah das, weil sie mit diesem

Anlaß gleichzeitig eine Frage anregen wollten, die wohl schwieriger zu entscheiden war: nämlich die Frage, wo die Heirat stattfinden sollte.

In der Tat, wo sollte sie vollzogen werden? In der bescheidenen Hütte des Dorfes, die als Kirche diente? Warum schließlich nicht? Hatten doch dort Joam und Yaquita den Ehesegen vom Padre Passanha empfangen, der damals Seelsorger des Kirchensprengels von Iquitos war. Zu jener Zeit wie noch heute fällt in Brasilien die zivile Trauung mit der kirchlichen zusammen, und die Listen einer Mission bestätigen die Rechtsgiltigkeit einer Ehe, die vor keinem Beamten des Zivilstaates vollzogen worden ist.

Wahrscheinlich war es Joam Garrals Wunsch, daß die Hochzeit im Dorfe Iquitos in großer Feier stattfinden sollte, im Beisein des ganzen Personals der Fazenda; aber wenn er auch diesen Gedanken hegen mochte, so sollte er hier doch auf energischen Widerstand stoßen.

„Manuel," hatte das junge Mädchen zu ihrem Bräutigam gesagt, „wenn ich gefragt werden sollte, dann soll es nicht hier geschehen, dann werden wir in Para getraut werden. Madame Valdez ist leidend, sie kann nicht bis Iquitos reisen, und ich möchte nicht ihre Tochter werden, ohne daß wir uns vorher kennen lernen. Ueber all das denkt meine Mutter ebenso. Wir möchten daher meinen Vater bestimmen, uns nach Belem zu bringen zu ihr, deren Haus bald auch das meine sein soll. Stehst du uns darin bei?"

Auf diesen Vorschlag hatte Manuel mit einem Händedruck geantwortet. Auch er wünschte innig, daß seine Mutter bei seiner Trauung zugegen sei. Benito hatte diesen Plan rückhaltlos gebilligt, und es handelte sich nun bloß darum, Joam Garral dafür zu gewinnen.

Und wenn an diesem Tage die beiden jungen Männer im Walde auf die Jagd gegangen waren, so war es geschehen, um Yaquita mit ihrem Manne allein zu lassen.

Beide waren an diesem Nachmittag in der großen Halle des Hauses allein.

Joam Garral, der eben heimgekommen war, lag halb auf einem Diwan aus geflochtnem Bambus ausgestreckt, als Yaquita, ein wenig erregt, sich neben ihn setzte.

Nicht das beunruhigte sie, daß sie mit Joam darüber zu sprechen hatte, wie lieb Manuel ihre Tochter habe. Das Glück Minhas konnte durch diese Heirat nur gesichert werden, und Joam würde glücklich sein, diesem neuen Sohn die Arme zu öffnen, dessen Tüchtigkeit er kannte und schätzte. Aber Yaquita fühlte wohl, daß es eine schwere Aufgabe war, ihren Mann dahin zu bringen, daß er in eine Reise willigte.

Seit Joam Garral noch in ziemlich jungem Alter in dieses Land gekommen war, hatte er es in der Tat nie wieder, auch nicht auf einen einzelnen Tag, verlassen. Obwohl der Amazonas, dessen Wasser sanft gen Osten strömte, förmlich dazu aufforderte, seinem Laufe zu folgen, obwohl Joam jedes Jahr Holzflöße nach Manaos, nach Belem und der Küste von Para schickte, obwohl er alle die Jahre Benito hatte abreisen sehen, wenn er nach den Ferien zum Studium zurückkehrte, nie schien ihm der Gedanke gekommen zu sein, ihn zu begleiten.

Die Produkte der Farm, die der Wälder wie die der Felder, lieferte der Fazendero an Ort und Stelle ab.

Es schien, als wollte er über den Horizont, der dieses Eden umschloß, weder mit den Gedanken, noch mit den Blicken hinaus.

Wenn Joam Garral noch nie die brasilianische Grenze überschritten hatte, so hatten auch seine Frau und seine Tochter bisher noch nicht den Fuß auf brasilianisches Land gesetzt. Und doch hegten sie Verlangen, ein wenig das schöne Land kennen zu lernen, von dem Benito so viel erzählte! Zwei bis dreimal hatte Yaquita ihrem Manne diesen Wunsch nahe gelegt. Aber sie hatte gesehen, daß der Gedanke, die Fazenda zu verlassen, sei es auch nur auf ein paar Wochen, einen deutlichen Ausdruck der Trauer in seinem Antlitz hervorrief.

„Warum sollten wir unser Haus verlassen? Sind wir nicht glücklich hier?“ antwortete er im Tone sanften Vorwurfs, während seine Augen sich umflorten.

Und gegenüber diesem Manne, dessen wahrhafte Güte und unwandelbare Zärtlichkeit sie so glücklich machten, vermochte Yaquita nicht auf ihrem Wunsche zu beharren.

Diesmal aber war ein ernsthafter Grund geltend zu machen. Die Trauung Minhas war ein ganz natürlicher Anlaß, das junge Mädchen nach Belem zu bringen, wo sie mit ihrem Manne wohnen sollte.

Dort sollte sie die Mutter Manuel Valdez kennen und lieben lernen. Wie könnte Joam Garral einem so gerechtfertigten Wunsche widerstehen? Wie hätte er auch ihr Verlangen, die Frau kennen zu lernen, die ihrer Tochter eine zweite Mutter sein sollte, nicht begreifen sollen? Ja mußte er es nicht teilen?

Yaquita hatte die Hand ihres Gatten ergriffen, und mit jener zärtlichen Stimme, die für diesen Mann der harten Arbeit die ganze Musik seines Lebens gewesen war, sagte sie:

„Joam, ich möchte mit dir über einen Plan sprechen, dessen Verwirklichung wir innig wünschen und der dich ebenso glücklich machen wird, wie deine Kinder und ich es sind."

„Worum handelt es sich, Yaquita?" fragte Joam.

„Manuel liebt unsre Tochter, sie liebt ihn wieder, und in dieser Vereinigung werden sie ihr Glück finden ..."

Bei den ersten Worten seiner Frau erhob sich Joam Garral – er konnte diese jähe Bewegung nicht unterdrücken. Dann senkte er die Augen, wie, als wollte er dem Blick seiner Frau ausweichen.

„Was hast du, Joam?" fragte sie.

„Minha? – sich heiraten?" murmelte er.

„Mein lieber Mann," antwortete Yaquita bedrängten Herzens, „hast du gegen diese Heirat etwas einzuwenden? Hast du nicht schon längst bemerkt, was Manuel für unser Kind fühlt?"

„Ja – und seit einem Jahre –"

Ohne auszureden, hatte Joam sich wieder hingesetzt. Er hatte mit starkem Willen die Herrschaft wieder über sich gewonnen. Die unerklärliche Befangenheit war gewichen. Allmählich hatten seine Augen sich wieder auf die seiner Frau gerichtet, und eine Weile sah er sie nachdenklich an.

Yaquita ergriff wieder seine Hand.

„Mein Joam,“ sagte sie, „sollte ich mich getäuscht haben? Hattest du nicht schon daran gedacht, daß diese Hochzeit einmal stattfinden würde und daß damit das Glück unserer Tochter gesichert würde?“

„Jawohl,“ antwortete Joam – „völlig gesichert! – ganz gewiß! – Aber, Yaquita, diese Hochzeit – diese Hochzeit, über die wir alle uns einig sind – wann soll sie stattfinden? ... In nächster Zeit?“

„Die Zeit hast du zu bestimmen; Joam.“

„Und sie soll hier stattfinden – in Iquitos?“

Diese Frage führte Yaquita auf den zweiten Punkt, den sie besprechen wollte. Sie kam indessen nicht ohne Zaudern, wie wohl zu begreifen war, darauf zu reden.

„Joam,“ sagte sie nach kurzem Schweigen, „höre mich an! Ich habe dir betreffs dieser Hochzeitsfeier einen Vorschlag zu machen, den du, wie ich hoffe, billigen wirst. Mehrmals schon während 20 Jahren habe ich dir vorgeschlagen, meine Tochter und mich einmal in die Provinzen des untern Amazonas und des Parastroms zu bringen, die wir noch nie besucht haben. Die Sorgen der Wirtschaft, die Arbeiten, die deine Anwesenheit erheischen, haben es dir nicht erlaubt, unsern Wunsch zu erfüllen. Es hätte damals deinen Geschäften schaden können, wenn du, ob auch nur auf einige Tage, verreist wärest. Aber jetzt hat sich unser Anwesen über unsre kühnsten Träume hinaus entwickelt, und wenn auch die Stunde der gänzlichen Ruhe noch nicht für dich gekommen ist, so kannst du dich doch jetzt ein paar Wochen wenigstens von der Arbeit frei machen.“

Joam Garral antwortete nicht, aber Yaquita fühlte seine Hand in ihrer zittern, wie unter einem jähen Schmerz. Plötzlich glitt ein leises Lächeln über die Lippen ihres Mannes; es war wie eine stumme Aufforderung an seine Frau, zu beenden, was sie zu sagen hätte!

„Joam," antwortete sie, „hier ist eine Gelegenheit, wie sie sich in unserm ganzen Leben nicht wieder bieten wird. Minha verheiratet sich nach einer fernen Stadt und wird uns verlassen. Das ist der erste Schmerz, den unsere Tochter uns bereiten wird, und das Herz preßt sich mir zusammen, wenn ich an diese so nahe Trennung denke. Nun wohl, ich will zufrieden sein, wenn ich sie nur bis Belem begleiten kann. Scheint es dir übrigens nicht angebracht, daß wir die Mutter ihres Mannes kennen lernen, die Frau, die meine Stelle bei ihr ersetzen soll, der wir sie anvertrauen wollen? Ich füge hinzu, daß Minha der Madame Valdez nicht den Kummer bereiten möchte, fern von ihr zu heiraten. Wenn zur Zeit unserer Hochzeit deine Mutter noch am Leben gewesen wäre, mein Joam, wäre es dir dann nicht auch lieber gewesen, unter ihren Augen getraut zu werden?"

Bei diesen Worten Yaquitas vermachte Joam Garral abermals eine Bewegung nicht zu unterdrücken.

„Mein lieber Mann," fuhr Yaquita fort, „mit Minha, mit unsern beiden Söhnen Benito und Manuel, mit dir, ach! was für eine Freude wäre es für mich, unser Brasilien zu sehen, diesen schönen Fluß hinunter zu fahren bis zu den letzten Provinzen des Gestades, das er durchströmt! Mir scheint, dort unten würde dann die Trennung weniger schmerzlich sein. Nach der Rückkehr könnte ich im Geiste meine Tochter in dem Hause sehen, wo ihre zweite Mutter ihrer harrt. Es wird mir das alles nicht völlig unbekannt sein. Ich werde wissen, wie ihr Leben sich gestaltet!"

Diesmal hatte Joam den Blick auf seine Frau gerichtet und sah sie lange an, ohne jedoch etwas zu antworten.

Was ging in ihm vor? Warum dieses Zaudern, einen an sich so gerechten Wunsch zu erfüllen, ein „Ja" zu sprechen, das allen Seinen so große Freude machen sollte? Die Sorge um seine Geschäfte konnte kein triftiger Grund sein. Ein paar Wochen der Abwesenheit beeinträchtigten sie in keiner

Weise. Sein Verwalter konnte ihn ohne Schaden auf der Fazenda vertreten. Und dennoch zögerte er.

Yaquita hatte die Hand ihres Mannes in ihre beiden genommen und drückte sie zärtlicher.

„Mein Joam," sagte sie, „es ist ja keine Laune, der ich dich nachzugeben bitte. Nein! Ich habe lange über den Vorschlag nachgedacht, den ich dir gemacht habe, und wenn du zustimmst, so erfüllst du damit den innigsten Wunsch meines Lebens. Unsre Kinder wissen, daß ich jetzt mit dir darüber rede. Minha, Benito und Manuel bitten dich um das Glück, daß wir sie begleiten. Außerdem möchten wir lieber die Trauung in Belem als in Iquitos feiern. Das wird für unsere Tochter vorteilhaft sein in Rücksicht auf ihre Einführung und die Stellung, die sie in Belem einnehmen wird. Wenn man sie mit den Ihrigen ankommen sieht, wird sie weniger fremd sein in dieser Stadt, wo sie doch den größten Teil ihres Lebens zubringen wird."

Joam Garral hatte die Ellbogen auf die Knie gestützt. Einen Augenblick verbarg er das Gesicht in den Händen, als müsse er sich sammeln, ehe er antworten könne. Augenscheinlich herrschte eine Unschlüssigkeit in ihm, gegen die er ankämpfen wollte, ja eine Besorgnis, die seine Frau sehr wohl empfand, aber die sie sich nicht erklären konnte. Unter dieser nachdenklichen Stirn vollzog sich ein geheimer Kampf. Yaquita wurde unruhig und machte sich's fast zum Vorwurf, diese Frage berührt zu haben. In jedem Falle würde sie sich in das schicken, was Joam beschließen würde. Wenn die Abreise ihm zu schwer würde, wollte sie ihrem Wunsche entsagen. Sie wollte nie wieder davon sprechen, die Fazenda zu verlassen; und nie wollte sie nach der Ursache zu dieser unerklärlichen Weigerung fragen.

Einige Minuten vergingen. Joam Garral hatte sich erhoben. Er war, ohne sich umzudrehen, bis zur Tür gegangen. Dort schien er einen letzten Blick auf diese schöne Natur, diesen Erdenwinkel zu werfen, wo er zwanzig Jahre lang sein ganzes Lebensglück einzuschließen verstanden hatte.

Dann kam er langsamen Schrittes zu seiner Frau zurück. Sein Gesicht hatte jetzt einen andern Ausdruck, den eines Mannes, der zu einem letzten Entschluß gelangt und dessen Unschlüssigkeit vorüber ist.

„Du hast recht," sagte er mit fester Stimme zu Yaquita. „Diese Reise ist nötig. Wann wünschest du, daß wir aufbrechen?"

„O Joam! Joam!" rief Yaquita, außer sich vor Freude. „Dank für mich! Dank für die Kinder!"

Tränen der Zärtlichkeit traten ihr in die Augen, während ihr Mann sie ans Herz drückte.

In diesem Augenblick ließen sich draußen an der Tür des Hauses freudige Stimmen vernehmen.

Gleich darauf erschienen Manuel und Benito auf der Schwelle und fast zur gleichen Zeit Minha, die aus ihrer Kammer kam.

„Der Vater ist einverstanden, Kinder!" rief Yaquita. „Wir reisen alle nach Belem!"

Ohne ein Wort zu sprechen, nahm Joam Garral mit ernstem Gesicht die Liebkosungen seines Sohnes und die Küsse seiner Tochter hin.

„Und an welchem Tage, mein Vater," fragte Benito, „soll die Hochzeit gefeiert werden?"

„Den Tag?" fragte Joam. „Den Tag? ... Wir werden sehen ... das werden wir in Belem bestimmen."

„Wie glücklich bin ich! wie glücklich bin ich!" rief Minha wieder, wie an dem Tage, wo sie Manuels Liebe erfahren hatte. „Wir werden also den Amazonenstrom in aller seiner Pracht sehen, auf seinem ganzen Laufe durch die brasilianischen Provinzen! Ach, Vater, habe Dank!"

Und die junge Schwärmerin, mit der die Phantasie schon förmlich durchging, wandte sich an Manuel und an ihren Bruder:

„Auf zur Bibliothek!" rief sie. „Wir wollen alle Bücher und alle Karten vornehmen, die uns über dieses großartige Wasserbecken unterrichten können! Wir dürfen nicht blindlings drauf los reisen! Ich will alles sehen und alles wissen von diesem König der Ströme auf Erden!“

Fünftes Kapitel

Der Amazonenstrom

„Der größte Fluß der ganzen Welt!“ sagte am Nachmittag Benito zu Manuel Valdez.

Und in diesem Moment saßen beide an der südlichen Grenze der Fazenda und sahen zu, wie das Wasser langsam vorbeiströmte, das, in der riesigen Kette der Anden entsprungen, sich 800 Meilen von hier im Atlantischen Ozean verlor.

„Und dies ist der Fluß, der dem Meer die beträchtlichste Wassermenge zuführt!“ antwortete Manuel.

„So beträchtlich,“ ergänzte Benito, „daß sie auf eine große Strecke von der Mündung das Meerwasser zurückdrängt und 80 Meilen von der Küste noch Schiffe vom Kurse abbringt.“

„Ein Fluß, dessen Lauf sich auf 30 Breitengraden erstreckt.“

„Und in einem Becken, das von Norden bis Süden 25 Grade einnimmt.“

„Ein Becken!“ rief Benito. „Ist es denn ein Becken, diese ungeheure Ebene, durch die der Amazonas strömt, diese Savanna, die sich unabsehbar erstreckt, ohne daß ein Hügel eine Steigung hervorriefe oder ein Berg den Horizont begrenzte?“

„Und in seiner ganzen Ausdehnung,“ ergänzte Manuel, „wie die tausend Fühlfäden eines riesenhaften Kopffüßers, 200 Zuflüsse von Norden oder Süden, die selber wieder von zahllosen Nebenflüssen gespeist werden und gegen die die großen Ströme Europas nur kleine Gewässer sind.“

„Und ein Lauf, in welchem 560 Inseln, ohne die kleinen Inselchen, die fest liegen oder treiben, eine Art Archipel bilden, die allein schon den Rauminhalt eines Königreichs ausmachen.“

„Und an seinen Seiten, Kanäle, Lagunen und Seen, wie man sie in der ganzen Schweiz, in der Lombardei, in Schottland und in Kanada nicht antrifft.“

„Ein Fluß, der, durch seine Zuflüsse riesig angeschwollen, in den Atlantischen Ozean nicht weniger als in der Stunde 250 Millionen Kubikmeter Wasser wälzt.“

„Ein Fluß, dessen Lauf zwei Republiken als Grenze dient und majestätisch das größte Kaiserreich Südamerikas durchschneidet, als wäre es der Stille Ozean selber, der sich durch seinen Kanal in den Atlantischen Ozean ergösse.“

„Und welch eine Mündung! Ein Meeresarm, in welchem eine Insel, Marajo, einen Umfang von über 500 Meilen hat!“

„Und dessen Wasser der Ozean nicht anders zurückzudrängen vermag, als indem er in phänomenalem Kampfe eine Flutwelle auftürmt, eine „Pororoca“, gegen die die Stauströmungen, Stromschnellen und Wellenfluten anderer Flüsse nichts sind als kleine Weißkopfe im Winde.“

„Ein Fluß, für den kaum drei Namen genügen, und der von der Mündung aus 5000 Kilometer weit von Schiffen hohen Tonnengehalts ohne jede Gefahr für die Ladung befahren werden kann!“

„Ein Strom, der sich selbst und durch seine Nebenflüsse und deren Nebenflüsse eine Handels- und Wasserstraße durch den ganzen Norden Südamerikas eröffnet, vom Magdalenenstrom zum Ortequaza, vom Ortequaza zum Caqueta, vom Caqueta zum Putumayo, vom Putumayo zum Amazonas! 40 000 Meilen Weges zu Wasser, und es wären nur ein paar Kanäle nötig, um das Netz vollständig zu machen!“

„Schließlich das erstaunlichste und größte hydrographische System der Welt!“

Die beiden jungen Männer sprachen mit Ungestüm von dem unvergleichlichen Strome! Sie waren Kinder dieses Rio, des Amazonas, dessen Nebenflüsse – alle seiner würdig – Wege bilden, die durch Bolivia,

Peru, Ecuador, Neu-Granada, Venezuela und die vier Guyanas – das britische, französische, holländische und brasilianische – führen.

Wie viel Völker, wie viel Rassen, deren Ursprung sich in der Ferne der Zeiten verliert! So verhält es sich auch mit den großen Flüssen des Erdballs. Ihre wahre Quelle ist immer noch nicht festgestellt. Viele Staaten beanspruchen die Ehre, die Wiege des Stromes zu sein. Dieses Gesetz gilt auch für den Amazonenstrom. Peru, Ecuador und Columbien haben sich lange um diese glorreiche Vaterschaft gestritten.

Heute scheint es außer Zweifel, daß der Amazonenstrom in Peru entspringt im Departaments Huaraco der Provinz Tarma und zwar im Lauricocha-See, der fast zwischen dem elften und zwölften südlichen Breitengrade liegt.

Für die, welche seine Quelle nach Bolivia in die Titicaca-Berge verlegen, erwüchse die Aufgabe, nachzuweisen, daß der eigentliche Amazonenstrom der Ucayali ist, der aus der Vereinigung des Paro und des Apurimac entsteht. Diese Ansicht muß jedoch neuerdings zurückgewiesen werden.

Nach dem Ausfluß aus dem Lauricocha-See läuft der Quellfluß 560 Meilen weit nach Nordosten und wendet sich ganz nach Osten erst, nachdem er einen bedeutenden Zufluß aufgenommen hat, den Rio Paute. Auf kolumbischem und peruanischem Boden bis zur brasilianischen Grenze heißt er Marannon oder eigentlich Maranhao, denn Marannon ist nur die französische Form des portugiesischen Namens. Von der brasilianischen Grenze bis Manaos heißt er Solimoes nach dem gleichnamigen Indianerstamm, von dem man in den Landstrichen am Ufer noch Ueberreste findet. Und endlich von Manaos bis zum Meer heißt er Rio des Amazonas oder Amazonenstrom – ein Name, den er den Spaniern verdankt, den Abkömmlingen des abenteuerlichen Orellana, dessen wenig glaubwürdige, aber enthusiastische Berichte den Gedanken äußerten, daß am Rio Nhamunda, einem der geringem Nebenflüsse des Stromes, ein Stamm kriegerischer Frauen existiere.

Schon unweit dem Ursprung kann man erkennen, daß der Amazonenstrom ein großartiger Wasserlauf werden wird. Keine Schranken oder Hemmnisse irgendwelcher Art stellen sich ihm von der Quelle bis zu dem Punkte entgegen, wo sein etwas eingezwängtes Bett sich zwischen zwei malerischen Felsenketten von ungleicher Höhe hinzieht. Katarakte weist sein Lauf erst dort auf, wo er schräg nach Osten biegt, die Andenkette querend. Hier entstehen nämlich einige Wasserfälle, ohne die er sicher von der Mündung bis zur Quelle schiffbar wäre. Wie dem auch sei, er ist, wie Humboldt untersucht hat, auf fünf Sechsteln seines Laufes für die Schiffahrt frei.

Und von Anbeginn an fehlt es ihm nicht an Zuflüssen, die wiederum durch eine große Zahl Nebenarme gespeist werden. Links von Nordosten kommt der Chinchipe, rechts von Südosten der Cachapuyas. Dann von links der Marona und der Pastuca und von rechts der Guallaga, der nahe bei der Mission de Laguna mündet. Links kommen noch der Chambyra und der Tigre, der von Nordosten kommt, rechts der Huallaga, der 2800 Meilen vom Atlantischen Ozean entfernt mündet und den die Fahrzeuge auf eine Länge von über 200 Meilen befahren können, so daß sie bis ins Herz von Peru zu dringen vermögen. Rechts endlich strömt nahe den Missionen von San Joachimo d'Omaguas, der prächtige Ucayali herzu, nachdem er seine Wassermengen majestätisch durch die Pampas von Sacramento geführt hat. Er mündet dort, wo das obere Becken des Amazonenstromes endet – eine gewaltige Wasserader, die von zahlreichen Nebenflüssen aus dem Chuchuitosee im Nordosten von Arica gespeist wird.

Dies sind die Hauptnebenflüsse oberhalb der Stadt Iquitos. Stromabwärts dieser Stadt werden diese Nebenflüsse so beträchtlich, daß die Betten europäischer Flüsse zu eng wären, sie zu fassen. Aber die Mündungen dieser Nebenflüsse sollten Joam Garral und die Seinen auf ihrer Fahrt selber sehen.

Zu den Schönheiten dieses unvergleichlichen Flusses, der das schönste Land des Erdballs speist und sich fast unausgesetzt um wenige Grade auf der Linie des Aequators hält, muß billig noch eine Eigenschaft hinzugezählt werden, die weder der Nil, noch der Mississippi, noch der Livingstonestrom, der ehemalige Kongo-Zaire-Lualaba besitzen – nämlich der Umstand, daß der Amazonenstrom, was auch sichtlich falsch unterrichtete Reisende gesagt haben mögen, durch einen völlig gesunden Teil von Südamerika fließt. Sein Becken ist beständig von den Westwinden bestrichen. Es ist kein zwischen hohen Bergen liegendes Tal, in den er dahinströmt, sondern eine weite Ebene, die 350 Meilen von Norden nach Süden mißt und die, kaum von ein paar Hügeln bestanden, die atmosphärischen Luftströmungen frei durchziehen können.

Professor Agassiz widerspricht mit Recht der Behauptung, daß das Klima eines Landes, welches ohne Zweifel dazu bestimmt ist, das betriebsamste Zentrum des Handels zu werden, ungesund sei. Wie er sagt, ist stets ein leichter sanfter Wind zu spüren und verursacht eine Ausdunstung, infolge deren die Temperatur fällt und der Boden sich nicht in allzu hohem Grade erwärmen kann. Das beständige Vorhandensein dieses erfrischenden Luftzugs macht das Klima des Amazonenstroms sehr angenehm, ja zum köstlichsten der Welt.

Auch der Abt Durand, ehemals Missionar in Brasilien, hat feststellen können, daß die Temperatur zwar nicht unter 25 Grad Celsius fällt, daß sie aber auch fast nie über 33 Grad steigt – was für das ganze Jahr eine mittlere Temperatur von 28 bis 29 Grad ergibt bei einem Unterschied von nur acht Grad.

Diesen Feststellungen zufolge kann man behaupten, daß das Becken des Amazonenstroms die sengende Hitze nicht hat, die die Landstriche Asiens und Afrikas unter den gleichen Längengraden verzehrt.

Dasselbe führt Alexander von Humboldt aus:

„Am 22. April. Wir brachen anderthalb Stunden vor Sonnenaufgang auf. Der Morgen war feucht, aber herrlich; kein Lüftchen ließ sich spüren, denn südlich von Atures und Maphures herrscht beständig Windstille. Am Rio Negro an Cassiquare, am Fuße des Cerro Duida in der Mission Santa Barbara hörten wir niemals das Rauschen des Laubs, das in heißen Ländern einen ganz eigentümlichen Reiz hat. Die Krümmungen des

Stroms, die schützenden Berge, die undurchdringlichen Wälder und der Regen, der einen bis zwei Grade nördlich vom Aequator fast gar nicht aussetzt, mögen diese Erscheinung veranlassen, die den Missionen am Orinoco eigentümlich ist.

In dem unter südlicher Breite, aber ebenso weit vom Aequator gelegenen Tale des Amazonenstroms erhebt sich alle Tage, zwei Stunden nach der Kulmination der Sonne, ein sehr starker Wind. Derselbe weht immer gegen die Strömung und wird nur im Flußbett selbst gespürt. Unterhalb San Borja ist es ein Ostwind; in Tomependa fand ich ihn zwischen Nord und Nord Nord-Ost. Es ist immer die Brise, der von der Umdrehung der Erde herrührende Wind, der aber durch kleine örtliche Verhältnisse bald diese, bald jene Richtung bekommt. Mit diesem beständigen Wind segelt man von Gran Para bis Tefe, 750 Meilen weit, den Amazonenstrom hinauf. In der Provinz Jaen de Bracamoros, am Fuße des Westabhangs der Cordilleren, tritt dieser vom Atlantischen Meere herkommende Wind zuweilen als ein eigentlicher Sturm auf. Wenn man auf das Flußufer zugeht, kann man sich kaum auf den Beinen halten; so auffallend anders sind die Verhältnisse am obern Orinoco und am obern Amazonenstrom.

Sehr wahrscheinlich ist es diesem beständig wehenden Winde zuzuschreiben, daß der Amazonenstrom so viel gesünder ist. In der stockenden Luft am obern Orinoco sind die chemischen Affinitäten eingreifender, und es entwickeln sich mehr schädliche Miasmen. Die bewaldeten Ufer des Amazonenstroms wären ebenso ungesund, wenn nicht der Fluß, gleich dem Niger, seiner ungeheuren Länge nach von West nach Ost, also in der Richtung der Passatwinde, gerade fortliefe. Das Tal des Amazonenstroms ist nur an seinem westlichen Ende, wo es der Cordillere der Anden nahe rückt, geschlossen. Gegen Ost, wo der Seewind auf den neuen Kontinent trifft, erhebt sich das Gestade kaum ein paar Fuß über den Spiegel des atlantischen Meeres."

Die riesige Ebene, die sein Stromtal bildet, ist völlig den Winden offen, die ihm der Atlantische Ozean zusendet.

Die Provinzen, die nach dem Fluß heißen, haben das unbestreitbare Recht, sich die gesundesten Provinzen eines Landes zu nennen, das an sich schon eines der schönsten der Erde ist.

Und man möge nicht glauben, daß das hydrographische System des Amazonenstromes nicht bekannt sei.

Schon im 16. Jahrhundert fuhr Urellana, der Leutnant eines der Brüder Pizarro, den Rio Negro hinab, steuerte 1540 in den großen Fluß, wagte sich ohne Führer durch diese Gebiete, und nach einer Fahrt von 18 Monaten, über die er einen wunderbaren Bericht geschrieben hat, erreichte er die Mündung.

Im Jahre 1636 und 1637 fuhr der Portugiese Pedro Texeira mit einer Flottille von 47 Pirogen den Amazonenstrom bis zum Napo hinauf.

Im Jahre 1743 hatte La Condamine den Meridianbogen am Aequator gemessen, trennte sich von seinen Gefährten Bouguer und Godin des Ordonnais, ging auf den Chinchipe zu Schiff, fuhr ihn bis zu seinem Einfluß in den Marannon hinab und erreichte die Mündung des Napo am 31. Juli. Gerade zu dieser Zeit konnte er einen Austritt des ersten Satelliten des Jupiter beobachten – wodurch es diesem „Humboldt des 18. Jahrhunderts“ möglich wurde, genau die Längen- und Breitengrade dieses Punktes festzustellen. Dann besuchte er die Städte an beiden Ufern und langte am 6. September vor dem Fort von Para an. Diese große Reise war von bedeutendem Erfolg: nicht nur war der Lauf des Amazonenstroms in wissenschaftlicher Weise festgestellt worden, sondern es erschien hiernach auch außer Zweifel, daß er mit dem Orinoco direkt verbunden.

Humboldt und Bonpland vervollständigten 55 Jahre später die kostbaren Arbeiten La Condamines, indem sie die Karte des Marannon bis zum Rio Napo fertig stellten.

Und seit dieser Zeit ist der Amazonas selber wie auch seine Hauptzuflüsse beständig erforscht worden.

Im Jahre 1827 Lister Maw, 1834 und 1835 der Engländer Smith, 1844 der französische Leutnant und Kommandant der „Boulonnaise“, 1840 der

Brasilianer Valdez, 1848 bis 1860 der Franzose Paul Marcoy, 1859 der allzu phantastische Maler Biard, von 1865 bis 1866 Professor Agassiz, 1867 der brasilianische Ingenieur Franz Keller-Linzenger und endlich 1879 Doktor Crevaux – sie alle haben den Flußlauf erforscht, sind verschiedene Nebenflüsse hinaufgefahren und haben die Schiffbarkeit der Hauptnebenströme untersucht.

Aber die der brasilianischen Regierung am meisten zur Ehre gereichende Tatsache ist, daß am 31. Juli 1857, nach zahlreichen Grenzstreitigkeiten zwischen Frankreich und Brasilien betreffs der Grenze von Guyana, der Amazonenstrom für alle Flaggen frei erklärt wurde, und um die Praxis auf die Höhe der Theorie zu erheben, schloß Brasilien mit allen angrenzenden Staaten Verträge betreffs Eröffnung aller Wasserwege im Becken des Amazonenstromes.

Jetzt fahren mehrere Linien von Dampfbooten, alle komfortabel eingerichtet – welche mit Liverpool in direkter Verbindung stehen, – den Fluß aufwärts von der Mündung bis nach Manaos, andere fahren bis nach Iquitos, andere endlich fahren auf dem Tapajoz, dem Madeira, dem Rio Negro, dem Purus bis ins Herz von Peru und Bolivia.

Es läßt sich leicht denken, daß eines Tages der Handel großen Aufschwung nehmen muß in diesem unermeßlichen und reichen Becken, das auf der Welt nicht seinesgleichen hat.

Aber diese Medaille hat auch ihre Kehrseite. Dieser Fortschritt vollzieht sich nur zum Nachteil der eingeborenen Völkerschaften.

Am obern Amazonas sind viele Indianer-Stämme bereits verschwunden, unter andern die Curicurus und die Sorimaos. Wenn man am Putumayo auch noch einige Yuris trifft, so sind die Yahuas nach den fernen Nebenflüssen geflüchtet, und die Maoos haben die Ufer verlassen und irren jetzt in geringer Zahl in den Wäldern des Japura.

Die Ufer der Tunantins sind fast völlig entvölkert, und nur an der Mündung des Jurua halten sich noch ein paar indianische Nomadenfamilien aus. Der Teffe ist fast ganz verlassen, und nur ein paar Ueberbleibsel der großen Nation Umaua wohnen noch an den Quellen des Japura. Der Coari ist verödet. Vereinzelte Murasindianer hausen noch an den Ufern des Purus. Von den alten Manaos zählt man nur noch wenige Nomadenfamilien. An den Ufern des Rio Negro gibt es fast nur noch Mestizen von Portugiesen und Eingeborenen, wo man früher 24 verschiedene Völkerschaften gezählt hat.

Das ist das Gesetz des Fortschritts. Die Indianer werden ganz verschwinden.

Vor der angelsächsischen Rasse sind Australier und Tasmanier dahin gegangen. Vor den Eroberern des Fernen Westen verschwinden die Indianer Nordamerikas. Eines Tages sind vielleicht auch die Araber durch die französische Kolonisation vernichtet.

Aber wir müssen zu dem Jahre 1852 zurückkehren. Die jetzt so mannigfaltigen Verkehrsmittel gab es damals noch nicht, und Joam Garrals Reise erforderte wenigstens vier Monate bei den Bedingungen, unter denen sie stattfinden sollte.

Während die beiden Freunde die Wasser des Flusses langsam zu ihren Füßen dahin strömen sahen, sagte daher Benito:

„Freund Manuel, da bald nach unserer Ankunft in Belem wir uns trennen müssen, wird dir das ziemlich kurz erscheinen.“

„Ja, Benito,“ antwortete Manuel, „aber auch recht lang, da Minha erst nach Beendigung der Reise meine Frau werden soll.“

Sechstes Kapitel

Fällung eines ganzen Waldes

Freude herrschte in Joam Garrals Hause. Die großartige Fahrt auf dem Amazonas sollte in herrlicher Weise vollzogen werden. Nicht nur traten der Fazendero und die Seinen eine Reise von mehreren Monaten an, sondern es sollte auch, wie man sehen wird, ein Teil des Personals der Farm sie begleiten.

Als Joam Garral die ganze Welt um sich her glücklich sah, verließ ihn die Schwermut, die sein Leben zu trüben schien. Von diesem Tage an, wo sein Entschluß unerschütterlich feststand, war er ein anderer Mensch, und während er sich mit den Vorbereitungen zur Reise beschäftigte, zeigte er wieder seine alte Lebendigkeit. Für die Seinen war es eine lebhafte Genugtuung, ihn wieder bei der Arbeit zu sehen. Joam Garral wurde wieder der kraftvolle, gediegene Mann, der er in früherer Zeit gewesen war. Er zählte sich wieder als einen, der stets in der frischen, freien Luft, in der belebenden Atmosphäre der Wälder, Felder und Flüsse gelebt hatte.

Die wenigen Wochen bis zur Abreise sollten übrigens tüchtig ausgenutzt werden.

Wie schon erwähnt, befuhren damals noch keine jener zahlreichen Dampfer den Amazonas, obwohl einige Gesellschaften sich schon mit dem Gedanken trugen, auf dem Flusse und seinen Hauptnebenflüssen Dampferlinien einzurichten. Der Beförderungsdienst wurde nur durch Unternehmung auf eigene Rechnung besorgt, und größtenteils waren diese Fahrzeuge nur für den Bedarf einiger Niederlassungen am Ufer vorhanden.

Diese Fahrzeuge waren sogenannte „Ubas“, eine Art Pirogen, die aus einem mit Feuer und Axt ausgehöhlten Baumstamme gemacht waren; vorn spitz und leicht, hinten schwer und abgerundet, konnten sie einen bis zwölf Ruderer tragen und drei bis vier Tonnen Waren aufnehmen; ferner „Egaritas“, grob gefügt und breit gebaut, teilweis mit einem Blätterdach in der Mitte, das einen Gang für die Ruderer frei läßt; endlich „Jangadas“, eine Art unförmiger Flösse, die von einem dreieckigen Ruder getrieben werden und eine Strohhütte tragen, welchen dem Indianer und seiner Familie als schwimmende Wohnung dient.

Diese drei Arten Fahrzeuge bilden die kleine Flottille des Amazonenstroms und können nur in beschränktem Maße der Beförderung von Personen und Handelsgegenständen dienen.

Es gibt auch noch größere Fahrzeuge, „Vigilingas“, 8 bis 10 Tonnen messend, mit drei Masten und roten Segeln, bei ruhigem Wetter von vier langen Rudern fortbewegt, welche den Strom nur schwer überwinden;

ferner „Cobertas“, bis zu 20 Tonnen messend, eine Art Dschunken mit einem Häuschen auf dem Hinterdeck und einer Innenkajüte, zwei Masten mit viereckigen, ungleichen Segeln und bei ungenügendem oder entgegengesetztem Winde von zehn Rudern bewegt, die von einem vorn angebrachten hohen Gestell aus von den Indianern geführt werden.

Aber diese verschiedenen Fahrzeuge konnten Joam Garral nicht gefallen. Als er sich zu dieser Fahrt den Amazonas hinunter entschloß, war es gleich sein Gedanke, mit dieser Reise einen riesigen Transport von Waren, die er nach Para zu liefern hatte, zu verbinden. Von diesem Gesichtspunkt aus kam es nicht so sehr darauf an, daß die Fahrt in kurzer Zeit beendet wurde. Er faßte daher einen Entschluß, der allen Wünschen gerecht werden mußte – ausgenommen vielleicht Manuels Wunsch, da dieser junge Mann ohne Zweifel, und wohl mit Recht, einem schnellen Dampfboot den Vorzug gegeben hätte.

Aber so primitiv und urwüchsig das von Joam Garral geplante Beförderungsmittel auch sein sollte, so konnte es doch eine zahlreiche Gesellschaft tragen und sich in größter Bequemlichkeit und Sicherheit der Strömung überlassen.

In der Tat würde es fast ganz so sein, als wenn die Fazenda von Iquito sich vom Ufer gelöst hätte und eine Partie den Amazonenstrom hinab machte, mit allem, was zur Familie eines Fazendero gehört, Herren und Dienern, in ihren Häusern, ihren Schutzdächern und ihren Hütten.

Die Niederlassung von Iquitos umfaßte in ihrem Besitztum einige der prachtvollen Wälder, die in jenem mittlern Teil Südamerikas förmlich unerschöpflich sind.

Joam Garral verstand sich vorzüglich auf die Behandlung dieser Wälder, die das verschiedenste und kostbarste Holz in reichem Bestande aufwiesen. Da es zu Tischlerarbeiten, zur Kunsttischlerei, zum Mastenbau, wie zur Zimmerei geeignetes Material lieferte, brachte ihm dieses Holz jährlich einen beträchtlichen Gewinn.

Ließen sich nun nicht auf dem Flusse die Erzeugnisse der Amazonenwälder sicherer und billiger befördern, als es mit der Eisenbahn hätte geschehen können? Jedes Jahr ließ Joam Garral einige hundert Bäume seines Bestandes fällen und bildete eines jener großen Holzflöße aus Pfosten, Planken und roh behauenen Stämmen, die dann unter der Führung geschickter Lotsen, die die Tiefe und Stromrichtung des Flusses genau kannten, nach Para gingen.

In diesem Jahre wollte nun Joam Garral wie in den verflossenen Jahren verfahren. Nur wollte er nach Herstellung des Floßes die Einzelheiten des großen Handelsunternehmens diesmal Benito überlassen. Aber es war keine Zeit zu verlieren. Der Anfang des Monats Juni war in der Tat die günstige Zeit zur Abreise, da der vom Hochwasser des obern Beckens stark gestiegene Strom bis zum Monat Oktober allmählich fällt.

Mit den ersten Arbeiten mußte daher unverzüglich begonnen werden, denn der Holzschleppzug sollte diesmal außergewöhnlich groß werden. Diesmal sollte ein Wald von einer halben Meile im Quadrat abgeschlagen werden, der am Zusammenfluß des Nanay und Amazonas lag, das heißt also eine ganze Ecke vom Ufer der Fazenda – und hieraus sollte ein Schleppzug gebaut werden, eine Jangada, die die Dimensionen einer kleinen Insel haben sollte.

Auf dieser Jangada, die sichrer war als irgend ein Fahrzeug des Landes und geräumiger als 100 Egaritas oder Vigilindas zusammen, wollte Joam Garral mit seiner Familie, seinem Personal und der Ladung den Strom befahren.

„Eine ausgezeichnete Idee!“ rief Minha, sobald sie den Plan ihres Vaters vernahm, in die Hände klatschend.

„Ja,“ setzte Yaquita hinzu, „und auf diese Weise werden wir ohne Gefahren und Strapazen nach Belem kommen.“

„Und während jedes Aufenthalts können wir in den Wäldern am Ufer jagen,“ ergänzte Benito.

„Das wird vielleicht ein bißchen lange dauern,“ bemerkte Manuel: „wäre es nicht am Ende besser, ein schnelleres Beförderungsmittel zu wählen?“

Lange würde es sicherlich dauern: aber der interessierte Einwand des jungen Mediziners wurde von niemand unterstützt.

Joam Garral ließ nun einen Indianer kommen, den ersten Verwalter der Fazenda.

„In einem Monat," sagte er zu ihm, „muß die Jangada in Stand und zur Fahrt fertig sein."

„Heute noch, Signor Garral, wird mit der Arbeit begonnen," antwortete der Indianer.

Es war eine schwere Arbeit. Hundert Indianer und Schwarze entfalteten in diesen ersten 15 Tagen des Monats einen wunderbaren Eifer. Vielleicht hätten einige brave Leute, die an diese Massenschläge von Holz nicht gewöhnt waren, geseufzt beim Anblick dieser gefällten Riesen, die Jahrhunderte alt waren und nun in zwei bis drei Stunden unterm Beil der Fäller zusammenbrachen. Aber es stand Holz und wieder Holz am Ufer, vorn und hinten, auf den Inseln, bis zu den fernsten Inseln des Horizontes an beiden Ufern, und die Abholzung dieser halben Meile Wald verursachte nicht einmal eine merkliche Lücke.

Nachdem der Verwalter und seine Leute ihre Weisungen von Joam Garral erhalten hatten, hatten sie zuerst den Boden von Schlingpflanzen, Gestrüpp, Kraut und Gesträuch gesäubert, die ihn dicht bewucherten. Ehe sie zu Säge und Beil griffen, nahmen sie die sogenannten „Abatis" zur Hand, jene Werkzeuge, die keiner entbehren kann, wenn er in die Urwälder am Amazonas dringen will. Dies sind große Klingen, ein wenig krumm, breit und flach, zwei bis drei Fuß lang mit festem Handgriff. Die Eingeborenen handhaben sie mit großer Geschicklichkeit. In wenigen Stunden haben sie mit Hilfe dieser Klingen den Boden gesäubert, das Unterholz weggeschnitten und große Löcher in das dichteste Gestrüpp geschlagen.

So auch hier. Vor den Holzfällern der Farm verschwand alles Dickicht. Die alten Stämme ließen ihre Hüllen von Schlingpflanzen, Kakteen, Moos und Bromelien fallen. Ihre Rinde trat nackt hervor, des Messers harrend, das sie bald vom lebenden Stamme trennen sollte.

Dann schwang sich diese ganze Schar von Arbeitern in die Wipfel, sägte die starken Aeste ab und beraubte den Baum des oberen Gezweigs, das an Ort und Stelle verbraucht werden sollte. Ganze Herden von Affen flüchteten vor ihnen, an Behendigkeit ihnen kaum überlegen. Bald war von dem der Art verfallenen Walde nichts weiter übrig, als die langen altersgrauen, der Kronen beraubten Stämme, und mit der Luft gelangte nun auch der Sonnenschein bis zu dem feuchten Boden, den er vorher wohl nie beschienen hatte.

Unter all diesen Bäumen war nicht einer, der sich nicht irgendwie zu Zimmerei oder Tischlerei hätte verarbeiten lassen. Hier wuchsen gleich elfenbeinernen Säulen mit braunen Ringen einige jener 120 Fuß hohen und am Fuße vier Fuß breiten Wachspalmen, die ein äußerst festes, hartes Holz liefern; hier waren Kastanien von sehr widerstandsfähigem Splint, die dreieckige Nüsse tragen; „Murichis", die als Bauholz sehr gesucht sind, "Barrigudos", an der wenige Fuß über der Erde ausgebauchten Stelle zwei Klafter im Umfang, Bäume von rötlicher, glänzender Rinde mit grauen Knoten: weißstämmige Bombax, glatt und schlank, von stolzem Wuchs. Neben diesen prächtigen Repräsentanten der Flora des Amazonengebietes fielen auch „Quatibos", deren rosafarbener Wipfel alle umstehenden Bäume überragt und die Früchte von der Form kleiner Vasen tragen, in denen kleine Reihen von Kastanien liegen. Ihr hellviolettes Holz ist zum Schiffbau besonders begehrt. Ferner Eisenbäume und vor allem die „Ibiriratea" von fast schwarzem Holze, deren Gefüge so fest ist, daß die Indianer ihre Streitäxte daraus anfertigen: „Jacarandas", kostbarer als Mahagoni: „Caesalpinas", die nur in den Tiefen jener uralten Wälder zu finden sind, die das Beil des Fällers noch nicht kennen gelernt hatten: „Sapucaias" von 150 Fuß Höhe, von natürlichen Gewölben gestützt, die drei Meter vom Fuß von ihnen ausgehen, in dreißig Fuß Höhe sich wieder mit ihnen zusammenschließen.

Drei Wochen nach Beginn der Arbeiten stand von all den Bäumen, die die Ecke zwischen dem Nanay und dem Amazonas geziert hatten, keiner mehr. Die Abholzung war vollendet. Joam Garral brauchte sich nicht einmal mehr um die Bewirtschaftung eines Waldbodens zu bekümmern, der in 20 bis 30 Jahren wieder gut bestanden sein konnte. Der Wald war dem Erdboden gleich gemacht, und ein kahler Fleck war jetzt hier.

Diese vom Wasser des Stromes und seines Nebenflusses bespülte Quadratmeile sollte nun urbar gemacht, bearbeitet, bepflanzt und besät werden, und im folgenden Jahre sollten Felder von Manioc, Kaffee, Zuckerrohr, Pfeilwurzel, Mais, Erdnüssen den Boden bedecken, den bisher ein reicher Wald beschattet hatte.

In der letzten Woche des Monats Mai waren alle Stämme nach ihrer Art und Schwimmbarkeit gesondert und symmetrisch am Ufer des Amazonas geordnet. Hier sollte die riesige Jangada gebaut werden, die mit den verschiedenen für die Unterkunft der Reisenden erforderlichen Behausungen ein wirklich schwimmendes Dorf bildete. Zur bestimmten Stunde würde der vom Hochwasser angeschwollene Strom sie emporheben und Hunderte von Meilen weit bis zum Gestade des Atlantischen Ozeans tragen.

Solange diese Arbeiten dauerten, war Joam Garral vollauf dabei. Er hatte sie selber geleitet, zuerst an der Abholzstelle, dann an der Grenze der Fazenda, wo ein langer Strand sich hinzog, auf welchem die Teile des Floßes zusammengesetzt wurden.

Yaquita besorgte mit Cybele alle Vorbereitungen zur Reise, obwohl die alte Negerin nicht begriff, daß die Leute wegfahren wollten, wo sich hier doch alle so wohl fühlten.

„Aber du wirst Dinge sehen, die du noch nie gesehen hast!" sagte Yaquita immer wieder zu ihr.

„Sind sie ebenso gut und schön wie die, die wir zu sehen gewöhnt sind?" entgegnete immer wieder Cybele.

Minha und ihre „Favoritin" dachten ihrerseits an das, was sie vor allem anging. Für sie handelte es sich nicht um eine einfache Reise: es war ein endgiltiger Abschied, es waren die tausend einzelnen Bestandteile einer Einrichtung für ein anderes Land herzustellen, wo die junge Mulattin bei ihrer so innig geliebten Herrin bleiben sollte. Minhas Herz war freilich ein wenig schwer, aber die lustige Lina machte sich keine Kopfschmerzen darüber, daß sie von Iquitos weg sollte. Bei Minha Valdez blieb sie ja dasselbe, was sie bei Minha Garral war. Wenn sie nicht mehr hätte lachen sollen, hätte man sie von ihrer Herrin trennen müssen – was ganz ausgeschlossen war.

Benito hatte seinen Vater bei den eben beendeten Arbeiten fleißig unterstützt. In dieser Weise war er als Fazendero in der Lehre; denn eines Tages sollte er ja auch in diesen Beruf eintreten. So sollte auch für seine künftige Tüchtigkeit als Handelsherr die Stromfahrt eine Lehre sein.

Manuel war bald in dem Hause, wo Yaquita und ihre Tochter keine Stunde ungenützt vorbeiließen, bald auf dem Abholzgelände, wohin ihn Benito öfter, als ihm lieb war, mitnehmen wollte: aber öfter blieb er doch im Hause, was ja sehr begreiflich war.

Siebentes Kapitel
Einer Schlingpflanze folgend

An einem Sonntag, 26. Mai, beschlossen die jungen Leute, sich ein wenig Zerstreuung zu verschaffen. Das Wetter war herrlich, die Atmosphäre war von kühlen Brisen von den Cordilleren her aufgefrischt, die Temperatur war mild. Alles ladete zu einem Ausflug ein.

Benito und Manuel machten dem jungen Mädchen den Vorschlag, sie durch die großen Wälder am rechten Ufer des Amazonas gegenüber der Fazenda zu begleiten.

Auf diese Weise konnte man von der reizenden Umgebung von Iquitos Abschied nehmen. Die beiden jungen Männer gingen als Jäger, aber sie dachten nicht daran, ihre Gefährtinnen im Stich zu lassen, um dem Wild nachzustellen, wenigstens von seiten Manuels war dies völlig ausgeschlossen – und die jungen Mädchen, denn Lina konnte sich von ihrer Herrin nicht trennen – sollten als einfache Spaziergängerinnen gehen, für die ein Ausflug von zwei bis drei Meilen ein Kinderspiel war.

Joam Garral und Yaquita hatten keine Zeit, sich ihnen anzuschließen. Einesteils war die Jangada noch nicht fertig, und der Bau durfte nicht die geringste Verzögerung erleiden. Andererseits hatten Yaquita und Cybele, obwohl ihnen das ganze weibliche Personal der Fazenda half, keine Stunde zu verlieren.

Minha nahm den Vorschlag mit Vergnügen an. So begaben sich denn an diesem Tage nach dem Frühstück die zwei jungen Männer und die zwei jungen Mädchen nach dem Strande, wo die beiden Flüsse ineinander strömen. Ein Schwarzer begleitete sie. Alle bestiegen eine der Ubas, die für den Dienst der Farm bestimmt waren, und nachdem sie zwischen den Inseln Iquitos und Parianta hindurchgefahren waren, langten sie am rechten Ufer des Amazonenstromes an.

Das Fahrzeug landete an einer von prächtigen, baumartigen Farren bestandenen Bucht, die in Höhe von 30 Fuß noch von einer Art Kranz aus zarten, sammetgrünen, mit feinspitzigen Blättern versehenen Zweigen gekrönt waren.

„Und nun, Manuel," sagte das junge Mädchen, „muß ich für dich die Honneurs des Waldes machen, denn du bist ja ein Fremdling in diesen Regionen des obern Amazonas. Wir sind hier zu Hause, und ich werde meinen Pflichten als Herrin des Hauses nachkommen."

„Liebe Minha," antwortete der junge Mann, „du wirst nicht minder Herrin des Hauses in unserer Stadt Belem sein als in der Fazenda von Iquitos, und dort unten wie hier."

„Ach was, Manuel, und du, Schwester," sagte Benito, „Ihr seid doch nicht mitgekommen, um Euch Zärtlichkeiten zu sagen, sollt ich meinen! ... Vergeßt ein paar Stunden, daß Ihr Brautleute seid ...!"

„Nicht eine Stunde! nicht einen Augenblick!" versetzte Manuel.

„Wenn dies aber Minha befiehlt?"

„Das wird sie nicht tun!"

„Wer weiß?" rief Lina lachend.

„Lina hat recht," antwortete Minha, indem sie Manuel die Hand hinstreckte. „Wir wollen versuchen, das zu vergessen. Wir wollen es vergessen. Mein Bruder verlangt es! Alles ist aufgehoben – alles! Für die Dauer dieses Spaziergangs sind wir keine Verlobten mehr. Ich bin nicht mehr Benitos Schwester. Du bist nicht mehr sein Freund."

„Das wäre!" rief Benito.

„Bravo! bravo! Hier sind wir alle Fremde!" rief die junge Mulattin, in die Hände klatschend.

„Fremde, die sich zum erstenmal sehen," setzte das junge Mädchen hinzu, „die sich treffen, sich begrüßen –"

„Mein Fräulein –" sagte Manuel, sich vor Minha verneigend.

„Mit wem habe ich die Ehre, mein Herr?" fragte das junge Mädchen in ernsthaftem Tone.

„Manuel Valdez, der sich glücklich schätzen würde, wenn Ihr Herr Bruder ihn vorstellen wollte."

„Ach, zum Teufel mit diesem dummen Kram!" rief Benito. „Das war ein blöder Einfall von mir. Seid Brautleute, Kinder! Seid es, so viel Ihr wollt! Seid es immer!"

„Immer!" rief Minha, der dieses Wort so unwillkürlich entschlüpfte, worüber natürlich Lina hell auflachte.

Ein dankbarer Blick Manuels belohnte das junge Mädchen für dieses unkluge Wort.

„Wenn wir laufen, sprechen wir nicht so viel! Also vorwärts!" rief Benito, um seiner Schwester aus der Verlegenheit zu helfen.

Aber Minha hatte es nicht eilig.

„Einen Augenblick, Bruder!" sagte sie, „du hast gesehen, ich gehorche. Du wolltest, daß Manuel und ich unser Verhältnis außer acht lassen sollten, damit dir der Spaziergang nicht langweilig wird. Nun, auch ich habe dich um einen Gefallen zu bitten, damit er mir nicht langweilig wird. Du wirst, wenn es dir gefällig ist und auch wenn es dir nicht gefällig ist, mir versprechen, daß du, Benito, in eigner Person außer acht lassen willst –"

„Was denn?“

„Daß du Jäger bist!“

„Was! du verwehrst mir –?“

„Ich verbiete dir, all die reizenden Vögel zu schießen, die Papageien, Sittiche, Kaziken, Kureskus, die so fröhlich im Walde umherschwirren. Dasselbe Verbot gilt für das Tafelwildpret, mit dem wir heute nichts zu tun haben. Wenn eine Unze, ein Jaguar oder sonst ein wildes Tier in unsere Nähe kommt, dann meinetwegen!“

„Aber –!“ wollte Benito einwenden.

„Wenn du nicht einverstanden bist, nehme ich Manuels Arm, und wir reißen aus. Dann werden wir uns verlieren, und du wirst uns nachlaufen müssen.“

„He, wär's dir lieber, wenn ich nicht einverstanden wäre?“ rief Benito, seinen Freund Manuel ansehend.

„Glaub's wohl!“ antwortete der junge Mann.

„Nein, nun gerade nicht!“ sagte Benito. „Ich erkläre mich einverstanden und werde gehorchen, bloß damit du dich recht ärgerst! Vorwärts!“

Alle vier – der Schwarze hinter ihnen drein – traten nun unter die schönen Bäume, deren dichtes Blätterwerk die Sonnenstrahlen nicht bis zum Boden dringen ließ.

Es gibt nichts Prachtvolleres als dieser Teil des Amazonasufers. In malerischem Durcheinander stehen hier soviel verschiedene Bäume, daß man auf dem Raum von einer Viertelmeile im Quadrat hundert Spielarten dieser wunderbaren Pflanzen zählen kann. Ein Forstmann hätte hier leicht erkannt, das; noch nie ein Fäller mit Beil und Axt hierher gekommen war. Selbst nach mehreren Jahrhunderten wäre eine Durchforstung oder ein Abschlag hier noch erkenntlich gewesen. Selbst wenn neue Bäume schon hundert Jahre alt gewesen wären, wäre der allgemeine Anblick nicht der der Urzeit gewesen, vor allem infolge der Eigentümlichkeit, das; die Arten der Schling- und Schmarotzerpflanzen verschieden gewesen wären. Dies ist ein seltsames Anzeichen, das ein Eingeborner sofort erkannt hätte.

Die heitere Gesellschaft schritt durch das hohe Gras, das Gestrüpp und das Dickicht, plaudernd und lachend. Vorn handhabte der Neger seinen Abatis und bahnte einen Weg, wo das Gewirr zu dicht war. Tausende von Vögeln flogen auf und flüchteten.

Minha hatte recht, als sie für die befiederte Welt, die in dem hohen Blätterwerk umherflatterte, sich verwendete. Hier zeigten sich die schönsten Vertreter der tropischen Ornithologie. Die grünen Papageien, die kreischenden Sittiche schienen die natürlichen Früchte dieser riesigen Bäume zu sein. Die Kolibris und all ihre Spielarten, die Blaubärte, die Topasrubinen, Tisauras mit langen Scherenschwänzen waren wie ebenso viele Blumen, die sich losgelöst hatten und vom Winde von einem Zweig zum andern getragen wurden, Amseln von orangefarbigem Gefieder, mit braunem Flügelsaum, Feigendrosseln mit Goldstreifen, „Sabias“, schwarz wie Raben, stimmten zusammen ein ohrenbetäubendes Konzert von Pfeifern an. Der Pfefferfresser pickte mit seinem langen Schnabel die goldenen Trauben der „Guiriris“ an. Die brasilianischen Grünspechte schüttelten ihren kleinen purpurgesprenkelten Kopf. Es war eine Augenweide.

Aber all diese Welt verstummte und versteckte sich, wenn in den Baumwipfeln die „ alma de gato“, die „Katzenseele“, eine Art hellgelber Specht, seine knarrende Stimme hören liefe. Wenn er stolz die langen, weißen Schwanzfedern ausbreitete, so entfloh doch auch er, wenn in den obern Regionen der „Gaviao“ erschien, ein großer Adler mit schneeweißem Kopf, der Schrecken alles Geflügels des Waldes.

Minha machte Manuel auf diese Wunder der Natur aufmerksam, die dieser in ihrer Urwüchsigkeit in den zivilisierten Provinzen des Ostens nicht zu sehen bekam. Manuel hörte der jungen Dame mehr mit den Augen als mit den Ohren zu. Uebrigens war das Geschrei und Gepfeife dieser Tausende von Vögeln so durchdringend, daß er sie bisweilen nicht hätte verstehen können. Nur das helle Lachen Linas war volltönig genug, um mit seinem lustigen Klang das Glucksen, Piepsen, Trillern, Pfeifen und Rollen all dieser Tierchen zu übertönen.

Nach einer Stunde waren sie erst eine kleine Meile weit. Als sie sich vom Ufer entfernten, nahmen die Bäume ein anderes Aussehen an. Das Tierleben zeigte sich nicht mehr auf ebnem Boden, sondern 60 bis 80 Fuß hoch, wo Herden von Affen durch die hohen Zweige huschten. Hie und da fielen ein paar Sonnenstrahlen bis ins Unterholz. In diesen Tropenwäldern scheint in Wahrheit das Licht zum Dasein nicht mehr unbedingt erforderlich zu sein. Die Luft genügt diesen Pflanzen, großen oder kleinen, Bäumen oder Gewächsen, zur Entfaltung, und alle zur Ausdehnung ihres Saftes nötige Wärme entnehmen sie nicht der Atmosphäre um sie her, sondern dem Schoße der Erde selber, wo sie wie in einem riesigen Wärmebehälter aufgespeichert liegt.

Und auf den Bromelien, Serpentinen, Orchideen, Kakteen und all den Schmarotzerpflanzen, die einen kleinen Wald unter dem großen bildeten, – was für wunderbare Insekten hätte man da wie wirkliche Blumen pflücken können: Nestors mit blauen Flügeln, die wie aus schillerndem Zeug gemacht zu sein schienen, goldig flimmernde Leilusfalter, die mit grünen Streifen geziert waren, Agrippinenschwärmer, zehn Zoll lang, mit blätterförmigen Schwingen, Maribundasbienen, eine Art lebender Smaragde in Goldfassung, dann Legionen von Leuchtkäfern oder Glühwürmern, Käfer mit bronzefarbigem Brustschild und grünen Flügeldecken, aus deren Augen ein gelbliches Licht strahlte und die in der Nacht mit ihrem vielfarbigen Geleucht den Wald illuminierten.

„Wie wunderbar!“ rief die junge Dame begeistert.

„Du bist hier zu Hause, Minha, oder wenigstens hast du das gesagt,“ sagte Benito, „und nun bist du so sehr über deine eigenen Reichtümer erstaunt.“

„Spotte du nur, lieber Bruder!“ antwortete Minha. „Niemand wird mir verwehren, so viel schöne Dinge zu preisen, nicht wahr, Manuel? Sie sind von Gottes Hand und gehören aller Welt!“

„Mag Benito lachen!“ sagte Manuel. „Er will sich's nicht merken lassen, aber zuzeiten ist er ein Poet, und er bewundert all diese Naturschönheiten ebenso wie wir. Bloß wenn er ein Gewehr unterm Arm hat, dann Ade Poesie!“

„Sei doch jetzt mal Poet, Bruder!“ rief das junge Mädchen.

„Ich bin Poet!“ versetzte Benito. „O zauberische Natur usw.!“

Es läßt sich nicht verschweigen, das; Minhas Verbot, die Flinte zu gebrauchen, für Benito sehr hart war. Es fehlte in diesem Wald nicht an Wild, und er hätte mehrmals schon Gelegenheit zu einem schönen Schuß gehabt.

In den weniger dichten Partien, wo ziemlich breite Lichtungen sich öffneten, erschienen einige Straußenpärchen von der Art der „Naudus“, vier bis fünf Fuß hoch. Ihnen folgten die „Seriemas“, die ihre unzertrennlichen Begleiter sind – eine Art Truthühner, die unendlich schmackhafter sind als die großen Vögel, hinter denen sie herlaufen.

„Das habe ich nun von meinem verwünschten Versprechen!“ rief Benito, indem er auf einen Wink seiner Schwester das Gewehr, das er schon an die Achsel gelegt hatte, wieder absetzte.

„Diese Seriemas müssen geschont werden,“ antwortete Manuel, „denn sie sind gewaltige Schlangentöter.“

„Ebenso müßte man die Schlangen schonen,“ versetzte Benito, „weil sie viel schädliche Insekten vertilgen, und ebenso wieder diese, weil sie von noch schädlichern Blattläusen leben! Wenn man so rechnen will, müßte überhaupt alles geschont werden!“

Aber der Trieb des jungen Jägers sollte noch auf eine härtere Probe gestellt werden. Plötzlich wimmelte es in dem Walde von Wild. Schnelle Hirsche und elegante Rehe eilten durch das Unterholz, und sicher hätte eine gut gezielte Kugel ihrer Flucht ein Ziel gesetzt. Dann erschienen hie und da Truthühner von der Farbe von Milchkaffee, dann Peccaris, eine Art wilder, von Gourmands sehr geschätzter Schweine, Agutis, die in Südamerika die Stelle der Hasen und Kaninchen vertreten, und

Gürteltiere mit mosaikartigem Schuppenpanzer, die zur Klasse der Zahnlosen gehören.

Und wirklich zeigte Benito nicht mehr bloße Tugend, sondern wirklichen Heroismus, als er einen Tapir von der Gattung, die in Brasilien „Antas" heißt, erblickte. Dies sind sozusagen Miniaturelefanten, die man schon jetzt am obern Amazonas und seinen Zuflüssen fast nicht mehr findet – Dickhäuter, die von den Jägern wegen ihrer Seltenheit und von den Feinschmeckern wegen ihres, dem Ochsenfleisch an Wohlgeschmack wert überlegenen Fleisches, und besonders wegen des Nackenhökers, der als ein fürstlicher Bissen gilt, sehr gesucht sind.

Ja! die Büchse brannte ihm in den Fingern; aber seinem Versprechen getreu tat er keinen Schuß.

Aber dennoch– das sagte er auch seiner Schwester – würde der Schuß von selber losgehen, wenn er in günstiger Entfernung einen „Tamandra assa", eine Art sehr seltnen Ameisenbäres, der in den Jägerannalen als ungemein schwer zu schießen gilt – vor die Augen bekommen würde.

Aber glücklicherweise zeigte sich der große Ameisenbär nicht, ebenso wenig wie die Panther, Leoparden, Jaguare, Geparden, Kuguare, die man in Südamerika unter der Bezeichnung Onzen zusammenfaßt und denen man nicht allzu nahe kommen darf.

„Aber in allem," sagte Benito, indem er einen Augenblick stehen blieb, „so ein Spaziergang ist ja sehr schön, aber wenn man kein Ziel hat –"

„Kein Ziel!" rief das junge Mädchen. „Wir wollen doch eben bloß sehen, bewundern, ein letztes Mal diese Wälder Mittelamerikas besuchen, die wir in Para nicht mehr haben, ihnen zum letzten mal Lebewohl sagen!"

„Ah! eine Idee!"

Lina sprach diese Worte.

„Wenn Lina eine Idee hat, dann kann es nur irgend eine Torheit sein!" antwortete Benito kopfschüttelnd.

„Es ist nicht recht, Bruder," sagte das junge Mädchen, „daß du dich über Lina mokierst, denn sie ist doch bemüht, unserm Spaziergang das Ziel zu verleihen, das du an ihm vermissest!"

„Um so mehr, Signor Benito, als meine Idee Ihnen sicherlich gefallen wird," antwortete die junge Mulattin.

„Was hast du denn für eine Idee?" fragte Minha.

„Sie sehen doch diese Schlingpflanze?"

Und Lina zeigte auf eine jener Schlingpflanzen von der Gattung der „Cipo", die um eine riesige Mimosa geschlungen war, deren federleichte Blätter sich bei der leisesten Berührung schlossen.

„Was weiter?" fragte Benito.

„Ich schlage vor," antwortete Lina, „daß wir alle dieser Schlingpflanze bis zu ihrem Ende folgen!"

„Das ist eine Idee! Da hätten wir in der Tat ein Ziel!" rief Benito. „Dieser Schlingpflanze folgen, was für Hindernisse, Gestrüpp, Dickicht, Gestein, Gewässer, Gießbäche sich auch bieten mögen, sich durch nichts aufhalten lassen, selbst wenn –"

„Du hast entschieden recht, Bruder!" sagte Minha lachend. „Lina ist ein bißchen närrisch."

„Recht nett!" antwortete der Bruder, „du sagst, Lina sei närrisch, bloß um nicht zu sagen, daß Benito verrückt sei, weil er ihr beistimmt."

„Gut, wir wollen närrisch sein, wenn das Euch Spaß macht! Gehen wir also der Schlingpflanze nach!"

„Fürchtet Ihr nicht –" begann Manuel.

„Noch ein Einwand!" unterbrach ihn Benito. „Ah, Manuel! Wenn Minha dich am Ende erwartete, würdest du nicht so sprechen, sondern schon unterwegs sein!"

„Ich bin still," antwortete Manuel, „ich gehorche und sage nichts mehr. Gehen wir also der Schlingpflanze nach!"

Heiter wie Kinder zur Ferienzeit, machten sie sich auf den Weg.

Sie konnten von diesem Pflanzenbande weit geführt werden, wenn sie sich's in den Kopf setzten, ihm bis zum Ende zu folgen wie einem Ariadnefaden – nur, daß der Faden der Erbin von Minos aus dem Labyrinth hinausleitete, während dieser nur aufs tiefste hineinführen konnte.

Die Schlingpflanze war eine jener unter der Bezeichnung rote Japicanga bekannten Cipos, deren Länge bisweilen mehrere Meilen mißt. Aber man hatte sich ja immerhin nicht auf Ehre verpflichtet, ans Ende zu kommen.

Der Cipo ging von einem Baum zum andern, ein ununterbrochnes Band, bald um die Stämme gewickelt, bald an die Zweige gekettet, hier von einem Drachenbaum zu einem Palissanderbaum springend, dort von einem riesigen Kastanienbaum, der „Dertholletia ercelsa“ zu einigen Weinpalmen, „Baccabas“ genannt, deren Zweige von Agassiz mit Recht mit langen, grüngesprenkelten Korallenstäbchen verglichen worden sind. Dann wand sie sich zu „Tucumas“ hin, eine Feigenart, die seltsam gewunden ist wie hundertjährige Oelbäume und deren es in Brasilien 43 verschiedene Arten gibt, dann zu jenen Euphorbiaceen, die den Kautschuk liefern, zu „Gualtes“, schönen Palmen mit glattem, feinem, elegantem Stamm, zu Kakaobäumen, die am Ufer des Amazonas und seiner Zuflüsse wild wachsen, zu verschiedenen Melastomaceen, von denen die einen rosafarbene Blüten, die andern wieder Rispen von weiblichen Beeren tragen.

Aber ab und zu machte die frohe Gesellschaft Halt und tot einen einstimmigen Ruf der Enttäuschung; denn sie hatten den führenden Faden verloren. Er mußte erst wieder gefunden und aus einem Durcheinander von Schmarotzerpflanzen entwirrt werden.

„Da, da!“ rief Lina, „ich sehe ihn!“

„Tu irrst dich,“ antwortete Minha, „das ist er nicht mehr, das ist eine Liane von anderer Art.“

„Aber nein, Lina hat recht!“ sagte Benito.

„Nein, Lina hat unrecht!“ versetzte natürlich Manuel.

Nun begann ein ernsthafter, hartnäckiger Meinungsaustausch, bei dem niemand nachgeben wollte.

Dann machten sich der Schwarze von der einen Seite und Benito von der andern über die Bäume her und kletterten zu den von dem Cipo umwundenen Zweigen hinauf, um die Richtung wiederzufinden.

In diesem Gewirr von Pflanzenwerk, zwischen dem die Liane sich hinschlängelte, inmitten dieser Bromelien, die scharfe Tarnen hatten, dieser Orchideen mit rosanen Blumen und violetten Lippchen von der Größe eines Handschuhs, dieser Oncidien, die verworrner durcheinander laufen, als die Fäden eines Knäuels, in das sich die Füße einer jungen Katze verstrickt haben – in diesem Gewirr war das freilich keine leichte Arbeit.

Und wenn gar die Liane wieder zum Boden hinablief, wie schwer wäre es erst, sie zu finden unter dem riesigen Labyrinth von Lycopoden, großblättrigen Helilonien, Kalliandren mit Rosatroddeln, Rhipsalen, die wie der Draht einer elektrischen Rolle um sie gewunden sind, zwischen den Knoten großer weißer Ipomoeen, den fleischigen Stengeln der Vanillen, inmitten von Passionsblumen, Fruchtreis, wildem Wein und Ranken.

Und wenn der Cipo wiedergefunden war, gab es einen Freudenschrei wie aus einem Munde, und der kurze Zeit unterbrochne Spaziergang wurde fortgesetzt.

Seit einer Stunde gingen die jungen Männer und jungen Mädchen schon dahin, und noch war nicht vorauszusehen, daß sie das ersehnte Ziel erreichen würden. Sie schüttelten die Liane kräftig, aber sie gab nicht nach, und zu Hunderten flogen die Vögel auf und flüchteten die Affen von Baum zu Baum, wie um den Weg zu zeigen.

Wenn ein Gestrüpp den Weg versperrte, schlug der Abatis ein Loch, und die Gesellschaft drang da hinein. Bald schlang sich auch die Liane über einen hohen grünbewachsenen Felsblock, da schwangen sie sich hinauf und kletterten darüber hinweg.

Nach einer Weile öffnete sich eine breite Lichtung. In dieser freiem Luft, die ihm unentbehrlich ist wie das Sonnenlicht, zeigte sich vereinzelt der Tropenbaum par excellence, der, wie Humboldt bemerkt, „den Menschen in die Kindheit seiner Zivilisation begleitet hat," der große Ernährer der Bewohner der heißen Zone, ein Bananenbaum. Das lange Band der Liane hing an den obern Zweigen, führte von einem Ende der Lichtung zum andern und verlor sich von neuem im Walde.

„Machen wir endlich Halt?" fragte Manuel.

„Nein! Tausendmal nein!" rief Benito. „Erst müssen wir am Ende der Liane sein!"

„Indessen wird es bald Zeit, an die Rückkehr zu denken!" bemerkte Minha.

„Oh, teure Signora, noch weiter, noch weiter!" rief Lina.

„Immer weiter!" rief Benito.

Blindlings gingen sie tiefer in den Wald, der hier etwas lichter und schwieriger zu begehen war.

Der Cipo bog jetzt nach Norden und schien zum Flusse zurückkehren zu wollen. Sie konnten ihm nun getrost folgen, da sie sich so wieder dem rechten Ufer näherten, an dem sie dann leicht entlang gehen konnten.

Eine Viertelstunde später wurde am Grunde einer Schlucht vor einem kleinen Zufluß des Amazonenstromes Halt gemacht. Eine Brücke aus Schlingpflanzen, „Bejucos", die unter sich durch ein Netz von Zweigen verkettet waren, führte über diesen Bach. Der Cipo teilte sich in zwei Stränge, diente dieser Brücke gewissermaßen als Geländer und ging so von einem Ufer zum andern.

Immer voran, hatte Benito bereits den Fuß auf diese schwankende Pflanzenbrücke gesetzt.

Manuel wollte das junge Mädchen zurückhalten.

„Bleib, bleib, Minha!“ sagte er. „Benito mag weiter gehen, wenn er Lust hat, aber wir werden hier auf ihn warten!“

„Nein, kommen Sie, kommen Sie, teure Signora, kommen Sie!“ rief Lina. „Seien Sie ohne Furcht! Die Schlingpflanze wird schon dünner. Wir kommen noch ans Ziel und finden das Ende!“

Ohne Zaudern wagte die junge Mulattin sich kühn hinter Benito her.

„Das sind die reinen Kinder!“ rief Minha. „Komm, lieber Manuel, wir müssen ihnen schon folgen.“

So überschritten denn alle die Brücke, die sich wie eine Schaukel über der Schlucht wiegte, und traten von neuem unter das Gewölbe der hohen Bäume.

Aber sie waren kaum wieder zehn Minuten lang der endlosen Schlingpflanze in der Richtung des Stromes nachgegangen, als abermals alle, diesmal nicht ohne Grund, Halt machten.

„Sind wir endlich am Ende dieser Liane?“ fragte das junge Mädchen.

„Nein,“ antwortete Benito, „aber wir tun gut, nur mit größter Vorsicht weiterzugehen.“

Benito zeigte auf die Liane, die, in den Zweigen eines hohen Feigenbaumes verloren, heftig hin und her gerissen wurde.

„Wer macht das?“ fragte Manuel.

„Vielleicht ein Tier, dem man mit Umsicht nahe kommen muß.“

Benito nahm die Büchse zur Hand, winkte den andern, ihn allein gehen zu lassen, und ging zehn Schritte vor.

Manuel, die beiden jungen Mädchen und der Schwarze blieben regungslos stehen.

Plötzlich stieß Benito einen Schrei aus, und sie sahen ihn auf einen Baum zueilen. Alle liefen nun dorthin.

Ein unerwartetes Schauspiel bot sich ihnen, das freilich keine Augenweide war.

Ein Mann, am Halse hängend, schwang am Ende dieser Liane hin und her. Die Schlingpflanze war hier dünn wie ein Strick, und der Mann hatte daraus eine Schlinge gemacht. Das Hin- und Herzerren kam von den Stößen, die er in den letzten Zuckungen des Todeskampfes machte.

Aber Benito hatte den Unglücklichen gepackt, und mit einem Streich seines Jagdmessers hatte er den Cipo zerschnitten.

Der Gehängte fiel zu Boden. Manuel neigte sich über ihn, um ihn zum Leben zurückzurufen, wenn es nicht schon zu spät war.

„Der arme Mensch!" murmelte Minha.

„Signor Manuel, Signor Manuel, er atmet noch. Sein Herz schlägt. Sie müssen ihn retten."

„Das stimmt in der Tat," antwortete Manuel, „aber es war die höchste Zeit, daß wir dazu kamen."

Der Gehängte war ein Mann von etwa 30 Jahren, ein Weißer, schlecht gekleidet und sehr abgemagert. Er schien viel gelitten zu haben.

Zu seinen Füßen lag eine leere Flasche, die er zu Boden geworfen hatte, und ein Kugelfänger, an dem der aus einem Schildkrötenkopf gemachte Fangbecher an einem Faden herabhing.

„Sich zu hängen! sich zu hängen!" rief Lina. „Und noch jung. Was mag den wohl dazu getrieben haben!"

Manuels Verfahren brachte den armen Teufel bald wieder zu sich. Er öffnete die Augen und räusperte sich so heftig, daß die verdutzte Lina einen Schrei nach dem andern ausstieß.

„Wer seid Ihr, mein Freund?" fragte ihn Benito.

„Ein Er-Gehängter, wie ich sehe."

„Und Ihr Name –?"

„Warten Sie ein wenig, ich muß mich erst besinnen," sagte er, indem er sich mit der Hand über die Stirn strich. „Ja! Ich heiße Fragoso, zu dienen, ich kann Sie, wenn ich dazu noch imstande bin, frisieren, koiffieren, rasieren, kurz, nach allen Regeln meiner Kunst behandeln. Ich bin ein Barbier oder, besser gesagt, der unglücklichste aller Figaros!"

„Und wie konnten Sie auf den Einfall kommen –?"

„Jenun, mein wackrer Herr!" antwortete Fragoso lächelnd. „Ein Augenblick der Verzweiflung, den ich aufrichtig bedauert haben würde, wenn es im Jenseits noch etwas zu bedauern gäbe! Aber wenn man noch 800 Meilen Landes durchlaufen soll, ohne eine Pataque in der Tasche, da kann einem schon das Herz in die Hosen fallen. Wahrscheinlich hätte ich eben die Courage verloren."

Dieser Fragoso machte im Grunde einen guten und angenehmen Eindruck. Je mehr er sich erholte, um so mehr erkannte man, daß er von frohsinnigem Charakter war. Er war einer jener herumziehenden Barbiere, die am Ufer des obern Amazonas von Stadt zu Stadt wandern und den Negern, Negerinnen, Indianern, Indianerinnen die Vorteile ihres Gewerbes, von denen diese sehr eingenommen sind, zu gute kommen lassen.

Aber der arme Figaro hatte nichts mehr – befand sich in bitterem Elend – hatte 40 Stunden lang nichts gegessen – hatte sich obendrein in diesem Walde verirrt – und hatte daher einen Augenblick den Kopf verloren. Das Uebrige weiß man.

„Mein Freund," sagte Benito zu ihm, „Sie werden mit uns nach der Fazenda von Iquitos kommen."

„Mit Vergnügen!" antwortete Fragoso. „Sie haben mich abgeschnitten, und nun gehöre ich Ihnen. Das hätten Sie eben bleiben lassen sollen."

„Nun, teure Signora, war's nicht gut, daß wir weiter gingen?" fragte Lina.

„Freilich wohl!" antwortete das junge Mädchen.

„Ich hätte mir jedesfalls nie träumen lassen," sagte Benito, „daß wir am Ende unseres Cipo einen Menschen finden würden."

„Und obendrein einen Barbier in tausend Aengsten, der sich eben aufhängen will!" setzte Fragoso hinzu.

Der arme Teufel, der nun wieder auf den Beinen war, erfuhr nun, wie sich alles zugetragen hatte. Er dankte innig Lina für den guten Einfall, dieser Liane nachzugehen, und alle machten sich nun auf den Rückweg nach der Fazenda, wo Fragoso in einer Weise ausgenommen wurde, daß er nicht mehr Lust hatte und es auch nicht mehr nötig hatte, noch einmal einen so unglücklichen Entschluß zu fassen.

Achtes Kapitel
Die Jangada

Die halbe Quadratmeile Wald war abgeschlagen. Nun erwuchs für die Zimmerleute die Aufgabe, in Form eines Floßes die mehrere hundert Jahre alten Bäume am Strande zusammenzutragen.

Leichte Arbeit in der Tat! Unter Joam Garrals Leitung entfalteten die in der Fazenda bediensteten Indianer eine unvergleichliche Geschicklichkeit. Wenn es sich um ein Gebäude oder ein Wasserfahrzeug handelt, sind diese Eingebornen unstreitig wunderbare Arbeiter. Sie haben nur Beil und Säge und bearbeiten Holz, das so hart ist, daß die Schneide ihres Werkzeugs schartig wird, und ob sie nun Bäume vierkantig machen, Balken aus riesigen Stämmen schneiden, Planken oder Bohlen ohne Hilfe mechanischen Sägen herstellen sollen, alles wird unter ihrer behenden, geduldigen und mit wunderbarer natürlicher Geschicklichkeit begabten Hand leicht fertig.

Die Baumstämme waren zunächst nicht in das Bett des Amazonenstromes gebracht worden. Joam Garral hatte die Gepflogenheit, anders zu verfahren. So wurde denn diese ganze Masse von Stämmen auf einem groben flachen Strande, den er am Zusammenfluß des Nanay und des Stromes noch hatte abtragen lassen, symmetrisch zurecht gelegt. Dort sollte nun die Jangada gebaut werden, dort sollte der Amazonas sie flott machen, wenn der Zeitpunkt gekommen war.

Hier ist ein erklärendes Wort am Platze über die Beschaffenheit dieses riesigen Wasserlaufes, der unter allen einzig dasteht, und über eine eigentümliche Naturerscheinung, von der die Anwohner sich durch den Augenschein haben überzeugen können.

Die beiden Flüsse, die vielleicht länger sind, als die brasilianische Hauptarterie, der Nil und der Missouri-Mississippi, fließen, der eine von Süden nach Norden im afrikanischen Kontinent, der andere von Norden nach Süden durch Nordamerika. Sie durchschneiden also Gebiete, die unter verschiedenen Breitengraden liegen, und sind infolgedessen sehr verschiedenen Klimaten unterworfen.

Der Amazonenstrom dagegen hält sich in seinem ganzen Laufe, zum wenigsten von dem Punkt ab, wo er an der Grenze von Ecuador und Peru sich nach Osten wendet, zwischen dem vierten und zweiten Grad südlicher Breite. Daher ist dieses riesige Becken in seinem ganzen Verlauf unter dem Einfluß der gleichen klimatischen Bedingungen.

Es gibt daher zwei verschiedene Jahreszeiten mit um sechs Monate auseinanderliegenden Regenperioden. Im Norden Brasiliens fällt die Regenzeit in den September, im Süden dagegen in den März. Daher erfolgt das Steigen der Zuflüsse von rechts um ein halbes Jahr früher als das Steigen der Zuflüsse von links. Hieraus ergibt sich, daß das Niveau des Amazonas sein Steigungsmaximum im Juni erreicht und dann bis zum Oktober langsam fällt.

Joam Garral wußte das aus Erfahrung, und diese Naturerscheinung wollte er dazu benutzen, die Jangada flott zu machen, nachdem sie am Flußufer bequem gebaut worden war. Der Amazonenstrom kann nämlich im Maximum um 40 Fuß über das mittlere Niveau steigen und im Minimum 30 Fuß unter dasselbe fallen. Dieser Umstand machte dem Fazendero die Arbeit leicht.

Unverzüglich wurde der Bau beendet. Die Stämme wurden ihrer Dicke nach niedergelegt, um nicht zu reden vom Grade ihrer Schwimmbarkeit, mit dem auch gerechnet werden mußte. Unter diesen schweren und harten Hölzern waren welche, deren spezifisches Gewicht dem des Wassers fast gleich ist.

Diese erste Lage sollte nicht aus aneinandergefügten Stämmen bestehen. Ein kleiner Zwischenraum war zwischen ihnen gelassen, und sie waren durch Querbalken verbunden worden, die die Festigkeit des

Ganzen erhöhten. Taue aus „Piazaba“ hielten sie zusammen mit der Haltbarkeit von Hanftauen. Dieses Material, aus den Zweigen einer an den Ufern des Stromes sehr häufigen Palmenart wird dort zu Lande allgemein verwendet. „Piazaba“ schwimmt, ist wasserdicht und sehr leicht herzustellen. Es ist daher ein wertvoller Artikel, der bereits in den Handel mit der alten Welt Eingang gefunden hat.

Auf diese doppelte Reihe von Stämmen und Balken kamen die Bohlen und Planken, die den Boden der Jangada bilden und 30 Fuß über der Wasserlinie liegen sollten. Diese machten eine stattliche Zahl aus, was man ohne Mühe begreifen wird, wenn man berechnet, daß dieser Schleppzug von Holz 1000 Fuß lang und 60 Fuß breit war, was einen Umfang von 60 000 Quadratfuß ergibt. Es war in der Tat ein vollständiger Wald, der auf diese Weise auf den Amazonenstrom gebracht wurde.

Die Bauarbeiten wurden völlig unter Joam Garrals Leitung vollendet. Als nach der Fertigstellung die Frage der Einrichtung auf die Tagesordnung gesetzt wurde, wurden alle zu Rate gezogen, selbst der wackere Fragoso.

Mit ein paar Worten ist über dessen neue Lebenslage in der Fazenda Bericht erstattet.

Seit dem Tage, wo er von der gastfreundlichen Familie aufgenommen worden war, fühlte sich der Barbier im siebenten Himmel. Joam Garral hatte ihm das Anerbieten gemacht, ihn nach Para zu bringen, wohin er unterwegs gewesen war, als diese Schlingpflanze, wie er sagte, „ihn am Halse gepackt und festgehalten habe“. Fragoso hatte angenommen und sich von ganzem Herzen bedankt, und seitdem suchte er sich aus Dankbarkeit auf tausenderlei Weise nützlich zu machen. Er war übrigens ein sehr intelligenter Bursche, ein Tausendkünstler, der zu allem geschickt war und alles gut machte. Ebenso lustig wie Lina, sang er in einem fort, machte einen Jux nach dem andern und war bald bei allen beliebt.

Aber der jungen Mulattin glaubte er am meisten zu Danke verpflichtet zu sein.

„Eine famose Idee haben Sie gehabt, Fräulein Lina," sagte er immer wieder, „sich von einer Schlingpflanze führen zu lassen. Das ist ein hübscher Zeitvertreib, wenn man auch gewiß nicht immer einen armen Teufel von einem Barbier am Ende findet."

„So spielt der Zufall, Signor Fragoso," antwortete Lina lachend, „und Sie sind mir nicht im geringsten Dank dafür schuldig."

„Wieso nicht? Ich schulde Ihnen doch das Leben, und ich wünschte, es möchte noch hundert Jahre währen, damit ich Ihnen noch länger Dank abstatten kann. Sehen Sie, es war mir nicht beschieden, mich zu erhängen, aber wenn ich es versucht habe, geschah es aus Zwang. Ich hatte alles wohl bedacht und zog diesen Tod vor, als Hungers zu sterben oder gar, ehe ich ganz tot wäre, den wilden Tieren zur Mahlzeit zu dienen! So ist denn diese Liane ein Band zwischen uns beiden – und Sie können sagen –"

So bewegte die Unterhaltung sich gewöhnlich auf dem Boden der Freundlichkeit. Im Grunde seines Herzens war Fragoso der jungen Mulattin innig dankbar dafür, daß sie die Anregung zu seiner Rettung gegeben hatte, und Lina war nicht unempfänglich für die Dankesbezeigungen des jungen Burschen, der so offenherzig, freimütig und hübsch war, ganz wie sie selber. Ihr freundschaftliches Verhältnis gab natürlich dem jungen Herrn, der alten Cybele und allen andern wohl auch Anlaß zu Scherzen.

Um zur Jangada zurückzukehren, so war nach erfolgter Besprechung der Beschluß gefaßt worden, sie so vollkommen und bequem einzurichten, wie nur möglich, da die Reise mehrere Monate dauern sollte. Die Familie Garral bestand aus den Eltern, der Tochter, Benito und Manuel, und ihre Dienerinnen, Cybele und Lina, mußten eine Wohnung für sich haben. Zu dieser kleinen Welt kamen noch 40 Indianer, 40 Neger, Fragoso und der Lotse, der die Führung der Jangada übernehmen sollte.

Ein so zahlreiches Personal war für den Dienst an Bord gerade ausreichend: denn es handelte sich darum, durch alle Windungen des Stromes und zwischen Hunderten von Inseln und Inselchen hinzusteuern. Wenn der Strom auch die treibende Kraft gab, so doch nicht die erforderliche Richtung. Daher waren die 160 Arme erforderlich, die mittels langer Stangen den riesigen Holzschleppzug in gleicher Entfernung von beiden Ufern halten sollten.

Zuerst ging man daran, auf dem nach hinten gelegenen Teile der Jangada das Herrenhaus herzurichten. Es wurde auf fünf Zimmer und eine große Eßstube eingerichtet.

Eins dieser Zimmer sollte für Joam Garral und seine Frau, ein anderes, in der Nähe ihrer Herrinnen, für Lina und Cybele, ein drittes für Benito und Manuel bestimmt sein. Minha sollte ein Zimmer für sich haben, das natürlich aufs behaglichste hergerichtet werden sollte.

Dieses Herrschaftshäuschen wurde aus ziegelartig übereinander gelegten Planken gebaut, die mit heißem Harz übergossen und so wasserdicht und vollständig haltbar gemacht worden waren. Fenster von der Seite und Fenster von vorn gaben ihm helles Licht. Vorn befand sich die Eingangstür, die in den gemeinsamen Vorraum führte. Eine leichte Veranda, die den Vorderteil gegen die direkte Einwirkung der Sonnenstrahlen schützte, ruhte auf schlanken Bambusstäben. Das Ganze war mit frischer Ockerfarbe gestrichen, welche die Hitze zurückwarf, anstatt sie einzusaugen, und so dem Innern eine mittlere Temperatur sicherte.

Aber als „der Riß", wie man so sagt, nach den Plänen Joam Garrals angefertigt war, mischte Minha sich ein.

„Vater," sagte sie, „jetzt, wo wir, dank deiner Arbeit, unter Dach und Fach sind, erlaubst du uns wohl, daß wir diese Wohnstätte nach unserm Geschmacke einrichten. Das Aeußere ist deine Sache, das Innere unsere. Mutter und ich wollen, daß es ganz so sei, als wenn wir die Reise in unserm Farmhause machten, so daß du glauben kannst, du hättest Iquitos gar nicht verlassen."

„Handle nach deinem Belieben, Minha," antwortete Joam Garral mit dem so oft an ihm bemerkbaren trübseligen Lächeln.

„Es wird reizend!“

„Ich verlasse mich auf deinen guten Geschmack, meine liebe Tochter!“

„Wir werden Ehre damit einlegen, Vater,“ antwortete Minha. „Wir sind es diesem schönen Lande schuldig, durch das wir reisen werden, diesem unsern Vaterlande, wohin du nach langen Jahren der Abwesenheit zurückkehrst!“

„Ja, Minha, ja!“ erwiderte Joam Garral. „Es ist fast so, als kehrten wir aus dem Exil zurück – einem freiwilligen Exil. Tue dein Bestes, mein Kind! Ich billige von vornherein alles, was du anordnest!“

Dem Mädchen und der jungen Mulattin, denen freiwillig Manuel und Fragoso beistanden, fiel die Aufgabe zu, das Haus innen zu schmücken. Mit etwas Phantasie und künstlerischem Sinn gelang es ihnen aufs trefflichste.

Innen wurden natürlich zunächst die hübschesten Möbel der Fazenda aufgestellt. Nach der Ankunft in Para sollten sie mit irgend einer Egaritea auf dem Amazonenstrom zurückgeschickt werden. Tische, Bambusstühle, Rohrsofas, Etageren aus geschnitztem Holz, kurz alles, was zum lachenden Mobiliar eines Tropenhauses gehört, fand seinen geschmackvollen Platz in dem schwimmenden Hause. Man merkte wohl, daß diese Tätigkeit der beiden jungen Männer von Frauenhänden geleitet wurde. Die Planken der Wände blieben keineswegs kahl. Sie verschwanden unter allerliebsten Behängen, sogenannten Tuturis, die aus kostbaren Baumrinden gefertigt werden. Sie werfen schwere Falten ganz wie Brokat und Damast, die feinsten und reichsten Stoffe moderner Ausstattung. Auf dem Boden der Stuben boten merkwürdig getigerte Jaguarfelle und dichte Affenpelze dem Fuße weichen Teppich. Leichte Vorhänge aus rötlicher Seide, die man aus dem „suma-uma“ gewinnt, hingen an den Fenstern. Die von Moskitonetzen umgebenen Betten und die Kissen, Matratzen und Polster waren mit der frischen und elastischen Substanz gefüllt, die der Bombax im obern Becken des Amazonas liefert.

Ueberall auf den Etageren und Konsolen standen die reizenden Nippessachen, die aus Rio de Janeiro oder Belem stammten – der jungen

Dame um so kostbarer, als sie von Manuel waren. Was gab es Hübscheres als diese Sächelchen, Geschenke einer lieben Hand, die, wortlos, doch redeten.

In einigen Tagen war das Innere hergerichtet, und man konnte wirtlich glauben, man befände sich im Hause der Fazenda selber. Man hätte sich kein anderes zum ständigen Wohnsitz wünschen können, so schön lag es unter den Bäumen am Rande des rauschenden Wassers. Wenn es zwischen den Ufern des Stromes hinglitt, war es wohl dazu angetan, selbst den malerischen Landschaften, die zu seinen Seiten sich entfalten würden, noch zur Zierde zu gereichen.

Es muß hinzugefügt werden, daß das Haus von nutzen einen ebenso reizenden Anblick bot. Auch hier hatten die jungen Leute einander an Geschmack und Phantasie überboten.

Vom Fuß bis zu den letzten Arabesken des Daches war das Haus unter Blättern verborgen: einem Dickicht von Orchideen, Bromelien, Kletterpflanzen, die alle blühten, und ihre Nahrung aus Kisten voll guter Pflanzenerde nahmen – welche wiederum im Grünen versteckt waren. Zwischen all diesen Pflanzen wand sich eine riesige Liane hin. Sie lief mehrmals um das Haus herum, heftete sich an alle Ecken, wand sich um alle Vorsprünge, teilte sich und warf ihre phantastischen Büschel hierhin und dorthin. Kurz, von dem Hause war nichts mehr zu sehen – es schien unter einem riesigen Blumenstrauße zu verschwinden.

Eine zarte Aufmerksamkeit, deren Urheber leicht zu erkennen ist, war es, das; das Ende dieses Cipo sich ans Fenster der jungen Mulattin klammerte. Man hätte sagen können, ein langer Arm reiche ihr einen Strauß allzeit frischer Blumen durch die Jalousie.

Alles war reizend, und Yaquita, ihre Tochter und Lina waren selbstverständlich sehr zufrieden.

„Wenn Ihr wollt," sagte Benito, „pflanzen wir auch noch Bäume auf die Jangada."

„Oh ja, Bäume!" rief Minha.

„Warum nicht?“ sagte Manuel. „Wenn man sie mit guter Erde auf diese feste Plattform verpflanzt, so bin ich überzeugt, das; sie gedeihen werden, um so besser, als ein Wechsel des Klimas nicht für sie zu befürchten ist, da der Amazonenstrom unabänderlich unter dem gleichen Breitengrade verläuft.“

„Und treibt übrigens nicht der Strom,“ setzte Benito hinzu, „täglich grüne Inselchen hinweg, die er vom Strande der Inseln oder vom eigenen Ufer losspült? Schwimmen sie nicht auf ihm hin mit ihren Bäumen, Büschen, Sträuchern, Felsen und Wiesen, um 800 Meilen von hier sich im Atlantischen Ozean zu verlieren? Warum sollte sich unsre Jangada nicht in einen schwimmenden Garten verwandeln lassen?“

„Wünschen Sie einen Wald, Fräulein Lina?“ fragte Fragoso, der alles für möglich hielt.

„Ja, einen Wald!“ rief die junge Mulattin, „einen Wald mit seinen Vögeln, seinen Affen –"

„Seinen Schlangen, seinen Jaguaren?“ setzte Benito hinzu.

„Seinen Indianern, seinen Nomadenstämmen!“ ergänzte Manuel.

„Und selbst Menschenfressern!“

„Aber wo wollen Sie hin, Fragoso?“ rief Minha, als sie den flinken Barbier den Strand hinauflaufen sah.

„Den Wald holen!“ antwortete Fragoso.

„Nicht nötig, mein Freund,“ antwortete Minha lächelnd. „Manuel hat mir einen Strauß beschert, und ich bin zufrieden. Es ist wahr,“ setzte sie hinzu, auf das unter Blumen verborgene Haus deutend, „er hat das Häuschen ganz in einem Verlobungsbouguet verschwinden lassen.“

Neuntes Kapitel
Am fünften Juni Abends

Während das Herrschaftshäuschen gebaut wurde, beschäftigte sich Joam Garral mit der Fertigstellung der Gesinderäume, wo auch die Küche und die Vorratskammern errichtet werden sollten.

Es wurde Sorge getroffen, für Vorräte aller Art. In erster Linie wurde eine beträchtliche Menge von den Wurzeln jenes sechs bis zehn Fuß hohen Strauches, der das Maniokmehl, das Hauptnahrungsmittel der Einwohner dieser Gegenden, liefert, gesammelt.

Diese Wurzel enthält einen langen schwarzen Rettich und kommt in Knollen wie die Kartoffel. Wenn sie auch in den afrikanischen Regionen nicht giftig ist, so steht doch fest, daß sie in Südamerika einen sehr schädlichen Saft enthält, der zuvor durch Auspressen beseitigt werden muß. Hierauf werden die Wurzeln zu einem Mehl zerrieben, das in verschiedener Art, selbst als Stärke, von den Eingeborenen verwendet wird.

Auf der Jangada war eine wahrhafte Niederlage von diesem nützlichen Produkt untergebracht, die für die allgemeine Ernährung bestimmt war.

Eine Herde Schafe war im Vorderteil der Jangada in einem besonderen Stall an Bord, und außerdem war an Fleischkonserven ein bestimmtes Quantum Presuntosschinken da, die in diesem Lande ganz ausgezeichnet sind. Außerdem rechnete man auf die Flinten der jungen Männer und einiger im Weidwerk bewanderten Indianer. An Wild würde es nicht fehlen – und sie würden noch weniger das Wild fehlen – auf den Inseln oder in den Wäldern an den Ufern des Amazonas.

Uebrigens mußte auch der Fluß reichlich den täglichen Bedarf decken: Krabben, die man schon eher Krebse nennen könnte; „Tambagus“, die besten Fische dieses ganzen Beckens, von feinerem Geschmacke als der Lachs, mit dem sie bisweilen verglichen worden sind; „Pira-rucus“, mit roten Schuppen, groß wie Störe, die eingesalzen in beträchtlichen Mengen durch ganz Brasilien versandt werden; „Candirus“, sehr gefährlich zu fangen, aber gut zu essen; „Piranhas“ oder „Teufelsfische“, mit roten Streifen und 30 Zoll lang; kleine und große Schildkröten, die es zu Tausenden gibt und die in hervorragendem Maße den Eingeborenen zur Nahrung dienen – all diese Produkte des Stromes sollten hin und wieder auf den Mittagstisch der Herrschaft und der Diener kommen.

Jeden Tag sollten, wenn es anging, Jagd und Fischerei regelmäßig betrieben werden.

Von den verschiedenen Getränken waren die besten des Landes in reichlichem Vorrat da: „Caysuma“ oder „Machachera“ vom Ober- und Unterlauf des Amazonenstromes, ein angenehmes Getränk von säuerlichem Geschmack, das aus der gekochten Wurzel der süßen Maniok destilliert wird, brasilianisches „Beim“, eine Art Nationalschnaps, peruanisches „Chica“, das „Mazato“ des Ucayali, das aus gekochten, gepreßten und ausgegorenen Bananen gewonnen wird, eine Art Pasta aus den Doppelkernen der „ Paullinia sorbilis“, der Farbe nach richtige Schokoladentafeln, die zu Pulver zerrieben und in Wasser getan, ein ausgezeichnetes Getränk geben.

Und das war noch nicht alles. In diesen Gegenden gibt es eine Art dunkelvioletten Weines, der aus dem Saft der Assais-Palmen gemacht wird und den die Brasilianer wegen des aromatischen Geschmackes sehr schätzen. Auch war eine ansehnliche Zahl Frasken an Bord, die bei der Ankunft in Para ohne Zweifel leer sein würde.

Der besondere Keller der Jangada machte übrigens Benito Ehre, der sich selber zum Oberkellermeister ernannt hatte. Einige hundert Flaschen Xeres, Setubal, Porto erinnerten an Namen, die den ersten Eroberern Südamerikas teuer waren. Der jugendliche Küfer hatte auch einige Ballons von je 15 bis 25 Liter von dem ausgezeichneten Tafia – einem Zuckerbranntwein, der ein wenig schärfer im Geschmack ist als der Nationalschnaps „Beiju“ untergebracht.

Der Tabak war nicht von jener groben Sorte, mit dem sich gewöhnlich die Eingeborenen am obern Amazonas begnügen. Er kam direkt aus Villa Bella da Imperatiz, das heißt aus der Gegend, wo der geschätzteste Tabak von ganz Zentralamerika geerntet wird.

So war also hinten auf der Jangada das Herrschaftshaus mit seinem Zubehör, Küche, Vorratskammern und Kellern errichtet worden – das Ganze bildete einen für die Familie Garral und ihre persönlichen Bediensteten reservierten Teil.

Gegen die Mitte hin wurden an erster Stelle einige Baracken errichtet, die den Indianern und Schwarzen als Wohnung dienen sollten. Dieses Personal sollte hier ebenso wohnen wie auf der Fazenda und dabei doch stets den Anordnungen des Lotsen zur Verfügung stehen.

Aber um dieses ganze Personal unterzubringen, war eine gewisse Anzahl von Behausungen erforderlich, die der Jangada das Aussehen einer kleinen Stadt auf dem Wasser gaben. Und in der Tat war diese Stadt besser gebaut und mehr bewohnt als die meisten Weiler am obern Amazonenstrom.

Für die Indianer ließ Joam Garral richtige Schutzdächer anbringen – eine Art Kajüten ohne Wände – deren Blätterdach von leichten Stämmen getragen wurde. Durch diese offnen Bauten ging die Luft frei und schaukelten die Hängematten, die innen aufgehängt waren. Hier wohnten die Eingebornen, unter denen einige Familien mit Frauen und Kindern waren, genau so wie zu Lande.

Die Schwarzen hatten auf dem Floß ihre gewohnten Ajupas. Diese unterschieden sich von den Schutzdächern darin, daß sie an allen vier Seiten hermetisch geschlossen waren und nur an einer sich ein Eingang in die Hütte befand. Die Indianer, die gewohnt waren, in freier Luft und voller Freiheit zu leben, hatten sich an diese kerkerartigen Ajupas nicht gewöhnen können, während sie der Lebensart der Schwarzen entsprachen.

Vorn endlich erhoben sich wahre Docks, in denen die Handelsartikel aufgestapelt waren, die Joam Garral gleichzeitig mit dem Holz nach Belem brachte.

In diesen großen Magazinen war unter Benitos Leitung die reiche Ladung in ebenso trefflicher Ordnung untergebracht worden, als wenn sie sorgfältig im Rumpfe eines Schiffes verstaut worden wäre.

Den kostbarsten Teil dieser Ladung bildeten 7000 Arroben Kautschuk, denn von diesem Produkt war das Pfund damals 3 bis 4 Francs wert. Die Jangada trug auch 50 Zentner Sarsaparille, jene Art Smilax, die einen wichtigen Bestandteil des Ausfuhrhandels im ganzen Amazonenbecken bildet und mehr und mehr an den Ufern des Stromes seltener wird, da die Eingebornen bei der Ernte mit den Stengeln sehr unachtsam verfahren. Tunkabohnen, die in Brasilien unter dem Namen Cumarus bekannt sind und zur Bereitung ätherischer Oele dienen; „Sassafras", aus dem ein kostbarer Wundbalsam gemacht wird, Ballen von farbstoffhaltigen Pflanzen, Kisten verschiedener Gummis, und ein Quantum kostbares Holz vervollständigten diese Ladung, die in den Provinzen von Para leicht und mit hohem Gewinn verkäuflich war.

Vielleicht wird man sich darüber wundern, daß an Indianern und Schwarzen nur die Zahl mitgenommen wurde, die zur Führung der Jangada erforderlich war. Wäre es nicht angebracht gewesen, eine größere Zahl mitzunehmen, falls von seiten eines der am Ufer hausenden Völkerstämme ein Angriff oder Ueberfall sich ereignete?

Dies wäre unnütz gewesen. Die Eingeborenen von Zentralamerika sind nicht zu fürchten, und die Zeiten, wo man sich ernsthaft gegen ihre Angriffe schützen mußte, sind vorüber. Die Indianer an den Ufern zählen zu den friedlichsten Stämmen, und die wildern haben sich vor der Zivilisation, die längs des Stromes und seiner Zuflüsse allmählich vorschreitet, zurückgezogen. Höchstens wären Negerflüchtlinge oder entronnene Sträflinge aus den Strafkolonien Brasiliens, Englands, Hollands oder Frankreichs zu fürchten gewesen. Aber diese Flüchtlinge treten sehr vereinzelt auf und streifen nur in kleinen Gruppen in den Wäldern oder Savannen herum. Die Jangada hätte jeden Angriff von seiten dieser Waldläufer erfolgreich zurückschlagen können.

Außerdem gibt es viele Posten am Amazonas, viele Städte, Dörfer, Missionen. Nicht mehr durch eine Wüste fließt der riesige Wasserlauf, sondern durch ein Becken, dessen Kolonisation von Tag zu Tag sich entwickelt. Mit derartigen Gefahren war daher nicht zu rechnen.

Um die Beschreibung der Jangada zu beenden, brauchen nur noch zwei andersartige Einrichtungen genannt zu werden, die dem Floß ein malerisches Aussehen verliehen.

Vorn befand sich das Häuschen des Steuermanns. Wohlgemerkt, vorn, und nicht hinten, wo gewöhnlich der Platz des Steurers ist. In Wahrheit bedarf es bei dieser Art der Wasserfahrt nicht eines Steuerruders. Auf einen Zug von solcher Länge hätten lange Skulls gar keine Einwirkung gehabt, selbst wenn sie von hundert kräftigen Armen geführt worden wären. An den Seiten, mittels langer Stangen oder Stützen, die man gegen den Grund des Stromes stemmt, wird die Jangada im Strom gehalten oder wieder in den richtigen Kurs gebracht, wenn sie abtreibt. Auf diese Weise kann sie sich auch dem einen oder andern Ufer nähern, wenn aus irgend einem Grunde Halt gemacht werden soll. Einige Kähne und vollständig ausgerüstete Pirogen waren an Bord, mittels deren die Verbindung mit dem Ufer leicht hergestellt werden konnte. Die Aufgabe des Piloten bestand daher lediglich darin, die Strompassagen zu finden, die Stromabweichungen zu erkennen, Strudel zu vermeiden, Buchten, die günstige Anlegeplätze boten, aufzusuchen, und dazu mußte er seinen Platz vorn haben.

Wenn der Pilote der sachliche Lenker dieser riesigen Maschinerie war – konnte dieser Ausdruck nicht mit Recht angewendet werden? – so sollte eine andere Person der geistige Lenker sein: nämlich der Padre Passanha, das Haupt der Mission Iquitos.

Padre Passanha war 70 Jahre alt und ein wackrer Mann, ganz erfüllt von kirchlichem Eifer, ein mildtätiges, gutes Herz, und in diesem Lande, wo die Vertreter der Religion nicht immer ein Beispiel der Tugend geben, erschien er wie der vollendete Typus jener großen Missionare, die mitten in den wildesten Regionen der Welt so viel für die Zivilisation getan haben.

Seit 50 Jahren lebte Padre Passanha in Iquitos, in der Mission, deren Oberhaupt er war. Er war von allen geliebt und verdiente es. Die Familie Garral achtete ihn hoch. Er hatte die Tochter des Farmers Magalhaes und den jungen Mann, der in der Fazenda Aufnahme gefunden hatte, getraut. Er hatte ihre Kinder zur Welt kommen sehen, getauft, unterrichtet und hoffte auch ihnen noch den Ehesegen zu erteilen.

Padre Passanha war zu alt, um noch sein mühsames Amt auszuüben. Für ihn hatte die Stunde des Rücktritts geschlagen. Er sollte durch einen jüngern Missionar in Iquitos abgelöst werden, und er wollte nun nach Para zurückkehren, um in einem jener für die alten Diener Gottes errichteten Klöster seine Tage zu beschließen.

Konnte ihm nun ein besseres Anerbieten gemacht werden, als den Strom mit der Familie, die wie seine eigene war, hinabzufahren? Der Vorschlag war ihm gemacht worden, und er hatte es angenommen, die Fahrt mitzumachen, in Belem angekommen, sollte dann er das junge Paar, Manuel und Minha, trauen.

Aber wenn auch Padre Passanha während der Reise am Familientisch seinen Platz haben sollte, hatte Joam Garral auch für ihn eine besondere Wohnung bauen wollen, und mit großer Sorgfalt hatten Yaquita und ihre Tochter sie behaglich eingerichtet. Gewiß hatte der gute Prediger noch nie eine so gemütliche Wohnung gehabt wie diese bescheidene Pfarre.

Immerhin aber genügte die Pfarre für Padre Passanha nicht. Er wollte auch eine Kapelle haben.

In der Mitte der Jangada war daher eine Kapelle gebaut worden mit einem kleinen Glockenturm darüber.

Gewiß war sie sehr klein und hätte auch nicht alles Personal an Bord gefaßt, aber sie war reich verziert, und wenn Joam Garral auf diesem Floß genau so eingerichtet war wie zu Hause, so brauchte auch dem Padre Passanha der Tausch gegen seine ärmliche Kirche in Iquitos nicht leid zu tun.

So war der wunderbare Schleppzug beschaffen, der den ganzen Lauf des Amazonenstromes hinunterfahren sollte. Er lag da am Strande und wartete, daß der Fluß selber ihn flott machen würde. Nach den Berechnungen und Beobachtungen des Hochwassers konnte das nicht mehr lange dauern.

Am 5. Juni war alles fertig.

Am Tage zuvor war der Lotse angekommen, ein Mann von 50 Jahren. Er verstand seinen Beruf ausgezeichnet, trank aber gern. Joam Garral hielt trotzdem große Stücke auf ihn, da er schon mehrmals von ihm Flöße nach Belem hatte bringen lassen, ohne daß er es je zu bereuen gehabt hätte.

Uebrigens sah Araujo – so hieß er – immer am besten, wenn erst ein paar Glas von dem groben Tasia, der aus dem Zuckerrohr bereitet wird, ihm die Augen geklärt hatten. Er fuhr auch nie, ohne daß er einen Ballon voll solchen Schnapses mit sich nahm, dem er fleißig zusprach.

Schon seit mehreren Tagen stieg der Strom merklich. Mit jedem Augenblick ward das Niveau höher, und schon in den 24 Stunden, ehe das Maximum erreicht war, hatte das Wasser den Strand der Fazenda überflutet, allerdings noch nicht hoch genug, um das Floß zu heben.

Obwohl diese steigende Bewegung feststand und über die Höhe, die das Wasser gegenüber dem sonstigen Stande erreichen mußte, kein Zweifel möglich war, so sahen doch alle Beteiligten der Entscheidungsstunde mit Spannung entgegen. Wenn die Fluten des Amazonenstromes aus irgend einer unerklärlichen Ursache nicht hoch genug stiegen, um die Jangada flott zu machen, konnte die ganze riesige Arbeit in der Tat noch einmal gemacht werden. Da aber eine Abnahme des Hochwassers schnell vor sich geht, hätten Monate vergehen können, ehe wieder so günstige Umstände eingetreten wären.

Am 5. Juni abends waren daher die künftigen Passagiere der Jangada beieinander auf einem Plateau, das um etwa 100 Fuß den Strand überragte, und warteten mit wohl erklärlicher Beklommenheit auf die Stunde.

Hier befanden sich Yaquita, ihre Tochter, Manuel Valdez, Padre Passanha, Benito, Lina, Fragoso, Cybele und ein paar der in der Fazenda bediensteten Indianer und Schwarzen.

Fragoso vermochte nicht ruhig auf einem Fleck zu bleiben. Er lief hin und her, eilte zum Strand hinab, kam wieder zum Plateau hinauf, machte Merkpunkte und schrie laut Hurrah, wenn das Hochwasser diese Merkpunkte erreichte.

„Er wird flott, er wird flott," rief er, „der Schleppzug, der uns nach Belem bringen soll, er wird flott, und sollten sich alle Schleusen des Himmels öffnen, den Amazonas zu schwellen."

Joam Garral war mit dem Piloten und einer zahlreichen Mannschaft auf dem Floß. Er hatte die Aufgabe, alle notwendigen Maßregeln im Augenblick der Entscheidung zu treffen. Die Jangada war übrigens mit festen Tauen ans Ufer gebunden und konnte, wenn der Strom sie emporhob, nicht weggerissen werden.

Eine ganze Schar von 200 Indianern aus der Umgebung von Iquitos, die Bevölkerung des Städtchens selber nicht gerechnet, hatte sich eingefunden, um diesem interessanten Schauspiel beizuwohnen.

Alles sah zu, und tiefes Schweigen lag über der gespannten Menge.

Gegen 5 Uhr abends war das Wasser über einen Fuß höher als am Tage zuvor, und der Strand stand schon ganz unter Wasser.

Durch die Bretter des riesigen Floßes ging ein Beben, aber noch mußte das Wasser um ein paar Zoll steigen, wenn es ganz vom Boden emporgehoben werden sollte.

Eine Stunde lang steigerte sich dieses Beben. Auf allen Seiten knarrten die Bohlen. Nach und nach wurden die Stämme aus ihrem Sandbett emporgehoben.

Gegen ein halb sieben Uhr brach ein Freudengeschrei los. Die Jangada schwamm endlich, und die Strömung zog sie nach der Mitte hin, aber mit Hilfe ihrer Taue richtete sie sich ruhig dem Ufer entlang in gerader Linie aus, und der Padre Passanha gab ihr den Segen, wie man über ein Meerschiff, dessen Schicksal in Gottes Händen liegt, den Segen spricht.

Zehntes Kapitel

Von Iquitos nach Pebas

Am folgenden Tage, dem 6. Juni, verabschiedeten sich Joam Garral und die Seinen vom Verwalter und dem Indianer- und Negergesinde, das auf der Fazenda zurückblieb. Um 6 Uhr morgens begaben sich alle Passagiere auf die Jangada – mit größerm Recht fast könnte man sagen alle Bewohner – und jeder ergriff Besitz von seiner Kabine oder richtiger, seinem Hause.

Der Augenblick der Abfahrt war gekommen. Der Pilot Araujo nahm seinen Platz vorn, und die Mannschaft trat mit ihren langen Stützen an.

Joam Garral überwachte mit Benito und Manuel das Abstoßen.

Auf Befehl des Lotsen wurden die Taue gelöst, die Stangen gegen den Strand gestemmt, um die Jangada vom Ufer wegzubringen, der Strom ergriff sie sogleich, und am linken Ufer entlang treibend, ließ sie die Inseln Iquitos und Parianta rechts liegen.

Die Reise war begonnen. Wo würde sie enden? In Para, in Belem, 800 Meilen von diesem kleinen peruanischen Dorfe, wenn die angenommene Route durch nichts abgeändert wurde! Wie würde sie enden? Das war das Geheimnis der Zukunft.

Das Wetter war herrlich. Ein frischer „Pampero“ mäßigte die Sonnenglut. Es war dies einer der Juni- und Juliwinde, die von den einige hundert Meilen entfernten Cordilleren kommen, nachdem sie über die riesige Ebene von Sakramento hingezogen sind. Wenn die Jangada Masten und Segel gehabt hätte, hätte sie die Wirkung dieser Brise verspürt und ihre Geschwindigkeit sich vergrößert: aber bei den Windungen des Stromes und seinen jähen Ecken, bei denen doch alle Segel hätten gerefft werden müssen, hatte man auf diesen Vorteil verzichten müssen.

In einem so flachen Becken wie dem Amazonenstrom, das in Wahrheit nur eine unermeßliche Ebene ist, kann das Gefälle nur gering sein. Man hat denn auch berechnet, daß zwischen Tabatinga an der brasilianischen Grenze und der Quelle des großen Wasserlaufs der Niveauunterschied einen Dezimeter auf die Meile nicht übersteigt. Es gibt auf der ganzen Welt keinen Flußlauf, dessen Neigung so gleich gering wäre.

Daraus folgt, daß bei mittlerm Wasserstand die Schnelligkeit des Amazonenstromes nicht über zwei Meilen in 24 Stunden geschätzt wird, und zur Zeit der Trockenheit schätzt man sogar noch weniger. Indessen hat man sie zur Zeit des Hochwassers bis zu 30 und 40 Kilometer steigen sehen.

Glücklicherweise sollte die Jangada unter diesen günstigern Verhältnissen fahren, da sie aber schwer beweglich war, konnte sie nicht die Schnelligkeit des Stromes haben, der rascher dahin lief. Wenn daher in Anschlag gebracht wurde, daß durch die Biegungen des Flusses, durch die zahllosen Inseln, die umfahren werden mußten, die Untiefen, die vermieden werden mußten, Verzögerungen verursacht wurden, wenn man ferner mit den Aufenthaltsstunden rechnete, die notgedrungen verloren gingen, wenn bei zu finsterer Nacht ein sichres Steuern nicht möglich war, so konnte man nicht mehr als 25 Kilometer Fahrt auf 24 Stunden rechnen.

Die Oberfläche des Wassers ist übrigens keineswegs völlig frei. Bäume, die noch grün sind, Pflanzenteile, Inseln von Gras, die beständig von den Ufern losgerissen werden, bilden eine ganze Flottille von Strandgut, das der Strom mit sich reißt und das beständig eine schnelle Fahrt hindert.

Die Mündung des Nanay verlor sich bald hinter einem Vorsprung des linken Ufers mit seinem Teppich von rötlichem Gras, das von der Sonne versengt war.

Die Jangada hatte bald ihren bestimmten Kurs zwischen den zahlreichen malerischen Inseln eingeschlagen, deren man von Iquitos bis Puccalza etwa ein Dutzend zählt.

Araujo vergaß nicht, Gesicht und Gedächtnis vermittels seiner Flasche zu stärken, und steuerte sehr geschickt durch diesen Archipel. Auf sein Geheiß hoben sich gleichzeitig. 50 Stangen an jeder Seite des Floßes und senkten sich wie automatisch wieder ins Wasser. Das war seltsam anzusehen.

Während dessen legten Yaquita, Lina und Cybele eine letzte Hand an alles, und die indianische Köchin machte das Frühstück zurecht.

Die beiden jungen Männer und Minha gingen in Gesellschaft des Padre Passanha auf und ab und hin und wieder blieb die junge Dame stehen, um die Pflanzen am Fuße des Herrschaftshauses zu begießen.

„Nun, Padre, kennen Sie eine angenehmere Art zu reisen?“ fragte Benito.

„Nein, liebes Kind,“ antwortete Padre Passanha. „So reist man tatsächlich mit aller Behaglichkeit eines Daheims.“

„Und ohne jede Strapaze!“ setzte Manuel hinzu. „So legt man Hunderte von Meilen zurück.“

„Es wird dir also nicht leid tun, sagte Minha, „daß du die Reise mit uns zusammen angetreten hast. Kommt es dir nicht so vor, als führen wir auf einer Insel, die, vom Flußbett losgelöst, mit ihren Wiesen und Bäumen ruhig dahinschwömme? Bloß –“

„Was denn?“ fragte Padre Passanha.

„Bloß daß wir, Padre, die Insel eigenhändig gebaut haben, sie gehört uns, und ich ziehe sie allen Inseln des Amazonas vor! Ich habe das Recht, stolz auf sie zu sein.“

„Ja, meine liebe Tochter,“ antwortete Padre Passanha, „und ich erteile dir Absolution für dieses Gefühl des Stolzes! Uebrigens würde ich mir in Gegenwart Manuels nicht erlauben, dich auszuzanken.“

„Aber im Gegenteil!“ antwortete das junge Mädchen heiter. „Manuel muß lernen, mich auszuzanken, wenn ich es verdiene. Er ist viel zu nachsichtig gegen mich kleines Ding, und ich habe viele Fehler.“

„Dann will ich diese Erlaubnis benutzen, liebe Minha,“ sagte Manuel, „dich daran zu erinnern –“

„An was denn?“

„Daß du in der Bibliothek der Fazenda sehr fleißig studiert hast, und daß du mir versprochen hast, mich über den obern Amazonas ganz ausführlich zu unterrichten. Wir kennen ihn in Para nur sehr unvollkommen, und hier fährt die Jangada schon an mehreren Inseln vorüber, ohne daß du daran denkst, mir ihre Namen zu sagen."

„Wer könnte das!" rief das junge Mädchen.

„Ja, wer könnte das!" wiederholte Benito. „Wer könnte die Hunderte von Namen im Tupi-Idiom behalten, die all diese Inselchen tragen. Darauf kennt sich niemand aus. Die Amerikaner sind mit ihren Inseln im Mississippi praktischer, sie numerieren sie einfach.

„Wie sie die Alleen und Straßen in ihren Städten numerieren!" sagte Manuel. „Offen gesagt, ich bin kein Freund von diesem Zahlensystem. Die Phantasie kommt dabei zu kurz weg, die 64. Insel, die 65. Insel, das sagt ebenso wenig wie die 6. Straße und die 3. Allee! Denkst du nicht auch so, Minha?"

„Ja, Manuel, mag mein Bruder darüber denken, wie er will!" antwortete das junge Mädchen. „Aber wenn wir auch ihre Namen nicht kennen, so sind die Inseln unseres Stromes doch wirklich schön! Sieh, wie sie daliegen im Schatten dieser riesigen Palmen, deren Blätter tief herabhängen. Ein Gürtel von Rosen umschließt sie, zwischen denen selbst eine schmale Piroge kaum hindurchkommen würde. Und die phantastischen Wurzeln der Mangobäume stemmen sich gegen das Ufer wie die Tatzen eines ungeheuerlichen Bären! Ja die Inseln sind schön, aber so schön sie auch sind, sie können doch nicht so schwimmen wie unsre!"

„Meine kleine Minha ist heute ein wenig enthusiastisch!" bemerkte Padre Passanha.

„Ach, Padre," rief das junge Mädchen, „ich bin glücklich, daß ich alles um mich her glücklich weiß."

In diesem Augenblick hörte man Yaquitas Stimme, die Minha ins Haus rief.

Lachend lief das junge Mädchen weg.

„Sie werden da eine liebenswürdige Lebensgefährtin bekommen, Manuel," sagte Padre Passanha zu dem jungen Manne. „Die ganze Freude des Hauses nehmen Sie mit sich, mein Freund!"

„Wackre kleine Schwester!“ sagte Benito. „Der Padre hat recht, wir werden sie wohl schmerzlich vermissen. In der Tat, wenn du sie nicht heiratest, Manuel – es ist noch Zeit – dann würden wir sie behalten können!“

„Sie wird Euch erhalten bleiben, Benito,“ antwortete Manuel. „Glaube mir, die Zukunft – ich habe so eine Ahnung – wird uns alle vereinen!“

Dieser erste Tag verfloß gut. Frühstück, Mittagstisch, Siesta, Promenaden, alles ging vor sich, ganz als wären Joam Garral und die Seinen noch in der behaglichen Fazenda von Iquitos.

In diesen 24 Stunden kam man glücklich an den Mündungen der Rios Bacali, Chochio, Puccalpa auf der linken und der Rios Itinilari, Maniti, Moyoc, Tuyuca und den Inseln dieses Namens an der rechten Seite vorüber. Da die Nacht mondhell war, brauchte nicht Halt gemacht zu werden, und das lange Floß trieb ruhig auf dem Spiegel des Amazonenstromes dahin.

Am 7. Juli fuhr die Jangada an den Ufern des Dorfes Puccalpa, auch Neu-Oran genannt, vorbei. Alt-Oran liegt 15 Meilen weiter stromabwärts am selben linken Flußufer und ist jetzt verlassen. Die aus Indianern der Mayorunas- und Orejon-Stämme bestehende Bevölkerung wohnt in der neuen Stadt. Die Stadt mit ihren Ufern ist höchst malerisch.

Den ganzen 7. Juni über blieb die Jangada am linken Ufer des Stromes und kam an mehreren unbekannten und unbedeutenden Zuflüssen vorbei. Kurze Zeit war sie in Gefahr, gegen die Spitze der Insel Sinicuro anzufahren, aber der Lotse, dem die Mannschaft wacker zur Seite stand, vermochte die Gefahr zu vermeiden und hielt sich in der Mitte des Stromes.

Am Abend kam man in Höhe einer ziemlich ausgedehnten Insel, der Napo-Insel, nach dem Fluß genannt, der sich an dieser Stelle nach Nordnordwest zieht und sein Wasser in einer etwa 800 Meter breiten Mündung dem Amazonenstrom zuführt, nachdem er die Gebiete der Cotos-Indianer vom Stamme der Orejonen bewässert hat.

Am Morgen des 7. Juni befand sich die Jangada in der Durchfahrt der kleinen Mango-Insel, die den Napo vorm Einfluß in den Amazonas in zwei Arme teilt.

Ein paar Jahre später sollte ein Franzose, Paul Marcoy, die Farbe des Wassers dieses Flusses untersuchen, die er mit Recht mit der dem grünen Opal eigenen Absinthfärbung vergleicht. Gleichzeitig berichtigte er einige von La Condamine angegebenen Messungen. Aber zu dieser Zeit war die Napomündung von der Hochflut merklich verbreitert, und reißend mischte sich sein von den Ostabhängen des Cotopaxi kommendes Wasser, brausend und kochend, in die gelblichen Fluten des Amazonenstromes.

Ein paar Indianer gondelten in der Mündung dieses Wasserlaufes. Sie waren kräftig gebaut und hochgewachsen, mit langen wehenden Haaren, sie trugen durch die Nasenflügel Palmenholzstäbchen, und die Ohrläppchen waren bis zur Schulter herab gezogen durch das Gewicht von schweren Scheiben aus kostbarem Holz. Ein paar Frauen waren bei ihnen. Keiner bekundete Lust, an Bord zu kommen.

Nach ein paar Stunden kam die Stadt Bella Vista, die an dem hier etwas niedrigen Ufer liegt, in Sicht. Unter den schönen Baumgruppen liegen die mit Stroh gedeckten Häuser, auf die Bananen von mittlerm Wuchse ihre breiten Blätter fallen lassen.

Jetzt lenkte der Lotse, um bessern Kurs zu haben, das Floß nach dem rechten Ufer, dem er sich bisher noch nicht genähert hatte. Das ging nur mit Schwierigkeiten, die aber glücklich überwunden wurden, nachdem er sich mehrmals mit Schnaps gestärkt hatte.

Hierbei waren im Vorüberfahren einige der zahllosen Lagunen von schwarzem Wasser zu sehen, die am Amazonenstrom so zahlreich sind und oft mit dem Strom gar keine Verbindung haben. Eine davon, die Lagune von Oran, war nicht sehr groß und erhielt ihr Wasser durch einen breiten Abzugskanal. In der Mitte des Bettes lagen mehrere Inseln und einige kleine Inselchen seltsam gruppiert, und am entgegengesetzten Ufer bezeichnete Benito die Lage des alten Oran, von dem man nur noch einige ungewisse Spuren erkennt.

Zwei Tage lang hielt sich, je nachdem die Strömung es erforderte, die Jangada bald am rechten, bald am linken Ufer, ohne daß sie irgendwo empfindlich angestoßen wäre.

Die Passagiere hatten sich an das neue Leben schon gewöhnt. Joam Garral überließ seinem Sohn die Sorge für alles, was zum Geschäft der Expedition gehörte, und war meistens in seinem Zimmer, wo er sann und schrieb. Von dem, was er so schrieb, sagte er nichts, selbst seiner Frau nicht.

Benito, der seine Augen überall hatte, plauderte mit dem Lotsen und merkte sich den Kurs. Yaquita, ihre Tochter und Manuel bildeten meistens eine Gruppe für sich, bald unterhielten sie sich über Zukunftspläne, bald gingen sie spazieren, ganz wie sie es im Park der Fazenda getan hatten. Es war in der Tat ganz dasselbe Leben. Nur Benito fand das nicht, da er noch keine Gelegenheit hatte, dem Jagdvergnügen nachzugehen. Wenn die Wälder von Iquitos ihm fehlten mit ihrem Raubzeug, ihren Agutis, Peccaris, Kabiais, so flogen doch Vögel in Scharen an den Ufern umher und setzten sich sogar ohne Scheu auf die Jangada. Wenn es solche waren, die an Stelle von Wild auf die Tafel kommen konnten, so schoß Benito sie.

Als die Jangada endlich an der Stadt Omaguas und der Mündung des Ambiacu vorbei war, langte sie am Abend des 11. Juni in Pebas an und legte am Ufer an.

Da noch immer einige Stunden bis zum Einbruch der Nacht verblieben, fuhr Benito an Land, nahm den allzeit bereiten Fragoso mit und die beiden Jäger durchstreiften den Wald um diesen kleinen Flecken herum. Ein Aguti und ein Wasserschwein, sowie ein Dutzend Rebhühner, waren die reiche Beute dieses glücklichen Jagdausflugs.

In Pebas, wo man 260 Einwohner zählt, hätte Benito vielleicht ein paar Tauschgeschäfte mit den Laienbrüdern der Mission machen können, die zu gleicher Zeit Großkaufleute sind, aber diese hatten vor kurzer Zeit

Ballen Salsaparille und eine Anzahl Arroben Kautschuk nach dem untern Amazonas gesandt, und ihr Magazin war leer.

Die Jangada fuhr bei Tagesanbruch weiter und gelangte in den kleinen Archipel, den die Inseln Iatio und Cochiquinas bilden, nachdem die Stadt gleichen Namens zur rechten Seite hinter ihr geblieben war. Mehrere Windungen winziger Zuflüsse, die keinen Namen haben, sah man durch die zwischen den Inseln offenen Durchblicke auf der rechten Seite.

Ein paar Eingeborne mit rasiertem Kopf und Tätowierungen auf Wangen und Stirn, Metallscheiben in den Nasenflügeln und Unterlippen, kamen am Ufer vorübergehend zum Vorschein. Sie waren bewaffnet mit Pfeilen und Sarbacanen, machten aber davon keinerlei Gebrauch und versuchten nicht einmal mit der Jangada in Verkehr zu treten.

Elftes Kapitel
Von Pebas bis zur Grenze

An den folgenden Tagen verlief die Fahrt ohne Zwischenfall. Die Nächte waren so schön, daß der lange Holzschleppzug sich von der Strömung treiben ließ, ohne Halt zu machen. Die beiden malerischen Ufer des Flusses schienen an beiden Seiten an ihnen vorbeizuziehen, wie jene Theaterpanoramen, bei denen eine Kulisse die andere ablöst. Infolge einer optischen Täuschung, der das Auge unbewußt anheimfiel, schien es, als ob die Jangada zwischen den beiden sich bewegenden Ufern still läge.

Da nicht Halt gemacht wurde, konnte Benito nicht am Ufer auf die Jagd gehen; aber das Wildpret wurde durch den Fischfang vorteilhaft ersetzt. Das Wasser des Amazonas war reich an Fischen und andern Wassertieren, die der Jangada stundenlang folgten. Unter diesen waren besonders bemerkenswert die riesigen „Pira-rucus“ von 10 bis 12 Zoll Länge, die breite scharlachrote, geränderte Schuppen haben. Da ihr Fleisch jedoch nur von den Eingebornen gegessen wird, versuchte man nicht, diese Fische zu fangen, desgleichen nicht die graziösen Delphine, die sich zu Hunderten tummelten und mit dem Schwanze gegen die Planken des Floßes schlugen.

Am 16. Juni war die Jangada an einigen Untiefen glücklich vorbeigekommen, näherte sich bei der großen Insel San-Pablo dem Ufer und machte am Abend des folgenden Tages Halt bei der Stadt Moromoros, die am linken Ufer des Amazonenstromes liegt. 24 Stunden später war sie an den Mündungen des Atacoari und des Cocha, dann an dem „Furo“ oder Kanal vorbeigefahren, der nach dem Cabello-Cochasee am rechten Ufer führt und befand sich in Höhe der Mission von Cocha.

Dies war das Land der Marahuas-Indianer – Leute mit wallendem Haar, die um den Mund eine Art Fächer von sechs Zoll langen Palmendornen tragen, was ihnen das Aussehen eines Raubtiers gibt – und in der Tat tun sie das, wie Paul Mocroy bemerkt, um dem Tiger ähnlich zu sehen, an dem sie vor allem Tollkühnheit, Kraft und Schlauheit bewundern. Mit diesen Marahuas erschienen einige Frauen, die Zigarren rauchten, indem sie das brennende Ende zwischen den Zähnen hielten. Alle gingen fast völlig nackt.

Die Mission von Cocha wurde damals von einem französischen Mönch geleitet, der den Padre Passanha besuchen wollte.

Joam Garral bereitete dem frommen Manne herzliche Aufnahme und lud ihn sogar ein, am Familientische Platz zu nehmen.

An diesem Tage gab es auch gerade ein Mittagsmahl, das der indianischen Köchin alle Ehre machte. Paguita und ihre Tochter taten daher alles, um den Mönch zum Bleiben zu bewegen. Aber der Franziskaner mußte am selben Abend noch zu einem kranken Indianer nach Cocha. Er bedankte sich daher bei der gastfreundlichen Familie und verabschiedete sich, doch mußte er einige Geschenke annehmen, die von den Neubekehrten seiner Mission sicher mit Freuden entgegengenommen wurden.

Zwei Tage lang hatte der Lotse Araujo schweren Dienst. Das Flußbett erweiterte sich allmählich; aber die Inseln waren zahlreicher, und der durch diese Hemmnisse eingedrängte Strom war stärker. Mit größter Vorsicht mußte man zwischen den Inseln Caballo-Cocha, Tarapote und Cacao hindurchfahren. Es mußte mehrmals Halt gemacht und einigemale die Jangada sogar freigemacht werden, da sie auf Sand zu laufen drohte. Da war alle Welt mit bei der Arbeit, und unter diesen schwierigen Verhältnissen kam man am 20. Juni abends nach Nuestra Señora de Loreto.

Loreto ist die letzte peruanische Stadt am linken Ufer vor der brasilianischen Grenze. Es ist nicht mehr als ein einfacher Flecken von etwa 20 Häusern und liegt an einem leicht kupierten Strande.

Im Jahre 1770 wurde diese Mission von Jesuiten-Missionaren gegründet. Die Ticumas-Jndianer, die dieses Gebiet im Norden des Flusses bewohnen, haben rötliche Haut, dichtes Haar und mit Streifen bemalte Gesichter. Männer und Frauen tragen nichts als Baumwollenstreifen, die sie um Brust und Lenden schlingen. Man zählt ihrer nur noch 200 – der klägliche Rest einer einstmals unter der Hand großer Häuptlinge mächtigen Nation.

In Loreto sind auch einige peruanische Soldaten und ein paar portugiesische Kaufleute, die mit Baumwolle, Pökelfischen und Salsaparille handeln.

Benito ging ans Land, um, wenn möglich, ein paar Ballen von dieser Smilaxart zu kaufen, die auf den Märkten am Amazonenstrom stets sehr „gefragt" ist. Joam Garral, noch immer mit einer Arbeit beschäftigt, die seine ganze Zeit in Anspruch nahm, ging nicht an Land. Yaquita und ihre Tochter mit Manuel blieben ebenfalls an Bord.

Die Moskitos von Loreto sind so berüchtigt, daß sich selten jemand zum Besuch der Stadt entschließt, wo er stets diesen furchtbaren Zweiflüglern eine Portion Blut abgeben muß.

Gerade hatte Manuel ein paar Worte über diese Insekten gesprochen.

„Man behauptet," sagte er, „daß die neuen Arten, die die Ufer des Amazonenstromes heimsuchen, sich in der Stadt Loreto ein Stelldichein geben. Ich will es glauben, ohne mich selber davon zu überzeugen. Ich meine wirklich, diese verteufelten Zweiflügler bewachen die brasilianische Grenze besser, als die armen Teufel von Soldaten, die wir am Strande sehen.“

Was Manuel von den Moskitos von Loreto sagte, war nur zu wahr. Als daher Benito nach abgeschlossenem Kauf an Bord zurückkehrte, waren sein Gesicht und seine Hände mit Tausenden von roten Flecken bedeckt.

„Abfahren, auf der Stelle abfahren!“ rief Benito, „oder diese verdammten Legionen von Insekten überfallen uns, und auf der Jangada ist dann kein Bleibens mehr.“

Um also die Nacht nicht am Ufer zuzubringen, steuerte die Jangada wieder in den Strom.

Von Loreto ab bog der Amazonenstrom ein wenig nach Südosten zwischen den Inseln Arava, Cuyari und Urucutea. Die Jangada schwamm jetzt auf dem schwarzen Wasser des Cajaru, das sich mit der weißen Flut des Amazonas vermischt. Nachdem sie am Abend des 23. Juni an diesem linken Zufluß vorübergekommen war, fuhr sie friedlich an der großen Insel Jahuma entlang.

Ein Sonnenuntergang an völlig dunstfreiem Horizont kündigte eine jener schönen Tropennächte an, die die gemäßigten Zonen nicht kennen. Eine leichte Brise frischte die Luft auf. Am gestirnten Himmel ging der Mond auf und schuf auf einige Stunden Ersatz für die in diesen niedrigen Breiten fehlende Dämmerung. Aber zu dieser immerhin schon dunkeln Zeit leuchteten die Sterne in unvergleichlicher Reinheit. Die riesige Ebene des Stromgebietes schien sich im Unermeßlichen zu verlieren, wie ein Meer, und an den Enden dieser über 200 000 Milliarden Meilen messenden Achse erschienen im Norden der einzige Diamant des Polarsterns und im Süden die vier Brillanten des südlichen Kreuzes.

Die Bäume am linken Ufer und auf der Insel Jahuma hoben sich in schwarzen Umrissen ab. Nur an ihren unbestimmten Silhouetten waren die Stämme zu erkennen.

Auf der Jangada war all Personal auf dem Posten, aber in ruhender Haltung hingestreckt. Nur der Pilot stand vorn, und seine hohe Gestalt war im ersten Schatten kaum zu sehen. Am Flaggenstock vorn auf dem Floß hing der brasilianische Wimpel schlaff herab, die Brise war nicht einmal stark genug, ihn zu bewegen.

Nach diesem Julitage saß die ganze Familie unter der Veranda, um die frische Luft, die jetzt draußen herrschte, zu atmen. So war es jeden Abend, und während Joam Garral schweigend zuhörte, plauderten die jungen Leute bis zur Schlafenszeit.

„Ach, unser schöner Strom! unser prächtiger Amazonas!" rief das junge Mädchen, deren Enthusiasmus über den großen amerikanischen Wasserlauf sich stets gleich blieb.

„In Wahrheit, ein unvergleichlicher Strom!" sagte Manuel, „und ich begreife jetzt all seine erhabenen Schönheiten! Wir fahren ihn hinunter, wie Orellana, wie Condamine es vor Jahrhunderten gemacht haben, und ich wundere mich nicht darüber, daß sie so wunderbare Beschreibungen davon gegeben haben."

„Die gehören aber schon mehr ins Reich der Fabel!" versetzte Benito.

„Mein Bruder!" antwortete in vorwurfsvollem Tone das junge Mädchen. „Mach unsern Amazonas nicht schlecht!"

„Fällt mir nicht ein, Schwesterchen, ich erinnere nur daran, daß er seine Legenden hat!"

„Ja, das ist wahr, die hat er, und wundervolle obendrein!" erwiderte Minha.

„Was für Legenden?" fragte Manuel, „ich muß gestehen, daß dieselben noch nicht nach Para gedrungen sind, ich meinesteils wenigstens kenne sie nicht!"

„Aber was lernt Ihr denn eigentlich in Belem auf der Schule?" fragte lachend das junge Mädchen.

„Ich fange allmählich an, einzusehen, daß man dort gar nichts lernt!" antwortete Manuel.

„Wie, du weißt also neben vielen andern Fabeln nicht,“ fuhr Minha in einem ernsthaften, und dabei doch scherzenden, Tone fort, „daß ein riesiges Reptil, das Minhocao, von Zeit zu Zeit den Amazonenstrom besucht und daß sein Wasser steigt oder fällt, je nach dem ob die Schlange in den Strom schwimmt oder ihn verläßt, so riesengroß ist sie.“

„Aber hast du dieses phänomenale Minhocao mal gesehen?“ fragte Manuel.

„Ach nein!“ antwortete Lina.

„Wie schade!“ meinte Fragoso hinzusetzen zu sollen.

„Und die „Mae d'Agua“, fuhr das junge Mädchen fort, „das stolze furchtbare Weib, dessen Blick bezaubert und die Unklugen, die es ansehen, in die Tiefe zieht?“

„O, die Mae d'Agua existiert wirklich!“ rief die naive Lina. „Sie soll sogar noch am Ufer herumgehen, aber wie eine Undine verschwinden, wenn man ihr nahe kommt.“

„Schön, Lina,“ sagte Benito, „sobald du sie zu Gesicht bekommst, sage es mir.“

„Damit sie Sie ergreift und in die Tiefe ziehe! Nimmermehr, Signor Benito!“

„Sie glaubt es wirklich rief Minha.

„Es gibt auch viele, die an den Baum von Manaos glauben,“ sagte jetzt Meister Fragoso, der immer bereit war, Lina in Schutz zu nehmen.

„Der Baum von Manaos?“ fragte Manuel. „Was hat es denn damit für eine Bewandtnis?“

„Signor Manuel,“ antwortete Fragoso mit komischer Wichtigkeit, „anscheinend gibt es oder hat es einmal gegeben einen Turuma-Baum, der jedes Jahr zur gleichen Zeit den Rio Negro hinunterschwamm, ein paar Tage in Manaos blieb und so nach Para kam. Er machte an allen Häfen Halt, wo die Eingeborenen ihn ehrfurchtsvoll mit kleinen Fahnen schmückten. In Belem angekommen, machte er Halt, kehrte um, schwamm den Amazonas hinauf, dann den Rio Negro und kehrte nach dem Walde zurück, aus dem er auf geheimnisvolle Weise gekommen war. Eines Tages hat man ihn an Land ziehen wollen, aber der Fluß ist tosend angeschwollen, und man hat es aufgeben müssen. Ein andermal hat der Kapitän eines Schiffes ihn harpuniert und wegzuschleppen versucht. Auch diesmal hat der Strom sich zürnend empört und die Taue zerrissen, und der Stamm ist wundersam entkommen."

„Und was ist aus ihm geworden?" fragte die junge Mulattin.

„Auf seiner letzten Reise, Fräulein Lina," antwortete Fragoso, „scheint er, statt den Rio Negro hinaufzuschwimmen, sich im Weg geirrt zu haben und den Amazonenstrom aufwärts gegangen zu sein. Er ist nicht wieder gesehen worden."

„O, wenn wir ihn fänden!" rief Lina.

„Wenn wir ihn treffen," sagte Benito, „setzen wir dich drauf, Lina, er nimmt dich dann mit in seinen geheimnisvollen Wald, und du wirst selber eine sagenhafte Najade."

„Warum nicht?" entgegnete das törichte Ding.

„Das sind ja Legenden in Menge," sagte jetzt Manuel, „und ich gebe zu, Euer Strom ist dieser Sagen würdig. Aber es gibt auch Geschichten, die ebenso viel wert sind, und wenn ich nicht befürchtete, Euch alle traurig zu stimmen, denn diese ist wirklich betrübend, würde ich eine erzählen."

„O, erzählen Sie, Signor Manuel!" rief Lina. „Ich habe Geschichten, bei denen man ein bißchen weinen kann, so gern!"

„Du und weinen, Lina!" rief Benito.

„Ja, Signor Benito, aber ich weine beim Lachen."

„Na, dann schieß los, Manuel!"

„Es ist die Geschichte einer Französin, deren Leiden sich im 18. Jahrhundert an diesem Ufer abgespielt haben."

„Wir sind ganz Ohr," sagte Minha.

„Ich beginne,“ sprach Manuel. „Als 1741 die beiden französischen Gelehrten Bouguer und La Condamine ausgesandt wurden, um einen Erdgrad unterm Aequator zu messen, wurde ihnen ein hervorragender Astronom namens Godin des Odonais beigegeben.

„Godin des Odonais reiste also ab, aber er reiste nicht allein nach der neuen Welt: er nahm seine junge Frau, seine Kinder, seinen Schwiegervater und Schwager mit.

„Alle Reisenden trafen in bester Gesundheit in Quito ein. Hier begann für Madame des Odonais die Reihe ihrer Leiden; denn in einigen Monaten verlor sie ein paar von ihren Kindern.

„Als Godin des Odonais gegen Ende des Jahres 1759 seine Arbeit beendet hatte, mußte er nach Cayenne. Nach dieser Stadt wollte er die Seinen nachkommen lassen, aber da der Krieg erklärt worden war, mußte er von der portugiesischen Regierung erst eine Vollmacht erbitten, laut welcher seine Frau und seine Angehörigen das Kriegsterrain passieren durften.

„Ist es wohl glaublich? Es vergingen mehrere Jahre, ohne daß diese Vollmacht ausgestellt wurde.

„Außer sich über diese Verzögerung, beschloß Godin des Odonais 1765, den Amazonenstrom hinaufzufahren, um seine Frau in Quito aufzusuchen, aber als er eben abreisen sollte, hielt eine plötzliche Krankheit ihn zurück, und er konnte seine Absicht nicht ausführen.

„Inzwischen war aber sein Gesuch nicht erfolglos geblieben, und Madame des Odonais erfuhr endlich, daß der König von Portugal ihr die nötige Vollmacht ausstellen und ein Schiff für sie ausrüsten wolle, damit sie den Strom hinunterfahren und mit ihrem Manne zusammentreffen könne. Gleichzeitig hatte eine militärische Abteilung den Befehl erhalten, sie in den Missionen des obern Amazonas zu erwarten.

„Madame des Odonais war eine Frau von hohem Mute. Sie zögerte nicht, und so gefährlich eine solche Reise durch den ganzen Kontinent auch war, so reiste sie doch ab.“

„Das war ihre Pflicht als Gattin, Manuel," sagte Yaquita, „und ich hätte dasselbe getan."

„Madame des Odonais," fuhr Manuel fort, „begab sich nach Rio Bamba südlich von Quito mit ihrem Schwager, ihren Kindern und einem französischen Arzt. Es handelte sich darum, die Missionen an der brasilianischen Grenze zu erreichen, wo sie das Schiff und die militärische Begleitung antreffen sollte.

„Die Reise verlief zuerst glücklich. Aber die Schwierigkeiten wuchsen allmählich mit den Gefahren und Strapazen, obendrein war das Land durch die Blattern verheert worden. Von den wenigen Führern, die ihre Dienste anboten, verschwand die Mehrzahl schon nach einigen Tagen, und einer von ihnen, der letzte, der den Reisenden treu geblieben war, ertrank im Bobonasa, als er dem französischen Arzt zu Hilfe kommen wollte.

„Bald war das an den Felsen und treibenden Baumstämmen fast zertrümmerte Kanoe nicht mehr brauchbar. Die Reisenden mußten an Land gehen, und hier, am Rande eines undurchdringlichen Waldes, mußte man dürftige Hütten aus Blättern bauen. Der Arzt erbot sich, mit einem Neger, der Madame des Odonais bis zum Tode treu ergeben war, voran zu gehen. Beide brachen auf. Man wartete mehrere Tage auf sie – doch vergebens! Sie kamen nicht wieder.

„Inzwischen gingen die Lebensmittel dem Ende zu. Die Verlassenen versuchten fruchtlos auf einem Floß den Bobonasa hinunter zu fahren. Sie mußten in den Wald zurück, und es blieb ihnen nichts weiter übrig, als durch das fast undurchdringliche Dickicht den Weg zu Fuß zu machen.

„Das waren zu gewaltige Strapazen für die armen Leute! Trotz der Fürsorge der tapfern Französin fiel einer nach dem andern. Nach wenigen Tagen waren ihre Verwandten, Kinder und Diener alle tot!"

„O, die unglückliche Frau!" rief Lina.

„Madame des Odonais war nun allein," fuhr Manuel fort. „Sie war noch 1000 Meilen vom Ozean entfernt, den sie erreichen mußte. Nun war es nicht mehr die Mutter, die den Fluß suchte – die Mutter hatte ja ihre Kinder verloren, hatte sie mit eigenen Händen begraben – es war die Gattin, die ihren Mann wiedersehen wollte!

„Tag und Nacht wanderte sie, und endlich fand sie den Bobonasa wieder. Hier nahmen edelmütige Indianer sie auf und brachten sie in die Missionen, wo die Eskorte sie erwartete.

„Aber sie kam allein, und hinter ihr bezeichneten Gräber die Etappen ihres Weges!

„Madame des Odonais erreichte Loreto, wo wir vor ein paar Tagen waren. Von dieser peruanischen Stadt aus fuhr sie den Amazonenstrom hinunter, wie wir es jetzt tun, und endlich nach 19 Jahren der Trennung fand sie ihren Mann wieder!"

„Die arme Frau!" sagte das junge Mädchen.

„Vor allem arme Mutter!" setzte Yaquita hinzu.

In diesem Augenblick kam der Pilot Araujo nach hinten und sagte:

„Joam Garrak, wir befinden uns vor der Insel De la Ronde. Wir überschreiten die Grenze."

„Die Grenze!" rief Joam.

Er erhob sich, trat an den Rand der Jangada und betrachtete lange die Insel, dann fuhr er sich mit der Hand über die Stirn, wie um eine Erinnerung zu verscheuchen.

„Die Grenze," murmelte er, unwillkürlich den Kopf senkend.

Aber gleich darauf sah er wieder auf, und sein Gesicht war das eines Mannes, der fest entschlossen ist, eine Pflicht bis ans Ende zu erfüllen.

Zwölftes Kapitel
Fragoso in Tätigkeit

„Braza", Glut, ist ein Wort, das sich schon im 12. Jahrhundert in der spanischen Sprache findet. Aus ihm ist das Wort „Brazil" gebildet worden, mit welchen gewisse, eine rote Farbe liefernde Holzarten bezeichnet werden: und daher stammt der Name Brasilien für dieses Riesengebiet Südamerikas, unter der Aequinoctial-Linie, in welchem dieses Holz vielfach vorhanden ist. Schon zur Zeit der Normannen war dieses Holz übrigens ein bedeutender Handelsartikel. Obwohl es in seiner Heimat „Ibirapitunga“ heißt, hat es doch den Namen „Brazil“ erhalten, und diesen Namen hat auch das Land erhalten, das unter den Strahlen der Tropensonne in der Tat eine unermeßliche Glutfläche ist.

Die Portugiesen haben es zuerst besetzt. Zu Beginn des 16. Jahrhunderts ergriff der Seefahrer Alvarez Cabral Besitz davon. Wenn sich später auch Frankreich und Holland an einigen Punkten niederließ, so blieb es doch portugiesisch und besitzt alle Vorzüge, die dieses tapfere Völkchen auszeichnen. Jetzt ist es der größte Staat Südamerikas, dem der kluge und kunstsinnige König Don Pedro vorsteht.

Der Krieg war bekanntlich lange Zeit das sicherste und schnellste Verbreitungsmittel der Zivilisation. Die Brasilianer verteidigten mit der Waffe in der Hand ihren Besitz, erweiterten ihn und stehen jetzt auf einer hohen Stufe der Zivilisation.

Im Jahre 1824, sechzehn Jahre nach der Gründung des portugiesisch-brasilianischen Kaiserreichs proklamierte Brasilien durch Don Juan, den die französischen Heere aus Portugal vertrieben hatten, seine Unabhängigkeit.

Nun mußte die Grenze zwischen dem neuen Kaiserreich und dem benachbarten Peru festgesetzt werden.

Das war nicht leicht.

Während Brasilien sich nach Westen bis zum Rio Nago ausdehnen wollte, beabsichtigte Peru, sich bis zum Ega-See, das heißt um 8 Grade nach Osten, zu vergrößern.

Aber mittlerweile mußte Brasilien zu den Waffen greifen, um einen zu Gunsten der spanisch-brasilianischen Missionen angezettelten Aufstand der Indianer des Amazonenstromes zu unterdrücken. Es konnte zur Wahrung seiner Interessen nichts Besseres tun, als die Insel de la Ronde ein Stück oberhalb von Tabatinga durch einen militärischen Posten zu besetzen.

Hiermit war zugleich eine Lösung der Grenzfrage gegeben, und seit dieser Zeit geht die Grenze beider Länder mitten durch diese Insel.

Oberhalb der Grenze ist der Strom peruanisch und heißt, wie schon erwähnt, Maranon.

Unterhalb ist er brasilianisch und führt den Namen Rio das Amazonas.

Am 25. Juni abends machte die Jangada vor Tabatinga Halt. Diese erste brasilianische Stadt liegt am linken Ufer an der Mündung des Rio, nachdem sie benannt ist.

Joam Garral hatte beschlossen, 36 Stunden hier zu bleiben, um seinem Personal etwas Ruhe zu gönnen. Die Abfahrt sollte mithin erst am 27. morgens stattfinden.

Diesmal sprachen auch Yaquita und ihre Kinder, weniger bedroht vielleicht als in Loreto, den Moskitos des Landes anheimzufallen, die Absicht aus, an Land zu gehen und das Städtchen zu besichtigen.

Man schätzt die Bevölkerung auf 400 Einwohner, die fast alle Indianer sind, rechnet dabei aber ohne Zweifel die Nomaden mit, die lieber unstet umherziehen, als daß sie sich am Strom und seinen kleinen Nebenflüssen ansiedeln.

Vor einigen Jahren ist der Posten der Insel De la Ronde aufgehoben und nach Tabatinga selbst versetzt worden. Man kann die Stadt daher eine Garnison nennen, aber die Garnison besteht aus 9 Soldaten, die auch alle Indianer sind, und einem Sergeanten, der der wirkliche Ortskommandant ist.

Eine Anhöhe von 30 Fuß, zu der die Stufen einer nicht sehr standfesten Treppe hinaufführen, bildet den Wall der Esplanade, auf der die kleine Festung liegt. Die Stadt befindet sich am jenseitigen Abhang dieser Anhöhe. Ein Weg – eigentlich nur eine von Feigenbäumen und Miritis beschattete Schlucht – führt in wenigen Stunden dorthin. Hier erheben sich ein Dutzend mit Palmenblättern gedeckte Häuser, die um einen in der Mitte befindlichen Platz gruppiert sind.

Dies alles ist nicht sonderlich sehenswert, aber die Umgebung von Tabatinga ist reizend, besonders an der Mündung des Yavary, in der der Archipel der Aramasa-Inseln liegt. Dieser Punkt ist einer der malerischsten am obern Amazonas.

Tabatinga dürfte übrigens in kurzer Zeit ein wichtiger Platz werden und wird sich ohne Zweifel schnell entwickeln. Hier werden die brasilianischen Dampfer auf ihrer Fahrt stromauf und die peruanischen Dampfer auf ihrer Fahrt stromab halten müssen. Hier werden die Ladungen ausgetauscht und die Passagiere umgebootet werden. Eine englische oder französische Stadt würde unter solchen Umständen in wenigen Jahren zu einem der bedeutendsten Handelszentren werden.

In diesem Teil seines Laufs ist der Strom sehr schön. Ebbe und Flut ist selbstverständlich in Tabatinga noch nicht zu spüren, da es noch 600 Meilen vom Atlantischen Ozean entfernt ist. Anders verhält es sich jedoch mit der „Pororoca“, dieser Art Springflut, die zur großen Syzygien-Flut drei Tage lang das Wasser des Amazonas mit einer Schnelligkeit von 17 Kilometer in der Stunde zurücktreibt. Man behauptet in der Tat, daß diese phänomenale Flut sich bis zur brasilianischen Grenze erstrecke.

Am 26. Juni bestieg die Familie Garral die Boote, um die Stadt zu besuchen.

Wenn auch Joam, Benito und Manuel schon in mehreren Städten des brasilianischen Reiches gewesen waren, so hatten doch Yaquita und ihre Tochter noch keine gesehen. Wenn andererseits Fragoso in seiner Eigenschaft als wandernder Barbier schon durch die verschiedenen Provinzen von Mittelamerika gekommen war, so hatte doch Lina wie ihre junge Herrin überhaupt noch nicht brasilianischen Boden betreten.

Aber ehe sie die Jangada verließen, war Fragoso zu Joam Garral gegangen und hatte mit ihm folgende Unterredung gehabt.

„Herr Garral," sagte er, „seit dem Tage, wo Sie mich auf der Fazenda von Iqitos aufgenommen, beherbergt, gekleidet, beköstigt, mit einem Wort so gastfreundlich bewirtet haben, schulde ich Ihnen –"

„Sie schulden mir absolut nichts, mein Freund," antwortete Joam Garral. „Schlagen Sie sich das aus dem Kopf."

„O beruhigen Sie sich," rief Fragoso, „ich bin gar nicht in der Lage, mich bei Ihnen abzufinden. Ich füge noch hinzu, daß Sie mich mit an Bord genommen und es mir so ermöglicht haben, den Amazonas hinunter zu fahren. Aber wir befinden uns jetzt auf brasilianischem Boden, den ich aller Wahrscheinlichkeit nach um ein Haar überhaupt nicht wiedergesehen hätte. Wäre die Liane nicht gewesen ..."

„Dafür haben Sie Lina zu danken, Lina allein," sagte Joam Garral.

„Ich weiß," antwortete Fragoso, „und werde nie vergessen, was ich schuldig bin, wie was ich Ihnen schuldig bin."

„Es sieht fast so aus, Fragoso," versetzte Joam, „als wollten Sie sich von mir verabschieden. Haben Sie die Absicht, in Tabatinga zu bleiben?"

„Keineswegs, Herr Garral, da Sie mir erlaubt haben, Sie bis Belem zu begleiten, wo ich, wie ich wenigstens hoffe, meinem früheren Gewerbe wieder nachgehen kann."

„Nun, wenn Sie diese Absicht haben, was haben Sie dann für ein Anliegen?"

„Ich möchte Sie darum bitten, wenn Sie nichts dagegen einzuwenden haben, daß ich dieses Gewerbe unterwegs ausüben darf. Meine Hand darf nicht einrosten, und ein paar Handvoll Reïs tun meiner Tasche auch keinen Schaden, zumal wenn ich sie verdient habe. Sie wissen, Herr Garral, ein Barbier, der gleichzeitig ein bißchen Friseur ist und, aus Respekt vor Herrn Manuel wage ich es nicht zu sagen, auch ein bißchen Doktor, findet in diesen Städten am obern Amazonas immer Kunden."

„Besonders unter den Brasilianern," sagte Joam Garral, „denn die Eingeborenen –"

„Ich bitte um Entschuldigung!" antwortete Fragoso. „Eben gerade vor allem unter den Eingeborenen. Freilich zu rasieren gibt's nichts, denn im Punkte dieser Manneszierde hat sich die Natur geizig gegen sie gezeigt, aber immer gibt es Haar zurechtzustutzen nach der neuesten Mode! Das lieben diese Wilden, Männer wie Frauen. Ich werde kaum zehn Minuten mit der Brennschere in der Hand auf dem Platze von Tabatinga zu stehen brauchen – die Brennschere lockt sie am meisten, und ich spiele damit verführerisch – so wird sich auch schon ein Kreis von Indianern und Indianerinnen um mich gebildet haben. Man reißt sich darum, von mir frisiert zu werden. Wenn ich einen Monat bliebe, hätte sich der ganze Stamm der Tilunas von mir frisieren lassen. Rasch würde sich die Nachricht verbreiten, daß das „Kräuseleisen" – so nennen sie mich – wieder nach Tabatinga zurückgekehrt ist! Ich bin schon zweimal hier durchgekommen, und meine Schere und mein Kamm haben Wunder verrichtet. Man darf freilich nicht zu oft an denselben Platz kommen. Mesdames die Indianerinnen lassen sich nicht alle Tage frisieren wie die feinen Damen in den brasilianischen Städten. Nein, wenn es einmal gemacht ist, reicht es für ein Jahr, und ein Jahr lang nehmen sie sich aufs äußerste in acht, damit sie das Kunstwerk, das ich – ich wage es zu sagen – mit so viel Talent errichtet habe, nicht zerstören. Es ist bald ein Jahr her, daß ich in Tabatinga gewesen bin. Jetzt werde ich daher alle meine Monumente in Trümmern finden, und wenn Sie nichts dagegen haben, Herr Garral, möchte ich mich noch einmal des Rufes würdig zeigen, den ich in diesem Lande erworben habe. Vor allem lockt mich die Aussicht auf Verdienst, glauben Sie mir, und nicht die Eigenliebe."

„Tun Sie es, mein Freund," antwortete Joam Garral, „aber halten Sie sich dazu. Wir dürfen nur einen Tag in Tabatinga bleiben und reisen morgen bei Tagesanbruch weiter."

„Ich werde keine Minute verlieren!" antwortete Fragoso. „Nur mein Handwerkszeug holen, und dann fort!"

„Gehen Sie, Fragoso," sagte Joam Garral, „und möge es Reïs in Ihre Taschen regnen!"

„Ja, das wäre ein wohltuender Regen, der sich allerdings noch nie als Wolkenbruch über Ihren ganz ergebenen Diener ausgeschüttet hat!"

Mit diesen Worten eilte Fragoso davon.

Kurz darauf stieg die Familie mit Ausnahme Joam Garrals an Land. Die Jangada hatte so nahe am Ufer vor Anker gehen können, daß die Boote ohne Schwierigkeit hinüber kamen.

Yaquita und die Ihren wurden von dem Kommandanten des Forts empfangen – einem armen Teufel, der jedoch die Gebote der Gastfreundschaft kannte und ihnen ein Frühstück in seiner Behausung anbot. Anstatt aber das Frühstück des Sergeanten anzunehmen, lud Yaquita im Gegenteil den Kommandanten und seine Frau zu Tisch auf die Jangada. Das ließ sich der Kommandant nicht zweimal sagen, und man verabschiedete sich um elf Uhr.

Yaquita, ihre Tochter, die junge Mulattin und Manuel gingen um das Fort herum spazieren, während Benito mit dem Sergeanten, der zugleich Chef der Zollstation war, die Angelegenheit der Durchfahrtsbestimmungen regelte.

Als dies erledigt war, begab Benito sich gemäß seiner Gewohnheit auf die Jagd in den nahen Wäldern. Diesmal hatte Manuel sich geweigert, mit ihm zu gehen.

Inzwischen hatte auch Fragoso die Jangada verlassen. Anstatt aber zu dem Militärposten hinaufzugehen, begab er sich gleich nach der Stadt durch die rechts sich öffnende Schlucht. Er rechnete mit Recht mehr auf die Kundschaft der Eingeborenen in Tabatinga als auf die der Garnison. Ohne Zweifel hätten die Frauen der Soldaten sich auch nur zu gern seiner geschickten Hand anvertraut, aber die Soldaten hatten keine Lust, ein paar Reïs für die Liebhabereien ihrer koketten Ehehälften auszugeben.

Bei den Eingeborenen war es ganz anders. Männer und Frauen würden ihn – der vergnügte Barbier wußte es wohl – mit Freuden begrüßen.

So begab sich denn Fragoso auf dem von schönen Feigenbäumen beschatteten Wege nach Tabatinga.

Kaum war er auf dem Platze in der Mitte der Stadt angelangt, so wurde er als der berühmte Barbier erkannt und umringt.

Alle Eingeborenen waren da, Männer, Frauen, Greise, Kinder, in ihrem ein wenig primitiven Kostüm, mit offnen Augen sahen sie zu, mit gespannten Ohren lauschten sie. Halb in portugiesischer, halb in Ticuna-Sprache pries der liebenswürdige Haarvirtuos im Tone seines lustigsten Humors ihnen seine Künste an.

Was er zu ihnen sagte, war das, was alle Marktschreier sagen, die ihre Dienste der Menge zur Verfügung stellen, ob sie nun spanische Figaros sind oder französische Friseure. Es war im Grunde dieselbe Dicktuerei, dieselbe Kenntnis der menschlichen Schwächen, dasselbe Spiel mit abgedroschnen Witzen, dieselbe belustigende Gewandtheit, und auf seiten der Eingeborenen dieselbe glotzende Erstauntheit, dieselbe Neugierde, dieselbe Leichtgläubigkeit, wie bei den Maulaffen der zivilisierten Welt.

Binnen kurzem war denn auch das Publikum Feuer und Flamme und drängte sich um Fragoso, der in einer Loggia auf dem Platze – einer als Schenke dienenden Butike – seinen fliegenden Laden aufgemacht hatte.

Und nun nahmen Männer und Frauen auf dem Barbierschemel Platz. Fragosos Scheren feierten freilich, da das ebenso reiche wie feine Haar nicht zu verkürzen war; aber desto mehr kamen Kamm und Brenneisen zur Anwendung!

Ohne Unterlaß sprach der Haarkünstler der Menge zu.

„Seht, seht,“ sagt er, „wie das festsitzen wird, verehrte Kunden, wenn Ihr nicht direkt drauf schlaft. Das hält für ein Jahr, und diese Mode ist die neueste in Belem und Rio de Janeiro. Die Ehrendamen der Kaiserin werden nicht von kundigerer Hand bedient, und Ihr seht, ich geize nicht mit der Pomade.“

Nein! damit geizte er nicht! Es war freilich nur ein bißchen Fett, dem er ein wenig Blumensaft beimischte, dafür kleisterte das Zeug aber wie Zement.

So hätte man auch diese Monumente, die von der Hand Fragosos errichtet wurden und alle Verschiedenheiten der Architektur aufwiesen, in der Tat Haargebäude nennen können. Ringellocken, Röhrchen und Flechten und Zöpfchen, Kräusel und Schnörkel, Spiralen und Wickel – alles wurde angebracht. Dabei nichts Falsches – wie etwa ganze Touren oder Genicklöckchen oder bloß eingefügte Partien. Dieses Eingeborenen-Haar war kein durch Durchforsten oder Abschlag gelichteter Wald, sondern ein Urwald in all seiner ursprünglichen Jungfräulichkeit. Fragoso verschmähte es jedoch nicht, ein paar natürliche Blumen hinzuzutun, ein paar lange Fischgräten und schönen Schmuck aus Horn oder Kupfer, den ihm die Modedämchen des Ortes herbeibrachten.

Und nun regnete es Vatems und Händevoll Reïs – einzig gegen diese Münze geben die Eingeborenen ihre Waren ab – in Fragosos Tasche, der mit sichtlicher Befriedigung das Geld kassierte. Aber sicher mußte es Abend werden, ehe er die Wünsche einer stets sich erneuernden Kundschaft hätte befriedigen können. Denn nicht nur die Einwohner von Tabatinga drängten sich an der Pforte der Loggia, die Nachricht von Fragosos Ankunft hatte sich rasch verbreitet. Die Eingeborenen strömten herbei: Ticunas vom linken Ufer, Mayorunas vom rechten, ebenso die, die am Ufer des Cajuru wohnten, wie die aus den Dörfern am Yavary.

Eine große Schar Wartender stand aus dem Platz in der Mitte. Die so glücklich waren, schon frisiert worden zu sein, spazierten stolz von einem Hause zum andern und brüsteten sich. Freilich wagten sie dabei nicht, sich allzu sehr zu bewegen.

Als es daher Mittag geworden war, hatte der sehr geschäftige Coiffeur nicht Zeit gefunden, zum Frühstück an Bord zurückzukehren. Er mußte sich mit etwas Assai, Maniokmehl und Schildkröteneiern begnügen.

Kurz, die Ankunft des berühmten Fragoso war ein Ereignis für die Stadt Tabatinga!

Dreizehntes Kapitel

Torres

Um 5 Uhr abends war Fragoso noch da. Er konnte nicht mehr und fragte sich schon, ob er nicht hier über Nacht bleiben müsse, um die Schar der Harrenden zu befriedigen.

In diesem Augenblicke betrat ein Fremder den Platz und schritt, als er diese Versammlung von Eingeborenen erblickte, an die Schenke heran.

Ein Weilchen betrachtete dieser Fremde Fragoso mit Aufmerksamkeit. Ohne Zweifel befriedigte ihn das Examen, denn er trat in die Loggia ein.

Der Mann war etwa 35 Jahre alt. Er trug ein elegantes Reisekostüm, das ihm sehr vorteilhaft stand. Aber sein starker schwarzer Bart, der sicherlich lange keine Schere gesehen hatte, und sein langes Haar bedurften dringend der Pflege eines guten Friseurs.

„Guten Tag, Freundchen, guten Tag!“ sagte der Fremde, indem er Fragoso leicht auf die Schulter klopfte.

Als Fragoso diese Worte in reinem Brasilianisch hörte, drehte er sich um.

„Ein Landsmann?“ fragte er, ohne in der Arbeit inne zu halten, die ihm eben der widerhaarige Kopf einer Mayoruna-Jndianerin machte.

„Ja,“ antwortete der Fremde, „ein Landsmann, der Ihrer Dienste bedarf.“

„Gern! sofort!“ sagte Fragoso, „sobald ich mit „Madame“ hier fertig bin.“

Das war mit zwei Zügen des Brenneisens getan.

Obgleich der zuletzt Angekommene nicht das Recht auf den leeren Platz hatte, setzte er sich doch auf den Schemel, und von den Eingeborenen erhob niemand Wiederspruch.

Fragoso legte das Brenneisen weg und griff zur Schere. Gemäß der Gepflogenheit seiner Kollegen fragte er dann:

„Was wünscht der gnädige Herr?“

„Bart und Haar schneiden,“ antwortete der Fremde.

„Zu dienen!“ sagte Fragoso und fuhr mit dem Kamm in das dichte Haar seines Kunden.

Und sogleich begann die Schere ihre Arbeit.

„Sie kommen weither?“ fragte Fragoso, der beim Arbeiten immer fleißig sprechen mußte.

„Ich komme aus der Gegend von Iquitos.“

„Sieh da, ganz wie ich!“ rief Fragoso, „ich bin den Amazonenstrom von Iquitos bis Tabatinga hinuntergefahren! Darf man nach Ihrem werten Namen fragen?“

„O bitte sehr,“ antwortete der Fremde, „ich heiße Torres.“

Als das Haar des Kunden nach der neuesten Mode geschnitten worden war, begann Fragoso ihm den Bart zu stutzen: aber als er ihm in diesem Augenblick genau ins Gesicht sah, stutzte er, setzte dann seine Arbeit fort und sagte endlich:

„Ei, Signor Torres, ich weiß nicht recht – ich glaube, ich kenne Sie von früher – haben wir uns nicht schon mal irgendwo gesehen?“

„Glaub's nicht!“ antwortete Torres lebhaft.

„Dann irre ich mich,“ antwortete Fragoso.

Und er schickte sich an, seine Tätigkeit zu vollenden.

Ein Weilchen darauf erneuerte Torres das Gespräch, das durch Fragosos Frage unterbrochen worden war.

„Wie sind Sie von Iquitos gekommen?“

„Von Iquitos nach Tabatinga?“

„Ja.“

„An Bord eines Holzschleppzuges, auf dem mich ein würdiger Fazendero, der mit seiner ganzen Familie den Amazonas hinunterfährt, mitgenommen hat.“

„Ah, sieh da, Freundchen!“ rief Torres. „Das nenn ich es gut treffen, und wenn Ihr Fazendero auch mich mitnehmen wollte –“

„Sie haben also auch die Absicht, stromabwärts zu reisen?“

„Freilich.“

„Bis Para?“

„Nein, nur bis Manaos, wo ich zu tun habe.“

„Nun, mein Wirt ist ein liebenswürdiger Mann, und ich glaube, er würde Ihnen gern diesen Dienst erweisen.“

„Glauben Sie?“

„Ich möchte sagen, ich bin davon überzeugt!“

„Und wie heißt dieser Fazendero?“ fragte Torres gleichgültig.

„Joam Garral,“ antwortete Fragoso.

Dabei murmelte er bei sich:

„Dieses Gesicht habe ich sicher irgendwo gesehen.“

Torres war nicht der Mann, ein Gespräch fallen zu lassen, das ihn nicht ohne Grund zu interessieren schien.

„Sie glauben also,“ fragte er weiter, „daß Joam Garral mich auch mitnehmen würde?“

„Ich wiederhole, daß ich nicht daran zweifle,“ antwortete Fragoso. „Was er für einen armen Teufel wie mich getan hat, das wird er Ihnen, einem Landsmann, nicht abschlagen.“

„Ist er allein an Bord dieser Jangada?“

„Nein,“ versetzte Fragoso, „ich sagte Ihnen bereits, daß er mit seiner ganzen Familie reist – lauter brave Menschen, versichre ich Ihnen – und eine Mannschaft von Indianern und Schwarzen begleitet ihn.“

„Ist der Fazendero reich?“

„Gewiß,“ antwortete Fragoso, „sehr reich. „Schon das Flößholz und die Ladung machen ein Vermögen aus.“

„Also hat Joam Garral mit seiner ganzen Familie die brasilianische Grenze überschritten?“ fuhr Torres fort.

„Jawohl,“ entgegnete Fragoso, „mit seiner Frau, seinem Sohn, seiner Tochter, und dem Bräutigam von Fräulein Minha.“

„Ah! Eine Tochter hat er auch?“ fragte Torres.

„Ein reizendes Mädchen.“

„Und sie will sich verheiraten?“

„Ja, mit einem braven jungen Menschen,“ antwortete Fragoso, „einem Militärarzt in der Garnison von Belem, mit dem sie gleich nach Beendigung der Reise getraut werden soll.“

„Sehr gut,“ sagte Torres lächelnd, „man könnte das also eine Brautreise nennen.“

„Eine Brautreise, eine Vergnügungsreise und eine Geschäftsreise!“ antwortete Fragoso. „Signora Yaquita und ihre Tochter haben noch nie brasilianisches Gebiet betreten, und auch Joam geht zum erstenmal über die Grenze hinüber, seit er auf die Farm des alten Magalhaes gekommen ist.“

„Ich nehme auch an,“ sagte Torres, „daß die Familie von mehreren Dienern begleitet ist?“

„Gewiß,“ versetzte Fragoso, „da ist die alte Cybele, die schon seit 50 Jahren auf der Farm ist, dann eine muntere Mulattin, Jungfer Lina, die eher die Gefährtin als die Dienerin ihrer jungen Herrin ist. Ach! was für ein reizendes Geschöpf! Was für ein Herz und was für Augen! Und auf was für Einfälle sie manchmal kommt, besonders was die Lianen anbetrifft ...“

Fragoso hätte, einmal an diesem Punkte angelangt, sicher sobald nicht aufgehört, und Lina wäre sicherlich der Gegenstand begeisterter Lobpreisungen gewesen, wenn Torres nicht vom Schemel aufgestanden wäre und einem andern Kunden Platz gemacht hätte.

„Was bin ich schuldig?“ fragte er den Barbier.

„Nichts," versetzte Fragoso. „Unter Landsleuten, die sich an der Grenze treffen, kann davon keine Rede sein."

„Ich möchte aber doch –" begann Torres.

„Schön, dann rechnen wir später ab, an Bord der Jangada."

„Aber ich weiß nicht," erwiderte Torres, „ob ich es wagen darf, Joam Garral darum zu bitten –"

„Machen Sie sich keine Kopfschmerzen!" rief Fragoso. „Ich werde mit ihm darüber sprechen, wenn Ihnen das lieber ist, und er wird sich sehr glücklich schätzen, Ihnen damit von Nutzen sein zu können."

In diesem Augenblick erschienen Manuel und Benito, die nach dem Mittagstisch in die Stadt gegangen waren, auf dem Platz vor der Schenke. Sie wünschten Fragoso in seiner berufsmäßigen Tätigkeit zuzusehen.

Torres hatte sich nach ihnen umgedreht und rief plötzlich:

„Ah, da kommen zwei Männer, die ich kenne oder vielmehr wiedererkenne."

„Sie haben die beiden schon gesehen?" fragte Fragoso erstaunt.

„Ganz gewiß!! Sie haben mir einmal im Walde von Iquitos aus großer Verlegenheit geholfen."

„Aber das ist ja gerade Benito Garral und Manuel Valdez."-

„Ich weiß. Sie haben sich mir vorgestellt, aber ich hatte nicht erwartet, sie hier wieder zu treffen."

Torres trat jetzt auf die jungen Männer zu, die ihn ansahen, ohne ihn wiederzuerkennen.

„Sie erinnern sich meiner nicht, meine Herren?" fragte er sie.

„Warten Sie," antwortete Benito. „Herr Torres, wo mir recht ist. Sie waren der Herr, der im Walde von Iquitos einige Schwierigkeiten hatte mit einem Guariba?"

„Ganz recht, meine Herren,“ erwiderte Torres. „Seit sechs Wochen wandere ich den Amazonenstrom hinab und bin zur selben Zeit wie Sie über die Grenze gekommen.“

„Freut mich sehr. Sie wiederzusehen,“ sagte Benito, „aber Sie haben doch wohl nicht vergessen, daß ich Sie auf die Fazenda meines Vaters eingeladen habe?“

„Keineswegs,“ antwortete Torres.

„Und Sie hätten ruhig meine Einladung annehmen können, mein Herr! Dann hätten Sie bis zu unserer Abreise warten und sich die Strapazen eines so langen Marsches sparen können. Denn wir hätten Sie bis zur Grenze mitgenommen.“

„Allerdings,“ sagte Torres.

„Unser Landsmann will noch weiter,“ mischte sich Fragoso ein, „er will bis Manaos.“

„Nun, wenn Sie mit an Bord der Jangada kommen wollen,“ sagte Benito, „so werden Sie gern aufgenommen werden, und ich bin überzeugt, daß mein Vater es als seine Pflicht ansehen wird, Sie mitzunehmen.“

„Sehr gern!“ antwortete Torres, „und Sie erlauben mir wohl, Ihnen schon im voraus zu danken?“

Manuel hatte an der Unterhaltung nicht teilgenommen. Er ließ den liebenswürdigen Benito sein Anerbieten stellen und beobachtete aufmerksam Torres, dessen Gesicht ihm gar nicht gefiel. Den Augen dieses Mannes fehlte es in der Tat völlig an Offenheit, sein Blick wich beständig aus, als scheue er sich, einen festen Punkt zu nehmen. Aber Manuel behielt diesen Eindruck für sich, da er einem Landsmann, dem eine Gefälligkeit erwiesen werden sollte, nicht schaden wollte.

„Meine Herren,“ sagte Torres, „wenn es Ihnen recht ist, bin ich bereit, Ihnen zu folgen.“

„Kommen Sie!“ sagte Benito.

Eine Viertelstunde später war Torres an Bord der Jangada. Benito stellte ihn Joam Garral vor, indem er ihm erzählte, unter welchen Umständen er ihn schon einmal gesehen hätte, und fragte, ob Torres bis Manaos mitfahren könne.

„Ich schätze mich glücklich, Ihnen diesen Dienst erweisen zu können," antwortete Joam Garral.

„Ich danke Ihnen," sagte Torres.

Schon wollte er dem Fazendero die Hand hinstrecken, aber unwillkürlich hielt er inne.

„Morgen bei Tagesanbruch fahren wir ab," setzte Joam Garral hinzu, „Sie haben also Zeit, sich an Bord einzurichten."

„O, das wird bald geschehen sein!" erwiderte Torres. „Wie ich gehe und stehe – das ist alles."

„Sie sind hier zu Hause," sagte Joam Garral.

Noch am selben Abend bezog Torres eine Kabine neben derjenigen des Barbiers.

Erst um 8 Uhr kehrte dieser zur Jangada zurück und stattete der jungen Mulattin Bericht darüber ab, wieviel er eingenommen habe. Nicht ohne einigen Stolz teilte er ihr mit, das? der Ruf des berühmten Fragoso im Becken des obern Amazonas noch zu voller Blüte gedeihen werde.

Vierzehntes Kapitel

Weiter stromab

Am folgenden Morgen, dem 27. Juni, wurden mit Tagesanbruch die Taue gelöst, und die Jangada setzte ihre Fahrt stromab fort.

Nun eine Persönlichkeit mehr an Bord.

Wo kam dieser Torres eigentlich her? Man wußte es nicht. Und wohin wollte er? Nach Manaos, hatte er gesagt.

Torres hatte sich übrigens gehütet, weder von seiner Vergangenheit etwas ahnen zu lassen, noch von dem Gewerbe, dem er noch vor wenigen Monaten nachgegangen war, und niemand konnte ahnen, daß die Jangada einem ehemaligen Buschhauptmann Unterkunft gewährt hatte.

Joam Garral wollte nicht durch aufdringliche Fragen dem Manne, dem er eben einen Dienst erwiesen hatte, zu nahe treten.

Indem er ihn an Bord nahm, hatte der Fazendero einem Drang der Menschlichkeit nachgegeben.

Besonders zu dieser Zeit, wo noch keine Dampfer auf dem Strom verkehrten, war es sehr schwer, in diesen Amazonenwüsten sichere und schnelle Beförderungsmittel zu finden.

Fahrzeuge fuhren noch nicht regelmäßig und größtenteils war der Reisende gezwungen, zu Fuß durch die Wälder zu ziehen.

So hätte auch Torres seinen Weg zurücklegen müssen, und es war ein unverhoffter Glücksumstand, daß er an Bord der Jangada gekommen war.

Seit Benito erzählt hatte, unter welchen Umständen er Torres getroffen hatte, war der Fremdling eingeführt und konnte sich nun wie der Passagier eines transatlantischen Dampfers an dem gemeinsamen Leben beteiligen, wenn es ihm paßte, oder für sich bleiben, wenn er nicht für Geselligkeit schwärmte.

An den ersten Tagen wenigstens hatte es den Anschein, als wolle Torres keine intime Stellung zur Familie Garral einnehmen. Er hielt sich sehr zurück, antwortete, wenn er nach etwas gefragt oder angesprochen wurde, stellte aber selber nie Fragen und begann auch nie selber ein Gespräch.

Wenn er irgendwem gegenüber mehr aus sich heraus ging, so tat er es gegenüber Fragoso.

Verdankte er nicht diesem lustigen Gefährten den Einfall, auf der Jangada mitzufahren? Bisweilen fragte er ihn über die Verhältnisse der Familie Garral in Iquitos aus oder erkundigte sich, wie Braut und

Bräutigam zueinander stünden, und auch dies tat er stets mit größter Vorsicht.

Größtenteils war er, wenn er nicht allein vorn auf der Jangada auf und abging, in seiner Kabine.

Die Mahlzeiten nahm er mit Joam Garral und den Seinen ein, aber an der Unterhaltung nahm er nur geringen Anteil, und gleich nach beendeter Mahlzeit zog er sich zurück.

Während des Vormittags fuhr die Jangada durch die malerische Inselgruppe, die in dem riesigen Aestuarium des Yavary liegt. Dieser wichtige Nebenfluß des Amazonenstroms verfolgt in scharf südwestlicher Richtung einen Lauf, der vom Quell bis zur Mündung von keinem Inselchen und keiner Stromschnelle unterbrochen wird. Diese Mündung ist etwa 3000 Fuß breit und liegt wenige Meilen oberhalb der Stelle, wo ehemals die Stadt gleichen Namens sich befand, um deren Eigentum sich Spanier und Portugiesen lange Zeit gestritten haben.

Bis zum 30. Juni morgens trug sich auf der Reise nichts Bemerkenswertes zu. Bisweilen begegnete man einigen Fahrzeugen, die am Ufer entlang glitten, eins ans andere gehängt, so daß ein Eingeborner allein sie alle vorwärts bewegen konnte.

„ Navigar de bubina“ bezeichnen die Eingeborenen diese Art zu fahren, das heißt zu deutsch „Fahrt des Vertrauens“.

Bald war man an der Insel Araria, dem Archipel der Calderon-Inseln, der Insel Eapiatu und vielen andern vorbei, deren Namen noch nicht zur Kenntnis der Geographen gelangt sind.

Am 30. Juni bezeichnete der Lotse am rechten Ufer die kleine Stadt Jurupari-Tapera, wo ein paar Stunden Halt gemacht wurde.

Manuel und Benito gingen in der Umgebung auf Jagd und brachten etwas Geflügel mit, das in der Küche freudig in Empfang genommen wurde.

Gleichzeitig war es den jungen Leuten gelungen, ein Tier zu fangen, das ein Naturforscher mit mehr Interesse betrachtet hätte, als es die Köchin der Jangada tat.

Dies war ein Vierfüßler von dunkler Farbe, der einem großen Neufundländer ähnelte.

„Ein großer Ameisenfresser!“ rief Benito, indem er ihn auf die Jangada warf.

„Und zwar ein prächtiges Exemplar,“ setzte Manuel hinzu, „das jedem Museum zur Zierde gereichen würde!“

„Hat es Euch Mühe gemacht, dieses seltsame Tier zu erlegen?“ fragte Minha.

„Ei freilich, Schwesterchen,“ antwortete Benito, „und du warst auch nicht da, um Gnade für ihn zu bitten. Ah, dieses Viehzeug hat ein zähes Leben, und es waren drei Kugeln nötig, den hier zur Strecke zu bringen.“

Dieser Ameisenfresser war prächtig mit seinem langen graugesprenkelten Schwanz, der spitzen Schnauze, die er in die Ameisenhaufen steckt: seinen langen magern Pfoten, die scharfe, 5 Zoll lange Krallen haben, welche sich wie die Finger einer Hand zusammenballen können. Aber was für eine Hand ist so eine Ameisenfresserpfote! Wenn sie etwas festhält, muß man sie abhacken, ehe sie es losläßt. Mit Recht hat der Reisende Emile Correy sagen können, „die Umklammerung dieser Krallen könne selbst einen Tiger töten“.

Nachdem die Jangada durch zahlreiche Inseln gefahren war, die zu allen Jahreszeiten in herrlichem Grün stehen und von prächtigen Bäumen beschattet sind und unter denen die Inseln Jurupari, Rita, Maracanatena und Cururu-Sapo die bedeutendsten sind, langte man am 2. Juli am Fuße von San-Pablo d'Olivenca an.

An den Mündungen mehrerer Iguarapes oder kleiner Zuflüsse mit schwarzem Wasser war man bis hierher vorbeigekommen.

Die Färbung dieses Wassers ist eine eigentümliche Naturerscheinung und einer Anzahl von Nebenflüssen, teils mehr, teils minder bedeutender, zu eigen.

Manuel machte darauf aufmerksam, wie satt der Ton dieser Farbe sei, da man sie deutlich auf der Oberfläche des weißlichen Wassers des Stromes sehen könne.

„Man hat diese Färbung auf verschiedene Weise zu erklären versucht," sagte er, „ich glaube aber nicht, daß selbst die größten Gelehrten bis jetzt eine zufriedenstellende Erklärung gesunden haben."

„Tiefes Wasser ist tatsächlich schwarz mit einem wunderbaren Goldschimmer," sagte das junge Mädchen, indem sie auf eine leichte braunrote Welle zeigte, die sich an der Jangada brach.

„Ja," erklärte Manuel, „und schon Humboldt ist ganz wie uns dieser sonderbare Schimmer aufgefallen. Aber wenn man genauer hinsieht, erkennt man, daß in dieser Färbung vor allem die Farbe des Tintenfisches vorherrscht."

„Schön!" rief Benito, „also schon wieder ein Phänomen, über das die Gelehrten sich nicht einig sind."

„Vielleicht könnte man da um Rat fragen bei den Kaimans, Delphinen und Lamantinen," bemerkte Fragoso, „denn diese treiben sich mit Vorliebe in dem schwarzen Gewässer herum."

„Das steht fest, daß diese Tiere sich besonders dorthin ziehen," antwortete Manuel. „Aber warum? Das läßt sich nicht leicht sagen. Rührt diese Färbung nun daher, daß dieses Wasser eine Lösung von Kohlenwasserstoff enthält; oder auch daher, daß es über Torfboden und Kohlen- und Anthrazit-Lager fließt; oder sollte man nicht die Ursache in der riesigen Menge an mikroskopischen Pflanzen, die diese Gewässer mit sich führen, zu suchen haben? Darüber ist nichts Gewisses bekannt. Jedenfalls ist das Wasser ausgezeichnet zu trinken, von angenehmer Frische in diesem Klima, ohne Nachgeschmack, und nicht im geringsten schädlich. Nimm ein wenig und trinke davon, meine liebe Minha, du kannst es ohne Schaden tun."

Das Wasser war wirklich klar und frisch. Es hätte die so viel begehrten Tafelwasser in Europa ersetzen können. Ein paar Eimer wurden für den Gebrauch in der Küche geschöpft.

Wie gesagt, war am 2. Juli morgens die Jangada in San Pablo d'Olivenca angelangt, wo Rosenkränze zu Tausenden hergestellt werden, deren Perlen aus den Schalen des „ loco de piassaba" gemacht werden. Hiermit wird ein schwunghafter Handel getrieben.

Vielleicht erscheint es sonderbar, das; die ehemaligen Beherrscher dieses Landes, die Tupinambas, die Tupiniquis, dahin gelangt sind, die Fabrikation dieser Gegenstände des katholischen Kultus zu ihrer Hauptbeschäftigung zu machen. Aber diese Indianer sind eben nicht mehr die Indianer von ehedem.

Anstatt das Nationalkostüm zu tragen mit dem Stirnschmuck von Arasfedern, Bogen und Sarbacanen, haben sie die amerikanische Kleidung angenommen, die weiße Hose und den baumwollnen Puncho, den ihre in dieser Arbeit sehr gewandten Frauen weben.

San Pablo d'Olivenca, eine ziemlich bedeutende Stadt, zählt gegen 2000 Einwohner, die aus allen Nachbarstämmen zusammengewürfelt sind.

Jetzt die Hauptstadt des obern Amazonas, war sie im Anfang nur eine einfache Mission, die von portugiesischen Karmelitern gegen 1692 gegründet und dann von Jesuitenmissionaren weiter ausgebaut wurde.

Ursprünglich war hier das Land der Omaguas, deren Name „Plattköpfe" bedeutet. Diesen Namen verdankten sie der barbarischen Sitte der eingebornen Mütter, den Kopf ihrer Neugebornen zwischen zwei Brettchen zu pressen, damit sie einen länglichen Schädel bekämen, was sehr Mode war.

Aber wie all diese Gebräuche hat sich auch dieser verloren; die Köpfe haben wieder ihre natürliche Form und von der ehemaligen Mißbildung findet man an den Schädeln dieser Rosenkranz-Fabrikanten keine Spur mehr.

Die ganze Familie mit Ausnahme Joam Garrals ging an Land. Auch Torres zog es vor, an Bord zu bleiben, und bekundete nicht das mindeste Verlangen, San Pablo d'Olivenca anzusehen, das er doch auch nicht zu kennen schien.

Wenn dieser Abenteurer auch schweigsam war, so mußte man jedesfalls doch zugeben, daß er nicht neugierig war.

Benito konnte leicht Tauschgeschäfte machen und so die Ladung der Jangada vervollständigen. Seine Familie und er wurden sehr zuvorkommend aufgenommen von den höhern Beamten der Stadt, dem Platzkommandanten und dem Zollhauptmann, die bei ihren amtlichen Obliegenheiten es nicht verschmähten, Handel zu treiben.

Sie vertrauten dem jungen Kaufmann sogar verschiedene Landesprodukte an, die in Manaos oder Belem auf ihre Rechnung verkauft werden sollten.

Die Stadt bestand aus etwa 60 Häusern auf einem Plateau, das an dieser Stelle das Stromufer überragte.

Einige dieser Hütten waren mit Ziegeln gedeckt – eine große Seltenheit in diesen Gegenden; dafür aber war die bescheidene Kirche, die Sankt Peter und Sankt Paulus geweiht war, nur durch Strohdach geschützt, das eher für den Stall von Bethlehem gepaßt hätte als für ein Gotteshaus in einem der katholischsten Länder der Welt.

Der Kommandant, sein Leutnant und der Polizeichef nahmen die Einladung, auf der Jangada zu speisen, an, und wurden von Joam Garral mit der Achtung empfangen, die ihrem Range gebührte.

Während dieser Mahlzeit zeigte sich Torres gesprächiger als sonst. Er erzählte von einem seiner Ausflüge ins Innre Brasiliens wie einer, der das Land ganz genau kennt.

Aber während Torres von seinen Reisen sprach, vergab er nicht, den Kommandanten zu fragen, ob er Manaos kenne, ob sein Kollege jetzt dort zugegen sei, ob der Landrichter und der oberste Verwalter der Provinz zur heißen Jahreszeit zu verreisen pflegten.

Es schien, als ob Torres von unten her Joam Garral beobachtete, während er diese Fragen stellte.

Dies fiel sogar Benito auf, der sich darüber wunderte. Auch bemerkte er, daß sein Vater ganz besonders auf die Fragen hörte, die Torres stellte.

Der Kommandant von San Pablo d'Olivenca versicherte dem Abenteurer, daß die Beamten zur Zeit nicht von Manaos abwesend seien, und trug sogar Joam Garral auf, ihnen seine Empfehlungen auszurichten.

Aller Wahrscheinlichkeit traf die Jangada spätestens in 7 Wochen zwischen dem 20. und 25. August in dieser Stadt ein.

Gegen Abend nahmen die Gäste des Fazendero Abschied von der Familie, und am folgenden Tag, dem 3. Juli, setzte die Jangada ihre Fahrt fort.

Mittags blieb zur Linken die Mündung des Yacurupa liegen. Dieser Nebenfluß ist eigentlich ein richtiger Kanal, da er sein Wasser in den Ica ergießt, der selber ein linker Nebenfluß des Amazonenstromes ist. Es ist eine eigentümliche Erscheinung, daß stellenweise der Strom seine eignen Zuflüsse speist.

Gegen drei Uhr passierte die Jangada die Mündung des Yandiatuba, der von Südwesten her sein prächtiges schwarzes Wasser bringt und in einer Mündung von 400 Metern in den Strom ergießt, nachdem er das Gebiet der Culinos-Indianer bewässert hat.

An vielen Inseln kam man vorbei: Pimaticaïra, Caturia, Chico, Motachina, teils bewohnt, teils verlassen, alle aber mit prächtiger Vegetation, die gleichsam eine ununterbrochene Guirlande von Grün den ganzen Amazonenstrom entlang bildet.

Fünfzehntes Kapitel

Noch immer stromab

Es war am 5. Juli abends. Die seit dem vorigen Tage schwere Atmosphäre drohte mit nahem Unwetter. Große Fledermäuse von rötlicher Farbe strichen mit weiten Flügelschlägen über den Spiegel des Amazonenstromes hin.

Unter diesen unterschied man jene „ perros voladors“ von dunkelm Braun und hellem Bauch, gegen die Minha und vor allem die junge Mulattin unwillkürlichen Abscheu bekundeten.

Dies waren in der Tat die gräßlichsten Vampyre, die das Blut von Tieren saugen und sogar den Menschen anfallen, der hier unvorsichtigerweise auf blanker Erde schläft.

Dies ist zwar in der Tat vorgekommen, wenn auch sehr selten, doch ist die Gefährlichkeit dieser Tiere stark übertrieben worden. Alexander von Humboldt schreibt auch hierüber im „Kosmos“:

„Bald darauf wurde unsere große Dogge von ungeheuern Fledermäusen, die um unsere Hängematten flatterten, vorne an der Schnauze gebissen, oder, wie die Eingeborenen sagen, *gestochen*. Sie hatten lange Schwänze wie die Molossen; ich glaube aber, daß es Phyllostomen waren, deren mit Warzen besetzte Zunge ein Saugorgan ist, das sie bedeutend verlängern können. Die Wunde war ganz klein und rund. Der Hund heulte kläglich, sobald er den Biß fühlte, aber nicht aus Schmerz, sondern weil er über die Fledermäuse, als sie unter unsern Hängematten hervorkamen, erschrak. Dergleichen Fälle sind weit seltener, als man im Lande selbst glaubt. Obgleich wir in Ländern, wo die Vampire und ähnliche Fledermausarten so häufig sind, so manche Nacht unter freiem Himmel geschlafen haben, sind wir doch nie von ihnen gebissen worden. Ueberdem ist der *Stich* keineswegs gefährlich und der Schmerz meist so unbedeutend, daß man erst aufwacht, wenn die Fledermaus sich bereits davongemacht hat.“

„Oh, die ekelhaften Tiere!“ rief Lina, sich die Augen zudeckend. „Sie flößen mir Entsetzen ein!“

„Und sie sind auch sehr zu fürchten," setzte das junge Mädchen hinzu, „nicht wahr, Manuel?"

„Sehr zu fürchten, in der Tat," antwortete der junge Mann. „Diese Vampire haben einen besonderen Instinkt, immer an solchen Stellen zu saugen, wo das Blut am leichtesten flieht, besonders hinterm Ohr. Während des Saugens schlagen sie noch weiter mit den Flügeln und bringen so eine angenehme Frische hervor, die den Schläfer noch tiefer in Schlummer wiegt. Man sagt, daß mancher, dem so stundenlang Blut abgezapft wurde, gar nicht wieder erwachte."

„Erzählen Sie solche Geschichten nicht weiter, Manuel," sagte Yaquita, „sonst getrauen sich Minha und Lina diese Nacht nicht zu schlafen."

„Fürchten Sie nichts," antwortete Manuel, „wenn es nötig ist, werden wir über ihrem Schlaf wachen!"

„Ruhe mal!" rief Benito.

„Was gibt's denn?" fragte Manuel.

„Hört Ihr auf dieser Seite nicht ein eigentümliches Geräusch?" versetzte Benito, nach dem rechten Ufer deutend.

„Wahrhaftig," antwortete Benito.

„Woher kommt dieses Geräusch?" fragte das junge Mädchen. „Es klingt, als wenn Steine am Strande der Inseln hin und her rollten."

„Ich weiß, was es ist!" versetzte Benito. „Morgen bei Tagesanbruch werden die, die Schildkröteneier und kleine frische Schildkröten gern essen, sich versorgen können."

Man konnte sich nicht darüber täuschen. Dieses Geräusch wurde von unzähligen Schildkröten jeder Größe verursacht, die auf die Inseln gingen, um Eier zu legen.

Im Sande des Ufers suchen sich diese Amphibien passende Stellen zum Eierlegen. Die Tiere fingen damit bei Sonnenuntergang an und waren bei Tagesanbruch fertig.

In diesem Augenblicke hatte schon die Leitschildkröte das Flußbett verlassen, um einen günstigen Platz zu suchen. Die andern – sie waren ihrer zu Tausenden beisammen – begannen mit den Vorderpfoten einen 600 Fuß langen, 12 Fuß breiten und 6 Fuß tiefen Graben auszuheben. Wenn sie hier ihre Eier gelegt hatten, brauchten sie sie bloß mit einer Schicht Sand zuzudecken, die sie mit ihren Rückenschilden fest drückten.

Dieses Eierlegen der Schildkröten ist für die Indianer am Amazonenstrom und seinen Nebenflüssen ein Vorgang von großer Wichtigkeit. Sie warten auf die Ankunft der Schildkröten und nehmen unter Trommelklang das Ausgraben der Eier vor. Der Ertrag wird in drei Teile geteilt, einer gehört den Wächtern, der andere den Indianern, der dritte dem Staat, den die Strandkapitäne vertreten, welche nicht bloß Polizeibeamte sind, sondern auch die Staatsgebührnisse einzutreiben haben.

Gewisse Stellen am Strande, die bei niedrigem Wasserstand frei liegen und am zahlreichsten von Schildkröten besucht werden, hat man „königlichen Strand“ genannt.

Wenn die Ernte beendet ist, feiern die Indianer ein Fest mit Spiel, Tanz und Gelage – das ist dann auch ein Fest für die Kaimans des Stromes, die sich an den Resten dieser Amphibien weiden.

Schildkröten oder Schildkröteneier sind ein ganz besonders bedeutender Handelsartikel im ganzen Stromgebiet des Amazonas.

Wenn diese Schildkröten vom Eierlegen kommen, werden sie auf den Rücken herumgedreht, auch bewahrt man sie lebend auf, indem man sie in Behältern, ähnlich den Fischkästen, aufhebt oder sie an einem Strick festbindet, der lang genug ist, daß sie am Lande sich bewegen und auch ins Wasser gehen können. Auf diese Weise kann man immer frisches Schildkrötenfleisch haben.

Mit den jungen Schildkröten, die aus dem Ei schlüpfen, wird anders verfahren. Sie brauchen nicht in Kästen gesteckt oder angebunden zu werden. Ihre Schale ist noch weich, ihr Fleisch sehr zart, und man ißt sie geradezu wie Austern, nur daß sie vorher gekocht werden. In dieser Weise werden sie in großen Mengen verspeist.

Man hat jedoch für die Schildkröteneier noch eine andre, weit ausgedehntere Verwendung in den Provinzen des Amazonas und in Para. Die Herstellung von „manteigna de tartaruga", das heißt Schildkrötenbutter, die sich mit den besten Erzeugnissen der Normandie oder der Bretagne vergleichen läßt, erheischt jährlich nicht weniger als 250 bis 300 Millionen Eier.

Aber die Schildkröten sind in den Gewässern dieses Stromgebietes unzählig und legen ihre Eier in Mengen, die gar nicht auszurechnen sind, auf den Ufersand."

Ueber die Schildkrötenernte teilt Humboldt Interessantes mit:

Die Zeit, wo die große Arrau-Schildkröte ihre Eier legt, fällt mit dem niedrigsten Wasserstand zusammen. Da der Orinoco von der Frühlings-Tag- und Nachtgleiche an zu steigen anfängt, so liegen von Anfang Januar bis zum 20. oder 25. März die tiefsten Uferstrecken trocken. Die Arraus sammeln sich schon im Januar in große Schwärme; sie gehen jetzt aus dem Wasser und wärmen sich auf dem Sand in der Sonne. Die Indianer glauben, das Tier bedürfe zu seinem Wohlbefinden notwendig starker Hitze und das Liegen in der Sonne befördere das Eierlegen. Den ganzen Februar findet man die Arraus fast den ganzen Tag auf dem Ufer. Zu Anfang März vereinigen sich die zerstreuten Haufen und schwimmen zu den wenigen Inseln, auf denen sie gewöhnlich ihre Eier legen. Wahrscheinlich kommt dieselbe Schildkröte jedes Jahr an dasselbe Ufer. Um diese Zeit, wenige Tage vor dem Legen, erscheinen viele tausend Schildkröten in langen Reihen an den Ufern der Inseln Cucuruparu, Uruana und Pararuma, recken den Hals und halten den Kopf über dem Wasser, ausschauend, ob nichts von Tigern oder Menschen zu fürchten ist. Die Indianer, denen viel daran liegt, daß die vereinigten Schwärme auch beisammen bleiben, daß sich die Schildkröten nicht zerstreuen und in aller Ruhe ihre Eier legen können, stellen längs des Ufers Wachen auf. Man bedeutet den Fahrzeugen, sich mitten im Strom zu halten und die

Schildkröten nicht durch Geschrei zu verscheuchen. Die Eier werden immer bei Nacht gelegt, aber gleich von Sonnenuntergang an. Das Tier gräbt mit seinen Hinterfüßen, die sehr lang sind und krumme Klauen haben, ein drei Fuß weites und zwei Fuß tiefes Loch. Die Indianer behaupten, um den Ufersand zu befestigen, benetze die Schildkröte denselben mit ihrem Harn, und man glaubt solches am Geruch wahrzunehmen, wenn man ein frisch gegrabenes Loch oder *Eiernest,* wie man hier sagt, öffnet. Der Drang der Tiere zum Eierlegen ist so stark, daß manche in die von andern gegrabenen, noch nicht wieder mit Erde ausgefüllten Löcher hinunter gehen und auf die frisch gelegte Eierschicht noch eine zweite legen. Bei diesem stürmischen Durcheinander werden ungeheuer viel Eier zerbrochen. Der Missionär zeigte uns, indem er den Sand an mehreren Stellen aufgrub, daß der Verlust ein Dritteil der ganzen Ernte betragen mag. Durch das vertrocknende Gelb der zerbrochenen Eier backt der Sand noch stärker zusammen, und wir fanden Quarzsand und zerbrochene Eierschalen in großen Klumpen zusammengekittet. Der Tiere, welche in der Nacht am Ufer graben, sind so unermeßlich viele, daß manche der Tag überrascht, ehe sie mit dem Legen fertig werden konnten. Da treibt sie der doppelte Drang, ihre Eier los zu werden und die gegrabenen Löcher zuzudecken, damit der Tiger sie nicht sehen möge. Die Schildkröten, die sich verspätet haben, achten auf keine Gefahr, die ihnen selbst droht. Sic arbeiten unter den Augen der Indianer, die früh morgens auf das Ufer kommen. Man nennt sie „närrische Schildkröten." Trotz ihrer ungestümen Bewegungen fängt man sie leicht mit den Händen.

Der Commissionado del Padre beginnt das Geschäft damit, daß er den Boden sondiert. Mit einer langen hölzernen Stange, wie oben bemerkt, oder mit einem Bambusrohr untersucht er, wie weit die „Eierschicht" reicht. Nach unsern Messungen erstreckt sich die Schicht bis zu 120 Fuß vom Ufer und ist im Durchschnitt drei Fuß tief. Der Kommissär steckt ab, wie weit jeder Stamm arbeiten darf. Mit Verwunderung hört man den Ertrag der Eierernte gerade wie den Ertrag eines Getreideackers schätzen. Es kam vor, daß ein Areal genau hundertzwanzig Fuß lang und dreißig breit hundert Krüge oder für tausend Franken Oel gab. Die Indianer graben den Boden mit den Händen auf, legen die gesammelten Eier in kleine, *Mappiri* genannte Körbe, tragen sie ins Lager und werfen sie in große, mit Wasser gefüllte, hölzerne Tröge. In diesen Trögen werden die Eier mit Schaufeln zerdrückt und umgerührt und der Sonne ausgesetzt, bis das Eigelb (der öligte Teil), das obenauf schwimmt, dick geworden ist. Dieser öligte Teil wird, wie er sich auf dem Wasser sammelt, abgeschöpft und bei einem starken Feuer gekocht. Dieses tierische Oel, das bei den Spaniern manteca de tortugas heißt, soll sich desto besser halten, je stärker es gekocht wird. Gut zubereitet ist es ganz hell, geruchlos und kaum ein wenig gelb. Die Missionäre schätzen es dem besten Olivenöl gleich, und man braucht es nicht nur zum Brennen, sondern auch, und zwar vorzugsweise, zum Kochen, da es den Speisen keinerlei unangenehmen Geschmack gibt. Es hält indessen schwer, ganz reines Schildkrötenöl zu bekommen. Es hat meist einen fauligten Geruch, der davon herrührt, daß Eier darunter geraten sind, in denen sich, weil sie schon länger der Sonne ausgesetzt gewesen, die jungen Schildkröten (los tortuguillos) bereits ausgebildet hatten.

Ich teile hier einige statistische Angaben mit, die ich an Ort und Stelle aus dem Munde des Missionärs von Uruana, seines Kommissärs und der Krämer aus Angostura erhalten. Das Ufer von Uruana gibt jährlich tausend Botijas oder Krüge Oel (manteca). Der Krug gilt in der Hauptstadt von Guyana, gemeinhin Angostura genannt, 2-2½ Piaster. Der ganze Ertrag der drei Uferstrecken, wo jährlich die cosecha oder Ernte gehalten wird, läßt sich auf 5000 Botijas anschlagen. Da nun 200 Eier eine Weinflasche oder "limeta" voll Oel geben, so kommen 5000 Eier auf einen Krug oder eine Botija. Nimmt man an, jede Schildkröte gebe 100-116 Eier, und ein Dritteil werde während des Legens, namentlich von den „närrischen" Schildkröten zerbrochen, so ergibt sich, daß, sollen jährlich 5000 Krüge Oel gewonnen werden, 330,000 Arrau-Schildkröten, die zusammen 165,000 Zentner wiegen, auf den drei Ernteplätzen 33 Millionen Eier legen müssen. Und mit dieser Rechnung bleibt man noch weit unter der wahren Zahl. Viele Schildkröten legen nur 60-70 Eier; viele werden im Augenblick, wo sie aus dem Wasser gehen, von den Jaguars gefressen; die Indianer nehmen viele Eier mit, um sie an der Sonne zu trocknen und zu essen, und sie zerbrechen bei der Ernte sehr viele aus Fahrlässigkeit. Die Menge der Eier, die bereits ausgeschlüpft sind, ehe der Mensch darüber kommt, ist so ungeheuer, daß ich beim Lagerplatz von Uruana das ganze Ufer des Orinoco von jungen, einen Zoll breiten Schildkröten wimmeln sah, die mit Not den Kindern der Indianer entkamen, welche Jagd auf sie machten.

Immerhin ist infolge des Verbrauchs der Eingebornen, der Nachstellungen seitens der Strandläufer oder Urubus und der Kaimans ihre Anzahl in dem Maße geringer geworden, daß jede junge Schildkröte in der Tat mit einer brasilianischen Pataque bezahlt wird.

Am folgenden Tage nahmen bei Morgengrauen Benito, Fragoso und ein paar Indianer eine der Pirogen, und fuhren an den Strand einer der großen Inseln, an denen man während der letzten Nacht entlang gefahren war.

Die Jangada brauchte deswegen nicht Halt zu machen. Sie würden schon wieder zu ihr gelangen.

Am Strande waren kleine Hügelchen, die die Stelle bezeichneten, wo in dieser Nacht jedes Pack Eier in den Graben gelegt worden war – immer 160 bis 190 Stück zusammen.

Sie dachten aber nicht daran, diese Eier herauszuholen. Es waren nämlich schon vor zwei Monaten Eier gelegt worden, die unter der Einwirkung der im Sande aufgespeicherten Wärme schon ausgebrütet waren, und zu Tausenden liefen die jungen Schildkröten am Strande herum.

Die Jäger hatten daher gute Beute. Die Piroge wurde von diesen interessanten Amphibien gefüllt, die gerade noch rechtzeitig zum Frühstück ankamen.

Die Beute wurde zwischen den Passagieren und dem Personal der Jangada verteilt und noch am selben Tage ganz verspeist.

Am 7. Juli morgens war man vor San Jose de Matura, einem Flecken bei einem schmalen Rio, der ganz von langem Gras angefüllt ist und an dessen Ufer der Sage nach die Indianer mit Schwänzen gelebt haben sollen.

Am Vormittag des 8. Juli kam die Stadt San Antonio in Sicht, ein paar in Bäumen verlorne Häuschen, dann die Mündung des Ica oder Putumayo, die 900 Meter breit ist.

Der Putumayo ist einer der bedeutendsten Zuflüsse des Amazonenstromes.

An dieser Stelle wurden im 16. Jahrhundert von den Spaniern zuerst englische Missionen gegründet, die dann von den Portugiesen zerstört wurden. Doch ist keine Spur mehr von ihnen vorhanden.

Jetzt findet man hier nur Repräsentanten verschiedener Indianerstämme, die an ihren Tätowierungen leicht zu unterscheiden sind.

Der Ica ist ein Wasserlauf, der von den Pastobergen im Nordosten Quitos kommt und durch die schönsten Wälder wilder Kakaobäume fließt.

Schiffbar auf 140 Meilen für Dampfschiffe, die nicht über sechs Fuß Tiefgang haben, muß er eines Tages eine der Hauptwasserstraßen im Westen Amerikas werden.

Inzwischen war schlechtes Wetter gekommen. Es regnete zwar nicht unausgesetzt, aber häufige Gewitter erschütterten schon die Atmosphäre. Sie konnten jedoch die Fahrt der Jangada nicht beeinflussen, da sie dem Winde keine Widerstandsfläche bot.

Bei ihrer großen Länge war auf ihr sogar der hohe Wogengang des Amazonenstromes nicht zu spüren.

Während dieser widrigen Wetter mußte jedoch die Familie Garral im Wohnhause bleiben. Diese Mußestunden mußten sie sich nun vertreiben. Da wurde geplaudert, gegenseitige Beobachtungen wurden ausgetauscht, und die Zungen kamen nicht zum Stillstand.

Unter diesen Umständen begann Torres allmählich lebhaftern Anteil an der Unterhaltung zu nehmen. Die Einzelheiten seiner verschiedenen Reisen im ganzen Norden Brasiliens gaben ihm mannigfachen Unterhaltungsstoff.

Dieser Mann hatte sicherlich viel gesehen; aber seine Beobachtungen waren skeptischer Natur und sehr oft sagte er etwas für seine wackern Zuhörer Beleidigendes.

Auch zeigte er sich sehr zuvorkommend gegen Minha, nur waren diese Zuvorkommenheiten, obgleich sie Manuel mißfielen, noch nicht so ausgeprägter Natur, daß der junge Mann es sich verbitten zu sollen meinte.

Uebrigens hegte das junge Mädchen gegen Torres einen unwillkürlichen Widerwillen, den sie nicht zu verbergen suchte.

Am 9. Juli kam am linken Ufer die Mündung des Tunantins in Sicht – ein 400 Fuß breites Aestuarium – durch das dieser Nebenfluß aus Westnordwest sein schwarzes Wasser herzubringt, nachdem er das Gebiet der Cazenas-Indianer bewässert hat.

An dieser Stelle bot der Amazonenstrom ein wahrhaft großartiges Bild. Aber sein Bett war dichter als je von Inseln und Inselchen besät.

Der Lotse mußte alle Geschicklichkeit aufwenden, um durch diesen Archipel hindurch zu steuern; von einem Ufer zum andern, an den Untiefen und den Stromschnellen vorbei, hielt er unerschütterlich seine Richtung inne.

Vielleicht hätte er in den Ahuaty-Parana steuern können – eine Art natürlichen Kanals, der ein wenig unterhalb der Tunantismündung abgeht. Man kommt dann 120 Meilen weiter durch den Hiapura wieder in den Strom hinein. Aber wenn auch dieser Furo an seiner breitesten Stelle 500 Fuß mißt, so ist er doch an der schmalsten nur 60 Fuß breit, und die Jangada wäre hier nur mühsam weiter gekommen.

Nachdem am 13. Juli die Insel Capuor berührt worden war, nachdem man an der Mündung des Yutahy vorüber war – welcher aus

Westsüdwesten kommt und in einer 1500 Fuß breiten Mündung sein schwarzes Wasser in den Amazonenstrom ergießt – nachdem man Scharen von jenen flinken Affen bewundert hatte, die schwefelgelbe Farbe und zinnoberrote Gesichter haben und unersättliche Liebhaber der Nüsse jener Palmen sind, die nach dem Flusse benannt werden – langten die Reisenden am 18. Juli vor der kleinen Stadt Fonteboa an.

Schwarzes Wasser: „Mit der Mündung des Rio Zama betraten wir ein Flußsystem, das große Aufmerksamkeit verdient. Der Zama, der Mataveni, der Atabapo, der Tuamini, der Temi, der Guainia haben *schwarzes Wasser* (aguas negras), das heißt, ihr Wasser in großen Massen gesehen, erscheint kaffeebraun oder grünlich schwarz, und doch sind es die schönsten, klarsten, wohlschmeckendsten Wasser. Ich habe schon oben erwähnt, daß die Krokodile, und, wenn auch nicht die Zancudos, doch die Moskitos fast überall die schwarzen Wasser meiden. Das Volk behauptet ferner, diese Wasser bräunen das Gestein nicht, und die weißen Flüsse haben schwarze, die schwarzen Flüsse weiße Ufer. Und allerdings sieht man am Gestade des Guainia, den die Europäer unter dem Namen *Rio Negro* kennen, häufig blendend weiße Quarzmassen aus dem Granit hervorstehen. Im Glase ist das Wasser des Mataveni ziemlich weiß, das des Atabapo aber behält einen braungelblichen Schein. Wenn ein gelinder Wind den Spiegel dieser *schwarzen Flüsse* kräuselt, so erscheinen sie schön wiesengrün wie die Schweizer Seen. Im Schatten sind der Zama, der Atabapo, der Guainia schwarz wie Kaffeesatz. Diese Erscheinungen sind so auffallend, daß die Indianer aller Orten die Gewässer in schwarze und weiße einteilen. Erstere haben mir häufig als künstlicher Horizont gedient; sie werfen die Sternbilder wunderbar scharf zurück.

In dem weit ausgedehnten Flußsystem, das wir bereist – und dieser Umstand scheint mir sehr auffallend – kommen die *schwarzen Wasser* vorzugsweise nur in dem Strich in der Nähe des Aequators vor. Um den fünften Grad nördlicher Breite fängt man an sie anzutreffen, und sie sind über den Aequator hinaus bis gegen den zweiten Grad südlicher Breite sehr häufig.

Die Farbe rührt ohne Zweifel von gekohltem Wasserstoff her. Man sieht etwas Aehnliches am Düngerwasser, das unsere Gärtner bereiten, und am Wasser, das aus Torfgruben abfließt. Läßt sich demnach nicht annehmen, daß auch die schwarzen Flüsse, der Atabapo, der Zama, der Mataveni, der Guainia, von einer Kohlen- und Wasserstoffverbindung, von einem Pflanzenextraktivstoff gefärbt werden? Der starke Regen unter dem Aequator trägt ohne Zweifel zur Färbung bei, indem das Wasser durch einen dichten Grasfilz sickert. Ich gebe diese Gedanken nur als Vermutung. Die färbende Substanz scheint in sehr geringer Menge im Wasser enthalten; denn wenn man Wasser aus dem Guainia oder Rio Negro sieden läßt, sah ich es nicht braun werden wie andere Flüssigkeiten, welche viel Kohlenwasserstoff enthalten."

Aus „Alexander von Humboldts Reise in die Aequinoktial-Gegenden des neuen Kontinents."

Um der Mannschaft Ruhe zu gönnen, machte die Jangada hier 12 Stunden Halt.

Fonteboa ist wie die meisten der Missionsstädte am Amazonas der launischen Bestimmung verfallen, durch die sie eine lange Zeit hindurch von einem Ort zum andern verlegt werden.

Es ist jedoch anzunehmen, daß dieser Flecken mit seinem Nomadenleben abgeschlossen hat und endgiltig seßhaft geworden ist. Das wäre nur ein Vorteil für ihn, denn mit seinen 30 Häusern, die Blätterdächer haben, und seiner Kirche, die „Unsrer lieben Frauen von Guadelupe", der schwarzen Heiligen Jungfrau von Mexiko, geweiht ist, bietet er einen ganz reizenden Anblick.

Fonteboa zählt etwa 1000 Einwohner und wird von den Indianern beider Ufer versorgt, die auf dem üppigen Weideland der Umgebung eine umfangreiche Viehzucht treiben.

Hierauf beschränkt sich ihre Tätigkeit jedoch nicht, sie sind auch unerschrockene Jäger und stellen mit großer Kühnheit den Lamantinen nach.

Noch am Abend ihrer Ankunft konnten die jungen Männer an einer sehr interessanten Expedition dieser Art teilnehmen.

Zwei dieser pflanzenfressenden Waltiere waren in dem schwarzen Wasser des Cayaratu, der bei Fonteboa mündet, gesehen worden. Sechs braune Punkte sah man auf der Oberfläche sich bewegen. Das waren die zwei spitzen Schnauzen und die vier Flossen der Lamantine.

Auch hiervon berichtet Alexander von Humboldt:

Dieses grasfressende Wassersäugetier, das die Indianer *Apcia* und *Avia* nennen, wird hier meist 10-12 Fuß lang und 500-800 Pfund schwer. Wir sahen das Wasser mit dem Kot desselben bedeckt, der sehr stinkend ist, aber ganz dem des Rindviehs gleicht. Es ist im Orinoco unterhalb der Katarakten, im Meta und im Apure zwischen den beiden Inseln Carizales und Conserva sehr häufig. Wir fanden keine Spur von Nägeln auf der äußern Fläche und am Rande der Schwimmflossen, die ganz glatt sind; zieht man aber die Haut der Flosse ab, so zeigen sich an der dritten Phalange kleine Nägelrudimente. Bei einem 9 Fuß langen Tier, das wir in Carichana, einer Mission am in Orinoco, zergliederten, sprang die Oberlippe vier Zoll über die untere vor. Jene ist mit einer sehr zarten Haut bekleidet und dient als Rüssel oder Fühler zum Betasten der vorliegenden Körper. Die Mundhöhle, die beim frisch getöteten Tier auffallend warm ist, zeigt einen ganz eigentümlichen Bau. Die Zunge ist fast unbeweglich; aber vor derselben befindet sich in jeder Kinnlade ein fleischiger Knopf und eine mit sehr harter Haut ausgekleidete Höhlung, die in einander passen. Der Lamantin verschluckt so viel Gras, daß wir sowohl den in mehrere Fächer geteilten Magen, als den 108 Fuß langen Darm ganz damit angefüllt fanden. Schneidet man das Tier am Rücken auf, so erstaunt man über die Größe, Gestalt und Lage seiner Lunge. Sie hat ungemein große Zellen und gleicht ungeheuren Schwimmblasen; sie ist drei Fuß lang. Mit Luft gefüllt hat sie ein Volumen von mehr als tausend Kubikzoll. Ich mußte mich nur wundern, daß der Lamantin mit so ansehnlichen Luftbehältern so oft an die Wasserfläche heraufkommt, um zu atmen. Sein Fleisch, das, aus irgend einem Vorurteil, für ungesund und calenturioso (fiebererzeugend) gilt, ist sehr schmackhaft; es schien mir mehr Aehnlichkeit mit Schweinefleisch als mit Rindfleisch zu haben. Die Guamos und Otamacos essen es am liebsten, daher geben sich auch diese zwei Stämme vorzugsweise mit dem Seekuhfang ab. Das eingesalzene und an der Sonne gedörrte Fleisch wird das ganze Jahr aufbewahrt, und da dieses Säugetier bei der Klerisei für einen Fisch gilt, so ist es in den Fasten sehr gesucht. Der Lamantin hat ein äußerst zähes Leben; man harpuniert ihn und bindet ihn sodann, schlachtet ihn aber erst, nachdem er in die Pirogue geschafft worden. Dies geschieht so oft, wenn das Tier sehr groß ist, mitten auf dem Flusse, und zwar so, daß man die Pirogue zu zwei Drittteilen mit Wasser füllt, sie unter das Tier schiebt und mit einer Kürbisflasche wieder ausschöpft. Am leichtesten sind sie am Ende der großen Ueberschwemmungen zu fangen, wenn sie aus den Strömen in die umliegenden Seen und Sümpfe geraten sind und das Wasser schnell fällt. Zur Zeit, wo die Jesuiten den Missionen am unteren Orinoco vorstanden, kamen diese alle Jahre in Cabruta unterhalb dem Apure zusammen, der gegenwärtig el Capuchino heißt, eine große Seekuhjagd anzustellen. Das Fett des Tiers, die manteca do Manati, wird in den Kirchenlampen gebrannt, und man kocht auch damit. Es hat nicht den widrigen Geruch des Wallfischtrans, oder des Fetts anderer Kakteen mit Spritzlöchern. Die Haut der Seekuh, die über anderthalb Zoll dick ist, wird in Streifen zerschnitten und diese dienen in den Llanos, wie die Streifen von Ochsenhaut, als Stricke. Kommt sie ins Wasser, so hat sie den Fehler, daß sie zu faulen anfängt. Man macht in den spanischen Kolonien Peitschen daraus, daher auch die Worte latipo und manati gleichbedeutend sind. Diese Peitschen aus Seekuhhaut sind ein schreckliches Werkzeug zur Züchtigung der unglücklichen Sklaven, ja der Indianer in den Missionen, die nach den Gesetzen als freie Menschen behandelt werden sollten.

Aus „Alexander von Humboldts Reise in die Aequinoktial-Gegenden des neuen Kontinents."

Unerfahrene Jäger hätten diese sich bewegenden Punkte zunächst für treibende Holzstücke gehalten, aber die Eingeborenen von Fonteboa konnten sich hierin nicht täuschen.

Bald verriet auch brausendes Schnaufen, daß hier Tiere mit Gewalt die für ihre Atmung untauglich gewordene Luft herausstießen.

Zwei Ubas mit je drei Fischern stießen vom Ufer ab und näherten sich den Lamantinen, die auf der Stelle flüchteten. Die schwarzen Punkte zogen zuerst lange Furchen auf dem Wasser und verschwanden dann auf einmal.

Die Fischer fuhren vorsichtig weiter.

Einer von ihnen war mit einer sehr primitiven Harpune bewaffnet – einem langen Nagel an einem Stock – und stand in seiner Piroge, während die andern geräuschlos ruderten.

Sie warteten darauf, daß das Bedürfnis nach frischer Luft die Lamantine in Geschoßweite bringen würde. In zehn Minuten mußten jedesfalls die Tiere in mehr oder minder engem Umkreise wieder auftauchen.

In der Tat war diese Zeit kaum verstrichen, als die schwarzen Punkte in geringer Entfernung wieder auftauchten und zwei mit Dampf vermischte Wasserstrahlen geräuschvoll emporschossen.

Die Ubas näherten sich, die Harpunen wurden geworfen, eine verfehlte ihr Ziel, die andere aber traf eine der Sirenen dicht am Schwanzwirbel.

Mehr war nicht nötig, das Tier zu betäuben, das nicht imstande ist, sich zu verteidigen, wenn es von dem Eisen einer Harpune verwundet ist. In kurzen Zügen brachte das Seil das Tier an den Kahn heran, und es wurde so bis zum Ufer am Fuße des Fleckens gezogen.

Es war nur ein kleiner Lamantin; denn er war kaum drei Fuß lang. Diesen armen Cetaceen ist so eifrig nachgestellt worden, daß sie im Stromgebiet des Amazonas ziemlich selten werden, und man läßt ihnen so wenig Zeit zum Wachsen, daß jetzt die größten Exemplare der Gattung nicht über sieben Fuß messen.

Was sind sie gegen die 12–15 Fuß großen Lamantine, deren es in den Flüssen und Seen Afrikas noch unzählige gibt!

Dieser Verheerung ist jedoch sehr schwer vorzubeugen. Das Fleisch des Lamantins ist in der Tat ausgezeichnet und dem des Schweines vorzuziehen, das Oel, das aus seinem drei Zoll dicken Speck gewonnen wird, ist ein Produkt von hohem Wert.

Wenn das Fleisch geräuchert wird, hält es sich sehr lange und ist ein gesundes Nahrungsmittel. Wenn man hinzufügt, daß das Tier verhältnismäßig leicht zu jagen ist, so kann es nicht wunder nehmen, daß seine Gattung der völligen Ausrottung entgegengeht.

Am 19. Juli verließ die Jangada bei Sonnenaufgang Fonteboa und glitt zwischen den beiden völlig verlassenen Ufern längs schattiger Inseln dahin, die mit ihren Wäldern von Kakaobäumen ein wunderbares Bild boten.

Der Himmel war beständig mit schweren Wolken bedeckt, die mit nahen Unwettern drohten.

Der Rio Yurua, der von Südosten kommt, mündet hier links. Wenn man ihn stromauf verfolgt, kann man bis nach Peru vordringen, ohne in seinem weißen Wasser, das von einer großen Zahl von Zuflüssen gespeist wird, auf unübersteigbare Hindernisse zu stoßen.

„Wahrscheinlich hat man eher in diesem Gebiet," sagte Manuel, „die Abkömmlinge jener kriegerischen Frauen zu suchen, über die Orellana so Erstaunliches berichtet. Aber es ist jetzt festgestellt, daß sie nicht mehr, wie ihre Urahnen, Stämme für sich bilden. Es sind einfach Frauen, die ihre Männer in den Kampf begleiten, und unter den Yuruas stehen die Frauen im Rufe ausgezeichneter Tapferkeit."

Die Jangada fuhr noch immer stromab, aber was für ein Labyrinth war jetzt der Strom!

Der Rio Hiapura, dessen Mündung 80 Meilen weiter liegt, und der einer der größten Nebenflüsse ist, läuft hier fast parallel mit dem Strom.

Zwischen ihnen bilden Kanäle, Iguarapes, Lagunen und Seen ein unentwirrbares Netz, das die Hydrographie dieser Gegend sehr schwierig macht.

Aber obgleich Araujo keine Karte hatte, nach der er sich richten konnte, so kam seine Erfahrung ihm mit größrer Sicherheit zu Hilfe, und es war wunderbar zuzusehen, wie er sich in diesem Chaos zurechtfand, ohne sich je aus dem Hauptfluß zu verirren.

Er machte seine Sache so gut, daß am 25. Juli abends, nachdem die Stadt Parani-Tazera passiert war, die Jangada am Eingang des Sees von Egas oder Tefe anlegte. In den See hineinzufahren, wäre unnütz gewesen, da man ihn doch wieder hätte verlassen müssen, um den Amazonas weiter zu verfolgen.

Aber die Stadt Egas ist ziemlich bedeutend. Es lohnte, hier Halt zu machen und die Stadt anzusehen.

Die Jangada sollte daher hier bis zum 27. Juli bleiben, und die große Piroge am 28. die ganze Familie nach Egas bringen.

Während der Nacht blieb das Floß an den Tauen an dem ziemlich hohen Ufer, und nichts störte die Ruhe.

Wetterleuchten flammte am Horizont, das rührte aber von einem fernen Gewitter her, das sich nicht am Eingang des Sees entlud.

Sechzehntes Kapitel
Egas

Am 20. Juli 6 Uhr morgens schickten sich Yaquita, Minha, Lina und die beiden jungen Männer an, die Jangada zu verlassen.

Joam Garral, der bisher noch nicht die Absicht, an Land zu gehen, bekundet hatte, entschloß sich diesmal auf die Bitten seiner Frau und Tochter seine tägliche, die ganze Zeit ausfüllende Arbeit liegen zu lassen und sie aus ihrem Ausflug zu begleiten.

Torres zeigte sich nicht erpicht darauf, sich Egas anzusehen, worüber Manuel sehr erfreut war, der gegen diesen Mann eine Abneigung gefaßt hatte, und nur auf eine Gelegenheit wartete, dies ihm zu zeigen.

Fragoso hatte auch nicht das Interesse an einem Gang nach Egas wie nach Tabatinga, einem doch sehr unbedeutenden Flecken gegen diese kleine Stadt.

Egas ist vielmehr ein Hauptort von 1500 Einwohnern, wo all die Beamten wohnen, welche die Verwaltung einer so bedeutenden Stadt erheischt – bedeutend für das Land – als Militärkommandant, Polizeichef, Friedensrichter, Landrichter, Elementarlehrer und Militär unter Vorgesetzten jedes Ranges.

Wo so viele Beamten mit Frauen und Kindern wohnten, war anzunehmen, daß es an Barbieren und Friseuren nicht fehlte. Das war auch wirklich der Fall, und Fragoso hätte kein Geschäft gemacht.

Obgleich also der liebenswürdige Bursche in Egas nichts weiter zu suchen hatte, beabsichtigte er doch, mit von der Partie zu sein, da Lina ihre junge Herrin begleitete. Aber als er eben die Jangada verlassen wollte, fügte er sich zu guterletzt doch noch darein, zu bleiben, auf Linas Bitten selber.

„Signor Fragoso?“ sagte sie zu ihm, nachdem sie ihn beiseite genommen hatte.

„Jungfer Lina?“ antwortete Fragoso.

„Ich glaube nicht, daß Ihr Freund Torres die Absicht hat, uns nach Egas zu begleiten.“

„Allerdings bleibt er an Bord, Jungfer Lina, aber ich wäre Ihnen dankbar, wenn Sie ihn nicht meinen Freund nennen wollten.“

„Aber Sie haben ihn doch bestimmt, uns um einen Platz auf der Jangada zu bitten, ehe er selber die Absicht bekundet hatte.“

„Ja, und diesen Tag, wenn ich Ihnen sagen soll, was ich so denke – an diesem Tage fürchte ich eine Dummheit begangen zu haben.“

„Und wenn ich Ihnen sagen soll, was ich so denke, Signor Fragoso, der Mensch gefällt mir gar nicht.“

„Mir gefällt er auch nicht, Jungfer Lina, und es ist mir immer so, als hätte ich ihn schon mal irgendwo gesehen. Aber die unbestimmte Erinnerung, die er in mir hinterlassen hat, ist nur in einem Punkte klar: daß es kein guter Eindruck war.“

„An welchem Ort, zu welcher Zeit könnten Sie diesen Torres getroffen haben? Sie können sich dessen nicht entsinnen? Es wäre vielleicht gut, wenn man erführe, was er ist, oder vor allem, was er gewesen ist.“

„Nein ... Ich denke nach ... Ist es lange her? ... In welchem Lande, unter welchen Umständen? ... Ich komme nicht darauf.“

„Signor Fragoso?“

„Jungfer Lina?“

„Sie werden an Bord bleiben müssen, um während unserer Abwesenheit diesen Torres zu überwachen.“

„Was!“ rief Fragoso. „Ich soll Sie nicht nach Egas begleiten und Sie einen ganzen Tag lang nicht sehen?“

„Ich wünsche es.“

„Ist das ein Befehl?“

„Es ist eine Bitte.“

„Ich werde bleiben.“

„Signor Fragoso?“

„Jungfer Lina?“

„Ich danke Ihnen.“

„Geben Sie mir zum Danke eine Patschhand!“ antwortete Fragoso. „Das ist die Sache wert!“

Lina reichte dem wackern Burschen die Hand, die er einen Augenblick festhielt, das reizende Gesicht des jungen Mädchens betrachtend.

Aus diesem Grunde nahm Fragoso nicht in der Piroge Platz, sondern blieb als Wächter Torres' zurück, ohne sich das merken zu lassen.

Merkte Torres seinerseits, was für Widerwillen er allen einflößte? Vielleicht, jedesfalls hatte er seine Gründe, nicht dergleichen zu tun.

Eine Entfernung von vier Meilen lag zwischen dem Anlegeplatz und der Stadt Egas.

Acht Meilen hin und zurück, zu sechs Mann in einer Piroge, die obendrein bloß von zwei Negern gerudert wurde, das wäre eine Ueberfahrt gewesen, die mehrere Stunden in Anspruch genommen hätte, ganz zu schweigen von den Strapazen der hohen Temperatur, die immer noch herrschte, obgleich der Himmel leicht bewölkt war.

Aber zum Glück wehte eine leichte Brise aus Nordwesten, die für eine Fahrt über den Tefe-See günstig war, wenn sie nicht umsprang.

Man konnte nach Egas segeln und auch schnell zurückkommen, ohne kreuzen zu müssen.

Am Mast der Piroge wurde das Segel gehißt. Benito übernahm die Steuerung, und man fuhr ab, nachdem Lina ein letztesmal Fragoso anempfohlen hatte, gut auf der Hut zu sein.

Sie brauchten, um nach Egas zu kommen, bloß am südlichen Ufer des Sees entlang zu fahren. Zwei Stunden darauf langte die Piroge im Hafen der alten Mission an, die ehemals von Karmelitern gegründet, 1759 Stadt wurde und von General Gama endgiltig unter brasilianische Herrschaft gebracht wurde.

Die Piroge legte an einem flachen Strande an, an dem nicht nur die landesüblichen Fahrzeuge, sondern auch ein paar kleine Schooner lagen, die die Küstenfahrt am Atlantischen Ozean besorgen.

Als man nach Egas hineinging, waren die beiden jungen Mädchen zuerst nicht wenig erstaunt.

„Ah! die große Stadt!“ rief Minha.

„Was für Häuser! was für Menschen!“ rief Lina, die die Augen aufsperrte, wie um besser sehen zu können.

„Glaub's wohl," lachte Benito, „über 1500 Einwohner, mindestens 200 Häuser, von denen manche ein Stockwerk haben, und sogar ein paar Straßen, wirkliche Straßen!"

„Mein lieber Manuel," sagte Minha, „nimm uns gegen meinen Bruder in Schutz! Er macht sich über uns lustig, weil er schon so viele schöne Städte in den Provinzen des Amazonenstromes und in Para gesehen hat."

„Nun, dann wird er sich auch über seine Mutter lustig machen," setzte Yaquita hinzu, „denn ich gestehe, ich habe noch nie dergleichen gesehen."

„Dann seht Euch nur vor, Mutter und Schwester," versetzte Benito, „denn Ihr werdet in Ekstase verfallen, wenn Ihr nach Manaos kommt, und werdet völlig futsch sein, wenn Ihr in Belem eintrefft."

„Fürchte nichts!" antwortete Manuel lächelnd. „Die Damen werden allmählich sich auf die großen Wunder gefaßt machen können, indem sie die bedeutendsten Städte des obern Amazonas in Augenschein nehmen."

„Wie? auch den Manuel," sagte Minha, „du sprichst wie mein Bruder? Tu machst dich lustig?"

„Nein, Minha, ich schwöre dir –"

„Mögen doch die Herren lachen," fügte Lina hinzu, „wir wollen die Augen aufmachen, teure Herrin, denn das alles ist sehr schön!"

Sehr schön! Ein Haufen von Häusern, meistens ans Lehm gebaut und mit Kalk geweißt, mit Stroh oder Palmblättern gedeckt! Einige waren allerdings aus Stein oder Holz gebaut und hatten Veranden, Türen und Fenster, die mit rohem Grün gestrichen waren, und einen kleinen Garten voll blühender Orangen.

Auch ein paar öffentliche Gebäude waren da, eine Kaserne und eine Kirche, die der heiligen Therese geweiht war und gegen die bescheidene Kapelle von Iquitos eine Kathedrale genannt werden konnte.

Wenn man sich nach dem See umdrehte, umfaßte man mit dem Blick ein reizendes Panorama, das in einen Rahmen von Kokospalmen und Assais eingeschlossen war, und dessen Abschluß die ersten Wellen des

Wasserspiegels bildete, und darüber hinaus auf der andern Seite zeigte sich, drei Meilen entfernt, das malerische Dorf Nogueira mit den in den dichten Olivenbäumen des Ufers ganz versteckten Häuschen.

Aber für die zwei jungen Mädchen war noch ein anderer Anlaß zum Staunen – zu echt weiblichem Staunen – nämlich die Kostüme der eleganten Damen von Egas, nicht die auch hier noch ziemlich primitive Kleidung der Eingebornen des schönen Geschlechts vom Stamme der bekehrten Omaas oder Muras, sondern das Kostüm der echten Brasilianerinnen.

Ja, die Frauen und Töchter der Beamten oder Großkaufleute trugen Pariser Toiletten, von allerdings etwas verspätetem Schnitt – und dies 500 Meilen von Para entfernt, das selber noch mehrere 1000 Meilen von Paris entfernt ist.

„Aber sehen Sie nur, Herrin, die schönen Damen in ihren neuen Kleidern!"

„Lina wird noch närrisch darüber!" rief Benito.

„Wenn diese Toiletten mit Geschmack getragen würden," antwortete Minha, „würden sie vielleicht nicht so lächerlich aussehen."

„Meine liebe Minha," sagte Manuel, „mit deinem einfachen baumwollnen Kleid und deinem Strohhut, glaube mir, siehst du schmucker aus, als all diese Brasilianerinnen mit ihren überschwenglichen Hüten und Volantröcken, die weder ihres Landes sind noch zu ihrer Rasse passen."

„Wenn ich dir so gefalle," antwortete das junge Mädchen, „brauche ich niemand um was zu beneiden!"

Aber sie war einmal gekommen, sich alles anzusehen.

Sie gingen daher in den Straßen spazieren, wo mehr Buden als Läden waren, sie schlenderten über den Platz, wo sich die Stutzer und Modedamen, die unter ihrer europäischen Kleidung vor Hitze umkamen, sich ein Stelldichein gaben; sie frühstückten sogar in einem Hotel – es war freilich kaum ein Gasthof – dessen Küche sie die ausgezeichnete Verpflegung auf der Jangada schmerzlich vermissen liefe.

Nach dem Diner, das lediglich aus Schildkrötenfleisch in verschiedenen Zubereitungen bestand, bewunderte die Familie Garral ein letztesmal die Ufer des Sees, den die sinkende Sonne mit seinen Strahlen vergoldete, und kehrte dann zur Piroge zurück – ein wenig ernüchtert vielleicht betreffs der Großartigkeit einer Stadt, die in einer Stunde „genossen" war, ein wenig ermüdet auch von dem Hin- und Herlaufen in den heißen Straßen, die mit den schattigen Pfaden von Iquitos nicht zu vergleichen waren.

Bis auf die schaulustige Lina war bei allen die Begeisterung stark gedämpft worden.

Alle nahmen in der Piroge Platz. Der Wind wehte noch immer von Nordwesten und wurde kühler, je später es wurde.

Das Segel wurde gehißt. Sie fuhren denselben Weg wie heute morgen über den See, der von dem schwarzwässrigen Rio Tefe sein Wasser erhält. Nach den Angaben der Indianer ist dieser Fluß auf die Strecke von 40 Marschtagen nach Südwesten hin schiffbar.

Um 8 Uhr traf die Piroge am Ankerplatz ein und legte neben der Jangada an.

Sobald Lina Fragoso beiseite nehmen konnte, fragte sie ihn:

„Haben Sie etwas Verdächtiges bemerkt, Signor Fragoso?"

„Nichts, Jungfer Lina," antwortete Fragoso. „Torres ist aus seiner Kabine nicht herausgekommen, er hat dort geschrieben und gelesen."

„Er ist nicht ins Haus gegangen, in das Eßzimmer, wie ich fürchtete?"

„Nein, die ganze Zeit über, daß er nicht in seiner Kabine gewesen ist, ist er vorn auf der Jangada hin und her spaziert."

„Und was hat er gemacht?"

„Er hielt ein altes Stück Papier in der Hand, schien es mit Aufmerksamkeit zu studieren und murmelte ein paar unverständliche Worte."

„Das alles ist vielleicht nicht so nebensächlich, wie Sie glauben, Signor Fragoso! Wo sich's um was zu lesen und was Geschriebenes und um alte Papiere handelt, da hat's immer seinen Haken! Wenn dieser Mensch gar liest und schreibt – der ist doch kein Professor und kein Rechtsmensch!"

„Da haben Sie recht."

„Wir wollen ferner gut acht haben, Signor Fragoso!"

„Wir wollen immer gut acht geben, Jungfer Lina!"

Am folgenden Tage, dem 27. Juli, gab bei Tagesanbruch Benito dem Lotsen das Signal zur Abfahrt.

Durch den schmalen Zwischenraum der Inseln, die in der Bau von Arenapo liegen, wurde die 6600 Fuß breite Mündung des Hiapura auf einen Augenblick sichtbar.

Dieser große Nebenfluß ergießt sich in acht Armen in den Amazonenstrom, wie ein Strom in einen Ozean oder einen Golf. Aber sein Wasser kommt von weither. Die Cordilleren der Republik Ecuador entsenden sie in einem Laufe, der erst 210 Meilen vor seiner Mündung von Katarakten unterbrochen wird.

Diesen ganzen Tag nahm die Fahrt bis zur Insel Hiapura in Anspruch, hinter welcher der Strom freier und daher die Fahrt leichter werden mußte.

Da der Strom übrigens im Grunde wenig reißend war, ließ sich diesen Inselchen leicht ausbiegen, und nie stieß die Jangada an oder fuhr auf.

Am folgenden Tage fuhr die Jangada an endlosem Strand hin, der von hohen hügeligen Dünen gebildet war. Diese Dünen dienen als Dämme für unermeßliches Weideland, auf dem man das ganze Vieh von Europa unterbringen und beköstigen könnte.

Dieser Strand gilt als der reichste an Schildkröten im ganzen Becken des obern Amazonenstromes.

Am 29. Juli abends wurde an der Insel Catua angelegt, um hier die Nacht zuzubringen, die sehr finster zu werden drohte.

Während die Sonne noch überm Horizont stand, erschien auf dieser Insel eine Schar Muras-Indianer – der Ueberrest jenes alten mächtigen Stammes, der einst zwischen dem Tefe und dem Madeira ein Gebiet von über 100 Meilen am Ufer des Stromes inne hatte.

Diese Eingeborenen beobachteten hin und her gehend das Floß, das jetzt still lag.

Etwa 100 von ihnen waren mit Sarbacanen (Blasrohren) bewaffnet, die aus einer in dieser Gegend heimischen Rohrart gefertigt werden. Zur Festigung nach außen wird ein Schaft aus Zwergpalmenholz darum gelegt, aus dem das Mark entfernt wird.

Joam Garral ließ ein Weilchen die Arbeit liegen, die seine ganze Zeit in Anspruch nahm, und wies seine Leute an, gut aufzupassen und die Eingeborenen ja nicht zu reizen.

Es wäre in der Tat ein ungleicher Kampf gewesen.

Die Muras besitzen hervorragende Geschicklichkeit, bis auf 300 Schritt aus ihren Sarbacanen Pfeile zu schießen, die unheilvolle Wunden verursachen.

Diese Pfeile, die aus den Blättern der „Kukurit“-Palme geschnitten und mit Baumwolle befiedert werden, sind 9 bis 10 Zoll lang, spitz wie Nadeln und werden mit „Curare“ vergiftet.

Das Curare oder „Wurah“ wird aus dem Saft einer Euphorbiacee und einer knolligen Strychnosart bereitet, auch das Sekret giftiger Ameisen und der Drüsen von Giftschlangen wird dazu gemischt.

Jules Verne ist über die Zubereitung des Giftes falsch unterrichtet: siehe Alexander von Humboldts Mitteilungen hierüber:

Das Glück wollte, daß wir einen alten Indianer trafen, der weniger betrunken als die andern und eben beschäftigt war, das Curaregift aus den frischen Pflanzen zu bereiten. Der Mann war der Chemiker des Orts. Wir fanden bei ihm große tönerne Pfannen zum Kochen der Pflanzensäfte, flachere Gefäße, die durch ihre große Oberfläche die Verdunstung befördern, dütenförmig aufgerollte Bananenblätter zum Durchseihen der mehr oder weniger faserigte Substanzen enthaltenden Flüssigkeiten. Die größte Ordnung und Reinlichkeit herrschten in dieser zum chemischen Laboratorium eingerichteten Hütte. Der Indianer, der uns Auskunft erteilen sollte, heißt in der Mission der *Giftmeister* (amo del Curare); er hatte das steife Wesen und den pedantischen Ton, den man früher in Europa den Apothekern zum Vorwurf machte. „Ich weiß," sagte er, „die Weißen verstehen die Kunst, Seife zu machen und das schwarze Pulver, bei dem das Ueble ist, daß es Lärm macht und die Tiere verscheucht, wenn man sie fehlt. Das Curare, dessen Bereitung bei uns vom Vater auf den Sohn übergeht, ist besser als alles, was ihr dort drüben (über dem Meere) zu machen wißt. Es ist der Saft einer Pflanze, der *ganz leise* tötet (ohne daß man weiß, woher der Schuß kommt)."

Diese chemische Operation, auf die der *Meister des Curare* so großes Gewicht legte, schien uns sehr einfach. Das Schlinggewächs (bejuco), aus dem man in Esmeralda das Gift bereitet, heißt hier wie in den Wäldern bei Javita. Es ist der Bejuco de Mavacure, und er kommt östlich von der Mission am linken Ufer des Orinoco, jenseits des Rio Amaguaca im granitischen Bergland von Guanaya und Yumariquin in Menge vor. Obgleich die Bejucobündel, die wir im Hause des Indianers fanden, gar keine Blätter mehr hatten, blieb uns doch kein Zweifel, daß es dasselbe Gewächs aus der Familie der Strychneen war (Aublets Rouhamon sehr nahe stehend), das wir im Walde bei Pimichin untersucht. Der *Mavacure* wird ohne Unterschied frisch oder seit mehreren Wochen getrocknet verarbeitet. Der frische Saft der Liane gilt nicht für giftig; vielleicht zeigt er sich nur wirksam, wenn er stark konzentriert ist. Das furchtbare Gift ist in der Rinde und einem Teil des Splints enthalten. Man schabt mit einem Messer 4-5 Linien dicke Mavacurezweige ab und zerstößt die abgeschabte Rinde aus einem Stein, wie er zum Reiben des Maniocmehls dient, in ganz dünne Fasern. Da der giftige Saft gelb ist, so nimmt die ganze faserigte Masse die nämliche Farbe an. Man bringt dieselbe in einen 9 Zoll hohen, 4 Zoll weiten Trichter. Diesen Trichter strich der Giftmeister unter allen Gerätschaften des indianischen Laboratoriums am meisten heraus. Er fragte uns mehreremale, ob wir por alla (dort drüben, das heißt in Europa) jemals etwas gesehen hätten, das seinem Embudo gleiche? Es war ein dütenförmig aufgerolltes Bananenblatt, das in einer andern stärkeren Düte aus Palmblättern steckte; die ganze Vorrichtung ruhte auf einem leichten Gestell von Blattstielen und Fruchtspindeln einer Palme. Man macht zuerst einen kalten Aufguß, indem man Wasser an den faserigten Stoff, die gestoßene Rinde des Mavacure, gießt. Mehrere Stunden lang tropft ein gelblichtes Wasser vom Embudo, dem Blatttrichter, ab. Dieses durchsickernde Wasser ist die giftige Flüssigkeit; sie erhält aber die gehörige Kraft erst dadurch, daß man sie wie die Melasse in einem großen tönernen Gefäß abdampft. Der Indianer forderte uns von Zeit zu Zeit auf, die Flüssigkeit zu kosten; nach dem mehr oder minder bittern Geschmack beurteilt man, ob der Saft eingedickt genug ist. Dabei ist keine Gefahr, da das Curare nur dann tödlich wirkt, wenn es unmittelbar mit dem Blut in Berührung kommt. Deshalb sind auch, was auch die Missionäre am Orinoco in dieser Beziehung gesagt haben mögen, die Dämpfe vom Kessel nicht schädlich. Fontana hat durch seine schönen Versuche mit dem Ticunasgift vom Amazonenstrom längst dargetan, daß die Dämpfe, die das Gift entwickelt, wenn man es auf glühende Kohlen wirft, ohne Schaden eingeatmet werden, und daß es unrichtig ist, wenn La Condamine behauptet, zum Tode verurteilte indianische Weiber seien durch die Dämpfe de Ticunasgifts getötet worden.

Der noch so stark eingedickte Saft des Mavacure ist nicht dick genug, um an den Pfeilen zu haften. Also bloß um dem Gift *Körper zu geben*, setzt man dem eingedickten Aufguß einen andern sehr klebrigten Pflanzensaft bei, der von einem Baum mit großen Blättern, genannt *Kiracaguero*, kommt.

Sobald der klebrigte Saft des Kiracaguero-Baums dem eingedickten, kochenden Giftsaft zugegossen wird, schwärzt sich dieser und gerinnt zu einer Masse von der Konsistenz des Teers oder eines dicken Sirups. Diese Masse ist nun das Curare, wie es in den Handel kommt. Hört man die Indianer sagen, zur Bereitung des Giftes sei der Kiracaguero so notwendig als der Bejuco de Mavacure, so kann man auf die falsche Vermutung kommen, auch ersterer enthalte einen schädlichen Stoff, während er nur dazu dient, dem eingedickten Curaresaft mehr Körper zu geben (was auch der *Algarobbo* und jede gummiartige Substanz täten). Der Farbenwechsel der Mischung rührt von der Zersetzung einer Verbindung von Kohlenstoff und Wasserstoff her. Der Wasserstoff verbrennt und der Kohlenstoff wird frei. Das Curare wird in den Früchten der Crescentia verkauft; da aber die Bereitung desselben in den Händen weniger Familien ist und an jedem Pfeile nur unendlich wenig Gift haftet, so ist das Curare bester Qualität, das von Esmeralda und Mandavaca, sehr teuer. Ich sah für zwei Unzen 5-6 Franken bezahlen. Getrocknet gleicht der Stoff dem Opium; er zieht aber die Feuchtigkeit stark an, wenn er der Luft ausgesetzt wird. Er schmeckt sehr angenehm bitter, und Bonpland und ich haben oft kleine Mengen verschluckt. Gefahr ist keine dabei, wenn man nur sicher ist, daß man an den Lippen oder am Zahnfleisch nicht blutet. Bei Mangilis neuen Versuchen mit dem Viperngift verschluckte einer der Anwesenden alles Gift, das von vier großen italienischen Vipern gesammelt werden konnte, ohne etwas darauf zu spüren. Bei den Indianern gilt das Curare, innerlich genommen, als ein treffliches Magenmittel. Die Piravas- und Salivas-Jndianer bereiten dasselbe Gift; es hat auch ziemlichen Ruf, ist aber doch nicht so gesucht wie das von Esmeralda. Die Bereitungsart scheint überall ungefähr dieselbe; es liegt aber kein Beweis vor, daß die verschiedenen Gifte, welche unter demselben Namen am Orinoco und am Amazonenstrom verkauft werden, identisch sind und von derselben Pflanze herrühren. Orfila hat daher sehr wohl getan, wenn er in seiner Toxicologie générale das Woorara aus holländisch Guyana, das Curare vom Orinoco, das Ticuna vom Amazonenstrom und all die Substanzen, welche man unter dem unbestimmten Namen „amerikanische Gifte“ zusammenwirft, für sich betrachtet. Vielleicht findet man einmal in Giftpflanzen aus verschiedenen Gattungen eine gemeinschaftliche alkalische Basis, ähnlich dem Morphium im Opium und der Vauqueline in den Strychnosarten.

Das Curare, wie die meisten andern Strychneen (denn wir glauben immer noch, daß der Mavacure einer nahe verwandten Familie angehört), werden nur dann gefährlich, wenn das Gift auf das Gefäßsystem wirkt. In Maypures rüstete ein Farbiger (ein Zambo, ein Mischling von Indianer und Neger) für Bonpland giftige Pfeile, wie man sie in die Blaserohre steckt, wenn man kleine Affen und Vögel jagt. Es war ein Zimmermann von ungemeiner Muskelkraft. Er hatte die Unvorsichtigkeit, das Curare zwischen den Fingern zu reiben, nachdem er sich unbedeutend verletzt, und stürzte zu Boden, von einem Schwindel ergriffen, der eine halbe Stunde anhielt. Zum Glück war es nur schwaches (destemplado) Curare, dessen man sich bedient, um sehr kleine Tiere zu schießen, das heißt solche, welche man wieder zum Leben bringen will, indem man salzsaures Natron in die Wunde reibt. Auf unserer Rückfahrt von Esmeralda nach Atures entging ich selbst einer ziemlich nahen Gefahr. Das Curare hatte Feuchtigkeit angezogen, war flüssig geworden und aus dem schlecht verschlossenen Gefäß über unsere Wäsche gelaufen. Beim Waschen vergaß man einen Strumpf innen zu untersuchen, der voll Curare war, und erst als ich den klebrigten Stoff mit der Hand berührte, merkte ich, daß ich einen vergifteten Strumpf angezogen hätte. Die Gefahr war desto größer, da ich gerade an den Zehen blutete, weil mir Sandflöhe (pulex penetrans) schlecht ausgegraben worden waren. Aus diesem Fall mögen Reisende abnehmen, wie vorsichtig man sein muß, wenn man Gift mit sich führt.

„Dies ist in der Tat ein furchtbares Gift,“ sagte Manuel. „Es zerstört direkt im Nervensystem diejenigen Nerven, kraft deren wir uns unserm Willen gemäß zu bewegen vermögen. Das Herz aber wird nicht affiziert, und es hört nicht auf, zu schlagen, bis die Funktionen völlig versagen. Und gegen dieses Gift, das mit Lähmung der Glieder beginnt, kennt man kein Gegengift.“

Glücklicherweise bekundeten diese Muras keine feindlichen Absichten, obwohl sie einen ausgesprochenen Haß gegen die Weißen hegen. Sie sind allerdings gegen ihre Vorfahren schon stark degeneriert.

Als die Nacht hereinbrach, erklang hinter den Bäumen Flötenspiel in Moll. Eine andere Flöte antwortete. Dieser Austausch von Worten in Musik dauerte einige Minuten, dann verschwanden die Muras.

In einem Augenblick fideler Stimmung hatte Fragoso versucht, den Muras mit einem Liede nach seiner Weise zu antworten, aber Lina kam zur rechten Zeit, um ihm die Hand auf den Mund zu legen. So konnte er sein Sängertalent nicht verwerten, das er so gern zum besten gab.

Am 2. August, um 3 Uhr abends, kam die Jangada, 20 Meilen weiter, am Apoara-See an, den mit seinem schwarzen Wasser der Rio gleichen Namens speist.

Zwei Tage später wurde gegen 5 Uhr am Coary-See Halt gemacht.

Der See ist einer der größten, die mit dem Strom in Verbindung stehen, und dient verschiedenen Rios als Reservoir. Fünf bis sechs Zuflüsse ergießen sich in ihn, vermischen sich hier, und ein enger Furo führt ihre vereinten Fluten in den Hauptstrom.

Der Weiler Tahua-Miri auf der Höhe kam in Sicht, auf seinen Pfeilern ruhte er wie auf Stelzen. Auf diese Weise wird er vorm Hochwasser geschützt, das oftmals diesen niedrigen Strand überschwemmt.

Dann legte die Jangada die Nacht über an.

In Sicht des Städtchens Coary wurde Halt gemacht. Dieser Flecken besteht aus einem Dutzend ziemlich verfallener Häuschen, die mitten in dichten Massen von Orangen- und Flaschenkürbisbäumen liegen.

Der Anblick dieses Weilers wechselt sehr, da infolge des hohen oder niedrigen Wasserstandes der See entweder eine weite Wasserfläche darstellt oder auf einen engen Kanal beschränkt ist, der nicht einmal tief genug ist, um mit dem Amazonenstrom in Verbindung zu stehen.

Am folgenden Morgen, dem 5. August, war bei Morgengrauen Aufbruch, und die Fahrt ging am Yucura-Kanal vorbei, der zu dem vor Seen und Furos zum Irrgarten verwandelten System des Rio Hiapura gehört.

Am 6. August morgens kam man an den See Miana.

An Bord hatte sich nichts Neues zugetragen. Alles vollzog sich in fast methodischer Regelmäßigkeit.

Noch immer von Lina veranlaßt, fuhr Fragoso fort, Torres zu bewachen. Mehrmals versuchte er, ihn über seine Vergangenheit auszuhorchen; aber der Abenteurer wich jedem Gespräch hierüber aus und zog sich schließlich vollständig vor dem Barbier zurück.

In seinem Verhalten gegen die Familie Garral blieb er der gleiche. Mit Joam sprach er wenig, aber er redete gern Yaquita und ihre Tochter an und schien gar nicht zu bemerken, daß sie ihm mit unverkennbarer Kälte antworteten.

Alle beide sagten sich übrigens, daß nach der Ankunft in Manaos Torres sie verlassen und man nichts mehr von ihm hören würde.

Yaquita befolgte in dieser Hinsicht den Rat des Padre Passanha, der sie ermahnte, Nachsicht zu üben; nicht ganz so leicht hatte es der würdige Vater bei Manuel, der nicht übel Lust hatte, dem Eindringling, der sich in so unwillkommener Weise auf der Jangada eingenistet hatte, alles Ernstes zu sagen, wo er hingehöre.

An diesem Abend ereignete sich nur ein bemerkenswerter Vorfall.

Eine Piroge, die den Strom hinunterfuhr, legte, von Joam Garral hierzu aufgefordert, an der Jangada an.

„Fährst du nach Manaos?“ fragte der Fazendero den Indianer, der die Piroge fuhr.

„Ja,“ antwortete der Indianer.

„Wann wirst du dort sein?“

„In acht Tagen.“

„Du kommst also ein gutes Weilchen vor uns an. Willst du es übernehmen, einen Brief zu besorgen?“

„Gern.“

„Dann nimm diesen Brief mit nach Manaos.“

Der Indianer nahm den Brief, den Joam Garral ihm reichte, und ein Handvoll Reis war der Lohn für den übernommenen Auftrag.

Von der Familie, die bereits im Hause weilte, hatte niemand das gesehen. Nur Torres war Zeuge von diesem Vorfall gewesen. Er hörte sogar die paar Worte mit an, die Joam Garral mit dem Indianer wechselte, und sein Gesicht, das sich verdunkelte, ließ leicht erraten, daß die Absendung dieses Briefes ihn wunder nahm.

Siebzehntes Kapitel
Ein Ueberfall

Wenn Manuel auch nichts sagte, um nicht einen heftigen Auftritt an Bord hervorzurufen, so kam ihm doch am Tag darauf der Gedanke, sich mit Benito über Torres auszusprechen.

„Benito," sagte er, nachdem er ihn nach dem Vorderteil der Jangada genommen hatte, „ich muß mit dir sprechen."

Benito, der sonst immer lächelte, stutzte, sah Manuel an, und sein Gesicht verfinsterte sich.

„Ich weiß, warum," sagte er, „es handelt sich um Torres."

„Ja, Benito."

„Nun, auch ich habe mit dir seinetwegen zu reden."

„Tu hast also auch bemerkt, wie er sich um Minha zu schaffen macht?" fragte Manuel erblassend.

„Ah, du bist doch nicht etwa eifersüchtig auf solch einen Menschen?" fragte Benito lebhaft.

„Gewiß nicht!" antwortete Manuel. „Gott behüte mich davor, daß ich das mir zur Frau bestimmte Mädchen so kränkte! Nein, Benito! Sie hegt Abscheu vor diesem Abenteurer. Um dergleichen handelt es sich nicht, aber es ist mir ein Greuel, beständig mit anzusehen, wie dieser Abenteurer sich deiner Mutter und deiner Schwester aufdrängt und zu der Familie, die doch schon die meine ist, in vertrauliche Beziehungen zu treten sucht."

„Manuel," antwortete Benito ernst, „ich teile deinen Widerwillen gegen diese fragwürdige Person, und wenn ich nur meiner innern Stimme hätte gehorchen wollen, hätte ich Torres schon längst die Wege gewiesen! Aber ich habe es nicht gewagt!"

„Du hast es nicht gewagt?" versetzte Manuel, die Hand seines Freundes ergreifend. „Nicht gewagt?"

„Höre mich an, Manuel!" erwiderte Benito. „Du hast diesen Torres beobachtet, nicht wahr? Es ist dir aufgefallen, daß er sich um meine Schwester zu schaffen macht. Das stimmt freilich! Aber während du sahest, bemerktest du nicht, daß dieser beunruhigende Mensch meinen Vater nicht aus den Augen verliert, und daß er einen gehässigen Hintergedanken zu haben scheint, wenn er ihn mit unerklärlicher Hartnäckigkeit betrachtet!"

„Was sagst du da, Benito? Hast du Gründe zu glauben, daß Torres etwas gegen Joam Garral hat?"

„Gar keinen ... ich denke gar nichts!" antwortete Benito. „Das ist nur so ein Gefühl. Aber beobachte Torres genau, studiere sorgsam seine Physiognomie und du wirst sehen, was für ein böses Lächeln er zeigt, sobald mein Vater ihm vor die Augen kommt."

„Nun, wenn dem so ist," rief Manuel, „um so mehr haben wir Ursache, ihm den Laufpaß zu geben."

„Um so mehr Ursache ... um so weniger Ursache ... antwortete der junge Mann. „Manuel, ich fürchte .... doch was? ... Das weiß ich nicht ... Aber meinen Vater zu bestimmen, Torres von Bord zu weisen, das ist vielleicht unklug! Ich wiederhole dir – ich hege Furcht, ohne daß ein positiver Umstand da wäre, der diese Furcht mir selber erklären könnte!"

Ein Beben des Zornes fühlte Benito, während er so sprach.

„Dann glaubst du, wir sollen warten?" fragte Manuel.

„Ja, wir wollen abwarten, ehe wir einen Entschluß fassen – aber vor allem wollen wir auf der Hut sein!"

„Schließlich," sagte Manuel, „sind wir in 20 Tagen in Manaos. Dort muß Torres zurückbleiben. Er wird uns also dort verlassen, und wir werden ihn für immer los sein. Bis dahin wollen wir ein Auge auf ihn haben."

„Du verstehst mich, Manuel," sagte Benito.

„Ich verstehe dich, mein Freund, mein Bruder!" entgegnete Manuel, „obwohl ich alle deine Besorgnisse nicht teile, nicht teilen kann! Welches Band kann zwischen deinem Vater und diesem Abenteurer bestehen! Augenscheinlich hat dein Vater den Menschen vorher nie gesehen."

„Ich sage auch gar nicht, daß mein Vater Torres kennt," antwortete Benito. „Aber mir scheint, als ob Torres meinen Vater kennt! Was hat der Kerl in der Umgebung der Fazenda zu suchen gehabt, als wir ihm im Walde von Iquitos begegneten? Warum hat er da die Gastfreundschaft ausgeschlagen, die wir ihm anboten? Weshalb hat er es nachher so eingerichtet, daß er sich uns zum Reisegefährten förmlich aufzwingen konnte? Wir kommen in Tabatinga an, und er ist da, ganz als hätte er auf uns gewartet. Spielt bei dem allen der Zufall mit, oder steht ein zurechtgelegter Plan dahinter? Wenn ich den gleichzeitig ausweichenden und bohrenden Blick dieses Menschen sehe, kommt mir all das in den Sinn! ... Ich weiß nicht! ... Ich finde mich in diesen unerklärlichen Dingen nicht zurecht. Ach! warum mußte ich auch auf den Einfall kommen, ihm einen Platze auf unserer Jangada anzubieten!"

„Beruhige dich, Benito, ich bitte dich!"

„Manuel," rief Benito, der die Herrschaft über sich verloren zu haben schien, „glaubst du denn, wenn es sich nur um mich handelte, ich hätte gezögert, diesen Menschen, der uns nur Abscheu und Widerwillen einflößt, über Bord zu werfen? Aber wenn es sich um meinen Vater handelt, so fürchte ich, ich handle uns allen zum Schaden, wenn ich meinen Gefühlen nachgebe. Eine Stimme sagt mir, daß es gefährlich ist, irgend etwas gegen diesen hinterlistigen Menschen zu unternehmen, ehe ein Vorfall uns ein Recht dazu gegeben hat – das Recht und die Pflicht! Auf der Jangada haben wir ihn in der Gewalt, und wenn wir beide gute Wache über meinen Vater halten, so müssen wir Torres, so sicher sein

Spiel auch sein mag, über kurz oder lang dazu zwingen, die Maske fallen zu lassen und sich zu verraten! Warten wir also ruhig ab!“

Torres erschien auf dem Vorderteil der Jangada und die jungen Männer brachen ihr Gespräch ab. Torres betrachtete sie verstohlen, sprach sie aber nicht an.

Benito täuschte sich nicht, wenn er sagte, der Blick des Abenteurers wäre immer, wenn er sich nicht beobachtet glaubte, auf Joam Garral gerichtet.

Nein! er täuschte sich nicht, wenn er behauptete, daß das Gesicht des Abenteurers sich unheilvoll verfinsterte, wenn er Joam Garral betrachtete.

Durch welch geheimnisvolles Band mochten beide Männer – von denen der eine der Edelsinn in Person war und, so viel war klar, gar nichts davon wußte – miteinander verknüpft sein?

Bei der jetzt geschaffenen Lage war es für Torres, der zugleich von den beiden jungen Männern, von Fragoso und Lina überwacht wurde, sehr schwierig, irgend einen Schritt zu tun, dem nicht auf der Stelle entgegengearbeitet worden wäre. Vielleicht begriff er das.

Jedesfalls ließ er sich nichts merken, und sein Wesen blieb das gleiche.

Zufrieden, sich gegeneinander ausgesprochen zu haben, gaben sich Manuel und Benito das Versprechen, ein Auge auf ihn zu haben, ohne etwas zu tun, das ihn stutzig machen könnte.

Während der folgenden Tage kam die Jangada an den Furos Samara, Aru und Yuripari am rechten Ufer vorüber, deren Wasser, anstatt sich in den Amazonenstrom zu ergießen, nach Süden gehen, den Rio Purus speisen und durch ihn in den Hauptstrom kommen.

Am 10. August wurde um 5 Uhr an der Kokosinsel angelegt.

Hier befand sich die Niederlassung eines Seringuero. So heißen die Kautschukfabrikanten, denn der Baum, dessen wissenschaftliche Bezeichnung „Siphonia elastica“ ist, führt dort zu Lande den Namen „Seringueira“.

Durch Vernachlässigung oder schlechte Ausnutzung soll angeblich die Zahl dieser Bäume im Amazonenstrom-Becken abnehmen; aber die Seringueira-Wälder sind am Ufer des Madeira, des Purus und anderer Nebenflüsse des Stromes noch sehr umfangreich.

Hier waren etwa 20 Indianer damit beschäftigt, Kautschuk zu ernten und zu bearbeiten – was besonders in den Monaten Mai, Juni und Juli geschieht.

Wenn man untersucht hat, ob die Bäume, gut präpariert durch das Hochwasser, das die Stämme bis zur Höhe von vier Fuß überflutet, sich in einem für die Ernte günstigen Zustande befinden, machen sich die Indianer an die Arbeit.

In den Splint der Seringueiras werden Einschnitte gemacht und darunter kleine Töpfe gehängt, die sich in 24 Stunden mit milchigem Saft füllen, den man auch mittels eines Bambusrohrs oder eines am Fuße des Baumes aufgestellten Behälters sammeln kann.

Damit dieser aufgefangene Saft seine harzigen Bestandteile nicht ausscheiden kann, räuchern die Indianer ihn über einem Feuer von Assaïnüssen. Der Saft wird auf eine Holzschaufel ausgeschüttet und über dem Rauche geschwenkt, wodurch die Masse augenblicklich gerinnt. Sie nimmt eine graugelbliche Färbung an und wird fest. Es bilden sich Schichten, die nacheinander von der Schaufel abgenommen werden. Man setzt sie der Sonne aus, sie erhärten sich dann noch und nehmen die bekannte Farbe an.

Damit ist die Herstellung beendet.

Benito benutzte die ausgezeichnete Gelegenheit und kaufte den Indianern ein großes Quantum der in ihren auf Pfählen ruhenden Lagerzelten aufgespeicherten Kautschuks ab.

Der Preis, den er dafür zahlte, war einträglich, und die Indianer waren mit dem Geschäft sehr zufrieden.

Vier Tage später, am 14. August, passierte die Jangada die Mündungen des Purus.

Dies ist wiederum einer der Hauptnebenflüsse von rechts, und er scheint auf 500 Meilen weit schiffbar zu sein, selbst für schwere Schiffe. Er kommt von Südwesten und mißt an der Mündung fast 4000 Fuß. Nachdem er im Schatten von Feigenbäumen, Tahuaris, Nipas-Palmen und Cecropias hingeströmt ist, ergießt er sich in fünf Armen in den Amazonenstrom .

An dieser Stelle hatte der Lotse Araujo leichtes Steuern. Der Strom war weniger von Inseln behindert, und übrigens konnte man seine Breite von einem Ufer zum andern schon auf zwei Meilen mindestens schätzen.

Der Strom trieb die Jangada gleichmäßig und in geradem Kurs, und am 18. August wurde vor dem Flecken Pesquero Halt gemacht, um hier die Nacht zuzubringen.

Die Sonne stand schon tief am Horizont, und mit der an niedrigen Breiten eigenen Geschwindigkeit sank sie fast senkrecht wie ein grobes leuchtendes Meteor.

Ohne Dämmerung folgte die Nacht dem Tage, wie es im Theater Nacht wird, wenn man jäh die Rampenlichter erlöschen läßt.

Joam Garral und seine Frau, Lina und die alte Cybele befanden sich noch vorm Hause.

Nachdem Torres sich ein Weilchen in Joam Garrals Nähe aufgehalten hatte, als wollte er mit ihm allein sprechen, war er, gestört vielleicht durch die Dazwischenkunft des Padre Passanha, der der Familie Guten Abend wünschen kam, in seine Kabine gegangen.

Längs des Bordes hingestreckt, waren die Indianer und die Schwarzen an ihren Ruderplätzen, allzeit zur Arbeit bereit. Araujo saß vorn und betrachtete den Strom, der in gradliniger Richtung verlief.

Manuel und Benito plauderten und rauchten scheinbar gleichgiltig, hatten aber doch die Augen offen, während sie in der Mitte der Jangada auf und abgingen, der Stunde der Ruhe harrend.

Plötzlich hielt Manuel Benito an und sagte:

„Was für ein eigentümlicher Geruch? Täusche ich mich? Riechst du es nicht? – Es riecht wie –"

„Wie starker Moschus riecht es!" antwortete Benito. „Am Nachbarufer müssen Kaimans im Schlafe liegen."

„Die Natur hat es weise eingerichtet, daß sie sich so verraten!"

„Ja," sagte Benito, „das ist ein Glück, denn diese Bestien sind ziemlich gefährlich!"

Mit Vorliebe legen sich die Saurier mit Einbruch der Nacht ans Ufer, wo sie sich's für die Nacht behaglich machen. Von hinten kriechen sie in Löcher hinein und schlafen mit offenem Rachen, wobei die obere Kinnlade senkrecht in die Höhe steht.

Sich auf eine Beute zu stürzen, sobald sie ihrer gewahr werden, sie schwimmend unter Wasser zu erreichen, wobei sie sich nur mittels ihres Schwanzes bewegen, oder über den Strand her hinter ihr herzulaufen in einer Geschwindigkeit, mit der kein Mensch mitkommen kann – das ist für diese Amphibien ein Spiel.

Auf diesen endlosen Strandgebieten kommen die Kaimans zur Welt, leben und sterben. Manche erreichen ein außerordentlich hohes Alter. Die hundertjährigen sind nicht nur an dem grünlichen Moos, das ihren Panzer bedeckt, und an den Warzen, mit denen sie übersät sind, kenntlich, sondern auch an der Wildheit und Blutgier, die mit dem Alter zunimmt.

Wie Benito gesagt hat, können diese Tiere sehr gefährlich werden, und man tut gut, gegen ihre Angriffe auf der Hut zu sein.

Plötzlich ertönte im Vorderteil der Jangada der Schrei:

„Kaimans! Kaimans!"

Manuel und Benito sahen auf.

Drei große 15 bis 20 Fuß lange Saurier hatten sich auf die Jangada geschwungen.

„An die Gewehre! An die Gewehre!“ rief Benito, indem er den Indianern und Schwarzen zuwinkte, nach hinten zu kommen.

„Ins Haus!“ rief Manuel. „Das ist besser!“

Du eine direkte Gegenwehr nicht versucht werden konnte, war es in der Tat geraten, zunächst Schutz zu suchen.

Das war in einem Augenblick geschehen. Die Familie Garral hatte sich ins Haus geflüchtet, wo die beiden jungen Männer sich gleich darauf einfanden.

Die Indianer und Neger hatten ihre Schutzdächer und Hütten aufgesucht.

Als eben die Haustür geschlossen werden sollte, fragte Manuel:

„Und Minha?“

„Sie ist nicht hier!“ rief Lina, die nach dem Zimmer ihrer Herrin gelaufen war.

„Großer Gott! wo ist sie?“ rief ihre Mutter.

Und alle riefen einstimmig:

„Minha! Minha!“

Es kam keine Antwort.

„Sie ist also vorn auf der Jangada!“ rief Benito.

„Minha!“ rief Manuel.

Die beiden jungen Männer, Fragoso, Joam Garral dachten nicht mehr an die Gefahr, sondern eilten mit den Gewehren in der Hand hinaus.

Sie waren kaum draußen, als auch schon zwei Kaimans auf sie zukamen.

Ein Schuh Benitos, der dicht am Ohr in den Kopf ging, brachte eins der Ungetüme zum Stehen, das, tödlich getroffen, sich in heftigen Zuckungen wälzte und in den Fluß stürzte.

Aber schon war der zweite da und kam herbeigeschossen, so daß ihm nicht mehr auszuweichen war.

Der riesige Kaiman war auf Joam Garral zugestürzt, und nachdem er ihn mit einem Schlage des Schwanzes zu Boden geworfen hatte, fuhr er mit offenen Kinnladen auf ihn los.

In diesem Augenblick stürzte Torres aus der Kabine, eine Axt in der Hand, und tat einen so glücklichen Schlag, daß das Eisen in die Kinnlade des Kaimans sauste und dort stecken blieb, ohne daß das Tier sich davon befreien konnte.

Vom Blut geblendet, warf sich das Tier auf die Seite, und ob es wollte oder nicht, es stürzte zurück in den Fluß.

„Minha! Minha!" rief Manuel noch immer, außer sich vor Angst, und hatte bereits den Vorderteil! der Jangada erreicht.

Plötzlich erschien das junge Mädchen. Sie hatte sich zuerst in die Hütte Araujos geflüchtet, aber die Hütte war durch den gewaltigen Schlag eines dritten Kaimans umgeworfen worden, und Minha flüchtete nun nach hinten, verfolgt von diesem Ungetüm, das keine sechs Fuß mehr von ihr entfernt war.

Minha fiel.

Eine zweite Kugel Benitos konnte den Kaiman nicht zurücktreiben. Sie traf nur den Panzer des Tieres, dessen Schuppen zersprangen – aber sie verwundete ihn nicht.

Manuel eilte auf das junge Mädchen zu, um sie aufzuheben, fortzutragen, dem Tode zu entreißen! ... Ein Schlag, den das Tier mit dem Schwänze seitwärts führte, warf auch ihn über den Haufen.

Die ohnmächtige Minha war verloren, und schon öffnete sich der Rachen des Kaimans, um sie zu zermalmen.

Da war es Fragoso, der sich auf das Untier warf und ihm mit einem Messer in den Schlund fuhr, auf die Gefahr hin, den Arm zu verlieren, wenn die Kiefern sich plötzlich schlossen.

Fragoso konnte den Arm noch rechtzeitig zurückziehen, aber er konnte dem Sturz des Kaimans nicht mehr ausweichen und wurde mit in den Fluß gerissen, dessen Wasser sich weithin färbte.

„Fragoso! Fragoso!“ hatte Lina geschrieen, die am Rande der Jangada niederkniete.

Einen Augenblick darauf erschien Fragoso an der Oberfläche des Amazonenstroms. Er war unversehrt.

Aber mit Gefahr seines Lebens hatte er das junge Mädchen gerettet, das nun zu ihm eilte – und von allen Händen, die ihm Manuel, Yaquita, Minha und Lina hinstreckten, ergriff er nur die der jungen Mulattin, die er herzlich drückte.

Wenn Fragoso Minha gerettet hatte, so verdankte Joam Garral seine Rettung ohne Zweifel Torres.

Nach dem Leben konnte mithin der Abenteurer dem Fazendero schwerlich trachten. Das leuchtete angesichts dieses Vorfalls ein.

Manuel zog Benito zu Rate.

„Das ist wahr,“ antwortete Benito, der vergeblich nach einer Erklärung suchte; „du hast recht, und in diesem Fall sind wir um eine grausame Sorge leichter. Aber trotzdem, Manuel, schweigt mein Verdacht noch immer nicht. Man kann der schlimmste Feind eines Menschen sein, ohne seinen Tod zu wünschen.“

Joam Garral war zu Torres getreten.

„Dank, Torres!“ sagte er kurz, indem er ihm die Hand hinstreckte.

Der Abenteurer trat ein paar Schritte zurück, ohne zu antworten.

„Torres,“ fuhr Joam Garral fort, „es tut mir leid, daß das Ziel Ihrer Reise nahe ist und wir uns in wenigen Tagen trennen müssen. Ich schulde Ihnen –“

„Joam Garral,“ antwortete Torres, „Sie schulden mir nichts. Ihr Leben war mir vor allem kostbar! Aber wenn Sie erlauben – ich habe mir's überlegt – anstatt in Manaos auszusteigen, werde ich bis Belem fahren. – Wollen Sie mich mitnehmen?“

Joam Garral nickte zustimmend.

Als Benito diese Frage hörte, wollte er sich, einer unüberlegten Regung folgend, schon hineinmischen, aber Manuel hielt ihn zurück, und der junge Mann tat sich Gewalt an und schwieg.

Ende des ersten Bandes.

Zweiter Band

Erstes Kapitel

Das Ankunftsessen

Nach einer Nacht, die kaum hingereicht hatte, eine so heftige Aufregung wettzumachen, wurde dieses von Kaimans besetzte Ufer verlassen und die Fahrt fortgesetzt.

Das junge Mädchen hatte sich von ihrem Entsetzen so ziemlich erholt, mit lächelnden Augen dankte sie all denen, die ihr Leben für sie aufs Spiel gesetzt hatten.

Lina schien dem beherzten Fragoso mehr Dankbarkeit entgegenzubringen, als wenn er sie selber gerettet hätte.

„Das vergelte ich Ihnen früher oder später, Signor Fragoso!“ sagte sie lächelnd.

„Und wie denn, Jungfer Lina?“

„O, das wissen Sie recht gut!“

„Nun, wenn ich es denn weiß, dann bitte ich lieber recht bald als erst später!“ antwortete der liebenswürdige Bursche.

Von diesem Tage an war es ausgemachte Sache, daß die reizende Lina Fragosos Braut war, daß ihre Hochzeit zur gleichen Zeit wie die Minhas und Manuels stattfinden und das neue Paar in Belem in der Nähe der jungen Brautleute wohnen solle.

„Das ist ausgezeichnet,“ rief Fragoso immer wieder, “aber ich hätte nie geglaubt, daß Para so weit wäre!“

Manuel und Benito hatten ein langes Gespräch über das Vorgefallene. Es konnte keine Rede mehr davon sein, von Joam Garral zu verlangen, daß er seinem Lebensretter die Wege weise.

„Ihr Leben war mir vor allem kostbar,“ hatte Torres gesagt.

Diese zugleich überschwengliche und rätselhafte Antwort, die dem Abenteurer entschlüpft war, hatte Benito vernommen und wohl behalten.

Vorläufig konnten die beiden jungen Männer also nichts tun. Mehr als je waren sie darauf angewiesen, abzuwarten – und zwar nicht mehr bloß vier oder fünf Tage, sondern nun noch sechs bis acht Wochen, das heißt die ganze Zeit, die die Jangada noch zur Fahrt bis nach Belem brauchen würde.

„Es steckt hinter dem allen, ich weiß nicht was für ein Geheimnis, das ich nicht fassen kann!“ sagte Benito.

„Ja, aber wir sind über einen Punkt beruhigt,“ antwortete Manuel, „es steht fest, Benito, daß Torres deinem Vater nicht nach dem Leben trachtet. Trotzdem werden wir nach wie vor auf der Hut sein.“

Uebrigens hatte es den Anschein, als wollte Torres sich von diesem Tage an noch zurückhaltender zeigen. Er versuchte gar nicht mehr, sich der Familie aufzudrängen und war sogar gegen Minha nicht mehr von so auffallender Zuvorkommenheit. Die Situation, deren Ernst alle, bis auf Joam Garral vielleicht, empfanden, kam daher zu einem gewissen Stillstand.

Am Abend desselben Tages blieb zur Rechten des Stromes die Insel Baroso, die von einem Furo dieses Namens gebildet wird, und der Manaoari-See, der von einer verworrenen Reihe von Zuflüssen gespeist wird.

Die Nacht verfloß ohne Zwischenfall, aber Joam Garral hatte befohlen, sorgsame Wache zu halten.

Am folgenden Tage, dem 20. August, steuerte der Lotse, der wegen der unberechenbaren Strudel der linken Seite ziemlich dicht sich am rechten Ufer hielt, zwischen den Strand und die Inseln.

Jenseits dieses Strandes war das Land besät mit großen und kleinen Seen, wie Calderon-See und Huaranda-See, sowie anderen Lagunen mit schwarzem Wasser Dieses hydrographische System kündete bereits die Nähe des Rio Negro an, des merkwürdigsten unter allen Nebenflüssen des Amazonas.

Der Strom führte hier noch immer den Namen Solimoes, erst hinter der Mündung des Rio Negro sollte er den Namen annehmen, unter dem er vor allen Wasserläufen der Welt berühmt ist.

Diesen Tag über machte die Jangada eine merkwürdige Fahrt.

Der Arm, in dem der Lotse fuhr, war sehr eng, obgleich er ziemlich weit erschien, was daher kam, daß ein großer Teil der wenig über den Wasserspiegel emporragenden Insel noch von der Hochflut bedeckt war.

Auf beiden Seiten lagen weite, dichte Wälder von riesigen Bäumen, deren Wipfel 50 Fuß über den Erdboden emporragten, von einem Ufer zum andern reichten und einen gigantischen Laubengang bildeten.

Zur linken Seite lag der überschwemmte Wald höchst malerisch da, der mitten in einem See zu wachsen schien. Die Baumstämme stiegen aus dem stillen reinen Wasser auf, in welchem sich das ganze Wirrwarr ihrer Zweige mit unvergleichlicher Reinheit spiegelte.

In der Tat hatte der Schleppzug sich unter dieses Baumgewölbe wagen müssen, an dessen Stämmen sich die Strömung brach. Es war unmöglich, sie zu umgehen. Um rechts und links ein Anfahren zu vermeiden, mußte mit größter Umsicht gesteuert werden.

Hier zeigte sich die ganze Geschicklichkeit des Lotsen Araujo, dem übrigens seine Mannschaft vortrefflich zur Seite stand.

Die Bäume des Waldes bildeten feste Stützpunkte für die langen Stangen, und der Kurs wurde beibehalten. Die geringste Karambolage, die die Jangada quer in den Strom gebracht hätte, hätte das riesige Floß schwer beschädigt, und dann wäre, wenn auch nicht das Personal, so doch die Ladung, die es trug, verloren gewesen.

„Hier ist es wirklich sehr schön," sagte Minha, „und es wäre ein Vergnügen, immer so zu reisen, auf diesem stillen Wasser, vor der Sonne so geschützt!"

„Das wäre zwar vergnüglich, aber auch gefährlich, liebe Minha," antwortete Manuel. „In einer Piroge wäre bei einer solchen Fahrt nichts zu fürchten, aber auf einem langen Floß ist es besser, man hat freies breites Wasser."

„In zwei Stunden werden wir ganz aus diesem Walde hinaus sein," sagte der Lotse.

„Also muß man die Augen auf haben," rief Lina. „All diese schönen Dinge ziehen so schnell vorbei. Ach! teure Herrin, sehen Sie wohl diese Scharen von Affen, die sich in den hohen Zweigen der Bäume tummeln, und die Vögel, die sich in diesem reinen Wasser spiegeln!"

„Und die Blumen, die halb erblüht auf der Oberfläche schwimmen," antwortete Minha, „und die der Strom wie eine Wiege schaukelt."

„Und diese langen Lianen, die sich in tollem Gewirr von einem Baum zum andern spannen!" setzte die junge Mulattin hinzu.

„Und kein Fragoso hängt dran!" setzte der Bräutigam Linas hinzu. „Immerhin ein nettes Früchtchen, das du da im Walde von Iquitos gepflückt hast!"

„Sehen Sie nur dieses einzige Früchtchen!" rief Lina spöttisch. „Ach! meine Herrin, welche großartigen Pflanzen!"

Mit diesen Worten zeigte Lina auf Nymphäen mit Blättern, deren Blumen und Knospen wie Kokosnüsse groß waren.

Wo der überflutete Strand zum Vorschein kam, stand in Büscheln Mucumus-Rohr mit breiten Blättern, dessen elastische Stengel sich zur Seite biegen können, um einer Piroge Platz zu machen und sich hinter ihr zu schließen.

Das war für einen Jäger sehr verführerisch, denn eine ganze Welt von Wasservögeln schwirrte in diesem vom Strom bewegten Schilf.

Ibisse saßen wie Figuren von Grabdenkmälern auf alten, halb umgestürzten Stämmen. Graue Reiher standen unbeweglich auf einem Bein. Ernste Flamingos glichen von weitem rosafarbenen Sonnenschirmen, die unter dem Blätterdach aufgespannt waren, und viele andere Phoenikopteren aller Farben belebten dieses jetzt in einen Sumpf verwandelte Gebiet.

Im Wasser glitten lange schnelle Schlangen dahin, vielleicht einige jener furchtbaren Gymnoten oder Zitteraale, deren Schlag für Schlag wiederholte elektrische Entladungen den Menschen oder das stärkste Tier betäuben und schließlich töten.

Es galt hier auf der Hut zu sein, und vielleicht in noch höherm Maße vor den Sucurijus-Schlangen, die, um irgend einen Baumstamm gerollt, sich plötzlich abwickeln, ausstrecken, ihre Beute ergreifen und zermalmen unter den Ringen, die stark genug sind, einen Ochsen zu zerdrücken.

In den Wäldern des Amazonas hat man von diesen Reptilien Exemplare getroffen, die 30 bis 35 Fuß lang waren, ja nach Carrey sollen sogar welche die Länge von 47 Fuß und die Dicke eines Fasses erreicht haben!

Den ersten Schlägen eines sehr großen, stark gereizten Gymnotus würde man sich nicht ohne Gefahr aussetzen. Bekommt man zufällig einen Schlag, bevor der Fisch verwundet oder durch lange Verfolgung erschöpft ist, so sind Schmerz und Betäubung so heftig, daß man sich von der Art der Empfindung gar keine Rechenschaft geben kann. Ich erinnere mich nicht, je durch die Entladung einer großen Leidner-Flasche eine so furchtbare Erschütterung erlitten zu haben, wie die, als ich unvorsichtigerweise beide Füße auf einen Gymnotus setzte, der eben aus dem Wasser gezogen worden war. Ich empfand den ganzen Tag heftigen

Schmerz in den Knieen und fast in allen Gelenken. Will man den ziemlich auffallenden Unterschied zwischen der Wirkung der Volta'schen Säule und der elektrischen Fische genau beobachten, so muß man diese berühren, wenn sie sehr erschöpft sind. Die Zitterrochen und die Zitteraale verursachen dann ein Sehnenhüpfen vom Glied an, das die elektrischen Organe berührt, bis zum Ellbogen. Man glaubt bei jedem Schlag innerlich eine Schwingung zu empfinden, die zwei, drei Sekunden anhält, und der eine schmerzhafte Betäubung folgt. In der ausdrucksvollen Sprache der Tamanocos heißt daher der Temblador Arimna das heißt, „der die Bewegung raubt ...“ Während die Gymnoten für europäische Naturforscher Gegenstände der Vorliebe und des lebhaftesten Interesses sind, werden sie von den Eingeborenen gefürchtet und gehaßt. Ihr Muskelfleisch schmeckt allerdings nicht übel, aber der Körper besteht zum größten Teil aus dem elektrischen Organ, und dieses ist schmierig und von unangenehmem Geschmack; man sondert es daher auch sorgfältig vom Uebrigen ab. Zudem schreibt man es vorzüglich den Gymnoten zu, daß die Fische in den Sümpfen und Teichen des Blanos so selten sind. Sie töten ihrer viel mehr, als sie verzehren, und die Indianer erzählten uns, wenn man in sehr starken Netzen junge Krokodile und Zitteraale zugleich fange, so sei an letzteren nie eine Verletzung zu bemerken, weil sie die jungen Krokodile lähmen, bevor diese ihnen etwas anhaben können. Alle Bewohner des Wassers fliehen die Gemeinschaft der Zitteraale. Eidechsen, Schildkröten und Frösche suchen Sümpfe auf, wo sie vor jenen sicher sind. Bei Uritucu mußte man einer Straße eine andere Richtung geben, weil die Zitteraale sich in einem Fluß so vermehrt hatten, daß sie alle Jahre eine Menge Maultiere, die belastet durch den Fluß wateten, umbrachten.

Wenn sich eine solche Sucuriju-Schlange auf die Jangada gewälzt hätte, so wäre sie ebenso zu fürchten gewesen wie ein Kaiman!

Glücklicherweise hatten die Reisenden weder mit den Gymnoten noch mit den Schlangen einen Kampf zu bestehen, und die Fahrt durch den überschwemmten Wald, die etwa zwei Stunden dauerte, verlief ohne Zwischenfall.

Drei Tage vergingen. Man näherte sich jetzt Manaos. 24 Stunden noch, und die Jangada würde an der Mündung des Rio Negro sein vor dieser Hauptstadt der Amazonenprovinz.

Am 23. August, um 5 Uhr abends, machte sie an der Nordspitze der Insel Muras am rechten Stromufer Halt. Sie brauchte, um zum Hafen zu gelangen, nur ein paar Meilen schrägen Kurs zu fahren.

Aber da die Nacht nahe war, wollte mit Recht der Lotse Araujo die Fahrt an diesem Tage nicht machen. Die drei Meilen, die noch zurückzulegen waren, erheischten eine dreistündige Fahrt, und um den Lauf des Stromes zu queren, mußte man vor allem gut sehen können.

An diesem Tage wurde das Diner, das das letzte dieses ersten Teils der Reise sein sollte, mit gewisser Feierlichkeit serviert. Man hatte die Hälfte des Amazonenstromes glücklich hinter sich – das verlohnte wohl der Mühe, ein solennes Festessen zu veranstalten. Es wurde ausgemacht, auf das Wohl des Rio das Amazonas ein paar Gläser jenes edlen Liqueurs zu trinken, den die Weinberge von Porto oder Setubal bescheren.

Dies sollte zugleich das Verlobungsmahl für Fragoso und die reizende Lina sein. Das Festessen für Manuel und Minha hatte schon vor einigen Wochen in der Fazenda von Iquitos stattgefunden. Nach dem jungen Herrn und der jungen Herrin war die Reihe an diesem treuen Paare, mit dem sie durch so viele Bande der Dankbarkeit verknüpft waren.

In dieser biedern Familie nahmen Lina, die im Dienst ihrer Herrin bleiben sollte, und Fragoso, der in den Dienst bei Manuel Valdez treten sollte, an der gemeinsamen Tafel Platz und sogar an dem für sie reservierten Ehrenplatze.

Torres nahm natürlich auch an dieser Mahlzeit teil, die der Küche der Jangada alle Ehre machte.

Der Abenteurer saß Joam Garral gegenüber, der wie immer schweigsam war, und hörte ebenfalls nur auf das, was gesprochen wurde, ohne sich an der Unterhaltung zu beteiligen. Benito beobachtete ihn aufmerksam, ohne sich's merken zu lassen.

Der Blick dieses Mannes, der beständig auf Joam Garral ruhte, hatte einen eigenartigen Glanz, wie etwa der eines Raubtiers, das seine Beute faszinieren will, ehe es sich auf sie stürzt.

Manuel unterhielt sich fast nur mit dem jungen Mädchen. Ab und zu fiel sein Auge auch auf Torres, aber im Grunde hatte er sich mit dieser Lage abgefunden, die, wenn auch nicht in Manaos, doch sicherlich in Belem ein Ende nehmen würde.

Die Mahlzeit war fröhlich. Lina sorgte mit ihrem guten Humor für lebendige Stimmung, Fragoso mit seinen Scherzen unterstützte sie. Padre Passanha betrachtete heiter diese kleine Welt, die er innig liebte, und diese beiden jungen Paare, die seine Hand mit dem Wasser von Para bald einsegnen sollte.

„Essen Sie tüchtig, Padre!“ sagte Benito, der sich schließlich an der allgemeinen Unterhaltung beteiligte. „Lassen Sie sich dieses Verlobungsessen schmecken! Sie müssen gut bei Kräften sein, wenn es gilt, so viel Trauungen auf einmal zu feiern!“

„Ei, mein liebes Kind,“ antwortete Padre Passanha, „bring uns nur ein hübsches, ehrsames Mädchen, das dir gut ist, und du sollst sehen, ob ich es nicht fertig bringe, auch Euch beide noch zu trauen!“

„Gut gesprochen, Padre!“ rief Manuel. „Wir wollen auf baldige Hochzeit Benitos trinken!“

„Wir werden in Belem für ihn eine junge schöne Braut suchen,“ sagte Minha, „und dann wird er es machen müssen wie alle andern!“

„Auf die Hochzeit Signor Benitos!“ rief Fragoso, der es am liebsten gesehen hätte, wenn die ganze Welt mit ihm zusammen an den Altar getreten wäre.

„Recht haben sie, mein Sohn,“ sagte Yaquita. „Auch ich trinke auf deine Hochzeit, und mögest du ebenso glücklich werden, wie Minha und Manuel es sein werden und wie ich es an deines Vaters Seite gewesen bin!“

„Und wie sie es immer sein werden, hoffentlich," sagte jetzt Torres, indem er ein Glas Porto trank, ohne irgend wem Bescheid zu tun. „Jeder hier hat sein Glück in der Hand."

Niemand hätte sagen können, wie es kam – aber dieser Wunsch des Abenteurers machte einen verstimmenden Eindruck.

Torres empfand das und wollte diese Wirkung aufheben.

„Wir wollen sehen, Padre," sagte er, „ob nicht noch, solange wir hier sind, sich ein paar Pärchen auf der Jangada zusammenbringen lassen."

„Ich glaube nicht," antwortete Padre Passanha. „Sie sind vermutlich nicht verheiratet."

„Nein, ich bin und war stets Junggesell."

Benito und Manuel glaubten wahrzunehmen, daß bei diesen Worten Torres nach dem jungen Mädchen hin sah.

„Und was sollte Sie hindern, sich zu verheiraten?" versetzte Padre Passanha. „In Belem könnten Sie eine Frau finden, deren Alter dem Ihrigen entspräche, und es wäre Ihnen vielleicht möglich, eine feste Stellung in der Stadt zu finden. Das wäre besser als das unstäte Leben, von dem Sie bisher nicht viel Vorteil gehabt haben."

„Sie haben recht, Padre!" antwortete Torres. „Ich sage nicht Nein. Uebrigens wirkt das Beispiel ansteckend. Wenn man so viel Brautpaare sieht, bekommt man Lust zum Heiraten! Aber ich bin ganz fremd in Belem und infolgedessen dürften sich, wenn ich nicht besonders Glück hätte, meiner Niederlassung dort erhebliche Schwierigkeiten entgegenstellen."

„Woher sind Sie denn?" fragte Fragoso, der noch immer den Gedanken hatte, daß er Torres schon irgend wo früher gesehen haben müsse.

„Aus der Provinz Minas Geraës."

„Und sind geboren?"

„In der Hauptstadt des Diamantendistrikts selbst, in Tijuco."

Wer in diesem Augenblicke Joam Garral beobachtet hätte, wäre fast entsetzt gewesen über die Starrheit des Blickes, mit dem er dem stechenden Blicke des Abenteurers begegnete.

Zweites Kapitel
Alte Geschichten

Aber Fragoso setzte ohne Unterbrechung das Gespräch mit den Worten fort:

„Wie! Sie sind aus Tijuco, aus der Hauptstadt des Diamantendistrikts selbst?“

„Ja!“ sagte Torres. „Stammen Sie vielleicht selbst aus dieser Provinz?“

„Nein, ich bin aus den Provinzen am Strande des Atlantischen Ozeans im Norden Brasiliens,“ antwortete Fragoso.

„Sie kennen dieses Diamantenland wohl nicht, Herr Manuel?“ fragte Torres.

Ein Kopfschütteln des jungen Mannes war die ganze Antwort.

„Und auch Sie, Herr Benito,“ wandte sich Torres an den jungen Garral, den er augenscheinlich in dieses Gespräch hineinziehen wollte, „Sie haben auch noch nie das Verlangen gehabt, sich diesen Diamanten-Distrikt anzusehen?“

„Nein,“ antwortete Benito trocken.

„Ach, ich hätte dieses Land gern einmal gesehen!“ rief Fragoso, der, ohne es zu wollen, hiermit Torres zu Hilfe kam, „ich hätte sicher über kurz oder lang einen Diamanten von großem Wert gefunden!“

„Und was hättest du mit diesem wertvollen Diamanten gemacht, Fragoso?“ fragte Lina.

„Verkauft hätte ich ihn!“

„Dann wärest du jetzt reich?“

„Sehr reich!“

„Nun, wenn du vor drei Wochen bloß reich gewesen wärest, hättest du nicht die Idee mit der Liane gehabt ...“

„Und in diesem Falle,“ rief Fragoso, „wäre nicht die reizende, kleine Frauensperson gekommen und hätte mich – ei, ganz entschieden, der liebe Gott hat es so gut gemacht.“

„Sehen Sie, lieber Fragoso,“ sagte Minha, „weil Sie so meine liebe Lina zur Frau bekommen! Einen Diamanten für einen andren, Sie verlieren nicht bei dem Tausch.“

„Wieso, Fräulein Minha,“ rief Fragoso galant, „ich gewinne im Gegenteil dabei!“

Torres wollte jedesfalls dieses Gesprächsthema nicht fallen lassen, denn er begann wieder:

„In Tijuco ist in der Tat mancher plötzlich reich geworden, aber das hat auch manchem den Kopf verdreht! Haben Sie noch nicht von dem berühmten Diamanten von Abante gehört, dessen Wert auf über zwei Millionen Kontos Reïs geschätzt worden ist? Die Minen von Brasilien haben diesen Stein gezeitigt, der eine Unze wog. Und drei Verurteilte – ja! Drei zu lebenslänglichem Exil Verurteilte haben ihn durch Zufall im Fluß von Abante 90 Meilen von Serro do Frio, gefunden!“

„Da war mit einem Schlage ihr Glück gemacht?“ fragte Fragoso.

„Ei nein!“ antwortete Torres. „Der Diamant wurde dem Generalgouverneur ausgehändigt. Da der Wert des Steines erkannt worden war, ließ ihn König Johann VI. von Portugal durchbohren und trug ihn bei großen Feierlichkeiten am Halse. Die Verurteilten wurden begnadigt, das war alles. Geriebene Kerle hätten dabei schon ihren Vorteil sich zu sichern verstanden!“

„Wie Sie zum Beispiel?“ fragte Benito trocken.

„Ja … wie ich! Warum nicht?“ antwortete Torres. „Haben Sie jemals den Diamanten-Distrikt besucht?“ setzte er hinzu, sich diesmal an Joam Garral wendend.

„Niemals,“ antwortete Joam und sah Torres an.

„Das ist bedauerlich,“ fuhr dieser fort, „und Sie sollten eines Tages diese Reise machen. Sehr interessant, versichre ich Ihnen! Der Diamanten-Distrikt ist eine Enklave in dem riesigen Kaiserreich Brasilien, etwas wie ein Park von 12 Meilen Umfang, und durch die Bodenbeschaffenheit, die Vegetation und die von hohen Bergen umschlossenen Sandgebiete sehr verschieden von der Provinz ringsum. Aber wie ich Ihnen gesagt habe, ist dies das reichste Fleckchen der Welt, von 1807 bis 1817 betrug die jährliche Produktion etwa 18 000 Karat? Ja, da war was zu machen, nicht nur für die Gräber, die die kostbaren Steine bis in die Gipfel der Berge hinauf suchten, sondern auch für die Schmuggler, die sie paschten! Jetzt ist die Sache nicht mehr so leicht, und die 2000 Schwarzen, die von der Regierung zur Minenarbeit verwendet werden, müssen schon Wasserläufe ableiten, um den Diamantenstaub daraus zu heben. Das war früher bequemer.“

„In der Tat,“ sagte Fragoso, „da ist die gute Zeit vorbei.“

„Aber was immer noch leicht ist, das ist, sich den Diamant auf verbrecherische Weise zu verschaffen, will sagen durch Diebstahl. Im Jahre 1826 – ich war damals acht Jahre alt – ereignete sich in Tijuco selber ein furchtbares Drama, welches zeigt, daß die Verbrecher vor nichts zurückschrecken, wenn sie durch einen kühnen Streich ein Vermögen gewinnen wollen. Aber das interessiert Sie ohne Zweifel nicht.“

„Im Gegenteil, Torres, fahren Sie fort,“ antwortete Joam Garral mit seltsam ruhiger Stimme.

„Meinetwegen,“ fuhr Torres fort. „Es handelte sich darum, Diamanten zu stehlen, und eine Handvoll solcher niedlicher Steine ist manchmal eine Million, manchmal zwei wert!“

Und Torres, dessen Gesicht die niedrigsten Regungen der Begierde ausdrückte, machte fast unwillkürlich eine sehr bezeichnende Gebärde, indem er die Hand öffnete und schloß.

„Folgendermaßen trug sich das zu," erzählte er weiter. „In Tijuco besteht der Brauch, nur einmal im Jahre die gesammelten Diamanten zu expedieren. Sie werden in zwei Sorten geteilt nach ihrer Größe, nachdem man sie mittels 12 Sieben, die ungleiche Löcher haben, gesondert hat. Diese zwei Sorten werden in Säcke getan und nach Rio de Janeiro geschafft. Da sie aber einen Wert von mehreren Millionen haben, können Sie sich wohl denken, daß sie gut eskortiert werden. Ein vom Verwalter ausgesuchter Beamter, vier Soldaten zu Pferde vom Regiment der Provinz und 10 Mann zu Fuß, bilden die Bedeckung. Sie gehen zuerst nach Villa-Rica, wo der Generalkommandant sein Siegel auf die Säcke drückt, und der Konvoi setzt den Weg nach Rio de Janeiro fort. Ich füge hinzu, daß vorsichtshalber dieser Aufbruch völlig geheim gehalten wird. Im Jahre 1826 nun ersann ein junger Angestellter namens Dacosta, der höchstens 22 bis 23 Jahre alt war und seit einigen Jahren in den Bureaus des Generalgouverneurs arbeitete, den folgenden Streich. Er verständigte sich mit der Schmugglerbande und teilte ihnen den Tag mit, an dem der Konvoi aufbrach. Diese Missetäter, die in der Ueberzahl und gut bewaffnet waren, taten nun ihre Schritte. Jenseits von Villa Rica fiel in der Nacht vom 22. Januar die Bande unvermutet über die Soldaten, die die Diamanten eskortierten, her. Sie verteidigten sich tapfer, wurden aber niedergemacht, bis auf einen, der, obwohl schwer verwundet, entfliehen konnte, und von dem furchtbaren Ueberfall Bericht erstattete. Der Angestellte, der sie führte, wurde ebenso wenig verschont, wie die Soldaten der Eskorte. Er fiel unter den Schüssen der Verbrecher, wurde weggeschleppt und jedesfalls in irgend einen Abgrund geworfen, denn sein Leichnam wurde nicht gefunden."

„Und jener Dacosta?" fragte Joam Garral.

„Je nun, sein Verbrechen brachte ihm keinen Nutzen. Infolge verschiedener Umstände fiel der Verdacht sofort auf ihn. Er wurde angeklagt, diese ganze Sache eingefädelt zu haben. Vergebens behauptete er, unschuldig zu sein. Seine Stellung ermöglichte es ihm, genau den Tag zu kennen, an dem der Aufbruch des Konvoi stattfinden sollte. Er allein konnte die Verbrecherbande benachrichtigt haben. Er wurde angeklagt, verhaftet, prozessiert und zum Tode verurteilt. Eine derartige Verurteilung bedingte eine Hinrichtung innerhalb 24 Stunden."

„Der Unglückliche wurde also hingerichtet?" fragte Fragoso.

„Nein," antwortete Torres. „Er war in das Gefängnis von Villa Rica gebracht worden, und in der Nacht, wenige Stunden noch vor der Hinrichtung – ob er nun allein handelte oder von mehreren seiner Helfershelfer unterstützt wurde – gelang es ihm, zu entfliehen."

„Seitdem hat man nichts mehr von diesem Manne gehört?" fragte Joam Garral.

„Nichts mehr!" antwortete Torres. „Er wird Brasilien verlassen haben und führt jetzt ohne Zweifel ein frohes Leben von dem Ertrag des Diebstahls, den er jedesfalls zu verwerten gewußt hat."

„Möge er im Gegenteil ein Jammerdasein geführt haben!" antwortete Joam Garral.

„Und möge Gott Reue über sein Verbrechen in ihm erweckt haben!" setzte Padre Passanha hinzu.

In diesem Augenblick hatte die Gesellschaft sich erhoben. Die Mahlzeit war beendet, und alle gingen hinaus, um die Abendluft zu atmen. Die Sonne senkte sich dem Horizont zu, aber eine Stunde mußte es noch währen, bis es Nacht wurde.

„Solche Geschichten sind nicht amüsant," sagte Fragoso, „und unser Verlobungsdiner hatte besser angefangen!"

„Aber daran sind Sie schuld, Signor Fragoso," antwortete Lina.

„Wieso ich?"

„Freilich! Du hast immer wieder von dem Distrikt und den Diamanten angefangen, wo wir doch damit gar nichts zu tun haben."

„Das stimmt allerdings!“ antwortete Fragoso, „aber ich dachte doch nicht, daß das zu so etwas führen würde!“

„Du bist also der Hauptschuldige.“

„Und bin auch am schwersten bestraft worden, da ich dich beim Nachtisch nicht habe lachen hören!“

Die ganze Familie ging jetzt nach dem Vorderteil der Jangada. Ohne zu sprechen, gingen Manuel und Benito nebeneinander her.

Ebenso schweigsam, folgten ihnen Yaquita und ihre Tochter, und alle verspürten eine unerklärliche Traurigkeit, wie wenn sie eine ernste Gefahr im Herannahen gesehen hätten.

Torres verhielt sich in der Nähe Joam Garrals, der mit gebeugtem Haupte in tiefe Gedanken versunken zu sein schien.

Jetzt legte er ihm die Hand auf die Schulter.

„Joam Garral,“ sagte er, „kann ich Sie auf eine Viertelstunde sprechen?“

Joam Garral sah Torres an.

„Hier?“ antwortete er.

„Nein! Unter vier Augen!“

„Kommen Sie!“

Beide gingen nach dem Hause und traten hinein. Die Tür schloß sich hinter ihnen.

Es wäre schwierig zu beschreiben, was jeder empfand, als Joam Garral und Torres weggegangen waren. Was konnte zwischen diesem Abenteurer und dem ehrbaren Fazendero von Iquitos für ein Verhältnis bestehen? Es war wie die Drohung eines furchtbaren Unglücks, das über dieser ganzen Familie zu schweben schien.

Niemand wagte zu fragen.

„Manuel,“ sagte Benito, ergriff den Arm seines Freundes und zog ihn mit sich, „was auch kommen mag, morgen in Manaos verläßt dieser Mensch die Jangada!“

„Ja! – Unbedingt!“ antwortete Manuel.

„Und wenn durch ihn – ja! durch ihn, meinem Vater ein Unglück geschieht .... dann töt' ich ihn!“

Drittes Kapitel
Auge in Auge

Allein in diesem Gemach, wo niemand sie sehen und hören konnte, sahen sich Joam Garral und Torres eine Zeitlang an, ohne ein einziges Wort zu sprechen.

Zögerte der Abenteurer zu sprechen? Begriff er, daß Joam Garral auf das Ansuchen, das ihm gestellt würde, nur mit einem verächtlichen Stillschweigen antworten würde?

Ohne Zweifel! Daher fragte auch Torres nicht erst, sondern trat von vornherein mit Behauptungen auf und stellte sich auf den Standpunkt eines Anklägers.

„Joam Garral,“ sagte er, „Sie heißen nicht Garral, sondern Dacosta.“

Als Torres ihm diesen verbrecherischen Namen gab, vermochte Joam Garral ein leichtes Erschauern nicht zu unterdrücken, aber er antwortete nichts.

„Sie sind Joam Dacosta,“ fuhr Torres fort, „und waren vor 23 Jahren in den Bureaus des Generalgouverneurs von Tijuco angestellt. Sie sind es, der in dieser Raub- und Mord-Affaire verurteilt wurde.“

Keine Antwort. Joam Garrals seltsame Ruhe mußte den Abenteurer verwundern. Täuschte sich dieser, indem er seinen Wirt anklagte? Nein! Denn Joam Garral sah nicht empor bei dieser furchtbaren Beschuldigung. Jedesfall fragte er sich, wo Torres wohl hinauswolle.

„Joam Dacosta,“ fuhr dieser fort, „ich wiederhole es, Sie sind derjenige, der in jener Diamantensache verfolgt, des Verbrechens überführt und zum Tode verurteilt wurde und dann wenige Stunden vor der Hinrichtung aus dem Gefängnis von Villa Rica entrann. Wollen Sie antworten?“

Ein langes Schweigen folgte dieser direkten Frage. Noch immer schwieg Joam Garral. Seine Ellbogen ruhten auf einem Tischchen, und ohne den Kopf zu senken, sah er seinen Ankläger fest an.

„Werden Sie antworten?“ wiederholte Torres.

„Was für eine Antwort erwarten Sie von mir?“ fragte Joam Garral einfach.

„Eine Antwort,“ versetzte Torres langsam, „die mich davon abhält, den Polizeichef von Manaos zu holen und ihm zu sagen: Ein Mann ist hier, dessen Identität leicht festzustellen sein wird, der selbst nach 30jähriger Abwesenheit wiederzuerkennen ist, und dieser Mann ist der Anstifter des Diamantendiebstahls von Tijuco, der Helfershelfer der Mörder der militärischen Eskorte, es ist der Verurteilte, der sich der Vollstreckung entzogen hatte, es ist Joam Garral, dessen wahrer Namen Joam Dacosta ist.“

„Also,“ sagte Joam Garral, „hätte ich nichts von Ihnen zu fürchten, Torres, wenn ich Ihnen die Antwort gäbe, die Sie erwarten?“

„Nichts, denn dann hätten weder Sie noch ich ein Interesse daran, von dieser Sache zu reden.“

„Weder Sie noch ich?“ antwortete Joam Garral. „Mit Geld kann ich also Ihr Schweigen nicht erkaufen?“

„Nein, was für eine Summe Sie mir auch bieten mögen!“

„Was wollen Sie dann?“

„Joam Garral,“ antwortete Torres, „dies ist mein Vorschlag. Antworten Sie nicht voreilig mit einer runden Weigerung und denken Sie daran, daß Sie in meiner Gewalt sind.“

„Wie lautet dieser Vorschlag?“ antwortete Joam Garral.

Torres sammelte sich einen Augenblick. Die Haltung dieses Schuldigen, dessen Leben er in der Hand hielt, war wohl dazu angetan, ihn zu überraschen. Er war auf einen heftigen Ausbruch, auf Bestürmungen und

Tränen gefaßt gewesen. Vor ihm stand ein Mann, der der schwersten Verbrechen überführt worden war, und dieser Mann blieb völlig ruhig.

Torres kreuzte die Arme und sagte:

„Sie haben eine Tochter, diese Tochter gefällt mir, und ich will sie zur Frau haben."

Ohne Zweifel war Joam Garral von seiten dieses Menschen auf alles gefaßt, und diese Forderung brachte ihn nicht im geringsten aus der Ruhe.

„Mithin," sagte er, „will der ehrbare Torres in die Familie eines Diebes und Mörders eintreten?"

„Ich bin alleiniger Richter über das, was mir zu tun beliebt," antwortete Torres. „Ich will der Schwiegersohn Joam Garrals werden und werde es."

„Sie vergessen aber, Torres, daß meine Tochter Manuel Valdez heiraten wird."

„Sie lösen eben das Verhältnis mit Manuel Valdez."

„Und wenn meine Tochter sich weigert?"

„Sie werden ihr alles sagen und – ich kenne sie – sie wird sich fügen," antwortete Torres unverschämt.

„Alles?"

„Alles, wenn es sein muß. Vor die Wahl gestellt zwischen ihrer eigenen Neigung und der Ehre ihrer Familie, dem Leben ihres Vaters, wird sie nicht zaudern."

„Sie sind ein recht erbärmlicher Schuft, Torres!" sagte ruhig Joam Garral, den die Kaltblütigkeit nicht verließ.

„Ein Schuft und ein Mörder passen zusammen und werden sich verstehen."

Bei diesen Worten erhob sich Joam Garral und trat auf den Abenteurer zu, ihm fest ins Gesicht sehend.

„Torres,“ sagte er, „wenn Sie verlangen, in die Familie Joam Dacostas aufgenommen zu werden, so wissen Sie, daß Joam Dacosta unschuldig ist an dem Verbrechen, wegen dessen er verurteilt worden ist.“

„Was Sie sagen!“

„Und ich setze hinzu,“ fuhr Joam Garral fort, „in diesem Falle besitzen Sie den Beweis für seine Unschuld und behalten es sich vor, seine Unschuld an dem Tage zu verkünden, wo Sie der Mann seiner Tochter geworden sind!“

„Spielen wir mit offenen Karten, Joam Garral,“ erwiderte Torres mit gesenkter Stimme, „und wenn Sie mich gehört haben, werden wir sehen, ob Sie mir noch Ihre Tochter zu versagen wagen.“

„Ich höre, Torres.“

„Nun ja,“ sagte der Abenteurer, mit den Worten zögernd, ganz, als täte es ihm leid, daß er sie von den Lippen lassen müsse, „ja, Sie sind unschuldig! Ich weiß es, denn ich kenne den wahren Schuldigen und bin imstande, Ihre Unschuld zu beweisen.“

„Und der Elende, der das Verbrechen begangen hat ...?“

„Ist tot!“

„Tot!“ rief Joam Garral, der bei diesem Wort wider Willen erblaßte, gleich als sei ihm alle Möglichkeit, sich je zu rechtfertigen, genommen.

„Tot!“ antwortete da Torres, „aber dieser Mann, den ich lange Zeit nach dem Verbrechen gekannt habe, ohne zu wissen, daß er ein Verbrecher sei, hat mit eigner Hand einen ausführlichen Bericht über diese Diamantengeschichte geschrieben, um sie bis in die geringsten Einzelheiten zu überliefern. Als er sein Ende herannahen fühlte, ergriff ihn die Reue. Er wußte, wohin Joam Dacosta geflüchtet war, unter welchem Namen der Unschuldige ein neues Leben begonnen hatte. Er wußte, daß er reich war, daß eine glückliche Familie ihn umgab, aber er wußte auch, daß ihm selber das Glück fehlen mußte. Nun, dieses Glück wollte er ihm wiedergeben, indem er ihm den guten Namen, auf den der Unschuldige ein Anrecht hatte, zurückerstattete. Aber der Tod kam ... er beauftragte mich, seinen Kameraden, da er selbst es nicht mehr ausführen konnte – er übergab mir die Beweise für die Unschuld Dacostas, damit ich sie ihm bringen sollte, und starb."

„Den Namen dieses Mannes!" rief Joam Garral in einem Tone, dem er nicht mehr Gewalt anzutun vermochte.

„Den werden Sie erfahren, wenn ich zu Ihrer Familie gehöre!"

„Und die Schrift?"

Joam Garral hätte sich auf Torres werfen können, um ihn zu durchsuchen und ihm den Beweis für seine Unschuld zu entreißen.

„Die Schrift ist wohl verwahrt," antwortete Torres, „und Sie erhalten sie erst, wenn Ihre Tochter meine Frau ist. Verweigern Sie sie mir noch?"

„Ja," erwiderte Joam Garral, „aber wenn Sie mir diese Schrift geben, gehört mein halbes Vermögen Ihnen."

„Die Hälfte Ihres Vermögens!" rief Torres. „Ich nehme es an unter der Bedingung, daß es Minhas Mitgift ist."

„Und auf diese Weise ehren Sie den Willen eines Sterbenden, eines Verbrechers, den die Reue gerührt hat und der Ihnen aufgetragen hat, soviel an ihm war, die Untat, die er verübt hatte, wieder gut zu machen!"

„Auf diese Weise!"

„Nochmals, Torres!" rief Joam Garral. „Sie sind ein großer Schuft."

„Mag sein."

„Und da ich kein Verbrecher bin, so passen wir nicht zusammen und werden uns nicht verstehen."

„Also weisen Sie mich ab?"

„Ein für allemal."

„Dann ist es Ihr Ruin, Joam Garral. Bei der bereits angestellten Untersuchung spricht alles für Ihre Schuld. Sie sind zum Tode verurteilt, und Sie wissen, bei Verurteilungen von Verbrechen dieser Art besitzt die Regierung kein Recht, die Strafe in eine andere umzuwandeln. Wenn ich

Sie anzeige, werden Sie verhaftet! Sind Sie verhaftet, werden Sie hingerichtet – und ich zeige Sie an."

So sehr Joam Garral Herr über sich selber war, vermochte er sich nicht mehr zu bezwingen. Er wollte über Torres herfallen.

Eine Gebärde dieses Schurken dämpfte seine große Wut.

„Nehmen Sie sich in acht," sagte Torres, „Ihre Frau weiß nicht, daß sie die Frau Joam Dacostas ist, Ihre Kinder wissen nicht, daß Sie die Kinder Joam Dacostas sind, und Sie werden es verraten!"

Joam Garral blieb stehen. Er gewann alle Herrschaft über sich selbst wieder, und seine Züge hatten wieder ihre gewohnte Ruhe.

„Diese Unterredung hat schon zu lange gedauert," sagte er, nach der Tür gehend, „ich weiß, was mir zu tun bleibt!"

„Nehmen Sie sich in acht, Joam Garral!" sagte ein letztes Mal Torres, der nicht glauben konnte, daß sein schändliches Ansuchen abgeschlagen war.

Joam Garral gab ihm keine Antwort. Er stieß die Tür auf, die nach der Veranda führte, gab Torres ein Zeichen, ihm zu folgen, und alle beide gingen nach dem Mittelteil der Jangada, wo die Familie beisammen war.

Benito, Manuel und alle andern hatten unterm Eindruck tiefer Besorgnis sich erhoben.

Sie konnten wahrnehmen, daß Torres ein drohendes Wesen hatte und seine Augen vor Wut funkelten.

Dagegen fiel es außerordentlich auf, daß Joam Garral völlig Herr über sich war, ja lächelte.

Beide blieben vor Yaquita und den Ihren stehen. Niemand wagte sie anzureden.

Torres brach dieses peinliche Schweigen, indem er in dumpfem Tone und mit seiner gewohnten Unverschämtheit sagte:

„Ein letztes Mal, Joam Garral, fordere ich von Ihnen eine letzte Antwort!"

„Dies ist meine Antwort!“

„Yaquita,“ sagte er, „besondere Umstände zwingen mich, in unseren Abmachungen betreffs der Hochzeit Minhas und Manuels eine Aenderung vorzunehmen.“

„Endlich!“ rief Torres.

Ohne ihm zu antworten, ließ Joam Garral einen Blick der tiefsten Verachtung auf den Abenteurer fallen.

Aber bei diesen Worten fühlte Manuel sein Herz zum Zerspringen schlagen. Ganz bleich, hatte das junge Mädchen sich erhoben, als suche sie Hilfe bei ihrer Mutter.

Yaquita öffnete ihr die Arme, um sie zu schützen, sie zu verteidigen.

„Mein Vater!“ rief Benito, der zwischen Joam Garral und Torres getreten war, „was willst du damit sagen?“

„Ich will damit sagen,“ antwortete Joam Garral, die Stimme erhebend, „daß es zu lange wäre, wollten wir mit der Trauung Minhas und Manuels bis zu unserer Ankunft in Para warten! Die Trauung wird hier und zwar gleich morgen stattfinden, auf der Jangada, durch Padre Passanha, wenn nach einer Rücksprache, die ich mit Manuel nehmen werde, er nicht einer andern Meinung sein wird.“

„Mein Vater! – mein Vater!“ rief der junge Mann.

„Warte noch, ehe du mich so nennst, Manuel,“ antwortete Joam Garral im Tone unsäglichen Leidens.

In diesem Moment warf Torres, der die Arme gekreuzt hatte, einen Blick bodenloser Frechheit über die ganze Familie.

„So ist dies Ihr letztes Wort?“ fragte er, die Hand nach Joam Garral ausstreckend.

„Nein, es ist nicht mein letztes Wort.“

„Was dann?“

„Dies, Torres! Ich bin hier Herr! Sie werden, wenn es Ihnen gefällig ist, und auch, wenn es Ihnen nicht gefällig ist, die Jangada in diesem Augenblick verlassen!“

„Ja, im Augenblick!“ rief Benito. „Oder ich werfe Sie über Bord!“

Torres zuckte die Achseln.

„Keine Drohungen!“ sagte er. „Die sind unnütz. Es paßt mir selber, zu gehen und zwar unverzüglich. Aber Sie denken noch an mich, Joam Garral! Wir werden uns binnen kurzem wiedersehen!“

„Wenn es nur auf mich ankäme,“ antwortete Joam Garral, „würden wir uns eher, als Sie selber es wünschen, wiedersehen! Ich werde morgen bei dem Gerichtsherrn Ribeiro, dem ersten Beamten der Provinz, sein. Er ist von meiner Ankunft in Manaos schon benachrichtigt. Wenn Sie es wagen, suchen Sie mich dort auf!“

„Beim Gerichtsherrn Ribeiro!“ rief Torres, sichtlich aus der Fassung gebracht.

„Beim Gerichtsherrn Ribeiro,“ antwortete Joam Garral.

Mit einer Gebärde tiefster Verachtung wies Joam Garral auf die Piroge und erteilte vier von seinen Leuten die Weisung, ihn unverzüglich nach dem nächsten Punkt der Insel zu bringen.

Der Erbärmliche verschwand endlich.

Noch zitternd, achtete die Familie das Schweigen ihres Oberhauptes.

Aber Fragoso, der den Ernst der Lage nur halb begriff und sich von seinem gewohnten Frohsinn hinreißen ließ, trat zu Joam Garral.

„Wenn morgen Fräulein Minha und Herr Manuel auf der Jangada getraut werden –“

„Wird gleichzeitig Ihre Trauung stattfinden, mein Freund,“ unterbrach ihn Joam Garral mit Milde.

Dann winkte er Manuel und trat mit ihm in das Zimmer.

Die Unterhaltung Joam Garrals und Manuels dauerte eine halbe Stunde, die der Familie wie ein Jahrhundert dünkte.

Endlich öffnete sich die Tür wieder.

Manuel kam allein heraus.

Seine Augen strahlten von edelsinnigem Entschluß.

Er trat zu Yaquita und sagte: „Meine Mutter!“ und zu Minha: „Meine Frau!“ und zu Benito: „Mein Bruder!“

Dann wandte er sich zu Lina und Fragoso und sagte zu allen:

„Auf morgen!“

Er wußte alles, was zwischen Joam Garral und Torres vorgegangen war. Er wußte, daß Joam Garral auf die Unterstützung des Richters Ribeiro rechnete. Ohne Wissen der Seinen hatte Joam Garral mit diesem seit einem Jahre korrespondiert und ihn endlich aufzuklären und von seiner Unschuld zu überzeugen vermocht.

Er wußte, daß Joam Garral entschlossen diese Reise nur zu dem einzigen Zweck unternommen hatte, um eine Wiederaufnahme des Verfahrens, dem er zum Opfer gefallen war, zu erzielen, um auf seinem Schwiegersohn und seiner Tochter nicht die Last der furchtbaren Lage ruhen zu lassen, die er so lange für sich hatte dulden müssen und können!

Ja, Manuel wußte alles dies, aber er wußte auch, daß Joam Garral oder vielmehr Joam Dacosta unschuldig war, daß sein Unglück selber ihm diesen Mann teurer und heiliger gemacht hatte.

Was er nicht wußte, war, daß der tatsächliche Beweis für die Unschuld des Fazendero vorhanden war, und daß er sich in Torres' Händen befand.

Joam Garral hatte die Benutzung dieses Beweises dem Richter vorbehalten wollen: denn dieser Beweis mußte ihn von aller Schuld befreien, wenn der Abenteurer die Wahrheit gesagt hatte.

Manuel beschränkte sich darauf, mitzuteilen, daß er zu Padre Passanha gehen wolle, um ihn zu bitten, daß er für die zwei Trauungen alle Vorkehrungen treffen möge.

Am 24. August – es fehlte kaum noch eine Stunde an der für die Trauung festgesetzten Zeit – legte eine große Piroge, die vom linken Ufer des Stromes abgestoßen war, an der Jangada an.

Ein Dutzend Ruderer hatte das Boot schnell von Manaos hergeführt. Es trug ein paar Beamte und den Chef der Polizei, der sich auswies und an Bord stieg.

In diesem Augenblicke traten Joam Garral und die Seinen, zur Feier bereit, aus dem Hause.

„Joam Garral?“ fragte der Polizeichef.

„Der bin ich.“

„Joam Garral,“ fuhr der Beamte fort, „Sie hießen früher Joam Dacosta. Diese beiden Namen hat einundderselbe Mann geführt. Ich verhafte Sie.“

Bei diesen Worten waren Yaquita und Minha, starr vor Entsetzen, stehen geblieben und vermochten kein Glied zu rühren.

„Mein Vater ein Mörder!“ rief Benito, der zu Joam Garral hinstürzen wollte.

Mit einem Wink gebot sein Vater ihm Schweigen.

„Ich werde mir nur eine Frage erlauben,“ sagte Joam Garral mit fester Stimme zu dem Polizeichef. „Ist der Haftbefehl gegen mich, kraft dessen Sie mich verhaften, von dem Gerichtsherrn von Manaos, dem Richter Ribeiro, erlassen worden?“

„Nein,“ antwortete der Polizeichef, „er ist mir mit dem Befehl, ihn auf der Stelle zu vollführen, von dem Nachfolger zugestellt worden. Der Richter Ribeiro erlitt gestern abend einen Schlaganfall und ist noch in der Nacht um zwei Uhr gestorben, ohne das Bewußtsein wiedererlangt zu haben.“

„Tot!“ rief Joam Garral, von dieser Nachricht auf einen Augenblick niedergeschmettert. „Tot! – Tot!“

Aber gleich darauf hob er den Kopf und wandte sich an seine Frau und seine Kinder.

„Der Richter Ribeiro,“ sagte er, „wußte allein, daß ich unschuldig war, meine Lieben! Der Tod dieses Richters kann für mich verhängnisvoll werden, aber dies ist für mich noch kein Grund zu verzweifeln.“

Und indem er sich zu Manuel wandte, setzte er hinzu:

„Bei der Gnade Gottes! Jetzt muß es sich zeigen, ob die Wahrheit vom Himmel zur Erde herniederkommen kann!“

Der Polizeichef hatte seinen Beamten einen Wink gegeben, die vortraten, um Joam Garral festzunehmen.

„Aber so sprich doch, mein Vater!“ rief Benito, wahnsinnig vor Verzweiflung. „Sag ein Wort, und wir verschaffen uns unser Recht, wenn's sein muß, mit Gewalt gegen dieses Versehen, dem du hier zum Opfer fällst!“

„Hier ist nicht die Rede von einem Versehen, mein Sohn!“ antwortete sein Vater. „Joam Dacosta und Joam Garral sind eine Person. Ich bin in der Tat Joam Dacosta! Ich bin der Ehrenmann, der aus richterlichem Irrtum vor 29 Jahren an Stelle des wahren Schuldigen unschuldig zum Tode verurteilt worden ist. Daß ich völlig unschuldig bin, meine Kinder, das schwöre ich vor Gott, ein für alle mal, bei Euerm und Eurer Mutter Haupt!“

„Jeder Verkehr zwischen Ihnen und den Ihren ist Ihnen verboten!“ sagte setzt der Polizeichef. „Sie sind mein Gefangener, Joam Garral, und ich werde meinen Befehl in all seiner Strenge ausführen.“

Joam Garral beruhigte mit einer Handbewegung seine Kinder und seine entsetzten Diener.

„Laßt die menschliche Gerechtigkeit sich vollziehen,“ sagte er, „und harret der göttlichen Gerechtigkeit!“

Hocherhobenen Hauptes stieg er in die Piroge.

Es schien in der Tat, als ob von allen, die dieser Szene beiwohnten, Joam Garral der einzige sei, den dieser so unvermutet herniedergezuckte Blitzschlag nicht niedergestreckt hatte.

Viertes Kapitel
Manaos

Die Stadt Manaos liegt genau auf 3 Grad 8 Minuten 4 Sekunden südlicher Breite und 67 Grad 27 Minuten westlicher Länge des Meridians von Paris, 420 Meilen von Belem und nur 10 Kilometer von der Mündung des Rio Negro entfernt.

Manaos ist nicht am Ufer des Amazonenstromes erbaut. Es liegt am linken Ufer des Rio Negro – des bedeutendsten und merkwürdigsten unter den Zuflüssen der großen brasilianischen Wasserader. Hier erhebt sich diese Hauptstadt der Provinz, mit ihren malerischen Privathäusern und öffentlichen Gebäuden das umliegende Gelände überragend.

Der Rio Negro, 1645 von dem Spanier Favella entdeckt, entspringt am Abhang der im Nordwesten zwischen Brasilien und Neu-Granada gelegenen Berge, im Herzen der Provinz Popayan, und steht in Verbindung mit dem Orinoco durch zwei seiner Nebenflüsse, den Pimichim und den Cassiquiare.

Nach einem stolzen Laufe von 1700 Kilometern ergießt der Rio Negro in einer 1100 Klafter breiten Mündung sein schwarzes Wasser in den Amazonenstrom. Sein Lauf ist so rasch und gewaltig, daß er sich mehrere Meilen weit nicht mit dem Wasser des Hauptstroms mischt. An dieser Stelle erweitern sich die Ufer zu einer 15 Meilen weiten Bai, die sich bis zu den Anavithanas-Inseln erstreckt.

Dort an einem engen Einschnitt liegt der Hafen Manaos. Hier finden sich zahlreiche Schiffe zusammen, die einen ankern im Strom, wo sie einen günstigen Wind abwarten, die andern sind in Reparatur in den vielen Iguarapes oder Kanälen, die die Stadt durchschneiden, und ihr ein fast holländisches Gepräge verleihen.

Wenn hier erst Ankerplatz für Dampfschiffe ist – was bald der Fall sein wird – so muß in der Nähe des Zusammenflusses dieser beiden Ströme Manaos sich zu einem bedeutenden Handelsplatz entwickeln.

Bauholz und Tischlerholz, Kakao, Kautschuk, Kaffee, Sarsaparille, Zuckerrohr, Indigo, Muskatnuß, Pökelfische, Schildkrötenbutter – diese verschiedenen Artikel können von hier aus auf zahlreichen Wasserstraßen nach allen Himmelsrichtungen hin transportiert werden: nach Norden und Westen auf dem Rio Negro, nach Süden und Westen auf dem Rio Madeira, und endlich auf dem Rio das Amazonas, der nach Osten bis zum Gestade des Atlantischen Ozeans fließt.

Die Lage dieser Stadt ist daher günstig wie selten eine und muß zu ihrem Aufblühen ganz gewaltig beitragen.

Manaos hieß ehemals Mura, später Barra do Rio Negro. Als es seit 1826 die Hauptstadt der riesigen Amazonenprovinz geworden war, entlieh sie ihren neuen Namen einem Stamme jener Indianer, die ehemals die Gebiete von Zentral-Amerika bewohnt haben.

Mehrmals haben schlecht unterrichtete Reisende diese Stadt mit dem berühmten Manao verwechselt, einer Art phantastischer Stadt, die an dem sagenhaften Parima-See (augenscheinlich identisch mit dem obern Branco, einem kleinen Nebenflusse des Rio Negro) liegen soll.

Hier befand sich jenes Eldorado, das Reich, dessen Beherrscher sich jeden Morgen, wenn man den Sagen des Landes Glauben schenken soll, mit Goldstaub bedecken ließ, in solchem Ueberfluß war das kostbare Metall, das mit Schaufeln gesammelt wurde, in diesem bevorzugten Lande vorhanden.

Aber die angestellten Untersuchungen mußten das Gegenteil darlegen, und der ganze angebliche Goldreichtum beschränkte sich auf das Vorhandensein zahlloser aber auch wertloser Glimmersteine, die die gierigen Blicke der Goldsucher genarrt hatten.

Manaos hat nichts von dem märchenhaften Glanz dieser mythologischen Hauptstadt des Eldorado. Es ist nur eine Stadt von etwa 5000 Einwohnern, unter denen man mindestens 3000 Beamte zählt.

Daher ist auch eine bestimmte Anzahl von Privathäusern zu Amtsgebäuden geworden: Gerichtsgebäude, Präsidentenpalais,

Generalschatzkammer, Postamt, Zollamt, zu schweigen von einer höhern Schule, die 1848 gegründet wurde, und einem Hospital, das 1851 entstand.

Wenn man noch einen Friedhof erwähnt, der auf dem Ostabhang des Hügels liegt, wo 1669 gegen die Piraten des Amazonenstroms eine jetzt zerstörte Festung errichtet wurde, so weiß man alles, was die Stadt an bedeutenden Zivilgebäuden und Anlagen besitzt.

An religiösen Bauten sind nur zwei zu nennen: die kleine Kirche der Empfängnis Mariä und die Kapelle Unserer Mutter des Heils, die fast im freien Felde auf einem Manaos überragenden Hügel erbaut ist.

Das ist wenig für eine Stadt spanischen Ursprungs. Zu diesen beiden Kirchen muß jedoch noch ein Karmeliterkloster hinzugezählt werden, das 1850 in Brand geriet und von dem nur noch Trümmer vorhanden sind.

Die Bevölkerung von Manaos beträgt nicht mehr als die oben genannte Zahl und besteht neben den Beamten und Soldaten hauptsächlich aus portugiesischen Kaufleuten und Angehörigen der verschiedenen Indianerstämme vom Rio Negro.

Drei ziemlich unregelmäßige Hauptstraßen durchqueren die Stadt; sie tragen Namen, die für dieses Land sehr charakteristisch sind: die Straße Gottes des Vaters – die Straße Gottes des Sohnes – die Straße Gottes des heiligen Geistes.

Gegen Westen zieht sich außerdem eine prachtvolle Allee von hundertjährigen Orangenbäumen hin, welche die Architekten voll Ehrfurcht verschonten, als sie aus der alten Stadt die neue Stadt machten.

Um diese Hauptstraßen schlängelt sich ein Netz nicht gepflasterter Gassen, die von vier Kanälen durchschnitten werden, über welche Holzübergänge führen.

Die verschiedenen Privatwohnungen muß man unter einigen hundert ziemlich rohen Häusern suchen, von denen die einen mit Ziegeln gedeckt, die andern mit zusammengefügten Palmblättern überdacht sind.

Und was für Leute sieht man zur Spazierzeit aus den öffentlichen und Privatgebäuden herauskommen? Männer mit stolzen, hochnäsigen

Gesichtern – schwarzem Rock, seidnem Hut, Lackstiefeln, hellfarbigen Handschuhen, Diamanten in der Krawatte, Frauen in großer, pomphaft überladener Toilette, Falbelroben, Hüten nach neuster Mode; endlich Indianer, die auch anfangen, sich zu europäisieren, um ja alles zu zerstören, was diesem mittlern Teil des Amazonenstroms an Lokalkolorit bleiben könnte.

Das ist Manaos, mit dem der Leser mit großen und ganzen wegen des weitern Verlaufs dieser Erzählung bekannt gemacht werden mußte.

Denn die so jäh und tragisch unterbrochene Reise der Jangada nahm hier in der Mitte der langen zurückzulegenden Fahrt ein plötzliches Ende, und hier sollten sich in kurzer Zeit die Begebenheiten dieser geheimnisvollen Geschichte abspielen.

Fünftes Kapitel

Im ersten Augenblick

Die Piroge, die Joam Garral oder vielmehr Joam Dacosta wegführte – dieser Name muß ihm wieder gegeben werden – war kaum verschwunden, da trat Benito auf Manuel zu.

„Was weißt du?“ fragte er ihn.

„Ich weiß, daß dein Vater unschuldig ist! Ja, unschuldig!“ wiederholte Manuel, „und daß er vor 23 Jahren wegen eines Verbrechens, das er gar nicht begangen hat, zum Tode verurteilt worden ist.“

„Er hat dir alles gesagt, Manuel?“

„Alles, Benito!“ antwortete der junge Mann. „Der ehrenwerte Fazendero wollte nicht, daß irgend etwas von seiner Vergangenheit dem verborgen bliebe, der sein zweiter Sohn werden sollte, indem er seine Tochter heiratete.“

„Und kann mein Vater endlich den Beweis für seine Unschuld an den Tag bringen?“

„Dieser Beweis, Benito, liegt allein in diesen 23 Jahren eines ehrenwerten und mit Ehren geschmückten Lebens, allein in dem Schritt Joam Dacostas, sich an die Justizverwaltung zu wenden und zu sagen: Hier bin ich! Ich mag dieses falsche Dasein nicht mehr! Ich will mich nicht länger unter einem Namen verstecken, der nicht mein wahrer Name ist. Sie haben einen Unschuldigen verurteilt! Stellen Sie seine Ehre wieder her!"

„Und als mein Vater so zu dir sprach, hast du nicht einen Augenblick gezaudert, ihm zu glauben?" rief Benito.

„Nicht einen Augenblick, mein Bruder!" antwortete Manuel.

Die beiden jungen Männer drückten sich herzlich die Hand.

Dann ging Benito zu Padre Passanha.

„Padre," sagte er zu ihm, „führen Sie meine Mutter und meine Schwester in ihre Zimmer! Verlassen Sie sie den ganzen Tag über nicht! Hier zweifelt niemand an der Unschuld meines Vaters – niemand, das wissen Sie. Morgen werde ich mit meiner Mutter den Polizeichef aufsuchen. Der Zutritt zum Gefängnis wird uns nicht verweigert werden! Nein! das wäre zu grausam. Wir werden meinen Vater wiedersehen und uns darüber entscheiden, welche Schritte zu machen sind, um ihn wieder zu Ehren zu bringen."

Yaquita war fast ganz unfähig, etwas zu beginnen. Aber die tapfere Frau, die von diesem plötzlichen Schlag zuerst niedergeschmettert worden war, richtete sich bald wieder auf.

Yaquita Dacosta wollte dieselbe sein wie Yaquita Garral. Sie zweifelte nicht an der Unschuld ihres Mannes. Es kam ihr nicht einmal der Gedanke, Joam Dacosta zum Vorwurf zu machen, daß er sie unter falschem Namen geheiratet hatte.

Sie dachte nur an dieses ganze Leben voller Glück, das sie diesem ehrbaren, unschuldig getroffenen Manne verdankte. Ja! am folgenden Tage wollte sie an der Tür des Gefängnisses sein und nicht eher gehen, als bis ihr geöffnet würde.

Padre Passanha führte sie und ihre Tochter weg, die den Tränen nicht wehren konnte, und alle drei schlossen sich in das Haus ein.

Die beiden jungen Männer waren allein.

„Und jetzt, Manuel,“ sagte Benito, „muß ich alles wissen, was mein Vater dir gesagt hat.“

„Ich habe dir nichts zu verbergen, Benito.“

„Was hat Torres an Bord der Jangada vorgehabt?“

„Er hat Joam Dacosta das Geheimnis seiner Vergangenheit verkaufen wollen.“

„Als wir also diesem Torres in den Wäldern von Iquitos begegneten, war sein Plan, sich mit meinem Vater in Verbindung zu setzen, bereits gefaßt?“

„Daran ist nicht zu zweifeln,“ antwortete Manuel. „Der Elende hat damals auf die Fazenda kommen wollen in der Absicht, ein von langer Hand vorbereitetes schändliches Schachergeschäft abzuschließen.“

„Und da wir ihm mitgeteilt haben,“ sagte Benito, „daß mein Vater und seine ganze Familie sich zu einer Reise über die Grenze rüsteten, hat er sofort seinen Plan geändert?“

„Jawohl, Benito, weil Joam Dacosta auf brasilianischem Boden noch mehr seiner Gnade überantwortet sein mußte, als jenseits der peruanischen Grenze. Daher trafen wir Torres in Tabatinga, wo er wartete, wo er auf unsere Ankunft lauerte.“

„Und ich mußte ihm anbieten, auf der Jangada mitzufahren!“ rief Benito mit einem Aufwallen der Verzweiflung.

„Bruder,“ sagte Manuel, „mache dir keinen Vorwurf. Torres wäre früher oder später doch zu uns gestoßen. Er war nicht der Mann, eine solche Fährte aufzugeben. Wenn er uns in Tabatinga verfehlt hätte, würden wir ihn in Manaos getroffen haben.“

„Ja, Manuel, du hast recht. Aber es handelt sich nicht mehr um die Vergangenheit – sondern um die Gegenwart! Keine unnützen Selbstanklagen! Wir wollen sehen –“

Mit diesen Worten strich sich Benito mit der Hand über die Stirn und suchte sich alle Einzelheiten dieses traurigen Vorganges zurückzurufen.

„Wir wollen sehen,“ fuhr er fort, „auf welche Weise Torres hat erfahren können, daß mein Vater vor 23 Jahren wegen dieses abscheulichen Verbrechens von Tijuco verurteilt worden war.“

„Das weiß ich nicht,“ erwiderte Manuel „und es spricht auch alles dafür, daß dein Vater es ebenfalls nicht weiß.“

„Und doch kannte Torres den Namen Garral, unter dem sich Joam Dacosta verbarg?“

„Augenscheinlich.“

„Und er wußte, daß während dieser vielen Jahre sich mein Vater in Peru, in Iquitos aufgehalten hat?“

„Das wußte er,“ antwortete Manuel. „Aber wie er es erfahren hat, ist mir unbegreiflich!“

„Eine letzte Frage,“ sagte Benito. „Was für ein Ansuchen hat Torres während dieser kurzen Unterredung – ehe wir ihn wegjagten – an meinen Vater gestellt?“

„Er hat gedroht, Joam Garral als identisch mit Joam Dacosta zu denunzieren, wenn er sich weigere, sein Schweigen zu erkaufen.“

„Und welchen Preis hat er verlangt?“

„Die Hand seiner Tochter,“ antwortete Manuel ohne Stocken, aber bleich vor Zorn.

„Der Elende hat gewagt ...!“ rief Benito.

„Du hast gesehen, Benito, welche Antwort dein Vater auf dieses schändliche Verlangen gegeben hat.“

„Ja, Manuel, ja! Die Antwort eines Ehrenmannes, der beleidigt wird! Er hat Torres weggejagt. Aber das genügt nicht. Nein, mir genügt das nicht. Auf die Denunziation von Torres hin ist mein Vater verhaftet worden, nicht wahr?"

„Ja, auf seine Denunziation hin!"

„Gut," rief Benito, dessen Arm sich drohend nach dem linken Ufer des Stromes richtete, „ich muß Torres wiederfinden. Ich muß wissen, auf welche Weise er in dieses Geheimnis eingedrungen ist! Er muß mir sagen, ob er auch den wahren Urheber des Verbrechens kennt! Er wird sprechen! – und wenn er nicht mit der Sprache heraus will, so weiß ich, was für mich zu tun bleibt!"

„Was zu tun bleibt – für mich wie für dich!" setzte in kühlerm, aber nicht minder entschlossenem Tone Manuel hinzu.

„Nein, Manuel, nein! Für mich allein!"

„Wir sind Brüder, Benito," antwortete Manuel, „und diese Rache gehört uns allen beiden!"

Benito antwortete nicht. Augenscheinlich stand in diesem Punkte sein Entschluß unerschütterlich fest.

In diesem Augenblick trat der Lotse Araujo, der den Stand des Stromes beobachtet hatte, zu den beiden jungen Männern.

„Haben Sie sich entschieden," fragte er, „ob die Jangada an der Insel Muras liegen bleiben oder in den Hafen von Manaos einfahren soll?"

Diese Frage mußte vor Einbruch der Nacht erledigt und genau erwogen werden.

Die Nachricht von der Verhaftung Joam Dacostas hatte sich schon in der Stadt verbreitet. Daß sie die Neugierde der Bevölkerung von Manaos in hohem Grade erregen mußte, war selbstverständlich. Wer konnte sie nicht auch mehr als bloße Neugierde gegen den Verurteilten, den Haupturheber jenes Verbrechens von Tijuco erwecken, das vor Jahren so großes Aufsehen gemacht und alle Welt erschüttert hatte?

Konnte man nicht eine Volksbewegung fürchten auf Grund jener bisher noch ungesühnten Bluttat? Wäre es angesichts dieser Möglichkeit nicht besser, die Jangada am rechten Ufer bei der Insel Muras, einige Meilen von Manaos entfernt, vor Anker zu lassen?

Das Für und Wider der Frage wurde erwogen.

„Nein!“ rief Benito. „Wenn wir hier bleiben, erwecken wir den Anschein, als geben wir unsern Vater auf und zweifeln an seiner Unschuld! Das sähe so aus, als fürchteten wir uns, gemeinsame Sache mit ihm zu machen. Wir müssen nach Manaos und zwar unverzüglich!“

„Tu hast recht, Benito!“ antwortete Manuel. „Also hinüber!“

Araujo nickte mit dem Kopfe und traf seine Anordnungen, um die Insel zu verlassen.

Das erforderte große Umsicht. Der durch den Rio Negro verstärkte Strom des Amazonas mußte schräg durchschnitten und Kurs auf die Mündung dieses Nebenflusses genommen werden.

Die Taue wurden gelöst, durch die das Floß an der Insel gehalten wurde. Die Jangada begann, in das Flußbett zurückgeworfen, diagonal abzutreiben. Araujo benutzte geschickt die durch die vorspringenden Punkte des Ufers veranlaßten Biegungen der Strömung und konnte mit Hilfe der langen Stangen seiner Mannschaft das riesige Floß in der gewollten Richtung vorwärtsbringen.

Zwei Stunden später war die Jangada am andern Ufer des Amazonenstromes, und um fünf Uhr abends legte sie längs dieses Ufers an, allerdings nicht im Hafen von Manaos, den sie gegen den reißenden Strom nicht hätte erreichen können, sondern eine kleine Meile unterhalb.

Der Holzschleppzug ruhte jetzt auf dem schwarzen Wasser des Rio Negro an einem ziemlich hohen Ufer.

Hier gingen ein paar Städter hin und her. Ohne Zweifel hatte die Neugierde sie an den Ankerplatz der Jangada gelockt. Die Verhaftung Joam Dacostas war rasch ruchbar geworden; aber die Neugierde der Leute ging nicht bis zur Zudringlichkeit, und sie hielten sich abseits.

Benito hatte die Absicht, noch am Abend an Land zu gehen. Manuel riet davon ab.

„Warte bis morgen,“ sagte er zu ihm. „Es ist bald Nacht, und da müssen wir auf der Jangada sein.“

In diesem Augenblick kam Yaquita mit ihrer Tochter und Padre Passanha aus dem Hause.

Wenn Minha noch weinte, zeigte Yaquitas Gesicht keine Spur mehr von Tränen. Ihr ganzes Wesen war voll Energie und Entschlossenheit. Man fühlte, daß diese Frau zu allem bereit war, bereit, ihre Pflicht zu erfüllen wie ihr Recht geltend zu machen.

Yaquita trat langsam zu Manuel heran.

„Manuel,“ sagte sie, „hören Sie, was ich Ihnen zu sagen habe, denn ich werde sprechen, wie mein Gewissen es mir befiehlt.“

„Ich höre,“ antwortete Manuel.

Yaquita sah ihm fest ins Gesicht.

„Gestern,“ sagte sie, „sind Sie nach der Unterredung – die Sie mit Joam Dacosta, meinem Manne hatten, zu mir gekommen und haben mich Ihre Mutter genannt. Sie haben die Hand Minhas ergriffen und zu ihr gesagt: meine Frau! Sie wußten da alles, und die Vergangenheit Joam Dacostas war Ihnen enthüllt.“

„Ja!“ antwortete Manuel, „und möge Gott mich strafen, wenn meinerseits ein Zaudern –“

„Gut, Manuel,“ fuhr Yaquita fort, „aber da war Joam Dacosta noch nicht verhaftet. Jetzt ist die Situation nicht mehr die gleiche. Wenn mein Mann noch so unschuldig ist, er ist in den Händen der Justiz, seine Vergangenheit wird auch vor der Oeffentlichkeit enthüllt werden; Minha ist die Tochter eines zum Tode Verurteilten.“

„Ob Minha Dacosta oder Minha Garral, was gilt es mir!“ rief Manuel, der nicht länger an sich halten konnte.

„Manuel!“ murmelte das junge Mädchen.

Sie wäre sicher gefallen, wenn Lina sie nicht in den Armen aufgefangen hätte.

„Mutter, wenn Sie sie nicht töten wollen," sagte Manuel, „nennen Sie mich Ihren Sohn!"

„Mein Sohn! Mein Kind!"

Weiter vermochte Yaquita nichts zu antworten. Die Tränen, die sie mit solcher Mühe zurückgehalten hatte, entströmten ihren Augen.

Alle traten in das Haus.

Aber in dieser langen Nacht gab es für diese ehrbare, so grausam geprüfte Familie keine Stunde Schlafes.

Sechstes Kapitel
Ein Rückblick

Es war ein unglücklicher Zufall, daß der Richter Ribeiro, auf den Joam Dacosta mit Bestimmtheit hätte rechnen können, gestorben war.

Ehe Ribeiro Gerichtsherr in Manaos, das heißt also der erste Beamte der Provinz wurde, hatte er zur Zeit, als der junge Angestellte wegen des Verbrechens im Diamantendistrikt verfolgt wurde, Joam Dacosta kennen gelernt.

Ribeiro war damals Advokat in Villa-Rica. Er hatte es übernommen, den Angeklagten vor Gericht zu verteidigen. Er nahm diese Sache mit Eifer auf und machte sie zur eignen Herzensangelegenheit. Aus der Prüfung der Aktenstücke und mehreren Einzelheiten der Untersuchung gewann er die Ueberzeugung, nicht des Richters, sondern des Menschen, daß sein Klient zu Unrecht verurteilt war, daß er keinerlei Anteil irgendwelcher Art an der Ermordung der militärischen Eskorte und dem Diamantenraub hatte, sondern daß die Untersuchung auf falscher Fährte gewesen war – mit einem Worte, daß Joam Dacosta unschuldig war.

Aber so groß auch das Talent und der Eifer des Advokaten Ribeiro waren, so konnte er doch diese Ueberzeugung nicht dem Geiste der Jury einverleiben.

Wen anders konnte man als Urheber des Verbrechers hinstellen? Wenn es nicht Joam Dacosta gewesen war, der eben ganz und gar sich in der erforderlichen Lage befand, um die Verbrecher von dem geheimen Aufbruch des Konvois benachrichtigen zu können, wer war es sonst gewesen?

Der Angestellte, der die Eskorte begleitete, war mit dem größern Teil der Soldaten gefallen, der Verdacht konnte daher nicht auf ihn fallen. Alles kam zu einander, Joam Dacosta als den einzigen und wirklichen Urheber des Verbrechens erscheinen zu lassen.

Ribeiro verteidigte ihn mit großer Wärme. Er legte sein ganzes Herz darein. Aber es gelang ihm nicht, ihn zu retten.

Der Wahrspruch der Jury lautete bejahend auf alle Schuldfragen. Joam Dacosta, des mit dem erschwerenden Moment des Vorbedachts ausgeführten Mordes überführt, erhielt nicht einmal mildernde Umstände zugebilligt und wurde zum Tode verurteilt.

Dem Angeklagten blieb keine Hoffnung. Eine Kundgebung der Strafe war ausgeschlossen, da es sich um ein im Diamantendistrikt begangenes Verbrechen handelte. Der Angeklagte war verloren.

Aber in der Nacht vor der Hinrichtung – als der Galgen schon errichtet war, gelang es Joam Dacosta, aus dem Gefängnis von Villa-Rica zu entrinnen.

Das Uebrige ist bekannt.

Zwanzig Jahre später wurde Advokat Ribeiro zum ersten Gerichtsherrn in Manaos ernannt. In seinem entlegnen Versteck erfuhr der Fazendero von Iquitos diese Berufung und erblickte hierin einen glücklichen Umstand, der eine Revision seines Prozesses mit einiger Aussicht auf günstigen Ausgang herbeiführen könnte.

Er wußte, daß die Ueberzeugung, die der Advokat ehedem in seiner Sache gehegt hatte, im Geiste des Oberrichters unerschüttert fortleben müsse. Er entschloß sich daher, alles zu versuchen, um eine Wiederherstellung seiner Ehre zu erlangen.

Wäre nicht Ribeiro in das Amt des höchsten Gerichtsherrn der Amazonenprovinz eingesetzt worden, so hätte er vielleicht gezögert, denn er hatte keinen neuen Beweis für seine Unschuld vorzubringen. So furchtbar dieser ehrliche Mann auch darunter litt, sich im Exil von Iquitos verbergen zu müssen, so hätte er es vielleicht doch der Zeit überlassen, die Erinnerung an diesen furchtbaren Vorfall noch mehr auszulöschen – allein ein Umstand veranlaßte ihn, sich unverzüglich zum Handeln zu entschließen.

Lange ehe Yaquita zu ihm darüber sprach, hatte Joam Dacosta erkannt, daß Manuel seine Tochter liebe. Dieses Verhältnis zwischen dem jungen Militärarzt und seiner Tochter sagte ihm in jeder Beziehung zu. Es war vorauszusehen, daß eines Tages ein Heiratsantrag erfolgen würde, und Joam wollte nicht unvorbereitet überrascht sein.

Nun kam ihm der Gedanke, daß er seine Tochter unter einem Namen verheiraten müsse, der gar nicht der ihre war, daß Manuel Valdez, der in die Familie Garral zu treten glaubte, in die Familie Dacosta hineinkam, deren Oberhaupt ein allzeit unter der Last eines Todesurteils stehender Flüchtling war. Und dieser Gedanke war ihm unerträglich!

Nein! Diese Hochzeit sollte nicht unter den gleichen Umständen wie seine eigene sich vollziehen! Nein! Niemals!

Man wird sich dessen erinnern, was zu dieser Zeit vorfiel. Vier Jahre, nachdem der junge Kommis, damals schon der Sozius Magalhaes, auf die Fazenda von Iquitos gekommen war, war der alte Portugiese tödlich verwundet, in die Farm gebracht worden. Er hatte nur noch einige Tage zu leben.

Der Gedanke, daß seine Tochter allein und ohne alle Stütze bleiben sollte, entsetzte ihn; da er aber wußte, daß Joam und Yaquita sich liebten, wollte er, daß ihre Trauung ohne Aufschub vollzogen werden sollte.

Joam weigerte sich anfangs. Er erbot sich, der Schützer und Diener Yaquitas zu sein, ohne ihr Mann zu werden. Der sterbende Magalhaes drang jedoch so inständig in ihn, daß aller Widerstand unmöglich wurde.

Yaquita legte ihre Hand in die Joams, und Joam zog die seine nicht zurück.

Ja! Dies war ein schwerwiegender Schritt!

Joam Dacosta hätte entweder alles gestehen oder für immer das Haus, wo er so gastfreundlich ausgenommen worden war, die Ansiedlung, die er zur Blüte gebracht hatte, fliehen müssen. Ja, er hätte lieber alles sagen sollen, als der Tochter seines Wohltäters einen Namen geben, der nicht der seine war, den Namen eines wegen Mordes zum Tode Verurteilten, so unschuldig er vor Gott auch war.

Aber die Umstände drängten – der alte Fazendero lag im Sterben – er streckte die Hände nach den jungen Leuten aus.

Joam Dacosta schwieg, die Heirat wurde vollzogen, und das ganze Leben des jungen Farmers war nur dem Glück der geweiht, die seine Frau geworden war.

„An dem Tage, wo ich alles gestehen werde," sagte Joam, „wird Yaquita mir verzeihen. Sie wird nicht einen Augenblick an mir zweifeln. Aber wenn ich sie habe täuschen müssen, so werde ich doch den ehrenwerten Mann nicht täuschen, der in unsere Familie durch die Heirat mit Minha eintreten will. Nein! lieber überliefere ich mich der Justiz und mache ein Ende mit diesem Dasein."

Hundertmal dachte Joam Dacosta daran, seine Frau über seine Vergangenheit aufzuklären. Ja! Das Geständnis war auf seinen Lippen, zumal als sie ihn bat, sie nach Belem zu führen und sie und ihre Tochter den schönen Amazonenstrom hinunterreisen zu lassen.

Er kannte Yaquita hinlänglich, um überzeugt zu sein, daß ihre Liebe zu ihm nicht beeinträchtigt wurde. – Aber er hatte nicht den Mut.

Wer würde ihn nicht verstehen, angesichts des blühenden Familienglückes, das sein Werk war und das er vielleicht unwiederbringlich zerstören sollte!

Dies war sein Leben lange Jahre hindurch, dies war die immer frische und unerschöpfliche Quelle der entsetzlichen Leiden, deren Geheimnis nur er kannte, dies endlich war das Leben dieses Mannes, der nicht eine Handlung zu verheimlichen brauchte und infolge einer höchsten Ungerechtigkeit sich selber verheimlichen mußte!

Aber an dem Tage, wo er an der Liebe zwischen Manuel und Minha nicht mehr zweifeln konnte und annehmen mußte, daß er binnen einem Jahre in die Notwendigkeit kommen würde, seine Zustimmung zu dieser Heirat zu geben, da zauderte er nicht länger und entschloß sich zu raschem Handeln.

Ein an den Richter Ribeiro adressierter Brief von ihm teilte gleichzeitig diesem Beamten das Geheimnis mit, daß Joam Dacosta lebte, unter welchem Namen er sich verbarg, wo er mit seiner Familie wohnte, und eröffnete ihm gleichzeitig die feste Absicht, sich der Justiz seiner Heimat zu überliefern und die Revision eines Prozesses zu fordern, die für ihn entweder mit der Wiederherstellung seiner Ehre oder mit der Vollstreckung des in Villa Rica gefällten Urteils enden konnte.

Welche Empfindungen regten sich im Herzen des wackern Beamten? Das ist leicht zu erraten.

Nicht mehr an den Advokaten wandte sich der Angeklagte – sondern an den höchsten Richter der Provinz wandte sich der Verurteilte. Joam Dacosta überlieferte sich ihm gänzlich.

Von der ersten Bestürzung über die unerwartete Enthüllung gelangte der Richter Ribeiro bald zu peinlich genauer Abwägung der Pflichten, die seine Stellung ihm auferlegte. Ihm lag jedes Amt ob, die Verbrecher zu verfolgen, und hier gab sich ein Verbrecher in seine Hände.

Diesen Verbrecher hatte er allerdings verteidigt; er zweifelte nicht daran, daß er unschuldig verurteilt worden war; seine Freude, als er damals dem Todesurteil durch die Flucht entkam, war groß gewesen; er hatte sogar ihn zu der Flucht bestimmt und sie ihm erleichtert. Aber was ehedem der Advokat getan hatte, konnte das jetzt der Landesrichter tun?

„Nun denn!“ sagte sich der Richter. „Mein Gewissen befiehlt mir, diesen Gerechten nicht zu verlassen! Der Schritt, den er jetzt tut, ist ein neuer Beweis für seine Unschuld, ein moralischer Beweis, da er andere nicht erbringen kann, aber vielleicht der überzeugendste von allen. Nein! Ich werde ihn nicht verlassen!“

Von diesem Tage an bestand ein geheimer Briefwechsel zwischen dem Richter und Joam Garral. Ribeiro forderte zunächst seinen Klienten auf, sich nicht durch eine unkluge Handlung in Gefahr zu begeben. Er wollte die Sache noch einmal vornehmen, die Akten prüfen und die Untersuchung revidieren.

Man mußte sich erkundigen, ob im Diamanten-Distrikt sich betreffs dieser so ernsten Angelegenheit nichts Neues ereignet habe. Waren von jenen Helfershelfern des Verbrechens, den Schmugglern, die den Konvoi überfallen hatten, später nicht am Ende einige verhaftet worden? Waren nicht am Ende Geständnisse oder Einräumungen erfolgt?

Joam Dacosta sei unschuldig und könne nur seine Unschuld beteuern. Aber das genüge nicht, und der Richter Ribeiro wolle unter den Elementen der Strafsache selber suchen, ob er den fände, auf den die Schuld in Wahrheit falle.

Joam Dacosta sollte also vorsichtig sein. Er versprach das auch. Aber es war ein unermeßlicher Trost, in all diesen Leiden, bei seinem ehemaligen Verteidiger, jetzt dem Obersten Richter, dieselbe feste Ueberzeugung von seiner Unschuld zu finden.

Ja! Joam Dacosta, der Verurteilte, war ein Opfer, ein Märtyrer, ein ehrlicher Mann, dem die Gesellschaft eine eingreifende Genugtuung schuldig war.

Und da der Richter nun die Vergangenheit des Fazendero von Iquitos seit seiner Verurteilung kannte, dieses ganze Leben der Aufopferung, der unermüdlichen Arbeit am Glück der Seinen – da war er wohl nicht fester überzeugt, aber tiefer gerührt und gelobte sich alles zu tun, um die Ehre des Verurteilten von Tijuco wiederherzustellen.

Ein halbes Jahr lang hatten die beiden Männer Briefe gewechselt.

Als endlich eines Tages ein Aufschub nicht mehr möglich war, schrieb Joam Dacosta an den Richter Ribeiro:

„In zwei Monaten werde ich bei Ihnen sein und mich dem ersten Beamten der Provinz zur Verfügung zu stellen!“

„Kommen Sie!“ antwortete Ribeiro.

Damals war die Jangada zur Abfahrt bereit.

Joam Dacosta begab sich mit all den Seinen, Frau, Kindern und Dienern auf das Floß. Während der Reise ging er zum großen Erstaunen seiner Frau und seines Sohnes nur selten an Land. Meistens schloß er sich in seine Kabine ein und schrieb und arbeitete, nicht an Geschäftsrechnungen, sondern an jener Art von Biographie, die er betitelte: „Geschichte meines Lebens“, und die er bei der Revision seines Prozesses verwerten wollte.

Acht Tage vor seiner neuen Verhaftung, die auf die Denunziation von Torres hin erfolgte und vielleicht seine Pläne zunichte machen konnte, hatte er einem Indianer vom Amazonenstrom einen Brief anvertraut, in welchem er den Richter Ribeiro von seiner bevorstehenden Ankunft benachrichtigte.

Dieser Brief kam an seine Adresse, und der Richter wartete nur noch auf Joam Dacosta, um diesen ernsten Fall, den er zu gutem Ende zu führen hoffte, in die Hand zu nehmen.

In der Nacht, die der Ankunft der Jangada voranging, warf ein Schlaganfall den Richter Ribeiro nieder. Aber die Denunziation von Torres, dessen Anerbieten an der edeln Verachtung seines Opfers zuschanden wurde, war erfolgreich.

Joam Dacosta wurde inmitten der Seinen verhaftet, und sein alter Sachwalter war nicht mehr da, um ihn zu verteidigen.

Das war in der Tat ein furchtbarer Schlag! Doch wie dem auch sein mochte, der Würfel war gefallen. Es gab kein Zurück mehr.

Joam Dacosta richtete sich wieder empor unter dem Schlag, der ihn so unvermutet traf.

Nicht mehr seine Ehre allein, die Ehre aller Seinen stand auf dem Spiele.

Siebentes Kapitel
Moralische Beweise

Der gegen Joam Dacosta, genannt Joam Garral, erlassene Haftbefehl war von dem Stellvertreter des Richters Ribeiro ausgefertigt worden, der mit den Obliegenheiten des Oberrichters in der Amazonenprovinz bis zur Ernennung des Nachfolgers betraut war.

Dieser Stellvertreter hieß Vincente Jarriquez.

Das war ein kleiner, sehr barscher Mann, der aber nach einer vierzigjährigen Tätigkeit als Strafrichter nicht eben sehr gut auf die Angeklagten zu sprechen war. Er hatte so viele Fälle dieser Art behandelt, so viele Verbrecher prozessiert und verurteilt, daß die Unschuld eines Schuldiggesprochenen, wer das auch sein mochte, ihm einfach als ein Unding erschien.

Sicherlich urteilte er nicht gegen sein Gewissen, aber sein stark verpanzertes Gewissen ließ sich nicht leicht durch die Ergebnisse des Verhörs oder die Beweisführung der Verteidigung ins Bockhorn jagen. Wie viele Gerichtsvorsitzende suchte er gern die Nachsicht der Jury zu bekämpfen, und wenn ein Angeklagter, der die Verhöre, Untersuchungen und Unterweisungen glücklich überstanden hatte, vor ihn geführt wurde, so lagen in seinen Augen die Dinge immer so, daß dieser Angeklagte zehnmal schuldig war.

Dabei war dieser Jarriquez durchaus kein boshafter Mensch. Nervös, beweglich und gesprächig, genau und scharfsinnig, war er mit seinem großen Kopf auf dem kurzen Körper, dem zerzausten Haar, den tiefliegenden bohrenden Augen, deren Blick erstaunlich scharf und durchdringend war, seiner vorspringenden Nase, mit der er sicher gestikuliert hätte, wenn sie nur beweglich gewesen wäre, mit seinen abstehenden Ohren, die sehr genau auch das hörten, was jenseits des Hörbereichs eines gewöhnlichen Hörorgans gesprochen wurde, mit seinen unaufhörlich auf dem Gerichtstisch trommelnden Fingern, ganz als wäre er ein stumm sich übender Klaviervirtuos, mit seinem für die zu kurzen Beine zu langen Oberleib und mit seinen Füßen, die er immer hin und her übereinander legte, wenn er in seinem Richterstuhl präsidierte – recht merkwürdig anzuschauen.

Im Privatleben ließ der Richter Jarriquez, ein eingefleischter Junggeselle, seine strafrechtlichen Bücher nur im Stich, wenn er zu Tisch ging – ein gutes Mahl verschmähte er nicht – oder wenn er Whist spielen wollte – dieses Spiel schätzte er sehr – oder wenn eine Schachpartie winkte – er war Meister in dieser Kunst, wie er denn auch mit kopfzerbrecherischen Rätseln, Charaden, Rebus, Annagrammen, Logogryphen usw. – gleich manchem seiner europäischen Kollegen – wahre Sphinxe aus Liebhaberei wie aus Beruf – hauptsächlich sich die Zeit vertrieb.

Man sieht, er war ein Original, und man sieht auch, was Joam Dacostas durch den Tod des Richters Ribeiro verloren hatte, indem seine Sache in die Hand dieses nicht sehr angenehmen Beamten überging.

Uebrigens war die Aufgabe des Richters Jarriquez ziemlich einfach. Er hatte keine Vernehmungen und Untersuchungen anzustellen, keine Debatten zu führen, keinen Wahrspruch zu fordern, keine Paragraphen des Strafgesetzbuchs heranzuziehen und schließlich kein Urteil zu fällen.

All diese Formalitäten kamen bei dem Fazendero Iquitos unglücklicherweise in Wegfall. Joam Dacosta war vor 23 Jahren wegen des Verbrechens von Tijuco verhaftet, prozessiert und verurteilt worden, das

Verbrechen war nicht verjährt, ein Antrag auf Strafabänderung konnte nicht vorgebracht werden, ein Gnadengesuch war nicht zulässig.

Es handelte sich im großen und ganzen also nur darum, die Identität festzustellen, und wenn dann der Vollstreckungsbefehl von Rio de Janeiro einlief, mußte die Justiz ihres Amtes walten.

Aber ohne Zweifel würde Joam Dacosta seine Unschuld beteuern und sagen, daß er ungerecht verurteilt sei. Die Pflicht des Beamten war, ihn anzuhören, welche Meinung zur Sache er auch haben mochte. Da war nur die eine Frage, was der Verurteilte an Beweisen für seine Behauptungen vorzubringen hatte. Wenn er aber schon in der ersten Instanz keine Beweise hatte erbringen können, würde er das jetzt imstande sein?

Hierauf beschränkte sich die Vernehmung.

Der Fall, daß ein Verurteilter, der glücklich und in Sicherheit im Auslande lebte und nun freiwillig alles verließ, um der Justiz gegenüber zu treten, die zu fürchten die Vergangenheit ihn gelehrt hatte, war allerdings, das mußte er sich gestehen, merkwürdig, einzig in seiner Art und wohl geeignet, selbst einen gegen alle Wechselfälle einer Gerichtsverhandlung blasierten Justizbeamten zu interessieren.

Lag bei diesem Verurteilten von Tijuco Ueberdruß am Leben, verbohrte Albernheit oder die Regung des Gewissens vor, das um jeden Preis nach Ruhe verlangte? Das Rätsel war nicht so einfach.

An dem Tage nach der Verhaftung Joam Dacostas begab sich der Richter Jarriquez nach dem Gefängnis in der Straße Gottes des Sohnes, wo der Gefangene in Haft war.

Dieses Gefängnis war ein ehemaliges Kloster der Missionare am Rande eines der Hauptkanäle der Stadt. Auf die freiwilligen Kerkerbrüder von ehemals waren in diesem, seiner neuen Bestimmung kaum genügenden Gebäude die unfreiwilligen Gefangenen von heutzutage gefolgt.

Die Kammer, in die Joam Dacosta gebracht worden war, war durchaus nicht eine jener traurigen Zellen, wie sie das Strafsystem der Neuzeit hat. Es war ein ehemaliges Mönchsgemach mit einem Fenster, das keinen

Laden hatte, aber vergittert war und auf ein weites ödes Land hinaussah, mit einer Bank in einer Ecke, einer Art Pritsche in einer andern und einigen plumpen Gebrauchsgegenständen.

An diesem Tage, dem 25. August, wurde Joam Dacosta gegen 11 Uhr vormittags aus diesem Zimmer geführt und in das Vernehmungs-Kabinett gebracht, die ehemalige, gemeinsame Halle des Klosters.

Hier vor seinem Schreibtisch, auf seinem hohen Stuhle, saß der Richter Jarriquez, mit dem Rücken nach dem Fenster, damit sein Gesicht im Schatten blieb, während das des Verurteilten voll ins Licht gerückt war.

Sein Schreiber saß am Ende des Tisches, die Feder hinterm Ohr, mit der Gleichgiltigkeit, die diese Gerichtsbeamten charakterisiert, die stets in Bereitschaft sind, alle Fragen und Antworten genau zu Protokoll zu nehmen.

Joam Dacosta wurde in das Kabinett geführt, und auf einen Wink entfernten sich die Wärter, die ihn begleitet hatten.

Der Richter Jarriquez betrachtete den Verurteilten lange. Dieser hatte sich vor ihm verneigt und bewahrte eine schickliche Haltung, weder unverschämt, noch unterwürfig: mit Würde erwartete er, daß er befragt würde und antworten sollte.

„Ihr Name?“ fragte der Richter Jarriquez.

„Joam Dacosta.“

„Ihr Alter?“

„52 Jahre.“

„Sie wohnen?“

„In Peru, bei der Ortschaft Iquitos.“

„Unter welchem Namen?“

„Unter dem Namen Garral, dem Namen meiner Mutter.“

„Und weshalb führten Sie diesen Namen?“

„Weil ich mich 23 Jahre lang den Verfolgungen der brasilianischen Justiz habe entziehen wollen.“

Die Antworten waren so klar und bekundeten so deutlich, daß Joam Dacosta entschlossen war, über Vergangenheit und Gegenwart volle Rechenschaft zu geben, daß der Richter Jarriquez, der diese Art zu verfahren nicht gewöhnt war, seine Nase steiler aufrichtete, als sonst.

„Und weshalb,“ fuhr er fort, „konnte die brasilianische Justiz Sie verfolgen?“

„Weil ich im Jahre 1826 in der Diamanten-Angelegenheit von Tijuco zum Tode verurteilt worden war.“

„Sie geben also zu, Joam Dacosta zu sein?“

„Ich bin Joam Dacosta.“

All dies wurde mit großer Ruhe geantwortet, als handle es sich um die einfachste Sache von der Welt. Die kleinen Augen des Richters erweiterten sich und schienen zu sagen: „Das Ding geht ja von ganz allein.“

Allein es kam der Augenblick, daß die unvermeidliche Frage gestellt wurde und die unvermeidliche Antwort aller Angeklagten jeder Kategorie erfolgte – nämlich die Beteuerung der Unschuld.

„Joam Dacosta,“ fragte er, „was machen Sie in Iquitos?“

„Ich bin Fazendero und bewirtschafte eine bedeutende Ansiedlung.“

„Geht sie gut?“

„Ganz ausgezeichnet.“

„Und seit wann haben Sie die Fazenda verlassen?“

„Seit etwa neun Wochen.“

„Aus welchem Grunde?“

„Hier, Herr Richter, habe ich einen Vorwand gebraucht,“ antwortete Joam Dacosta, „aber in Wahrheit hatte ich einen Grund.“

„Welches war der Vorwand?“

„Einen ganzen Schleppzug von Holz und eine Ladung verschiedener Produkte des Amazonas nach Para zu bringen.“

„Ah!“ machte der Richter Jarriquez, „und welches war der wirkliche Grund Ihrer Abreise?“

Und als er diese Frage stellte, sagte er sich:

„Jetzt kommen wir endlich auf das Gebiet der Verneinungen und Lügen!“

„Der wahre Beweggrund,“ antwortete mit fester Stimme Joam Dacosta, „war mein fester Entschluß, mich der Justiz meines Vaterlandes zu überliefern!“

„Sich zu überliefern!“ rief der Richter, sich auf seinem Stuhle in die Höhe richtend. „Sich zu überliefern? – Aus freien Stücken!“

„Aus freien Stücken!“

„Und weshalb?“

„Weil ich genug hatte, weil ich sattsam genug hatte von diesem lügenhaften Leben, von diesem Zwang, unter falschem Namen zu leben, von dieser Unmöglichkeit, meiner Frau und meinen Kindern den Namen wiederzugeben, der ihnen gebührt, schließlich, mein Herr, weil ich ...“

„Weil Sie ...?“

„Unschuldig bin!“

„Das habe ich erwartet,“ sagte der Richter Jarriquez beiseite.

Und während seine Finger einen schon etwas tonreicheren Marsch trommelten, machte er eine Kopfbewegung nach Joam Dacosta, die deutlich besagte:

„Weiter! Erzählen Sie Ihre Geschichte, sie ist mir zwar bekannt, aber ich will Sie nicht hindern, dieselbe in Ihrer Lesart vorzubringen.“

Joam Dacosta, der sich zwar über diese wenig ermutigende Veranlagung des Beamten nicht täuschte, wollte dies dennoch nicht bemerken. Er erzählte daher die ganze Geschichte seines Lebens, er sprach nüchtern, ohne die Ruhe zu verlieren, die er sich auferlegt hatte, ohne einen der Umstände auszulassen, die seiner Verurteilung vorausgegangen oder gefolgt waren.

Im übrigen rühmte er sich nicht des ehrbaren und an Ehren reichen Lebens, das er seit seiner Flucht geführt hatte, noch seiner Verdienste als Familienhaupt, Gatte und Vater, die er so würdevoll erworben. Nur einen Umstand hob er besonders hervor – daß er nach Manaos gekommen sei, eine Revision seines Prozesses herbeizuführen und die Wiederherstellung seiner Ehre erlangen wolle – ohne daß etwas ihn dazu tatsächlich gezwungen hätte.

Naturgemäß gegen jeden Angeklagten voreingenommen, unterbrach der Richter Jarriquez ihn nicht. Er beschränkte sich darauf, die Augen auf und zu zu machen, wie jemand, der eine Geschichte zum hundertsten Male hört; und als Joam Dacosta den Bericht, den er selber geschrieben hatte, auf den Tisch legte, machte er keine Bewegung, ihn zur Hand zu nehmen.

„Sind Sie fertig?“ fragte er.

„Jawohl, mein Herr.“

„Und Sie bleiben bei Ihrer Behauptung, Iquitos aus keinem andern Grunde verlassen zu haben, als um die Revision Ihres Urteils zu erlangen?“

„Ich hatte keinen andern Grund.“

„Und wo ist der Beweis dafür? Wo ist der Beweis, daß Sie ohne die Denunziation, die zu Ihrer Verhaftung führte, sich überliefert hätten?“

„Zuvörderst in diesem Bericht,“ antwortete Joam Dacosta.

„Dieser Bericht war in Ihren Händen, und nichts bezeugt, daß Sie den Gebrauch, den Sie angeben, davon gemacht hätten, wenn Sie nicht verhaftet worden wären.“

„Es existiert aber wenigstens ein Schriftstück, Herr Richter, das nicht mehr in meinen Händen ist und dessen Urheberschaft nicht anzuzweifeln ist.“

„Was für eines?“

„Der Brief, den ich Ihrem Vorgänger, dem Richter Ribeiro, geschrieben habe und worin ich ihm von meiner bevorstehenden Ankunft Mitteilung machte.“

„Ah! Sie hatten ihm geschrieben?“

„Ja, und dieser Brief, der an seine Adresse gelangt sein muß, muß auch sogleich Ihnen übergeben worden sein.“

„Wirklich!“ sagte der Richter Jarriquez in etwas ungläubigem Tone. „Sie hatten an den Richter Ribeiro geschrieben?“

„Ehe der Richter Ribeiro Oberrichter dieser Provinz wurde,“ antwortete Joam Dacosta, „war er Advokat in Villa Rica. Bei dem Prozeß von Tijuco hat er mich verteidigt. Er zweifelte nicht daran, daß meine Sache gut wäre. Er hat alles getan, um mich zu retten. Als er zwanzig Jahre später zum ersten Gerichtsherrn in Manaos ernannt worden war, teilte ich ihm mit, unter welchem Namen und wo ich lebte und was ich vorhatte. Seine Ueberzeugung in meiner Sache war noch die gleiche, und auf seinen Rat hin habe ich die Fazenda verlassen und bin selber hergekommen, um meine Ehre wieder herzustellen. Aber unvermutet hat ihn der Tod abgerufen, und ich bin vielleicht verloren, wenn ich in dem Richter Jarriquez nicht das finde, was mir der Richter Ribeiro war!“

Der Beamte, in dieser Weise direkt herangezogen, sah sich trotz aller richterlichen Gepflogenheiten versucht, emporzuspringen, aber er beruhigte sich und murmelte nur:

„Sehr stark, wahrhaftig sehr stark!“

Der Richter Jarriquez hatte scheinbar, da wo bei andern das Herz sitzt, bloß Knorpel, und war gegen jede Ueberraschung gefeit.

In diesem Augenblick trat ein Wärter herein und legte ein versiegeltes Kuvert vor den Beamten.

Dieser erbrach das Siegel und entnahm der Hülle einen Brief. Er öffnete ihn und las ihn, wobei sich seine Brauen zusammenzogen.

Dann sagte er:

„Ich habe keinen Grund, Joam Dacosta, Ihnen zu verheimlichen, daß hier der erwähnte Brief an den Richter Ribeiro angekommen und mir übergeben worden ist. Es liegt also keine Ursache mehr vor, das, was Sie inbetreff dieses Briefes gesagt haben, zu bezweifeln."

„Ebenso wenig Ursache, wie all das zu bezweifeln," antwortete Joam Dacosta, „was ich über alle Verhältnisse und Umstände meines Lebens Ihnen mitgeteilt habe!"

„Eh, Joam Dacosta!" erwiderte lebhaft der Richter Jarriquez, „Sie beteuern Ihre Unschuld – aber das tun alle Angeklagten. Alles in allem bringen Sie nur moralische Beweise vor. Haben Sie denn jetzt einen faktischen Beweis?"

„Vielleicht, Herr Richter," antwortete Joam Dacosta.

Nach diesen Worten verließ der Richter Jarriquez seinen Platz. Das ging ihm über die Hutschnur, und er mußte erst ein paarmal das Zimmer durchqueren, ehe er die nötige Ruhe wiedergewonnen hatte.

Achtes Kapitel

Faktische Beweise

Als der Richter seinen Platz wieder eingenommen hatte, wie einer, der abermals die Herrschaft über sich völlig erlangt zu haben glaubt, drehte er sich auf seinem Sessel herum, hob den Kopf und richtete die Augen nach der Decke. Mit dem gleichgiltigsten Ton der Welt, ohne selbst den Angeklagten anzusehen, sagte er:

„Sprechen Sie!"

Joam Dacosta sammelte sich einen Augenblick, als zögere er, in diese Gedankenreihe einzutreten, und antwortete dann:

„Bisher, Herr Richter, habe ich Ihnen für meine Unschuld nur moralische Beweise gegeben, die auf die Würde und Ehrbarkeit meines Lebens gestützt sind. Ich hätte geglaubt, daß diese Beweise am würdigsten wären, vor Gericht vorgelegt zu werden –"

Der Richter Jarriquez konnte ein Achselzucken nicht unterlassen, welches besagte, daß er anderer Meinung sei.

„Da diese nicht genügen, so bin ich vielleicht imstande, faktische Beweise beizubringen," fuhr Joam Dacosta fort, „ich sage vielleicht, denn ich weiß noch nicht was für Bedeutung ihnen beizumessen ist. So habe ich auch, Herr Richter, hierüber weder zu meiner Frau noch zu meinen Kindern gesprochen, da ich ihnen keine Hoffnung machen will, in der sie getäuscht werden könnten."

„Allerdings," warf der Richter Jarriquez ein.

„Ich habe alle Ursache, zu glauben, Herr Richter, daß meine Verhaftung am Tage nach der Ankunft der Jangada in Manaos auf eine beim Polizeichef angebrachte Denunziation hin erfolgt ist."

„Sie irren sich nicht, Joam Dacosta, aber ich muß Ihnen sagen, daß diese Denunziation anonym war."

„Das macht nichts, da ich doch weiß, daß sie von keinem andern ausgegangen ist als von einem Schurken mit Namen Torres."

„Und mit welchem Recht," fragte der Richter Jarriquez, „bezeichnen Sie so diesen – Denunzianten?"

„Ein erbärmlicher Schurke, jawohl, Herr Richter!" antwortete lebhaft Joam Dacosta. „Dieser Mann, den ich gastfreundlich aufgenommen hatte, war nur zu dem Zwecke zu mir gekommen, um mir den Vorschlag zu machen, ich solle sein Schweigen erkaufen, um mir einen schändlichen Handel anzubieten, den von mir gewiesen zu haben ich nie bereuen werde, was für Folgen seine Denunziation auch haben mag!"

„Immer das gleiche System!“ dachte der Richter Jarriquez. „Andere anklagen, um sich selber zu entlasten.“

Aber nichtsdestoweniger hörte er mit gespannter Aufmerksamkeit den Bericht, den Joam Dacosta von seinen Beziehungen zu diesem Abenteurer abstattete bis zu dem Augenblick, wo Torres ihm eröffnete, daß er ihn kenne und in der Lage sei, den Namen des wahren Urhebers des Ueberfalls von Tijuco zu enthüllen.

„Und welches ist der Name dieses Schuldigen?“ fragte der Richter Jarriquez, aus seiner Gleichgiltigkeit gebracht.

„Ich kenne ihn nicht,“ antwortete Joam Dacosta. „Torres hat sich wohl gehütet, ihn zu nennen.“

„Und lebt dieser Schuldige?“

„Er ist tot.“

Die Finger des Richters Jarriquez trommelten schneller und er konnte sich nicht enthalten, zu erwidern:

„Also der große Unbekannte! Der Mann, der den Beweis von der Unschuld eines Angeklagten erbringen könnte, lebt in der Regel nicht mehr.“

„Wenn der wirkliche Schuldige auch tot ist, Herr Richter,“ antwortete Joam Dacosta, „so lebt doch wenigstens Torres, und er hat mir versichert, daß er den ganz von der Hand des Schuldigen geschriebenen Beweis in Händen habe. Er hat mir ja den Kauf angeboten.“

„Eh, Joam Dacosta,“ versetzte der Richter Jarriquez, „es wäre nicht zu teuer gewesen, wenn Sie diesen Beweis mit Ihrem ganzen Vermögen bezahlt hätten.“

„Wenn Torres nur mein Vermögen verlangt hätte, so hätte ich es hingegeben, und nicht einer meiner Angehörigen hätte Einspruch erhoben! Ja, Sie haben recht, mein Herr, wenn man seine Ehre wieder haben will, kann man nicht zu viel dafür bezahlen. Aber dieser Elende wußte, daß ich seiner Gnade anheim gegeben war, und verlangte mehr als mein Vermögen."

„Was denn?"

„Die Hand meiner Tochter sollte der Preis sein! Ich habe es abgeschlagen, ich habe mich dem Gericht überliefert und stehe nun vor Ihnen."

„Und wenn Torres Sie nicht denunziert hätte," fragte der Richter Jarriquez, „wenn Torres Ihnen nicht auf Ihrer Reise begegnet wäre, was hätten Sie getan, wenn Sie bei Ihrer Ankunft hier erfahren hätten, daß der Richter Ribeiro gestorben sei? Hätten Sie sich auch dann noch der Justiz überliefert?"

„Ohne jedes Bedenken," antwortete Joam Dacosta mit fester Stimme, „denn ich wiederhole, meine Reise von Iquitos nach Manaos hatte ja lediglich diesen Zweck."

Dies wurde in einem so echten Ton der Wahrhaftigkeit gesprochen, daß der Richter Jarriquez sich an jener Stelle des Herzens, wo die Ueberzeugungen sich bilden, von einer eigentümlichen Regung durchdrungen fühlte. Aber er ergab sich noch nicht.

Dies dürfte nicht wunder nehmen. Als Beamter, der diese Vernehmung leitete, wußte er nichts von dem, was denen bekannt ist, die Torres vom Beginn dieser Erzählung an gefolgt sind. Diese können nicht daran zweifeln, daß Torres den faktischen Beweis von der Unschuld Joam Dacostas in Händen hatte. Sie haben die Gewißheit, daß das Schriftstück existierte, worin dieser Beweis enthalten war, und werden sich vielleicht bewogen fühlen, zu glauben, daß der Richter Jarriquez von grausamer Ueberzeugung beherrscht sei.

Aber sie mögen folgendes bedenken: Der Richter Jarriquez ist nicht in ihrer Lage; er ist an die unabänderlichen Beteuerungen der Angeschuldigten, die die Justiz ihm überweist, gewöhnt. Das Schriftstück, auf das Joam Dacosta sich beruft, ist ihm noch nicht vorgelegt worden. Er weiß nicht einmal, ob es tatsächlich existiert, und schließlich steht ein

Mann vor ihm, dessen Schuldigkeit für ihn kraft eines gefällten rechtskräftigen Urteils feststeht.

Inzwischen wollte er, vielleicht aus Kuriosität, versuchen, Joam Dacosta doch noch in die Enge zu treiben.

„Also," sagte er, „ruht Ihre ganze Hoffnung jetzt auf der Erklärung, die dieser Torres gemacht hat?"

„Ja, Herr Richter," antwortete Joam Dacosta, „sofern nicht mein ganzes Leben schon für mich spricht."

„Wo glauben Sie, daß sich Torres zur Zeit befindet?"

„Ich denke, er muß in Manaos sein."

„Und Sie hoffen, daß er sprechen wird, daß er einwilligen wird, gutwillig das Dokument herauszugeben, für das Sie ihm den verlangten Preis verweigert haben?"

„Das hoffe ich, Herr Richter," antwortete Joam Dacosta. „Die Situation ist für Torres jetzt nicht mehr die gleiche. Er hat mich denunziert, und infolgedessen kann er keine Hoffnung mehr hegen, das Geschäft unter den Bedingungen fortzuführen, unter denen er es abschließen wollte. Aber dieses Schriftstück kann ihm immer noch ein Vermögen wert sein, das, wenn ich freigesprochen oder verurteilt werde, ihm für immer verloren geht. Da er nun lediglich ein Interesse daran hat, mir dieses Schriftstück zu verkaufen, ohne daß er dabei irgendwie Schaden leiden kann, so denke ich, er wird seinem Interesse gemäß handeln."

An den Ausführungen Joam Dacostas war nichts abzustreiten. Dies fühlte der Richter Jarriquez wohl. Es war nur der eine Einwand nötig:

„Mag sein! Torres hat ohne Zweifel ein Interesse daran, Ihnen dieses Schriftstück zu verkaufen – wenn dieses Schriftstück überhaupt existiert!"

„Wenn es nicht existiert, Herr Richter," antwortete Joam Dacosta mit durchdringender Stimme, „bleibt mir nichts weiter übrig, als mich der menschlichen Gerechtigkeit anheim zu geben und die göttliche Gerechtigkeit abzuwarten."

Nach diesen Worten erhob sich der Richter Jarriquez und sagte diesmal in weniger gleichgiltigem Tone:

„Joam Dacosta, indem ich Sie hier befragt habe und Ihnen Gelegenheit gegeben habe, die Einzelheiten Ihres Lebens darzulegen und Ihre Schuldlosigkeit zu beteuern, bin ich weiter gegangen, als eigentlich meines Amtes ist. Eine Untersuchung in dieser Sache hat schon stattgehabt, und Sie haben vor dem Schwurgericht von Villa Rica gestanden, dessen Wahrspruch ohne Zubilligung mildernder Umstände einstimmig abgegeben worden ist. Sie sind verurteilt worden wegen Anstiftung und Beteiligung an dem Diamantendiebstahl von Tijuco, die Todesstrafe ist über Sie ausgesprochen worden, und nur durch eine Flucht haben Sie dem Urteil entrinnen können. Aber ob Sie nun jetzt nach 23 Jahren der Justiz sich haben selber überantworten wollen oder nicht, jedesfalls sind Sie eben wieder in Haft. Ein letztes Mal, Sie geben zu, daß Sie Joam Dacosta sind, der wegen des Diamantendiebstahls verurteilt worden ist?"

„Ich bin Joam Dacosta."

„Sie sind bereit, diese Erklärung schriftlich abzugeben?"

„Ich bin bereit."

Und mit einer Hand, die nicht zitterte, setzte Joam Dacosta seinen Namen unter das Protokoll, das der Richter Jarriquez von seinem Schreiber hatte aufsetzen lassen.

„Der an den Justizminister adressierte Bericht wird nach Rio de Janeiro abgehen," sagte der Richter. „Es werden einige Tage vergehen, ehe wir den Befehl erhalten, das Urteil zu vollstrecken, das über Sie verhängt ist. Wenn also, wie Sie sagen, Torres den Beweis für Ihre Unschuld besitzt, so tun Sie es selbst oder lassen Sie die Ihrigen alle Hebel in Bewegung setzen, damit er diesen Beweis zur rechten Zeit herausgibt! Wenn der Vollstreckungsbefehl eingetroffen ist, so ist kein Aufschub mehr möglich, und die Gerechtigkeit wird ihren Lauf nehmen."

Joam Dacosta verneigte sich.

„Wird mir erlaubt sein, Frau und Kinder zu sehen?“ fragte er.

„Gleich heute, wenn Sie wollen,“ antwortete der Richter Jarriquez, „sie können zu Ihnen geführt werden, sobald sie kommen.“

Dann klingelte der Beamte. Die Wächter traten ein und führten Joam Dacosta ab.

Der Richter Jarriquez sah ihm kopfschüttelnd nach.

„Eh, eh! Das ist seltsamer, als ich gedacht hätte,“ murmelte er.

Neuntes Kapitel
Der letzte Schlag

Während Joam Dacosta diesem Verhör unterzogen wurde, hatte Yaquita auf eine Anfrage Manuels hin erfahren, daß sie und ihre Kinder zu dem Gefangenen noch am selben Tage um vier Uhr nachmittags Zutritt hätten.

Seit dem verflossenen Tage hatte Yaquita ihr Gemach nicht verlassen. Minha und Lina waren bei ihr. So harrte sie des Augenblicks, wo es ihr erlaubt wurde, ihren Mann wiederzusehen.

Ob Yaquita Garral oder Yaquita Dacosta, er sollte in ihr die treue Gemahlin wiederfinden, die tapfre Gefährtin seines Lebens.

An diesem Tage trat gegen 11 Uhr Benito zu Manuel und Fragoso, die vorn auf der Jangada miteinander sprachen.

„Manuel,“ sagte er, „ich habe dich um einen Dienst zu bitten.“

„Um welchen?“

„Sie auch, Fragoso.“

„Ich stehe Ihnen zu Diensten, Signor Benito,“ antwortete der Barbier.

„Worum handelt es sich?“ fragte Manuel und sah seinen Freund an, dessen Haltung die eines Mannes war, der einen unerschütterlichen Entschluß gefaßt hatte.

„Sie glauben noch immer an die Unschuld meines Vaters?“ fragte Benito.

„Ah!“ rief Fragoso, „ehe ich Ihren Vater für schuldig hielte, eher würde ich glauben, ich hätte selber das Verbrechen begangen.“

„Nun gut, heute noch muß der Plan ausgeführt werden, den ich gestern gefaßt habe!“

„Torres aufsuchen?“ fragte Manuel.

„Ja, und von ihm erfahren, auf welche Weise er hinter den Aufenthaltsort meines Vaters gekommen ist! Hier spielen unerklärliche Dinge mit. Hat er ihn früher schon gekannt? Ich kann es nicht begreifen, da mein Vater 20 Jahre lang nicht aus Iquitos hinausgekommen ist und dieser Elende jetzt erst 30 Jahre alt ist. Aber ehe der Tag vorüber ist, will ich es wissen – sonst Gnade Gott Torres!“

Der Entschluß Benitos machte jede vorherige Erörterung überflüssig. Manuel und Fragoso dachten daher nicht daran, ihn von seinem Vorhaben abzubringen.

„Ich bitte Euch beide also,“ fuhr Benito fort, „mich zu begleiten. Wir werden uns sofort aus den Weg machen. Wir dürfen nicht warten, bis Torres von Manaos weg ist. Er hat jetzt sein Schweigen nicht mehr zu verkaufen, und da kann er wohl auf den Gedanken kommen. Also vorwärts!“

Alle drei begaben sich an den Strand des Rio Negro und schlugen den Weg nach der Stadt ein.

Manaos war nicht so groß, als daß es nicht in ein paar Stunden hätte durchsucht werden können. Wenn es sein mußte, wollte man von Haus zu Haus gehen, um Torres zu suchen; aber besser war es zunächst, sich an die Wirte der Herbergen oder Tabernen zu wenden, wo der Abenteurer eingekehrt sein konnte.

Ohne Zweifel würde der Ex-Hauptmann nicht seinen wahren Namen genannt haben – und er hatte vielleicht persönliche Gründe, jeder Berührung mit dem Gericht aus dem Wege zu gehen.

Immerhin war es unmöglich, daß er den Nachforschungen der jungen Männer entgehen würde, sofern er Manaos noch nicht verlassen hatte. Jedesfalls konnte nicht die Rede davon sein, sich an die Polizei zu wenden; denn es war sehr wahrscheinlich – wie es ja auch in der Tat der Fall war – daß er die Anzeige anonym erstattet haben würde.

Eine Stunde lang liefen Benito, Manuel und Fragoso in den Hauptstraßen der Stadt umher, fragten die Kaufleute in ihren Läden, die Wirte in ihren Tabernen, selbst die Passanten, ohne daß jemand etwas über den Mann hätte angeben können, dessen Signalement sie mit großer Genauigkeit gaben.

Hatte Torres also Manaos verlassen? Mußte jede Hoffnung, ihn wiederzufinden, aufgegeben werden?

Manuel versuchte vergebens, Benito zu beruhigen, der ganz außer sich war. Koste es, was es wolle, er wollte Torres finden.

Der Zufall sollte ihm zu Hilfe kommen, und Fragoso entdeckte endlich die richtige Fährte.

In einer Herberge der Straße Gottes des heiligen Geistes erhielt er auf das Signalement, das er von dem Abenteurer gab, die Antwort, daß dieser Mann am vergangenen Tage in der Herberge abgestiegen sei.

„Hat er hier übernachtet?“ fragte Fragoso.

„Ja,“ antwortete der Wirt.

„Ist er jetzt noch hier?“

„Nein, er ist fort.“

„Er hat seine Rechnung beglichen, wie jemand, der abreisen will?“

„Keineswegs. Er ist seit einer Stunde fort und wird wohl zum Abendessen zurückkehren.“

„Wissen Sie, wohin er gegangen ist?“

„Er ist nach dem Amazonas zu gegangen und zur untern Stadt hinabgestiegen. Wahrscheinlich wird er dort zu finden sein.“

Weiter hatte Fragoso nichts zu fragen. Kurz darauf war er wieder bei den jungen Leuten und sagte zu ihnen:

„Ich bin Torres auf der Spur."

„Ist er da?" rief Benito.

„Nein, er ist weggegangen und zwar nach dem Amazonenstrom zu."

„Vorwärts!" rief Benito.

Sie mußten zum Strom hinunter, und der kürzeste Weg war am linken Ufer des Rio Negro entlang bis zur Mündung.

Benito und seine Gefährten hatten bald die letzten Häuser der Stadt hinter sich und gingen am Strande entlang, indem sie jedoch einen Umweg machten, um nicht an der Jangada vorüber zu müssen.

Die Ebene war um diese Zeit verlassen. Der Blick konnte sich in der Ferne über das Land hinweg verlieren, wo bebaute Felder an Stelle der Wälder von ehemals getreten waren.

Benito sprach nicht. Er hätte kein Wort hervorbringen können. Manuel und Fragoso achteten sein Schweigen.

So gingen sie alle drei, hielten Umschau und durcheilten das Land vom Ufer des Rio Negro bis zum Amazonenstrom. Dreiviertel Stunden, seit sie von Manaos weg waren, waren sie gegangen und hatten noch nichts entdeckt.

Ein paarmal trafen sie Indianer, die auf dem Lande arbeiteten. Manuel fragte sie, und endlich sagte ihnen einer, daß ein Mann, auf den die gegebene Beschreibung passe, vorübergegangen sei und den Weg nach der Ecke genommen hatte, den die beiden Ströme bei ihrem Zusammenfluß bildeten.

Ohne weiter zu fragen, stürzte Benito in unwiderstehlichem Drange vorwärts, und seine beiden Gefährten mußten sich beeilen, damit er sich nicht von ihnen entfernte.

Das linke Ufer des Amazonenstromes kam jetzt in Entfernung von einer Viertelmeile in Sicht. Der hohe Uferrand verbarg einen Teil des Horizonts und beschränkte den Ueberblick auf einen Kreis von einigen hundert Schritt.

Benito beschleunigte seinen Lauf und verschwand bald hinter einem der Sandhügel.

„Schneller! schneller!“ sagte Manuel zu Fragoso. „Wir dürfen ihn nicht einen Augenblick allein lassen!“

Und alle beide eilten weiter, als ein Schrei erscholl.

Hatte Benito Torres bemerkt? Hatte jener ihn gesehen? Waren Benito und Torres schon handgemein?

Fünfzig Schritte von der Stelle waren Manuel und Fragoso entfernt, und als sie eilig um einen Vorsprung des Strandes gebogen waren, sahen sie zwei Männer einander gegenüberstehen.

Es waren Benito und Torres.

In einem Augenblick waren Manuel und Fragoso bei ihnen.

Man hätte glauben mögen, daß Benito in seiner furchtbaren Aufregung sich nicht würde bezwingen können, als er sich dem Abenteurer gegenüber sah.

Dem war keineswegs so.

Sobald der junge Mann vor Torres stand, sobald er die Gewißheit hatte, daß dieser ihm nicht mehr entrinnen könnte, vollzog sich eine vollständige Umwandlung in seinem Wesen, die übervolle Brust wurde frei, er gewann seine ganze Kaltblütigkeit wieder und war völlig Herr seiner selbst.

Die beiden Männer sahen sich eine Weile an, ohne ein Wort zu sprechen.

Torres unterbrach zuerst das Schweigen, indem er in seinem gewohnten unverschämten Tone ausrief:

„Ah, Signor Benito Garral!“

„Nein, Benito Dacosta,“ antwortete der junge Mann.

„Richtig," versetzte Torres, „Signor Benito Dacosta nebst Signor Manuel Valdez und meinem Freunde Fragoso."

Bei dieser anmaßenden Bezeichnung von seiten des Abenteurers wollte Fragoso, der nicht übel Lust hatte, sich hierfür Genugtuung zu verschaffen, sich auf Torres stürzen: aber Benito, der nicht im geringsten aus der Ruhe kam, hielt ihn zurück.

„Was ficht Euch an, mein Wackrer?" rief Torres, ein paar Schritte zurücktretend. „Ich glaube, ich tue gut, auf meiner Hut zu sein."

Bei diesen Worten zog er aus seinem Puncho eine Manchetta, jene nach Belieben zum Angriff und zur Verteidigung gleich geeignete Waffe, ohne die ein Brasilianer nie anzutreffen ist. Dann duckte er sich, stemmte die Füße fest ein und wartete.

„Ich habe Sie gesucht, Torres," sagte jetzt Benito, der selbst angesichts dieser herausfordernden Stellung noch keinen Finger rührte.

„Mich gesucht?" versetzte der Abenteurer. „Ich bin nicht schwer zu finden. Und warum haben Sie mich gesucht?"

„Um aus Ihrem Munde zu hören, was Sie über die Vergangenheit meines Vaters zu wissen scheinen."

„Wirklich."

„Ja! Ich erwartete, daß Sie mir sagen werden, wie Sie ihn erkannt haben, warum Sie um unsere Fazenda im Walde von Iquitos herumgestreift sind, warum Sie in Tabatinga auf uns gewartet haben ...?"

„Ei wohl! mich dünkt, nichts ist klarer!" versetzte Torres lachend. „Ich habe auf ihn gewartet, um an Bord der Jangada zu kommen, und ich bin an Bord der Jangada gekommen, um ihm einen sehr einfachen Vorschlag zu machen – den abzulehnen er vielleicht unrecht getan hat!"

Bei diesen Worten vermochte Manuel nicht länger an sich zu halten. Mit bleichem Gesicht und funkelndem Auge ging er auf Torres los.

Benito wollte alle Mittel der Versöhnlichkeit versuchen und trat zwischen ihn und den Abenteurer.

„Halt an dich, Manuel!“ sagte er. „Ich tue es auch!“ Dann fuhr er fort:

„Ich weiß, Torres, aus welchen Gründen Sie an Bord der Jangada gekommen sind. Da Sie ein Geheimnis besaßen, das Ihnen ohne Zweifel anvertraut worden ist, wollten Sie einen Handel abschließen. Das kommt aber jetzt nicht in Betracht.“

„Was denn?“

„Ich will wissen, woran Sie Joam Dacosta in dem Fazendero von Iquitos erkannt haben.“

„Woher ich ihn kenne!“ antwortete Torres. „Das ist meine Sache, und ich fühle nicht das Bedürfnis, es Ihnen zu erzählen. Die Hauptsache ist, daß ich mich nicht getäuscht habe, als ich ihn als den wahren Urheber des Verbrechens von Tijuco denunzierte.“

„Sie werden es mir sagen,“ rief Benito, der die Herrschaft über sich zu verlieren begann.

„Ich werde nichts sagen!“ versetzte Torres. „Ah! Joam Dacosta hat meine Vorschläge zurückgewiesen! Er hat sich geweigert, mich in seine Familie aufzunehmen! Nun gut! Jetzt, wo sein Geheimnis bekannt ist, wo er verhaftet ist, jetzt will ich nichts davon wissen, in diese Familie hineinzukommen, die Familie eines Diebes, eines Mörders, eines Verurteilten, dem der Galgen winkt!“

„Elender!“ rief Benito, zog seinerseits eine Manchetta aus dem Gürtel und ging zum Angriff vor.

Manuel und Fragoso hatten unwillkürlich ebenfalls in Hast zu den Waffen gegriffen.

„Drei gegen einen?“ rief Torres.

„Nein! Einer gegen einen!“ antwortete Benito.

„Wirklich! Ich war eher gefaßt auf einen mörderischen Ueberfall vom Sohne eines Mörders!“

„Torres!“ schrie Benito. „Verteidige dich, oder ich steche dich nieder wie einen tollen Hund.“

„Toll, mag sein!“ rief Torres dagegen. „Aber ich beiße, Benito Dacosta, hüte dich vor den Bissen!“

Dann war er in Kampfesbereitschaft, die Manchetta in der Hand, und wartete auf die Gelegenheit, sich über seinen Gegner zu werfen.

Benito war ein paar Schritte zurückgetreten.

„Torres,“ sagte er, und gewann noch einmal alle Kaltblütigkeit wieder, die er auf einen Augenblick verloren hatte, „Sie waren der Gast meines Vaters, Sie haben ihn bedroht. Sie haben ihn verraten, Sie haben ihn denunziert, Sie haben einen Unschuldigen angeklagt, und mit Gottes Hilfe werde ich Sie töten!“

Das allerfrechste Lächeln machte sich auf den Lippen des Abenteurers breit. Vielleicht hatte der Erbärmliche in diesem Augenblick den Gedanken, jeden Kampf zwischen Benito und sich zu verhindern. Er war in der Lage. Es war ihm klar, daß Joam Dacosta von dem Schriftstück, das den faktischen Beweis seiner Unschuld enthielt, nichts gesagt hatte.

Wenn er nun Benito eröffnete, daß er, Torres, diesen Beweis besaß, so hätte er ihn im Augenblick entwaffnet. Aber abgesehen davon, daß er bis zum letzten Moment warten wollte, um womöglich einen noch bessern Preis für das Dokument zu erzielen, ließ die Erinnerung an die beleidigenden Worte des jungen Mannes, der Haß gegen all die Seinen, ihn selbst sein Interesse in diesem Augenblicke außer acht lassen.

Uebrigens war der Abenteurer sehr geübt in der Führung der Manchetta, die er oft zu brauchen Gelegenheit gehabt hatte. Außerdem war er kräftig, flink und geschickt gegen einen Feind, der kaum 20 Jahre alt war und nicht die gleiche Kraft und Geschicklichkeit haben konnte, also waren die Chancen auf seiner Seite,

Manuel wollte daher ein letztes Mal versuchen, für Benito einzutreten.

„Nein, Manuel,“ antwortete kalt der junge Mann, „ich allein habe die Pflicht, meinen Vater zu rächen, und da es nötig ist, daß hier alles sich nach Vorschrift vollziehe, bist du mein Zeuge.“

„Benito!“

„Sie, Fragoso, werden es mir nicht abschlagen, wenn ich Sie bitte, diesem Menschen als Zeuge zu dienen."

„Meinetwegen," antwortete Fragoso, „obgleich das niemandem Ehre macht. – Ich hätte ohne so viel Zeremonien," setzte er hinzu, „den Kerl einfach wie ein wildes Tier niedergeschossen."

Der Platz, wo der Zweikampf stattfinden sollte, war ein flaches Stück des Ufers, das etwa 40 Fuß breit und 15 Fuß über dem Amazonenstrom gelegen war.

Es brach jäh ab und war daher sehr abschüssig. An seinem Fuße floß das Wasser langsam vorbei, die Schilfbündel bespülend, die es unten umsäumten.

In der Breite bot dieser Platz nur geringen Spielraum, und derjenige von beiden Gegnern, der zurückwich, mußte bald in den Abgrund stürzen.

Auf das von Manuel gegebene Zeichen gingen Benito und Torres aufeinander los.

Benito hatte sich jetzt völlig in der Gewalt. Er verteidigte eine heilige Sache und war kalten Blutes.

Als beide aufeinander gerieten, führte Benito den ersten Stoß. Torres parierte. Beide Gegner sprangen wieder zurück. Aber gleich darauf waren sie wieder beieinander und packten sich mit der linken Hand bei der Schulter. Sie wollten nicht wieder voneinander los.

Torres, der der stärkere war, führte von der Seite einen Stoß, dem Benito nicht ganz ausweichen konnte. Er wurde in der rechten Hüfte getroffen, und der Stoff seines Puncho färbte sich von Blut.

Aber er erwiderte den Stoß rasch und verletzte Torres leicht an der Hand.

Dann wurden mehrere Stöße gewechselt, ohne daß es zur Entscheidung kam. Der Blick Benitos, der noch immer schwieg, bohrte sich in Torres Auge, wie ein Dolch, der bis ins Herz drang.

Der Elende begann sichtlich zu ermatten. Er wich allmählich zurück, von dem unversöhnlichen Richter gedrängt, der mehr darauf bedacht war, den Mann, der seinen Vater denunziert hatte, zu töten als sich selber zu verteidigen. Benito stieß nur wieder und wieder zu, um ihn zu treffen, und der andere war schon nur noch bemüht, die Stöße zu parieren.

Bald sah Torres sich an den Rand des Ufers gedrängt, wo der Strand, ein wenig vorspringend, in den Strom abstürzte. Er begriff die Gefahr, wollte zum Angriff übergehen und das verlorne Terrain wiedergewinnen ... seine Unruhe wurde ärger ... sein Blick erlosch unter dem Blick seines Gegners ... er mußte sich endlich beugen vor dem Arm, der ihn bedrohte.

„So stirb!“ rief Benito.

Der Stoß traf mitten in die Brust, aber die Spitze der Manchetta stumpfte sich ab an einem harten Gegenstand, der unter Torres Puncho verborgen war.

Benito drang mit doppeltem Eifer vor. Torres, dessen Stoß fehlgegangen war, fühlte sich verloren. Er wollte schreien, – schreien, daß Joam Dacostas Leben von dem seinen abhinge ... er hatte nicht mehr die Zeit dazu.

Ein zweiter Stoß der Manchetta traf den Abenteurer mitten ins Herz. Er fiel zurück, und da ihm der Boden plötzlich fehlte, stürzte er vom Ufer hinab. Ein letztes Mal klammerten sich seine Fäuste krampfhaft an ein Schilfbündel, aber er konnte sich nicht festhalten und verschwand im Wasser des Stromes.

Benito hatte sich auf Manuels Schulter gestützt. Fragoso drückte ihm die Hand.

Er wollte seinen Freunden nicht einmal die Zeit lassen, seine Wunde zu verbinden, die unbedeutend war.

„Nach der Jangada!“ rief er, „nach der Jangada!“

Im Drang einer tiefen Erregung folgten ihm Manuel und Fragoso ohne ein weiteres Wort.

Eine Viertelstunde später trafen alle drei an dem Strande ein, wo die Jangada festgelegt war.

Benito und Manuel eilten in das Zimmer der Mutter und Schwester und benachrichtigten beide von dem, was vorgefallen war.

„Mein Sohn!"

„Mein Bruder!"

Diese Rufe waren einander unmittelbar gefolgt.

„Zum Gefängnis!" rief Benito.

„Ja – komm – komm!" antwortete Yaquita.

Benito zog seine Mutter mit sich fort. Manuel folgte. Alle drei gingen an Land und eilten nach Manaos. Eine halbe Stunde später trafen sie vorm Stadtgefängnis ein.

Auf die vom Richter Jarriquez erteilte Weisung hin wurden sie sofort eingelassen und in das Zimmer geführt, das der Gefangene inne hatte.

Die Tür öffnete sich.

Joam Dacosta sah seine Frau, seinen Sohn und Manuel eintreten.

„Ah, Joam, mein Joam!" rief Yaquita.

„Yaquita! meine Frau! Meine Kinder!" rief der Gefangene, ihnen, die Arme öffnend und sie an die Brust drückend.

„Mein unschuldiger Joam!"

„Unschuldig und gerächt!" rief Benito.

„Gerächt! Wie meinst du das?"

„Torres ist tot, Vater, und tot durch meine Hand!"

„Tot! ... Torres! ... tot!" rief Joam Dacosta. „Ach, mein Sohn, mein Sohn! ... Du hast mich zu Grunde gerichtet!"

Zehntes Kapitel

Beschlüsse

Wenige Stunden später war die ganze Familie nach der Jangada zurückgekehrt und in dem gemeinsamen Saale. Alle waren da – bis auf jenen Gerächten, den ein letzter Schlag getroffen hatte.

Benito war niedergeschmettert und klagte sich an, seinen Vater vernichtet zu haben. Hätten Yaquita, seine Schwester, Manuel und Padre Passanha ihn nicht flehentlich gebeten, so hätte er in den ersten Augenblicken seiner Verzweiflung sich vielleicht ein Leid zufügen können.

Aber man hatte ihn nicht aus den Augen gelassen und war stets bei ihm. Und doch! hatte er nicht eine gerechte Rache an dem Verräter seines Vaters vollzogen!

Ach! warum hatte Joam Dacosta nicht alles gesagt, ehe er die Jangada verließ! Warum hatte er zurückgehalten und nur dem Richter gegenüber von diesem faktischen Beweis seiner Unschuld sprechen wollen? Warum hatte er in seiner Unterhaltung mit Manuel nach der Ausweisung des Abenteurers von dem Schriftstück geschwiegen, das Torres in Händen zu haben vorgab?

Aber konnte man im Grunde dem, was Torres ihm gesagt hatte, Glauben beimessen? Konnte man als gewiß annehmen, daß sich ein solches Schriftstück im Besitz des Schurken befand?

Wie dem auch sein mochte, die Familie wußte jetzt alles, und zwar aus dem Munde Joam Dacostas selbst. Sie wußte, daß nach Torres' Aussage der Beweis für die Unschuld des Verurteilten von Tijuco wirklich existierte, daß dieses Schriftstück von dem Urheber des Verbrechens eigenhändig geschrieben worden war: daß dieser Verbrecher, in der Todesstunde von Reue erfaßt, es seinem Gefährten Torres übergeben hatte, und daß dieser, anstatt den Willen des Sterbenden zu erfüllen, aus der Uebergabe dieses Schriftstücks einen schmählichen Handel habe machen wollen.

Aber sie wußte auch, daß Torres in diesem Zweikampf gefallen war, daß seine Leiche im Amazonenstrom versunken war, und daß er gestorben war, ohne den Namen des wahren Schuldigen zu nennen.

Wenn nicht ein Wunder geschah, so mußte Joam Dacosta jetzt als rettungslos verloren angesehen werden. Der Tod des Richters Ribeiro einerseits – der Tod des Angebers Torres andererseits, das war ein doppelter Schlag, unter dem er zusammenbrechen mußte.

Allerdings war die öffentliche Meinung, die wie überall und immer in die unrechte Wageschale geworfen wurde, vollständig gegen den Gefangenen. Die so unerwartete Verhaftung Joam Dacostas rief die Erinnerung an jenen furchtbaren Ueberfall von Tijuco wach, der in 23 Jahren vergessen worden war. Der Prozeß des jungen Minenangestellten im Diamantendistrikt, seine Verurteilung zum Tode, seine Flucht wenige Stunden vor der Hinrichtung, alles wurde wieder aufgefrischt und wieder vergegenwärtigt.

Ein Artikel, der zu dem „Diario do Gran Para" erschien, der verbreitetsten Zeitung dieser Gegend, gab einen erneuten Bericht aller Einzelheiten des Verbrechens und sprach sich dann in offenkundiger Feindseligkeit gegen den Gefangenen aus. Warum hätte man an die Unschuld Joam Dacostas glauben sollen, da man doch all das nicht wußte, was die Seinen wußten – was nur sie wissen konnten.

In der Bevölkerung von Manaos herrschte daher sogleich übergroße Aufregung. Der Haufe der wahnwitzig verblendeten Indianer und Schwarzen umringte auf der Stelle das Gefängnis und schrie: „Tod! Tod!"

In diesem Lande der beiden Amerika, wo in dem einen Teile oft häßliche Vollstreckungen der Lynchjustiz vorkommen, gibt sich die Menge ihren grausamen Instinkten hin, und man konnte befürchten, daß sie in diesem Falle eigenhändig das Urteil vollziehen möchte.

Welche traurige Nacht für die Passagiere der Jangada! Die Herrschaft und die Diener waren von diesem Schlage niedergeschmettert! Konnte man dieses Personal der Fazenda nicht auch eine Familie nennen? Alle waren entschlossen, über Yaquita und den Ihren zu wachen.

Am Ufer des Rio Negro gingen Eingeborne, sichtlich erregt über die Verhaftung Joam Dacostas hin und her, und wer weiß, zu welchen Ausschreitungen sich diese Leute, die noch halb Barbaren waren, vielleicht hinreißen ließen.

Die Nacht verging jedoch, ohne daß etwas gegen die Jangada unternommen wurde.

Am folgenden Tage, dem 26. August, versuchten Manuel und Fragoso, die in dieser Nacht der Angst Benito nicht einen Augenblick verlassen hatten, den jungen Mann seiner Verzweiflung zu entreißen. Nachdem sie ihn beiseite geführt hatten, machten sie ihm begreiflich, daß kein Augenblick zu verlieren sei, sondern daß man sich zum Handeln entschließen müsse.

„Benito," sagte Manuel, „gewinne wieder Gewalt über dich, werde wieder ein Mann! werde wieder ein Sohn!"

„Mein Vater!" rief Benito. „Ich habe ihn getötet!"

„Nein," antwortete Manuel, „und es ist möglich, daß mit Gottes Hilfe noch nicht alles verloren ist!"

„Hören Sie uns an, Benito!" sagte Fragoso.

Der junge Mann strich sich mit der Hand über die Augen und raffte sich gewaltsam empor.

„Benito," fuhr Manuel fort, „Torres hat nichts gesagt, was uns über seine Vergangenheit aufklären könnte. Wir können daher nicht wissen, wer der Urheber des Verbrechens von Tijuco ist, noch unter welchen Umständen er das Verbrechen ausgeführt hat. In dieser Richtung Nachforschungen anzustellen, wäre also verlorne Zeit."

„Und die Zeit drängt!" setzte Fragoso hinzu.

„Uebrigens," sagte Manuel, „wenn es uns selbst gelänge zu erfahren, wer der Gefährte von Torres gewesen ist, so ist dieser doch tot und könnte nicht die Unschuld Joam Dacostas bezeugen. Aber nichtsdestoweniger steht es fest, daß der Beweis dieser Unschuld vorhanden ist, und wir brauchen nicht am Vorhandensein eines Dokuments zu zweifeln, mit dem Torres ein Geschäft hat machen wollen. Er hat es ja selber gesagt. Dieses Dokument ist ein von dem Schuldigen eigenhändig geschriebenes Geständnis, das den Ueberfall bis in seine kleinsten Einzelheiten berichtet und die Ehre unsers Vaters wiederherstellt. Ja, hundertmal ja! Dieses Schriftstück existiert!“

„Aber Torres ist dahin!“ rief Benito. „Und mit diesem Elenden ist das Schriftstück zu Grunde gegangen.“

„Warte und verzweifle noch nicht!“ antwortete Manuel. „Du erinnerst dich wohl, unter welchen Umständen wir Torres kennen gelernt haben? Mitten im Walde von Iquitos. Da verfolgte er einen Affen, der ihm ein metallnes Etui gestohlen hatte, an dem ihm sehr viel gelegen zu sein schien, und schon seit zwei Stunden hatte er dem Affen nachgestellt, als das Tier von unserer Kugel fiel. Glaubst du denn nun, daß wegen ein paar Geldstücken Torres so erpicht darauf gewesen wäre, es wiederzubekommen? Erinnerst du dich nicht, wie außerordentlich froh Torres sich zeigte, als du ihm dieses Etui zurückgabst, das du der Hand des Affen entrissest?“

„Ja! – ja!“ antwortete Benito. „Dieses Etui – das ich in der Hand hatte – das ich ihm wiedergegeben habe! – Vielleicht enthielt es ...?“

„Das ist nicht nur wahrscheinlich – das steht fest!“ versetzte Manuel.

„Und ich füge hinzu,“ fiel Fragoso ein – „denn dieser Umstand kommt mir jetzt ins Gedächtnis: während Sie sich Egas angesehen haben, bin ich an Bord geblieben auf Linas Rat hin, um Torres zu bewachen, und ich habe gesehen – ja wohl – ich habe gesehen, wie er ein altes ganz vergilbtes Blatt Papier wieder und wieder las – indem er Worte murmelte, die ich nicht verstehen konnte.“

„Das war das Dokument!“ rief Benito, der sich an dieser Hoffnung wieder aufrichtete, der einzigen, die ihm verblieb – „aber hat er dieses Dokument nicht am Ende an einem sichern Orte verborgen?“

„Nein!“ antwortete Manuel, „nein! – Dieses Schriftstück war zu kostbar, als daß Torres daran hätte denken können, sich davon zu trennen. Er hat es immer bei sich getragen – ohne Zweifel eben in diesem Etui!“

„Warte – warte – Manuel,“ rief Benito. „Ich erinnere mich – ja, mir fällt ein, – während des Duells – beim ersten Stoß, den ich gegen Torres tat – mitten auf die Brust – da traf meine Manchetta unter seinen: Puncho auf einen harten Gegenstand – wie ein Metallstück

„Das war das Etui!“ rief Fragoso.

„Ja!“ antwortete Manuel. „Es ist kein Zweifel mehr möglich. Dieses Etui hatte er in einer Tasche seines Wamses.“

„Aber der Leichnam Torres'?“

„Wir finden ihn!“

„Aber das Papier! Das Wasser ist zu ihm gedrungen, hat es vielleicht zerstört und unlesbar gemacht!“

„Warum?“ antwortete Manuel. „Da doch das Metalletui hermetisch verschlossen war!“

„Manuel,“ antwortete Benito, sich an diese letzte Hoffnung klammernd, „du hast recht! Wir müssen Torres' Leiche wiederfinden! Wir müssen diesen ganzen Teil des Stromes durchsuchen, wenn es nötig – aber wir werden ihn finden!“

Der Lotse Araujo wurde sofort herbeigerufen und von dem, was unternommen werden sollte, unterrichtet.

„Gut!“ antwortete Araujo. „Ich kenne die Wirbel und Stromschnellen am Zusammenfluß des Rio Negro und des Amazonas. Unsre Suche nach der Leiche Torres' kann Erfolg haben. Wir wollen die beiden Pirogen, die beiden Ubas und zwölf von unsern Indianern mitnehmen und gleich losfahren.“

Padre Passanha kam jetzt aus Yaquitas Zimmer. Benito trat auf ihn zu und teilte ihm in kurzen Worten mit, was sie versuchen wollten, um das Schriftstück zu erlangen.

„Sagen Sie meiner Mutter und meiner Schwester noch nichts!“ setzte er hinzu. „Wenn diese letzte Hoffnung fehlschlüge, das wäre ihr Tod!“

„Geh, mein Kind, geh!“ antwortete Padre Passanha, „und möge Gott dir bei deinen Nachforschungen beistehen!“

Fünf Minuten später verließen die vier Fahrzeuge die Jangada; Sie fuhren den Rio Negro hinunter und kamen an das Ufer des Amazonenstromes – genau an die Stelle, wo Torres zu Tode getroffen in der Flut verschwunden war.

Elftes Kapitel
Auf der Suche

Unverzüglich sollte mit den Nachforschungen begonnen werden, und zwar aus zwei schwerwiegenden Gründen:

Erstens stand Leben und Tod dabei auf dem Spiele, denn es handelte sich darum, daß der Beweis von der Unschuld Joam Dacostas beigebracht wurde, ehe der Befehl von Rio de Janeiro einlief. Da die Identität des Verurteilten festgestellt war, konnte dieser Befehl in der Tat nur ein Vollstreckungsbefehl sein.

Zweitens durfte Torres' Leichnam nur so kurze Zeit wie irgend möglich im Wasser gelassen werden, um das Etui und den Inhalt unbeschädigt vorzufinden.

Araujo lieferte in dieser Lage den Beweis nicht nur für seinen Eifer und seine Intelligenz, sondern auch für seine äußerst genaue Kenntnis des Stromes am Mündungspunkte des Rio Negro.

„Wenn Torres,“ sagte er zu den jungen Leuten, „zunächst von der Strömung weggetrieben worden ist, dann müssen wir den Fluß auf eine ziemlich lange Strecke absuchen, denn wenn wir abwarten wollen, bis der Leichnam infolge der Zersetzung an die Oberfläche käme, so würden wir mehrere Tage dazu brauchen.“

„Das geht nicht an,“ antwortete Manuel, „und wir müssen heute noch ans Ziel kommen.“

„Wenn im Gegenteil,“ fuhr der Lotse fort, „der Leichnam im Kraut und Schilf hängen geblieben ist, dann werden wir ihn in einer Stunde gefunden haben.“

„Also ans Werk!“ schloß Benito.

Es blieb in der Tat weiter keine Wahl. Die Fahrzeuge näherten sich dem Ufer, und die Indianer begannen mit langen Stangen alle Teile des Stromes unterhalb des Strandes, wo der Zweikampf stattgefunden hatte, abzutasten.

Dieser Fleck war leicht wiederzuerkennen. Eine Blutspur kennzeichnete den Kreideabsturz, der senkrecht ins Wasser fiel. Kleine, auf den Schilfblättern verspritzte Tropfen machten die Stelle kenntlich, wo die Leiche verschwunden war.

Ein Ufervorsprung, der 50 Fuß stromabwärts hervortrat, hielt hier das Wasser unbeweglich in einer Art Stauflut zurück. Keine Strömung zeigte sich am Fuße des Abhangs, und das Schilf stand hier völlig still.

Man konnte daher hoffen, daß Torres' Leichnam nicht ins weite Wasser weggeführt worden sei. Selbst wenn das Flußbett hier abschüssig wäre, so hätte er nur ein paar Klafter den Abhang hinabgleiten können: und auch weiter unten machte keine Strömung sich bemerkbar.

Die Ubas und Pirogen teilten sich in die Arbeit und begrenzten das Feld der Nachforschungen auf den äußersten Umkreis des Stauwassers. Von außen nach innen tastend, wurde mit den langen Stangen jedes Fleckchen abgesucht.

Aber der Leichnam des Abenteurers wurde weder im Schilf noch auf dem Grunde des Wassers gefunden.

Zwei Stunden nach Beginn der Nachforschungen kam man zu der Annahme, daß der Leichnam jedesfalls den abschüssigen Boden hinuntergeglitten und schräg gefallen war, so daß er aus dem Bereich der

Stauwasser heraus gekommen und an eine Stelle geraten war, wo die Wirkung der Strömung bemerkbar zu werden begann.

„Deswegen brauchen wir aber nicht zu verzweifeln," sagte Manuel, „oder gar unsere Nachforschungen aufzugeben."

„Und müßten wir auch," rief Benito, „den Strom in seiner ganzen Länge und Breite durchsuchen!"

„In seiner ganzen Breite, vielleicht," antwortete Araujo. „In seiner ganzen Länge, nein, das ist glücklicherweise nicht nötig!"

„Warum?" fragte Manuel.

„Weil eine Meile abwärts vom Zufluß des Rio Negro der Amazonas ein sehr scharfes Knie macht und gleichzeitig sein Flußbett jäh emporsteigt. Dort ist also gleichsam ein natürlicher Damm, über den nur das, was an der Oberfläche treibt, hinwegkommt."

Dies war ein glücklicher Umstand, wenn Araujo sich nicht täuschte. Aber im Grunde konnte man sich auf diesen alten Kenner des Amazonenstromes verlassen. Seit 30 Jahren betrieb er das Lotsen-Gewerbe, und die Fahrt über diese Stelle des Stromes, wo die Strömung infolge der Einzwängung äußerst reißend ist, war ihm oft sauer genug geworden.

Araujo hatte also recht, wenn er sagte, der Leichnam könne, sofern er durch sein spezifisches Gewicht noch auf dem sandigen Grunde des Bettes gehalten wurde, nicht über diesen Damm hinausgetrieben sein. Wenn er allerdings später infolge der Gasausdehnung an die Oberfläche stiege, so würde ihn dann ohne Zweifel die Strömung erfassen und er sich unfindbar stromabwärts über den Damm hinaus verlieren. Aber dieses rein physische Moment konnte erst in einigen Tagen eintreten.

Man konnte sich in dieser Sache an keinen geschicktern und erfahrenern Mann wenden als an den Lotsen Araujo. Da er nun versicherte, daß die Leiche nicht über den engen Kanal, also höchstens eine Meile weit, getrieben sein konnte, so brauchte nur dieser Teil des Stromes abgesucht zu werden, und die Leiche mußte gefunden werden.

Keine Insel und kein Eiland unterbrach übrigens an dieser Stelle den Lauf des Amazonas. Hieraus folgte, daß, nach einer Untersuchung der beiden Ufer bis zu dem Damm das 500 Fuß breite Bett selbst auf das eingehendste abgeforscht werden mußte.

Folgendermaßen gingen sie nun zu Werke. Die Fahrzeuge begaben sich an das linke und rechte Ufer des Amazonenstromes und fuhren dort entlang. Mit Stangenstößen wurde Schilf und Kraut durchsucht. Die geringsten Vorsprünge des Ufers, an denen ein Körper hätte hängen bleiben können, entgingen den Nachsuchungen Araujos und seiner Indianer nicht.

Aber die ganze Arbeit führte zu keinem Ergebnis, und der Tag war schon zur Hälfte verflossen, ohne daß der unauffindbare Leichnam an die Oberfläche des Stromes gebracht worden wäre.

Eine Stunde Ruhe wurde den Indianern gewährt. Während dieser Pause aßen sie, dann machten sie sich wieder ans Werk.

Diesmal teilten sich die vier Boote unter Leitung von Araujo, Benito, Fragoso und Manuel den ganzen Raum zwischen der Mündung des Rio Negro und dem Damm in vier Bezirke. Jetzt handelte es sich darum, das Strombett abzusuchen.

An gewissen Stellen kam man mit den Stangen nicht aus, um den Grund hinreichend zu untersuchen. Deshalb wurden an Bord Baggerhaken oder vielmehr Eggen aus Draht und Steinen, die von einem festen Netz umschlossen wurden, hergerichtet, und während die Boote scharf dem Ufer parallel fuhren, wurden diese Harken ins Wasser gelassen und am Grunde hingezogen.

Bei dieser schwierigen Arbeit verblieben Benito und die Seinen bis zum Abend. Die mit Rudern bewegten Pirogen und Ubas befuhren den Wasserspiegel in dem ganzen Becken, das stromabwärts an dem Damm endete, nach allen Richtungen hin.

Während dieses Teils der Arbeit gab es aufregende Momente genug, wenn die Haken an einem Gegenstande hängen blieben und Widerstand leisteten. Dann wurden sie heraufgezogen, aber an Stelle des so begierig gesuchten Leichnams brachten sie nur ein paar schwere Steine oder Krautklumpen, die sie aus ihrem Sandbett rissen, mit hinauf.

Dennoch dachte niemand daran, die unternommene Suche aufzugeben. Alle vertieften sich ohne Nebengedanken in dieses Werk der Rettung. Benito, Manuel und Araujo hatten es nicht nötig, die Indianer anzuspornen. Die braven Leute wußten, daß sie für den Fazendero von Iquitos arbeiteten, für den Mann, den sie liebten, für das Haupt der großen Familie, die in einundderselben Gleichheit Herren und Diener umfaßte!

Ja! wenn es sein mußte, wollte man, ohne an Ermüdung zu denken, die Nacht über die Arbeit fortsetzen. Alle wußten nur zu gut, was jede verlorne Minute wert war.

Kurz vor Sonnenuntergang gab jedoch Araujo, der ein Weiterarbeiten bei Dunkelheit für unnütz erklärte, das Zeichen, die Boote zurückzurudern, und sie fuhren daher wieder zur Mündung des Rio Negro, um sich nach der Jangada zu begeben.

So sorgfältig und so besonnen die Arbeit auch ausgeführt worden war, sie hatte nichts gefruchtet!

Auf der Rückfahrt wagten Manuel und Fragoso nicht vor Benito von diesem Mißerfolg zu sprechen. Mußten sie nicht befürchten, daß die Entmutigung ihn zu einer verzweifelten Tat hinreißen könnte?

Aber der junge Mann hatte jetzt weder Mut noch Kaltblütigkeit verloren. Er war entschlossen, in diesem äußersten Kampf, seines Vaters Leben und Ehre zu retten, ans Ziel zu gelangen, und er war es, der das Wort an seine Gefährten richtete.

„Auf morgen!“ rief er. „Wir fangen morgen von vorn an und in besserer Weise, wenn das möglich ist!“

„Jawohl,“ antwortete Manuel. „Das läßt sich noch besser machen. Wir können noch nicht sagen, daß wir dieses Becken in der ganzen Ausdehnung seiner Tiefe völlig abgesucht hätten!“

„Nein, das können wir nicht," antwortete Araujo, „und ich halte aufrecht, was ich gesagt habe: Der Leichnam Torres' ist da – er ist da, weil er nicht wegtreiben kann, weil er über den Damm nicht hinauskann, weil er erst nach einigen Tagen an die Oberfläche steigen und stromab schwimmen kann! Ja, er ist da – und es soll nie wieder ein Schluck Rum an meine Lippen kommen, wenn ich ihn nicht wiederfinde!"

Diese Versicherung aus dem Munde des Lotsen war von großem Wert und wohl angetan, wieder Hoffnung zu machen.

Aber Benito wollte sich nicht mehr an Worten genügen lassen, er wollte Tatsachen sehen, wie sie auch sein mochten, und glaubte antworten zu müssen:

„Ja, Araujo, die Leiche Torres' ist noch in diesem Becken, und wir werden sie wiederfinden, wenn –"

„Wenn?" fragte der Lotse.

„Wenn sie nicht den Kaimans zum Opfer gefallen ist."

Manuel und Fragoso warteten voller Spannung, was Araujo hierauf antworten würde.

Der Lotse schwieg ein Weilchen. Er wollte überlegen, ehe er Antwort gab.

„Signor Benito," sagte er endlich, „es ist nicht meine Gewohnheit, etwas leichthin zu sagen. Auch ich habe denselben Gedanken gehabt, aber hören Sie mich an! Haben Sie während der zehnstündigen Suche einen einzigen Kaiman im Wasser gesehen?"

„Keinen einzigen," antwortete Fragoso.

„Wenn Sie keinen gesehen haben," fuhr der Lotse fort, „so ist der Grund, es gibt eben keine. Diesen Tieren liegt nichts daran, sich in das weiße Wasser zu wagen, da eine Meile weiter oben doch ausgedehnte Flächen jenes schwarzen Wassers sind, dem sie den Vorzug geben. Wenn die Jangada von einigen dieser Tiere angegriffen worden ist, so erklärt sich dies daher, daß sie an dieser Stelle sich in keinen Zufluß des Amazonas haben zurückziehen können. Hier ist das etwas anderes. Fahren Sie den Rio Negro hinauf, dort finden Sie Kaimans scharenweis. Wenn der Leichnam des Mannes in diesen Nebenfluß gefallen wäre, so bestände vielleicht keine Hoffnung, ihn jemals wiederzufinden! Aber er ist in den Amazonenstrom gefallen, und der Amazonas wird ihn wieder herausgeben."

Von seiner Besorgnis erleichtert, nahm Benito die Hand des Lotsen, drückte sie und antwortete nur:

„Auf morgen, meine Freunde!"

Zehn Minuten später waren alle wieder an Bord der Jangada.

An diesem Tage war Yaquita ein paar Stunden bei ihrem Mann gewesen. Aber als sie vor ihrem Weggang weder den Lotsen, noch Manuel, noch Benito, nach die Kähne sah, begriff sie, welche Nachforschungen vorgenommen werden sollten.

Indessen wollte sie Joam Dacosta nichts sagen, da sie hoffte, ihm am folgenden Tage den Erfolg melden zu können.

Aber Benito war kaum auf die Jangada zurückgekehrt, so begriff sie, daß die Nachforschungen nichts gefruchtet hatten.

Dennoch trat sie zu ihm.

„Nichts?" fragte sie.

„Nichts," antwortete Benito, „aber morgen geht's weiter!"

Alle Mitglieder der Familie gingen in ihre Kabinen, und es fiel kein Wort über das, was vorgefallen war.

Manuel wollte Benito bewegen, sich hinzulegen, Um wenigstens ein paar Stunden zu ruhen.

„Wozu?" antwortete Benito. „Könnte ich denn schlafen?"

Zwölftes Kapitel

Von neuem auf der Suche

Am folgenden Tage, dem 27. August, nahm Benito vor Sonnenuntergang Manuel zur Seite und sagte zu ihm:

„Die Nachforschungen, die wir gestern angestellt haben, sind vergeblich gewesen. Wenn wir heute unter denselben Bedingungen wieder begännen, hätten wir vielleicht auch nicht mehr Glück."

„Es bleibt uns aber doch weiter nichts übrig," antwortete Manuel.

„Ja," fuhr Benito fort, „aber falls der Leichnam Torres' nicht wiedergefunden wird, kannst du mir vielleicht sagen, wieviel Zeit erforderlich ist, bis er an die Oberfläche kommt."

„Wenn Torres," antwortete Manuel, „lebend in den Strom gestürzt wäre und nicht infolge eines jähen Todes, so müßten wir fünf bis sechs Tage rechnen. Da er aber erst nach dem tödlichen Stoß verschwunden ist, so werden vielleicht zwei bis drei Tage hinreichen, bis er zum Vorschein kommt."

Diese vollkommen richtige Antwort Manuels erheischt eine Erläuterung.

Jeder Mensch, der ins Wasser fällt, ist imstande, sich im Wasser zu halten, unter der Bedingung, daß das Gleichgewicht zwischen der Dichtigkeit seines Körpers und der des Wassers hergestellt werden kann. Hier ist wohlverstanden die Rede von einer Person, die nicht schwimmen gelernt hat. Wenn sie unter dieser Bedingung sich ganz untertauchen läßt und nur Mund und Nase aus dem Wasser hebt, wird sie treiben.

Aber in der Regel ist dies nicht der Fall. Die erste Bewegung eines Menschen, der ins Wasser fällt, ist, daß er versucht, möglichst viel von seinem Leibe außer Wasser zu bringen: er hebt den Kopf und die Arme, und da nun diese Teile seines Leibes nicht mehr vom Wasser getragen werden, so verlieren sie nicht diejenige Gewichtsmenge, die sie verlieren würden, wenn sie völlig unter Wasser blieben. Das Gewicht wird gesteigert, und der Mensch versinkt völlig.

Das Wasser dringt durch den Mund in die Lungen, nimmt den Platz der Luft ein, die sie erfüllte, und der Körper fällt auf den Grund.

Dagegen verhält es sich bei einem Menschen, der schon tot ist, wenn er ins Wasser fällt, ganz anders, und die Schwimmbedingungen sind bei weitem günstiger, da er nicht mehr die oben erwähnten Bewegungen machen kann, und da das Wasser nicht so völlig seine Lungen angefüllt hat, weil er nicht mehr zu atmen versuchte, so wird sein Körper schneller wieder auftauchen.

Manuel hatte also recht, wenn er zwischen dem Sturz eines noch Lebenden und dem Sturz eines schon Toten einen Unterschied machte. Im ersten Fall dauert es notgedrungen länger, bis die Leiche wieder erscheint, als im zweiten.

Das Wiederauftauchen einer längere oder kürzere Zeit im Wasser liegenden Leiche wird allein bedingt durch die Zersetzung, die Gase zur Entwicklung bringt, welche die Ausdehnung des Zellgewebes herbeiführen. Das Volumen vermehrt sich, ohne daß das Gewicht zunimmt, und da der Körper nun weniger wiegt als das Wasser, das er verdrängt, so steigt er empor und befindet sich jetzt in den zum Schwimmen erforderlichen Bedingungen.

„Obwohl die Umstände also günstig sind," schloß Manuel, „da Torres nicht mehr lebte, als er in den Strom fiel, so kann er doch, selbst wenn die Zersetzung nicht durch Verhältnisse, die man nicht voraussehen kann, verzögert wird, vor drei Tagen nicht wieder emportauchen."

„Wir können aber keine drei Tage warten!" antwortete Benito. „Du weißt, wir können nicht warten. Wir müssen also aufs neue auf die Suche gehen, aber auf andere Weise."

„Was willst du tun?" fragte Manuel.

„Selber auf den Grund tauchen," antwortete Benito. „Suchen mit den eigenen Augen – suchen mit den Händen."

„Hm! Ja! Hundertmal tauchen! Tausendmal tauchen!" rief Manuel. „Ich denke wie du. Heute müssen wir aufs genaueste nachforschen und nicht mehr blindlings handeln, mittels Stangen oder Schleppnetzen, die nur wie Tastwerkzeuge arbeiten! Ich denke auch, daß wir selbst drei Tage lang unmöglich warten können! Aber wenn wir tauchen, heraufkommen, wieder hinuntergehen, so können wir dabei immer nur kurze Sekunden suchen! Nein! Das wäre ungenügend, das wäre unnütz und wir riskieren, auch ein zweitesmal mit leeren Händen zurückzukehren!"

„Kannst du mir ein anderes Verfahren vorschlagen, Manuel?" fragte Benito.

„Höre mich an. Ein Umstand – eine Schicksalsfügung fast – kann uns zu Hilfe kommen!"

„Sprich! so sprich!"

„Als ich gestern durch Manaos ging, habe ich gesehen, daß am Ufer des Rio Negro an einem Quai Ausbesserungsarbeiten gemacht werden. Diese Arbeiten unter Wasser werden mittels Skaphander ausgeführt. Wir wollen einen solchen Taucherapparat leihen oder kaufen, um welchen Preis es sei, und dann können wir unter günstigeren Bedingungen unsere Nachforschungen fortsetzen!"

„Teile das Araujo, Fragoso und unsern Leuten mit, und dann vorwärts!" antwortete Benito sogleich.

Der Lotse und der Barbier wurden von dem gefaßten Entschlusse und dem Plane Manuels benachrichtigt. Es wurde ausgemacht, daß sie beide sich mit den Booten und den Indianern nach dem Becken des Amazonas begeben und dort auf die beiden jungen Männer warten sollten.

Manuel und Benito gingen ohne Zeitverlust an Land und eilten nach dem Quai von Manaos. Dort boten sie dem Unternehmer der Hafenarbeiten eine so hohe Summe, daß der Mann sofort bereit war, ihnen den Apparat für den ganzen Tag zur Verfügung zu stellen.

„Wollen Sie einen meiner Arbeiter," fragte er, „der Ihnen helfen könnte?"

„Geben Sie uns Ihren Werkführer und ein paar seiner Kameraden zur Bedienung der Luftpumpe mit," antwortete Manuel.

„Aber wer soll den Skaphander anziehen?“

„Ich,“ antwortete Benito.

„Benito, du!“ rief Manuel.

„Ich will es!“

Es wäre vergeblich gewesen, etwas dagegen zu sagen. Eine Stunde später war das Floß, das die Pumpe und alle erforderlichen Instrumente trug, an dem Strande, wo die Boote seiner harrten.

Die Zusammensetzung dieser Taucherapparate, die es ermöglichen, unter Wasser zu gehen und eine Zeitlang unter Wasser zu bleiben, ohne daß die Lungentätigkeit in irgend einer Weise beeinträchtigt wird, ist hinlänglich bekannt.

Wenn der Taucher an einem Flecke zu arbeiten hat, liegt das Floß über ihm still; wenn er auf dem Grunde hin und her zu gehen hat, folgt das Floß seinen Bewegungen, oder er folgt denen des Floßes, je nachdem wie das zwischen ihm und der Bedienung ausgemacht ist.

Diese sehr vervollkommneten Skaphander sind nicht mehr mit den Gefahren verbunden, wie früher. Der Mann, der untergetaucht ist, gewöhnt sich leicht an den übermächtigen Druck, dem er ausgesetzt ist. Wenn eine Gefahr in diesem Falle zu befürchten gewesen wäre, so hätte es höchstens ein etwaiges Zusammentreffen mit einem Kaiman in der Tiefe des Stromes sein können.

Wie jedoch Araujo bemerkt hatte, war nicht eine dieser Amphibien am vergangenen Tage gesehen worden, denn diese Tiere ziehen bekanntlich das schwarze Wasser der Nebenflüsse des Amazonas vor.

Uebrigens steht dem Taucher im Falle irgend welcher Gefahr die Schnur einer auf dem Floß angebrachten Klingel zur Verfügung, und beim leisesten Anschlag kann er sofort heraufgezogen werden.

Benito, der seine Ruhe nicht einen Moment verlor, wenn er zu einem Entschluß gelangt war und an seine Ausführung ging, zog den Skaphander an. Sein Kopf verschwand unter der Metallkugel; seine Hand ergriff eine Art Fangeisen, mit dem er das Kraut oder alle angetriebenen Massen dieses Beckens durchsuchen konnte, und auf ein Zeichen ließ man ihn hinab.

Die Männer vom Floß, an diese Arbeit gewöhnt, setzten sofort die Luftpumpe in Bewegung, während die Indianer der Jangada das Floß nach Araujos Weisungen langsam mit ihren langen Stangen in der erforderlichen Richtung vorwärts bewegten.

Die zwei Pirogen – in der einen Fragoso, in der andern Manuel, mit je zwei Rudern – begleiteten das Floß und hielten sich bereit, sofort vor oder zurückzugehen, wenn Benito den Leichnam Torres' finden und an die Oberfläche des Amazonas bringen würde.

Dreizehntes Kapitel
Ein Kanonenschuß

Benito war also in die Tiefe gestiegen, die ihm noch den Leichnam des Abenteurers verbarg. Ach! wenn er imstande gewesen wäre, das Wasser abzuleiten, in Dampf aufzulösen, auszutrocknen – wäre er imstande gewesen, das ganze Becken von dem Damm bis zur Mündung des Rio Negro freizulegen – dann wäre jedesfalls dieses Etui, das in Torres' Kleidern verborgen war, in seiner Hand! Dann wäre die Unschuld seines Vaters am Tage! Joam Dacosta würde wieder freigelassen und könnte mit den Seinen die Fahrt stromab fortsetzen! Wie viele furchtbaren Prüfungen wären dann erlassen!

Benito hatte auf dem Boden Fuß gefaßt. Unter seinen schweren Sohlen knirschte der Kies des Strombettes. Er war jetzt etwa 10 bis 15 Fuß tief am Grunde der abschüssigen Stelle, wo Torres verschwunden war.

Hier machte sich ein unentwirrbares Dickicht von Schilf, Wasserpflanzen usw. breit, und sicherlich hatte am vergangenen Tage keine der Stangen das Gewirr völlig durchsuchen können. Es war also möglich, daß der Leichnam in dem Pflanzengeschling unter Wasser festgehalten wurde und sich noch an derselben Stelle befand, wohin er gefallen war.

An dieser Stelle war infolge des Stauwassers, das von einer vorspringenden Uferspitze her kam, gar kein Strom. Benito folgte lediglich den Bewegungen des Floßes, das die Stangen über seinem Haupte weiter bewegten.

Das Licht drang ziemlich tief in dieses klare Wasser, über dem eine herrliche Sonne an wolkenlosem Himmel ihre Strahlen fast senkrecht herniederwarf. Unter den gewöhnlichen Bedingungen der Durchsichtigkeit im Wasser ist schon bei einer Tiefe von 20 Fuß der Blick äußerst beschränkt: hier aber schien das Wasser vom Lichte wie durchtränkt, und Benito konnte noch tiefer steigen, ohne daß die Finsternis ihm die Tiefe des Stromes verhüllte.

Der junge Mann schritt sacht dahin. Sein Eisenstab durchsuchte das Kraut und das am Grunde aufgehäufte Geschwemm. „Schwärme“ von Fischen, wenn man sich so ausdrücken darf, kamen hervor, wie Vögel aus einem Dickicht auffliegen. Gleichzeitig liefen Hunderte von Krustentieren über den gelblichen Boden, wie große, aus ihrer Behausung gescheuchte Ameisen.

Aber obwohl Benito nicht einen Punkt des noch nicht durchforschten Grundes verfehlte, blieb der Gegenstand seiner Suche ihm noch immer verborgen. Er erkannte jetzt, daß die Abschüssigkeit des Bettes ziemlich beträchtlich war, und schloß daraus, daß Torres' Leichnam möglicherweise über das Stauwasser hinaus gerollt war, nach der Mitte des Stromes hin.

Wenn das der Fall war, so befand er sich vielleicht noch dort, da die Strömung ihn bei der großen, hier noch zunehmenden Tiefe nicht hatte erfassen können.

Benito beschloß daher, in dieser Richtung weiterzusuchen, sobald er das Krautdickicht völlig abgestreift hatte. Er schritt also vorerst noch in der alten Richtung fort, die auch das Floß verabredetermaßen noch eine Viertelstunde lang innehalten sollte.

Die Viertelstunde verfloß, und Benito hatte noch nichts gefunden. Er fühlte jetzt das Bedürfnis, an die Oberfläche hinauf zu steigen, um neue Kräfte zu sammeln.

An einigen Stellen, wo die Tiefe des Stromes noch beträchtlicher wurde, hatte er bis zu 30 Fuß hinabsteigen müssen. Er hatte daher den Druck von ziemlich einer Atmosphäre auszuhalten gehabt – körperliche Ermüdung und geistige Lähmung war daher bei einem, der diese Arbeit nicht gewöhnt war, leicht erklärlich.

Benito zog daher die Klingelschnur, und die Männer begannen ihn hinaufzuziehen; aber sie taten es allmählich, indem sie nach je zwei bis drei Fuß eine Minute innehielten, damit er nicht zu schnell von dem Druck befreit würde, was auf seine innern Organe von verhängnisvoller Wirkung hätte sein können.

Sobald der junge Mann auf dem Floß war, wurde ihm die Metallkugel des Skaphanders abgenommen, er tat einen tiefen Atemzug, und setzte sich, um sich ein wenig auszuruhen.

Die Pirogen waren sofort herangekommen. Manuel, Fragoso und Araujo waren bei ihm und warteten, was er sagen würde.

„Nun?“ fragte Manuel.

„Noch nichts! Nichts!“

„Du hast noch keine Spur entdeckt?“

„Noch keine!“

„Soll ich dich ablösen?“

„Nein, Manuel,“ antwortete Benito. „Ich habe angefangen – ich weiß, wohin ich gehen will – laß mich machen!“

Benito erklärte nun dem Lotsen, daß er die Absicht hätte, den tiefern Teil des Strombettes bis zum Damm abzusuchen, wo der aufsteigende Boden den Leichnam hätte aufhalten müssen. Araujo billigte diesen Plan und ergriff dementsprechende Maßregeln.

Manuel glaubte Benito jetzt einige Ratschläge erteilen zu sollen.

„Da du nach dieser Seite hin deine Nachforschungen fortsetzen willst,“ sagte er, „wird das Floß schräg in dieser Richtung fahren, aber sei vorsichtig, Benito. Es handelt sich darum, noch tiefer zu steigen als bisher, vielleicht 50 bis 60 Fuß, und dort wirst du einen Druck von zwei Atmosphären auszuhalten haben. Wage dich also nur sehr langsam tiefer, sonst könntest du die Geistesgegenwart verlieren. Du würdest dann nicht mehr wissen, wo du bist, noch was du tun willst. Wenn es dir ist, als wäre dein Kopf in einem Schraubstock, wenn dir die Ohren beständig sausen, dann gib unverzüglich das Klingelzeichen, damit wir dich heraufholen; nachher kannst du weiter suchen, wenn es sein muß. Dann bist du wenigstens ein bißchen daran gewöhnt, dich in dieser Tiefe zu bewegen.“

Benito versprach Manuel, seiner Ratschläge eingedenk zu sein, deren Wichtigkeit er begriff. Er drückte seinem Freunde die Hand, die Skaphanderkugel wurde ihm von neuem auf den Nacken gestülpt, dann arbeitete wieder die Pumpe, und der Taucher war bald im Wasser verschwunden.

Das Floß hatte sich jetzt etwa 40 Fuß vom linken Strande entfernt, aber je weiter es sich nach der Mitte des Stromes zu bewegte, um so mehr konnte der Strom es schneller treiben, als nötig war. Die Ubas wurden daher mit ihm verkettet, und die Ruderer hielten es gegen die Strömung, so daß es nur sehr langsam weiter trieb.

Benito war ganz allmählich hinuntergestiegen und befand sich wieder auf festem Boden. Als er auf dem Sande des Grundes stand, konnte man nach der Länge des Taues darauf schließen, daß er sich in einer Tiefe von 65 bis 70 Fuß bewegte.

Hier war also eine ziemlich tiefe Aushöhlung, die beträchtlich unter dem normalen Niveau lag.

Die Flüssigkeit war jetzt dunkler, aber die Klarheit dieses durchsichtigen Wassers ließ noch Licht genug hinabdringen, daß Benito hinreichend die einzelnen Gegenstände am Grunde wahrnehmen und mit Sicherheit vorwärts schreiten konnte.

Der Sand war übrigens mit Glimmer besät, der eine Art Reflektor zu bilden schien, und man hätte die einzelnen Körner zählen können, die wie leuchtender Staub strahlten.

Benito ging, hielt Umschau und durchsuchte die geringsten Vertiefungen mit seinem Eisen. Er tauchte langsam tiefer. So erreichte er die Mitte des Strombettes, wo der Druck am stärksten war.

Bisweilen umgab ihn dichte Finsternis, und er konnte selbst auf ganz beschränktem Umkreis nichts mehr sehen. Das ging aber stets vorüber. Es war einfach das Floß, das ihm zu Häupten fuhr, die Sonnenstrahlen völlig abschnitt und die Nacht an Stelle des Tages hervorrief.

Aber im nächsten Augenblick war der große Schatten wieder verschwunden, und der Sand reflektierte wieder das Licht so gut wie zuvor.

Noch immer stieg Benito tiefer. Er empfand dies vor allem an dem zunehmenden Druck, den die Wassermasse auf seinen Körper übte. Er atmete nicht mehr so leicht, die Organe reagierten nicht mehr so bequem auf seinen Willen, wie unter dem Gleichgewicht der Atmosphäre.

Hier befand er sich unter der Einwirkung physiologischer Bedingungen, an die er nicht gewöhnt war. Das Sausen in den Ohren nahm zu; da aber sein Geist noch immer klar war, da sich die Ueberlegung noch mit vollkommner Sicherheit in seinem Gehirn vollzog, so wollte er das Zeichen zum Emporziehen nicht geben und stieg noch tiefer.

Einen Augenblick lenkte in dem ihn umgebenden Halbdunkel eine verworrene Masse seine Aufmerksamkeit auf sich. Dieselbe schien ihm die Form eines unter einem Bündel Wasserkraut verstrickten Körpers zu haben.

Eine heftige Aufregung bemächtigte sich seiner. Er eilte dorthin. Mit seinem Eisen bewegte er die Masse.

Es war nur der Leichnam eines riesigen Kaimans, der schon zum Skelett geworden war und den die Strömung des Rio Negro bis in das Bett des Amazonas getrieben hatte.

Benito fuhr zurück, und trotz der Versicherungen des Lotsen kam ihm der Gedanke, daß ein lebender Kaiman sich in diese Tiefen hätte verirren können.

Aber er wies die Idee von sich und setzte seinen Weg fort, so daß er bald den Boden der Senkung erreichte.

Er mußte jetzt in einer Tiefe von 90 bis 100 Fuß angelangt sein, und infolgedessen war er einem Druck von drei Atmosphären unterworfen. Wenn die Aushöhlungen noch weiter gingen, mußte er bald seine Nachforschungen aufgeben.

Die Erfahrungen haben in der Tat bewiesen, daß in den Tiefen von über 120 bis 130 Fuß sich die äußerste Grenze befindet, die bei Tiefseegängen zu überschreiten gefährlich ist. Nicht nur vermag der menschliche Organismus unter solchem Druck nicht mehr richtig zu funktionieren, sondern auch die Apparate bringen nicht mehr regelmäßig genug die erforderliche Luft herzu.

Dennoch war Benito entschlossen, solange weiter zu gehen, wie ihn die moralische Kraft und moralische Energie nicht verließen. Eine unerklärliche Ahnung zog ihn in die Tiefe, ihn dünkte, als hätte der Leichnam bis auf den Grund dieser Aushöhlung fallen müssen.

Plötzlich erblickte er in einem dunkeln Loch einen Kadaver – ja, eine noch bekleidete Leiche, ausgestreckt wie ein Schlafender, mit den Armen unterm Kopf.

War das Torres? In der noch undurchdringlichen Finsternis war es schwer, ihn zu erkennen. Aber was da lag, war der Leichnam eines Menschen – zehn Schritt von ihm entfernt, lag er regungslos!

Eine fast schmerzhafte Erregung ergriff Benito. Sein Herz hörte einen Augenblick auf zu schlagen. Er glaubte, das Bewußtsein zu verlieren. Eine äußerste Willenskraft brachte ihn wieder zu sich. Er ging auf den Leichnam zu.

Plötzlich ließ ein ebenso heftiger wie unerwarteter Schlag ihn im innersten Wesen erzittern! Ein langer Streifen schlang sich um seinen

Leib, und trotz der dicken Skaphanderkleidung fühlte er sich mit verdoppelten Schlägen gepeitscht.

„Ein Gymnote!“ sagte er sich.

Das war das einzige Wort, das er hervorbringen konnte.

In der Tat hatte einer jener elektrischen Zitteraale ihn angefallen, die im Amazonas und seinen Nebenflüssen sehr zahlreich sind.

Benito begriff, was er von dem Angriff dieses furchtbaren Tieres zu fürchten hatte. Seine Kleidung vermochte ihn nicht zu schützen. Die zuerst weniger starken Entladungen des Gymnoten wurden immer heftiger und würden erst nachlassen, wenn die elektrische Kraft des Tieres sich erschöpft hatte.

Benito war auf den Boden gesunken. Unter den elektrischen Schlägen des Gymnoten, der langsam über seinen Leib hinstrich und sich um ihn schlängelte. Selbst die Arme vermochte er nicht mehr zu heben. Bald entfiel ihm auch sein Stab, und die Hand hatte nicht mehr die Kraft, die Klingelschnur zu fassen, um das Zeichen zu geben.

Benito fühlte sich verloren. Weder Manuel noch seine Gefährten konnten ahnen, welcher furchtbare Kampf sich unter ihnen abspielte, zwischen einem entsetzlichen Gymnoten und dem unglücklichen Taucher, der sich kaum noch bewegte und ganz wehrlos war.

Und dies in dem Moment, wo er einen Leichnam – ohne Zweifel Torres' Leichnam – erblickt hatte!

In einem äußersten Trieb der Selbsterhaltung wollte Benito rufen. Seine Stimme verklang in der Metallkugel, die keinen Ton hinausließ.

In diesem Augenblick verdoppelte der Zitteraal seine Angriffe und gab so furchtbare Schläge, daß Benito unter heftigen Zuckungen völlig niedersank.

Nun fühlte er, daß die Geistesgegenwart ihn verließ. Vor den Augen ward es ihm schwarz – seine Glieder wurden starr.

Aber ehe er noch die Kraft zu sehen und zu denken völlig verlor, geschah etwas Unerwartetes, Unerklärliches und Seltsames.

Eine dumpfe Detonation pflanzte sich durch die flüssigen Schichten fort. Es war wie ein Donnerschlag, dessen Rollen im Wasser weiter lief. Benito war es, als sei er rings von einem furchtbaren Brausen umgeben, das in den äußersten Tiefen des Stromes ein Echo fand.

Und plötzlich entrang sich ihm ein letzter Schrei ... Eine entsetzliche Vision erschien ihm vor den Augen.

Der Leichnam eines Ertrunkenen, der bisher auf dem Boden gelegen hatte, hatte sich aufgerichtet. Die Wellen des Wassers bewegten ihm die Arme, wie wenn er sie selber in eigentümlichem Leben bewegte. Krampfhafte Stöße rüttelten diesen entsetzlichen Kadaver auf.

Es war Torres Leiche! Durch die Wassermasse war ein Sonnenstrahl bis zu diesem Körper gedrungen, und Benito erkannte das aufgedunsene, grünliche Gesicht des Elenden, der von seiner Hand getroffen worden war.

Während Benito mit seinen gelähmten Gliedern keine Bewegung hatte machen können, während seine schweren Sohlen ihn hielten, als wäre er auf dem Sandboden festgenagelt, richtete der Leichnam sich auf, bewegte den Kopf von oben nach unten, hob sich aus dem Loch, in dem ein Gestrüpp Wasserpflanzen ihn zurückgehalten hatte – und – entsetzlich anzuschauen! – stieg ganz gerade zur Oberfläche des Amazonenstromes hinauf.

Vierzehntes Kapitel

Was in dem Etui enthalten ist

Was war geschehen? Ein rein physischer Vorgang, der sich folgendermaßen erklärte.

Das Kanonenboot des Staates, die Santa Ana, nach Manaos bestimmt, hatte auf ihrer Fahrt den Amazonas hinauf den Damm im Wasser überschritten. Kurz vor der Mündung des Rio Negro hatte es die Farben gehißt und die brasilianische Flagge mit einem Salutschuß begrüßt. Bei diesem Knall war eine vibrierende Bewegung der Wasserfläche erfolgt, die sich in die Tiefe fortgesetzt und genügt hatte, den infolge der schon beginnenden Zersetzung und Ausdehnung des Zellengewebes leichter gewordenen Leichnam Torres emporzuheben.

Ganz natürlich stieg der Körper des Ertrunkenen an die Oberfläche des Amazonenstromes.

Dieses wohlbekannte Phänomen erklärte das Auftauchen des Leichnams, aber es muß wohl zugegeben werden, daß das Eintreffen der Santa Ana auf dem Schauplatz dieser Nachforschungen ein sehr glücklicher Zufall war.

Auf einen Schrei Manuels hin, den all seine Gefährten wiederholten, war eine der Pirogen sofort nach der Leiche hin gefahren, während der Taucher zum Floß emporgezogen wurde.

Aber wer beschreibt Manuels Erschütterung, als Benito auf das Floß niedergelegt wurde in einem Zustande völliger Regungslosigkeit und Ohnmacht.

Keine Bewegung verriet mehr, daß noch Leben in ihm sei.

Hatten die Fluten des Amazonas hier einen zweiten Leichnam hergegeben?

So rasch wie möglich wurde dem Taucher der Skaphander-Anzug herunter gezogen.

Benito hatte unter den wuchtigen Schlägen des Gymnoten völlig das Bewußtsein verloren.

Außer sich vor Angst, rief ihn Manuel beim Namen. Dann horchte er auf die Schläge des Herzens.

„Es schlägt! es schlägt!“ rief er.

Ja! Benitos Herz schlug noch, und in wenigen Minuten hatten die Bemühungen Manuels ihn ins Leben zurückgerufen.

„Der Leichnam! Der Leichnam!“

Das waren die ersten Worte, die einzigen, die sich Benitos Lippen entrangen.

„Da liegt er!“ antwortete Fragoso und deutete auf die Piroge, die mit Torres Leiche auf das Floß zukam.

„Aber was ist dir zugestoßen, Benito?“ fragte Manuel. „War es der Mangel an Luft?“

„Nein!“ sagte Benito. „Ein Gymnote hatte sich auf mich geworfen! Aber dieser Lärm – dieser Krach!“

„Ein Kanonenschuß!“ antwortete Manuel. „Ein Kanonenschuß hat den Leichnam zur Oberfläche emporgetrieben!“

In diesem Augenblick legte die Piroge an dem Floß an. Der Leichnam Torres', den die Indianer hereingenommen hatten, lag am Boden. Noch hatte das Wasser ihn nicht entstellt. Er war leicht wiederzuerkennen. Es war kein Zweifel möglich.

Fragoso, der in der Piroge kniete, hatte schon begonnen, die Kleider des Ertrunkenen abzustreifen, die in Fetzen hingen.

In diesem Augenblick zog der entblößte rechte Arm des Abenteurers seine Aufmerksamkeit auf sich. Auf diesem Arm zeigte sich deutlich die Narbe einer alten Wunde, die von einem Messerstoß herrühren mußte.

„Diese Narbe!“ rief Fragoso. „Aber ... ganz richtig! ... Jetzt erinnere ich mich.“

„Was ist denn?“ fragte Manuel.

„Ein Streit! – ja! ein Kampf, der in der Provinz Madeira vor meinen Augen stattfand. – Drei Jahre ist es her! – Wie habe ich das vergessen können! – Dieser Torres gehörte damals zu der Truppe der Buschhauptleute! – Ah, ich wußte doch gleich, daß ich diesen Elenden schon einmal gesehen hatte!“

„Nebensache momentan!“ rief Benito. „Das Etui! – Das Etui! – Ist es noch bei ihm?“

Und Benito wollte die letzten Kleider von dem Leichnam herunterreißen, um sie zu durchsuchen.

Manuel hielt ihn zurück.

„Einen Augenblick, Benito," sagte er.

Dann wandte er sich nach den Arbeitern, die nicht zum Personal der Jangada gehörten und deren Zeugenschaft später nicht beanstandet werden konnte.

„Gebt wohl acht, meine Freunde," sagte er zu ihnen, „auf alles, was wir hier tun, damit Ihr vor der Behörde bezeugen könnt, wie sich alles zugetragen hat."

Die Männer traten an die Piroge heran.

Fragoso löste jetzt den Gürtel, der Torres' Leib unter dem zerrissenen Puncho umschlang und durchsuchte die Tasche des Wamses.

„Das Etui!" rief er.

Ein Freudenschrei entrann Benito. Er wollte das Etui ergreifen, um es zu öffnen, um zu sehen, was es enthielt.

„Nein," sagte Manuel abermals, den die Kaltblütigkeit nicht verließ, „die Behörde darf nicht den mindesten Zweifel haben. Unbeteiligte Zeugen müssen bestätigen können, daß dieses Etui bei der Leiche Torres' gefunden wurde!"

„Tu hast recht!" antwortete Benito.

„Mein Freund," fuhr Manuel fort und wandte sich an den Werkführer, „durchsuchen Sie selbst die Tasche dieses Wamses."

Der Werkführer gehorchte. Er zog ein metallnes Etui hervor, dessen Deckel hermetisch geschlossen war und das durch das Wasser noch nicht im mindesten gelitten zu haben schien.

„Das Schriftstück! ... Das Schriftstück! Ist es noch drin?" rief Benito, der sich nicht zu halten vermochte.

„Dieses Etui darf nur die Behörde öffnen!“ antwortete Manuel. „Ihr allein kommt es zu, nachzusehen, ob ein Schriftstück in diesem Etui ist.“

„Ja – ja – du hast wieder recht, Manuel!“ antwortete Benito. „Nach Manaos, meine Freunde, nach Manaos.“

Benito, Manuel, Fragoso und der Werkführer, der das Etui in der Hand hatte, bestiegen sogleich eine der Pirogen und wollten fort, als Fragoso sagte:

„Und die Leiche?“

Die Piroge machte Halt.

In der Tat hatten die Indianer den Leichnam des Abenteurers schon wieder ins Wasser geworfen, und er trieb an der Oberfläche.

„Torres war nur ein Schurke,“ sagte Benito. „Wenn ich ehrlich mein Leben gegen das seine wagte, so hat Gott ihn durch meine Hand getroffen, aber dennoch darf seine Leiche nicht unbestattet bleiben.“

Der zweiten Piroge wurde daher die Weisung gegeben, die Leiche wieder hereinzuholen, um sie am Ufer zu bestatten.

Aber in diesem Augenblicke stürzte sich eine Schaar Raubvögel, die über dem Wasser hinstrich, auf die treibende Leiche. Es waren Arubas, eine Art kleiner Geier mit nacktem Halse und langen Pfoten, schwarz wie Raben, welche in Südamerika „Gallinazos“ heißen und von beispielloser Gefräßigkeit sind.

Der von ihren Schnäbeln zerfetzte Körper ließ das Gas, das ihn anfüllte, entströmen, seine Schwere nahm wieder zu, und er versank wieder allmählich. Endgültig verschwanden die Ueberreste Torres' in der Flut des Amazonenstromes.

Zehn Minuten später langte die pfeilschnell geruderte Piroge im Hafen von Manaos an. Benito und seine Gefährten stiegen an Land und eilten durch die Straßen der Stadt.

In wenigen Minuten waren sie in der Wohnung des Richters Jarriquez und ließen ihn durch einen seiner Diener bitten, er möge sie auf der Stelle empfangen.

Der Richter erteilte Befehl, sie in sein Kabinett zu führen.

Hier stattete Manuel Bericht von allem ab, was vorgefallen war seit dem Augenblick, da Torres, in einem rechtmäßigen Zweikampf von Benito tödlich verwundet worden war, bis zu dem Augenblick, da an seiner Leiche das Etui gefunden Und von dem Werkführer aus der Tasche jenes Wamses herausgenommen worden war.

Obwohl dieser Bericht geeignet war, alles zu bekräftigen, was Joam Dacosta ihm über Torres' und den von diesem angebotenen Handel gesagt hatte, konnte der Richter Jarriquez sich doch nicht enthalten, ungläubig zu lächeln.

„Hier ist das Etui, mein Herr," sagte Manuel. „Nicht einen einzigen Augenblick ist es in unsern Händen gewesen, und der Mann, der es Ihnen reicht, ist derselbe, der es an dem Leichnam Torres' gefunden hat."

Der Richter nahm das Etui und untersuchte es sorgfältig, indem er es hin und her wandte, wie man wohl mit einem kostbaren Gegenstande tut. Dann schüttelte er es, und ein paar Geldstücke, die dann enthalten waren, gaben einen metallischen Klang.

Enthielt das Etui also nicht jenes so sehr gesuchte Schriftstück, das von dem wahren Schuldigen des Verbrechens eigenhändig geschriebene Blatt, das Torres um einen schändlichen Preis an Joam Dacosta hatte verkaufen wollen? War jener faktische Beweis für die Unschuld des Verurteilten unrettbar verloren?

Man errät leicht, in welcher heftigen Erregung die Zeugen dieses Schauspiels waren. Benito vermochte kaum ein Wort hervorzubringen, sein Herz klopfte, als wollte es bersten.

„So öffnen Sie, Herr, so öffnen Sie das Etui!" rief er endlich tonlos.

Der Richter Jarriquez begann den Deckel zu heben; als der Deckel dann endlich abgenommen war, drehte er das Etui herum, aus dem ein paar Goldstücke auf den Tisch rollten.

„Aber das Schriftstück! – Das Schriftstück!“ rief nochmals Benito, der sich am Tisch festhielt, um nicht zu fallen.

Der Richter steckte die Finger in das Etui und zog nicht ohne Schwierigkeit ein vergilbtes, sorgsam zusammengefaltetes Papier hervor, das vom Wasser verschont worden zu sein schien.

„Das Dokument! Das Dokument!“ rief Fragoso. „Ja! Das ist das Papier, das ich in Torres Händen gesehen habe!“

Der Richter Jarriquez faltete das Papier auseinander, betrachtete es scharf und drehte es dann herum, indem er Vor- und Rückseite untersuchte, die mit ziemlich großer, plumper Schrift bedeckt waren.

„Allerdings ein Dokument,“ sagte er, „daran ist nicht zu zweifeln. Ein Dokument ist es.“

„Jawohl,“ antwortete Benito, „und zwar das Dokument, das die Unschuld meines Vaters bekundet.“

„Das kann ich nicht erkennen,“ versetzte der Richter Jarriquez, „und ich fürchte, es ist vielleicht auch nicht so leicht, das zu erkennen.“

„Wieso?“ rief Benito, der totenblaß wurde.

„Weil dieses Dokument in kryptologischer Sprache – als Geheimschrift – aufgesetzt ist,“ antwortete der Richter Jarriquez, „und weil zu dieser Geheimschrift –“

„Nun?“

„Der Schlüssel fehlt uns.“

Fünfzehntes Kapitel
Das Schriftstück

Hier stellte sich in der Tat ein schwerwiegender Umstand entgegen, den weder Joam Dacosta noch die Seinen hatten voraussehen können. Wer sich noch der ersten Szene dieser Erzählung erinnert, ist darüber unterrichtet – das Dokument war in unlesbarer Form geschrieben – abgefaßt nach einem der zahlreichen Systeme der Geheimschrift.

Aber nach welchem?

Um dies zu entdecken, konnte der ganze Scharfsinn, über den ein Menschengehirn nur irgend verfügen mochte, angewandt werden.

Ehe der Richter Jarriquez Benito und seine Gefährten verabschiedete, ließ er eine genaue Kopie des Dokuments, von dem er die Urschrift behalten wollte, anfertigen. Diese Kopie wurde sorgfältig verglichen und den beiden jungen Männern überlassen, damit sie dem Gefangenen Mitteilung machen konnten.

Nachdem auf den folgenden Tag eine Zusammenkunft festgesetzt worden war, zogen sie sich zurück, und da sie keinen Augenblick versäumen wollten, begaben sie sich sofort ins Gefängnis, um Joam Dacosta zu sprechen.

In einer hastigen Rücksprache, die sie mit dem Gefangenen hatten, unterrichteten sie ihn von den Vorfällen.

Joam Dacosta nahm das Schriftstück, las es mit Aufmerksamkeit, schüttelte dann den Kopf und gab es seinem Sohn zurück.

„Vielleicht," sagte er, „enthält dieses Schriftstück den Beweis, den ich nie habe erbringen können! Aber wenn dieser Beweis sich mir entzieht, wenn all die Ehrenhaftigkeit meines bisherigen Lebens nicht für mich spricht, dann habe ich nichts mehr zu erwarten von der Gerechtigkeit der Menschen, und mein Schicksal ruht in Gottes Hand."

Das fühlten alle wohl! Wenn dieses Schriftstück sich nicht entziffern liest, dann stand es hoffnungslos um den Verurteilten.

„Wir werden es lösen, Vater!“ rief Benito. „Es gibt kein Schriftstück dieser Art, das nicht durch Studium zu enträtseln wäre! Habe Vertrauen – habe Zuversicht! Der Himmel hat uns auf wunderbare Weise dieses Dokument, das dich rechtfertigt, zurückgegeben, und nachdem er unsere Hand so geleitet hat, daß wir es wiederfanden, wird er auch unsern Geist leiten, daß wir es lesen können.“

Joam Dacosta drückte Benito und Manuel die Hand, dann zogen sich die jungen Leute sehr bewegt zurück, um sich direkt nach der Jangada zu begeben, wo Yaquita sie erwartete.

Dort wurde die Mutter sofort benachrichtigt von den Vorfällen, die sich seit dem verflossenen Tage ereignet hatten, vom Funde des Leichnams Torres, von der Entdeckung des Dokumentes und in welch seltsamer Form der wahre Schuldige, ein Kamerad des Abenteurers, es geschrieben hatte – ohne Zweifel, um es nicht zu gefährden, im Falle es in die unrechten Hände geraten sollte.

Natürlich wurde auch Lina von der unerwarteten neuen Schwierigkeit unterrichtet und erfuhr, daß Fragoso in Torres einen ehemaligen Buschhauptmann von der Truppe, die an der Mündung des Madeira tätig gewesen sei, wiedererkannt habe.

„Aber unter welchen Umständen sind Sie ihm denn da begegnet?“ fragte die junge Mulattin.

„Auf einem meiner Gänge durch die Amazonenprovinz,“ antwortete Fragoso, „als ich von Dorf zu Dorf ging, um meinem Beruf nachzugehen.“

„Und jene Narbe?“

„Folgendes hatte sich zugetragen. Eines Tages kam ich nach der Mission von Aranas, als gerade dieser Torres, den ich noch nie zuvor gesehen hatte, mit einem seiner Kameraden in Streit geriet – das sind ja lauter Verbrecher da – und dieser Streit endete mit einem Messerstich, der dem Buschhauptmann durch den Arm ging. Ich hatte ihn zu verbinden, da ein Arzt nicht da war, und daher kenne ich ihn!“

„Was hat es schließlich auf sich, daß man weiß, was dieser Torres gewesen ist!“ versetzte das junge Mädchen. „Er ist ja der Urheber des Verbrechens nicht, und auf diese Weise kommen wir keinen Deut weiter!“

„Ganz gewiß nicht,“ antwortete Fragoso, „aber schließlich wird das Dokument doch entziffert, zum Teufel! und die Unschuld Joam Dacostas wird dann aller Welt offenbar sein!“

Diese Hoffnung hegten auch Yaquita, Benito, Manuel und Minha. Alle drei, in den gemeinsamen Wohnsaal eingeschlossen, brachten lange Stunden mit Versuchen zu, die Geheimschrift zu entziffern.

Aber wenn sie diese Hoffnung hegten, so hegte sie – es ist wichtig, diesen Punkt zu betonen, nicht minder der Richter Jarriquez.

Nachdem der Beamte die Meldung von der in seinem Verhör festgestellten Identität Joam Dacostas abgefaßt und an die Kanzlei abgesandt hatte, war er schon der Meinung gewesen, für sein Teil mit der ganzen Sache fertig zu sein. Dem war mit nichten so.

In der Tat fühlte sich nach der Auffindung des Schriftstückes der Richter Jarriquez mit einem Schlage in seinem Element und in seiner ureigensten Spezialität. Er, der mit Vorliebe Zahlenkombinationen ausrechnete, amüsante Rätsel löste, Charaden, Rebusse, Logogryphen und andere Knacknüsse entzifferte, war hier vollkommen zu Hause.

Bei dem Gedanken, daß dieses Dokument vielleicht die Rechtfertigung Joam Dacostas enthielt, fühlte er alle Lust des Raters und Lösers in sich erwachen. Da hatte er ja ein Kryptogramm vor sich! Er hatte daher auch sofort nur den einen Gedanken, den Sinn herauszubekommen. Man brauchte ihn nicht erst näher zu kennen, um überzeugt zu sein, daß er darüber sitzen und arbeiten würde, ohne sich Zeit zum Essen und Trinken zu gönnen.

Als die jungen Männer gegangen waren, setzte sich der Richter Jarriquez in seinem Kabinett fest. Seine Tür wurde niemand geöffnet, so daß er ein paar Stunden völlig allein sein konnte. Er hatte die Brille auf der Nase und die Schnupftabackdose auf dem Tische. Er nahm eine tüchtige Prise, um die Freiheit und den Scharfsinn seines Gehirns besser zu entfalten, ergriff das Schriftstück und versenkte sich in eine Betrachtung, die sich bald in der Form eines Selbstgespräches auslöste.

Der würdige Beamte war einer jener Männer, die lieber laut als leise denken.

„Wir wollen methodisch vorgehen," sagte er sich. „Ohne Methode keine Logik. Ohne Logik kein Erfolg möglich."

Er nahm das Dokument und las es, ohne das geringste zu begreifen, von Anfang bis zu Ende.

Das Dokument umfaßte etwa 100 Zeilen, die in sechs Paragraphen geteilt waren.

„Hm!" machte der Richter Jarriquez nach langem Nachdenken, „wollte ich mich an jeden Paragraphen heranmachen, an einen nach dem andern, so würde ich die kostbare Zeit nutzlos vergeuden. Im Gegenteil muß ein einziger dieser Absätze herausgegriffen werden, und zwar derjenige, der das meiste Interesse bietet. Welcher sollte das nun wohl sein, wenn nicht der letzte, in welchem notwendigerweise der Bericht der ganzen Geschichte im Resümee enthalten sein muß? Eigennamen können mich auf die Spur bringen, unter andern der Name Joam Dacosta, und wenn er sich irgendwo in diesem Schriftstück vorfindet, so kann er augenscheinlich im letzten Paragraphen nicht fehlen."

Die Ausführungen des Richters waren durchaus logisch. Sicherlich hatte er recht, wenn er zuvörderst alle Kräfte seines kryptologischen Scharfsinns auf diesen letzten Paragraphen verwenden wollte.

Dieser Paragraph – denn es ist nötig, ihn vor die Augen des Lesers zu stellen (und zwar wiederholt), damit man genau sehe, wie nun ein Analytiker alle Fähigkeiten zur Entdeckung der Wahrheit anzuspannen begann, lautete so:

Hhtbjuookhihyujjchvggxelepcsuhruczcvyqfifuiuot
sgyqiifuqlnnudvluhihrhuppuxhfjtnsqxtjvfhifojiqpfdk
xvbbflyqfexdrckltwiqlfoxeuchiwdhjsixrggwuvifjxaze

qbnhlwwpndkxmqfngenqxuoyqijshgkvevpxrfjwhvxtyf
lpwutogiupndkhhtjmhrggafuadnyvqkvdjbpxhfjtgmdof
owfhbnsnwlembophksehvkkjspmwfjnzektjoqepgsahmf
jsfwsuvjhd.

Zuvörderst fiel dem Richter Jarriquez auf, daß die Zeilen des Schriftstücks weder durch Worte noch durch Absätze abgeteilt waren und daß die Interpunktion ganz fehlte. Dieser Umstand konnte natürlich die Lösung nur erheblich erschweren.

„Wir wollen doch mal sehen," fuhr er fort, „ob einige Buchstabengruppen Worte zu bilden scheinen – ich meine solche Worte, die durch die Zahl ihrer Konsonanten und die Zusammensetzung mit Vokalen überhaupt auszusprechen sind. – Da finde ich zunächst das Wort „ook" – weiter unten das Wort „uhr" ... Halt! Dann finden sich die Wörter „auch", „hupp" – ist das etwa deutsch? Dann sehe ich „xelep", „hifoji", „utogi"! Hm, und hier: „fly", „fox", und „six", das wären wieder drei englische Worte, und zweimal hintereinander „ifus" – dann „lembo" ..."

Der Richter Jarriquez ließ das Blatt fallen und überlegte ein Weilchen.

„Alle Worte, die sich mir zeigen, wenn ich es so durchweg lese, sind bizarr!" sagte er. „Ihre Abstammung ist aus nichts zu erkennen. Die einen klingen wie spanisch, die andern sehen holländisch aus, die haben was Deutsches, die scheinen englisch zu sein und die wieder haben mit gar keinem Idiom etwas zu tun – ganz davon zu schweigen, daß hier lange Reihen von Konsonanten sind, die jeder menschlichen Aussprache spotten. Entschieden wird es nicht leicht sein, den Schlüssel dieses Kryptogramms zu finden."

Die Finger des Beamten begannen auf seinem Schreibtisch eine Art Reveille zu trommeln, ganz als wollte er seine eingeschlafnen Fähigkeiten wecken.

„Wir wollen zuerst mal sehen," sagte er, „wieviel Buchstaben der Paragraph hat."

Den Bleistift in der Hand, zählte er.

„294!“ rief er. „Schön! Nun handelt sich's darum, festzustellen, in welchem Verhältnis die Buchstaben zu einander stehen, das heißt wie oft die verschiedenen Buchstaben wiederkehren.“

Diese Zählung erforderte schon lange Zeit. Jarriquez hatte das Schriftstück wieder zur Hand genommen, dann notierte er, mit dem Bleistift in der Hand, jeden Buchstaben in alphabetischer Reihenfolge. Nach einer Viertelstunde hatte er folgendes Verzeichnis erhalten:

a	= 4	mal
b	= 7	"
c	= 6	"
d	= 11	"
e	= 11	"
f	= 21	"
g	= 12	"
h	= 25	"
i	= 15	"
j	= 18	"
k	= 11	"
l	= 9	"
m	= 6	"

n	= 12	"
o	= 10	"
p	= 11	"
q	= 13	"
r	= 6	"
s	= 11	"
t	= 10	"
u	= 18	"
v	= 13	"
w	= 11	"
x	= 13	"
y	= 7	"
z	= 3	"

Summa: = 294 mal

„Ah! ah!“ machte der Richter Jarriquez, „da fällt mir von vornherein etwas auf! Schon in diesem Paragraphen sind sämtliche Buchstaben verwendet. Das ist recht seltsam! In der Tat, man kann ein beliebiges Buch zur Hand nehmen und man wird in einer Zeilenfolge von 294 Buchstaben sehr selten eine derartige finden, die sämtliche Zeichen des Alphabets aufweist. Das kann aber ein bloßes Spiel des Zufalls sein!"

Dann ging er zu einer andern Gedankenreihe über.

„Eine noch wichtigere Frage," sagte er, „ist, nachzusehen, ob die Vokale in normalem Verhältnis zu den Konsonanten stehen."

Er nahm wieder den Bleistift zur Hand, stellte die Vokale zusammen Und erhielt folgende Tabelle:

a	= 4	mal
e	= 11	"
i	= 15	"
o	= 10	"
u	= 18	"
y	= 7	"

Summa: = 65 Vokale

„Also," sagte er, „ist in diesem Absatz das Verhältnis 65 Vokale zu 294 Konsonanten. Das ist das normale Verhältnis, nämlich etwa 1 : 5, wie ein Alphabet, wo man 6 Vokale gegen 26 Konsonanten zählt. Es ist daher möglich, daß das Dokument in der Sprache unsres Landes geschrieben ist, aber daß die Bedeutung eines jeden Buchstaben lediglich umgeändert worden ist. Wenn diese Umänderung nun regelmäßig durchgeführt ist, wenn zum Beispiel ein b immer wiedergegeben worden ist durch ein l, ein o durch ein v, ein g durch ein k, ein u durch ein r usw., so will ich mein Amt als Richter von Manaos verlieren, wenn ich nicht die Geheimschrift entziffere! Eh! Ich .habe weiter nichts zu tun als analog der Methode jenes großen analytischen Genies namens Edgar Poe zu verfahren!“

Mit diesen Worten spielte der Richter Jarriquez auf eine Novelle des berühmten amerikanischen Dichters an, die ein Meisterwerk ist. Wer hätte die Novelle „Der Goldkäfer“ noch nicht gelesen?

In dieser Novelle wird ein Kryptogramm, das gleichzeitig aus Ziffern, Buchstaben, algebraischen Zeichen, Sternchen, Punkten und Kommaten zusammengesetzt ist, einer wahrhaft mathematischen Methode unterworfen und auf höchst merkwürdige Weise, welche die Bewunderer dieses eigentümlichen Geistes nicht vergessen haben können, schließlich auch entziffert.

Der Richter, der „seinen Goldkäfer“ von neuem gelesen hatte, kannte recht gut alle Analysen, die Edgar Poe aufs Tüttelchen genau durchführt, und beschloß, sich ihrer bei dieser Gelegenheit zu bedienen. Indem er sie anwendete, mußte er, wie er gesagt hatte, – sofern der Wert oder die Bedeutung jedes Buchstabens konstant blieb – in kürzerer oder längerer Zeit das auf Joam Dacosta bezügliche Schriftstück enträtseln können.

„Was hat Edgar Poe getan?“ wiederholte er. „Vor allem hat er damit angefangen, daß er untersucht hat, welches Zeichen – hier haben wir nur Buchstaben – sagen wir also, welcher Buchstabe am häufigsten in dem Kryptogramm vorkommt. Ich sehe, daß es hier der Buchstabe h ist, denn den findet man 25 mal. Bei diesem enormen Verhältnis ist es selbstverständlich klar, daß h nicht h bedeutet, sondern daß h im Gegenteil den Buchstaben darstellen muß, der am häufigsten in unserer Sprache vorkommt, da ich annehmen muß, daß das Dokument auf portugiesisch abgefaßt ist. Im Englischen und Französischen wäre es ohne Zweifel e, im Italienischen t oder a, im Portugiesischen wird es a oder o sein. Nehmen wir unter Vorbehalt späterer Aenderung an, h bedeutet a oder o.“

Hiernach untersuchte der Richter Jarriquez, welcher Buchstabe nach dem h. am häufigsten vorkäme. So kam er zu der folgenden Tabelle:

h	= 25 mal
f	= 21 "
j,u	= 18 "
i	= 15 "
q,v,x	= 13 "
g,n	= 12 "
d, e, k, p, s, w	= 11 "
o, t	= 10 "
l	= 9 "
b, y	= 7 "
c, m, r	= 6 "
a	= 4 "
z	= 3 "

„Also findet sich der Buchstabe a bloß viermal vor," rief der Beamte, der, der am häufigsten da sein mußte! Ah! Das beweist vollauf, daß seine Bedeutung geändert worden ist! Und welche Buchstaben sind nun nach dem a und o am häufigsten in unserer Sprache vertreten. Suchen wir nach!"

Und der Richter Jarriquez machte sich mit einem wirklich bewundernswerten Scharfsinn, welcher eine sehr scharfe Beobachtungsgabe bekundete, an diese neue Untersuchung. Hierbei ahmte er lediglich dem amerikanischen Novellisten nach, und man muß ihm zugestehen, er zeigte sich seinem berühmten Vorbilde ebenbürtig!

Es machte ihm keine Mühe, die Buchstaben der Häufigkeit ihres Vorkommens nach einander unterzuordnen, indem er erst die Vokale, dann die Konsonanten notierte. Nach dreistündiger Arbeit hatte er ein Alphabet vor sich, das, wenn sein Verfahren richtig gewesen war, ihm die eigentliche Bedeutung der in dem Schriftstück angewandten Buchstaben angeben mußte.

Er brauchte nun bloß nacheinander jeden Buchstaben dieses Alphabetes für den im Schriftstück ihm entsprechenden einsetzen.

„Versuchen wir es!“ sagte er. „Es sollte mich wahrhaftig wundern, wenn ich es nicht heraus hätte!“

Der Richter Jarriquez nahm die Brille ab, putzte die Gläser, die angelaufen waren, setzte sie wieder auf und beugte sich dann von neuem über den Schreibtisch.

Sein besonderes Alphabet zur einen, das Dokument zur andern Hand vor sich, begann er zu schreiben, indem er unter die erste Zeile des Paragraphen die richtigen Buchstaben setzte; nach der ersten Zeile machte er es mit der zweiten ebenso, dann mit der dritten, dann mit der vierten – bis zum Schluß des Absatzes.

Wie gelungen! Selbst während des Schreibens versagte er sich's absichtlich, nachzusehen, ob diese Buchstabenreihen auch verständliche Worte ergaben. Er wollte sich die Freude, es in einem Zuge von A bis Z zu lesen, nicht vorwegnehmen!

Als er fertig war, rief er:

„So! Nun wollen wir es lesen!“

Und er las!

Was für mißtönende Buchstabenklumpen, großer Gott! Die Zeilen, die er mit den Buchstaben seines Alphabets gebildet hatte, ergaben ebenso wenig Sinn wie die des Dokuments. Es war nur eine neue Reihe von

Buchstaben, weiter nichts, aber sie bildeten nicht ein einziges Wort und hatten nicht den mindesten Wert. Es war eben gleichfalls ein Kryptogramm!

„Tausend Teufel!“ rief der Richter Jarriquez.

Sechzehntes Kapitel

Worin von Geheimschriften die Rede ist

Es war 7 Uhr abends. Der Richter Jarriquez war noch immer in diese kopfzerbrecherische Arbeit vertieft, ohne weiter gekommen zu sein. Er hatte Tischzeit und Schlummerstündchen völlig vergessen, als an die Tür seines Kabinetts geklopft wurde.

Es war höchste Zeit. Noch eine Stunde, und die ganze Gehirnsubstanz des erbosten Beamten wäre unter der Weißglühhitze seines Schädels geschmolzen.

Auf das in ungeduldigem Tone gerufene „Herein!“ öffnete sich die Tür und Manuel trat herein.

Der junge Arzt hatte seine Freunde an Bord der Jangada ihren Grübeleien über das unlösbare und unlesbare Schriftstück überlassen und sich auf den Weg gemacht, den Richter Jarriquez aufzusuchen. Er wollte wissen, ob dieser mit seinen Untersuchungen mehr Glück gehabt habe. Er wollte ihn fragen, ob er endlich das System entdeckt habe, auf dem die Geheimschrift beruhte.

Der Beamte war nicht böse darüber, daß Manuel kam. Er befand sich in jenem Zustand der Gehirnüberreizung, der durch Einsamkeit nur noch gesteigert wird. Es tat ihm not, sich gegen jemand auszusprechen, vor allem gegen jemand, der ebenso sehr darauf erpicht war wie er selber, das Geheimnis zu enthüllen. Manuel war also gerade sein Mann.

„Herr Richter,“ sagte Manuel beim Eintritt, „eine Frage vor allem! Haben Sie mehr Erfolg gehabt wie wir?“

„Setzen Sie sich zunächst," rief der Richter Jarriquez, der selber aufstand und das Zimmer durchmaß. „Setzen Sie sich! Wenn wir beide stehen, laufen Sie nach der einen Seite, ich nach der anderen, und mein Kabinett ist zu klein für uns beide!"

Manuel setzte sich und wiederholte seine Frage.

„Nein! ... ich habe ebenso wenig Glück gehabt!" antwortete der Beamte. „Ich weiß nicht einen Deut mehr. Ich kann Ihnen nichts sagen, außer daß ich zu einer Gewißheit gelangt bin."

„Zu welcher, Herr Richter, zu welcher?"

„Das Dokument beruht nicht auf herkömmlichen Zeichen, sondern auf einer kryptologischen Chiffre oder, besser gesagt, einer Zahl."

„Nun gut, Herr Richter," antwortete Manuel, „gelangt man denn nicht in der Regel dahin, ein Schriftstück dieser Art schließlich zu entziffern?"

„Ja," sagte der Richter Jarriquez, „jawohl – wenn ein Buchstabe unabänderlich durch einunddenselben Buchstaben dargestellt ist, wenn ein a zum Beispiel immer ein p bedeutet, wenn ein p immer ein x bedeutet. Ist das nicht der Fall, dann kann man es eben nicht entziffern."

„Und in diesem Schriftstück?"

„In diesem Schriftstück wechselt die Bedeutung des Buchstabens je nach der Chiffre, die willkürlich angenommen worden ist und der die Buchstaben unterworfen sind. So kann ein b, das durch ein k vertreten worden ist, weiter unten durch ein z, später wieder durch ein m oder ein n oder ein f oder jeden andern Buchstaben ersetzt werden."

„Und in diesem Falle?"

„In diesem Falle muß ich Ihnen leider sagen, ist das Kryptogramm völlig unlösbar."

„Unlösbar!" rief Manuel. „Nein, mein Herr! Wir werden den Schlüssel zu diesem Schriftstück finden, von dem ein Menschenleben abhängt!"

Von übergroßer Bewegung ergriffen, die er nicht zu bemeistern vermochte, hatte Manuel sich erhoben. Die Antwort, die er erhalten hatte, war so entmutigend, daß er sie nicht als endgiltigen Bescheid hinnehmen mochte.

Auf einen Wink des Beamten nahm er jedoch wieder Platz und fragte in ruhigerem Tone:

„Und wie, Herr Richter, sind Sie zunächst auf den Gedanken gekommen, daß das Grundgesetz dieses Schriftstücks eine Chiffre sei oder, wie Sie sagen, eine Zahl?“

„Hören Sie mir zu, junger Mann,“ antwortete der Richter Jarriquez, „und Sie werden selber zu der Ueberzeugung kommen.“

Der Richter nahm das Schriftstück, breitete es vor Manuel aus und unterrichtete ihn über die angestellten Versuche.

„Ich bin zuvörderst,“ sagte er, „mit diesem Schriftstück verfahren, wie es geschehen mußte, nämlich logisch, indem ich mich auf keine Zufälligkeiten einließ. Ich habe daher ein Alphabet festgelegt auf Grund des Verhältnisses, in welchem die gebräuchlichsten Buchstaben unsrer Sprache vorkommen, und habe versucht, ob ich die Schrift auf diese Weise lesen kann. Der Versuch ist fehlgeschlagen!“

„Fehlgeschlagen!“

„Jawohl, junger Mann! Und ich hätte von vornherein erkennen sollen, daß ein Erfolg auf diese Weise nicht möglich sei. In Wahrheit hätte ein geübterer Blick als der meine sich nicht täuschen lassen.“

„Aber um Gottes willen!“ rief Manuel. „Wenn ich nur begreifen könnte!“

„Nehmen Sie das Dokument,“ fuhr der Richter Jarriquez fort: „beschränken Sie sich nur darauf, die Folge der Buchstaben zu betrachten, und lesen Sie es ganz durch.“

Manuel tat, wie ihm geheißen.

„Finden Sie nicht die Aneinanderhäufung gewisser Buchstaben sehr bizarr?“ fragte der Beamte.

„Ich sehe nichts,“ antwortete Manuel, nachdem er zum hundertsten Male schon die Zeilen des Schriftstücks durchflogen hatte.

„Schön, beschränken Sie sich darauf, den letzten Paragraphen zu studieren. Hier ist, wie Sie begreifen werden, der ganze Inhalt des Dokuments kurz zusammengefaßt. Bemerken Sie hier nichts Anormales?"

„Nichts!"

„Es ist indes etwas darin, was aufs deutlichste und sicherste beweist, daß das Schriftstück nach einer zu Grunde gelegten Zahl geschrieben ist."

„Was wäre das?" fragte Manuel.

„Das ist oder vielmehr sind einige Buchstaben, die an mehreren Stellen nebeneinander stehen."

Dies war in der Tat der Fall und mußte allerdings auffallen. Der 1. und 2., 15. und 16., 20. und 21. Buchstabe und weiterhin noch mehrere waren solche beieinander stehende Konsonanten. Diese Eigentümlichkeit war dem Beamten selber zuvor nicht aufgefallen.

„Und das beweist?" fragte Manuel, ohne zu erraten, welche Folgerung jener aus diesem Umstand zog.

„Dies beweist ganz einfach, junger Mann, daß das Schriftstück auf einer Zahl beruht. Dies beweist von vornherein, daß jeder Buchstabe entsprechend den Zahlen dieser Chiffre und ihrer Stellen durch einen andern ersetzt ist,"

„Und warum?"

„Weil es in keiner Sprache Worte gibt, die eine so häufige Konsonantenzusammenstellung mit sich brächten."

Dies leuchtete Manuel freilich ein, er überlegte, fand aber nichts zu erwidern.

„Und wenn ich das schon vorher bemerkt hätte," fuhr der Beamte fort, „dann hätte ich mir die Mühe und eine beginnende Migräne erspart, die sich von der Stirn bis zum Hinterkopf zieht."

„Aber, Herr Richter," fragte Manuel, der das bißchen Hoffnung, daran er sich noch geklammert hatte, zerrinnen fühlte, „was verstehen Sie unter einer Chiffre?"

„Sagen wir eine Zahl.“

„Gut, eine Zahl!“

„Ein Beispiel wird Ihnen das besser begreiflich machen als alle Erklärungen.“

Der Richter Jarriquez setzte sich an den Tisch, nahm ein Blatt Papier, einen Bleistift und sagte:

„Herr Manuel, wir wollen einen beliebigen Satz wählen, ganz aufs Geratewohl, den ersten besten, meinetwegen: „Jarriquez der Richter, ist ein scharfsinniger Mann.“ Ich schreibe diesen Satz so auf, daß ich die Buchstaben von einander trenne, und erhalte folgende Buchstabenreihe:

J a r r i q u e z d e r r i c h t e r i s t e i n
s e h r s c h a r f s i n n i g e r m a n n

Hierauf sah der Beamte – der hierin ohne Zweifel eine jener Behauptungen erblickte, die ganz unbestreitbar sind – Manuel ins Gesicht und sagte:

„Nehmen wir an, ich wähle jetzt aufs Geratewohl eine Zahl, um dieser natürlichen Folge von Worten eine kryptographische Form zu geben. Nehmen wir an, die Zahl besteht aus drei Ziffern, und diese Ziffern sind 4, 2 und 3. Ich setze besagte Zahl 423 unter die Zeile hier oben, indem ich sie so viele Male wiederhole, als nötig sein wird, um bis an den Schluß des Satzes zu gelangen, und zwar so, daß jede Ziffer unter einen Buchstaben zu stehen kommt. Das ergibt folgendes:

J a r r i q u e z d e r r i c h t e r i s t e i n s e h r s c h a r f s i n n i g e r m a
n n.‹
4 2 3 4 2 3 4 2 3 4 2 3 4 2 3 4 2 3 4 2 3 4 2 3 4 2 3 4 2 3 4 2 3 4 2 3 4 2 3 4 2 3
4 2 3 4 2

„Wenn ich nun, Herr Manuel, in der Reihenfolge des Alphabets von dem ursprünglichen Buchstaben aus um den Wert der betreffenden Ziffer heruntergehe und den so gefundenen Buchstaben an Stelle des ursprünglichen setze, so ergibt sich dies:

J	weniger	4	gleich	N
a	"	2	"	c
r	"	3	"	u
r	"	4	"	v
i	"	2	"	k
q	"	3	"	t

und so fort. Wenn ich bei dem Wert der Ziffern, aus denen die betreffende Zahl besteht, an das Ende des Alphabets gelange, ohne zum Abzählen noch genügend Buchstaben zur Beifügung zu haben, so zähle ich beim Anfang des Alphabets weiter. Das trifft beim letzten Buchstaben meines Namens ein, beim z, unter welchem die Ziffer 3 steht. Da nach dem z das Alphabet mir keine weiteren Buchstaben an die Hand gibt, fange ich wieder beim a mit dem Zählen an und erhalte in diesem Fall:

z weniger 3 gleich c.

Wenn ich dieses auf der Zahl 423 beruhende kryptographische System durchgeführt habe – die, vergessen Sie nicht! willkürlich erwählt worden ist – so tritt an die Stelle des Ihnen bekannten Satzes jetzt die Buchstabenreihe:

„Neuvktygchguvkflvhvkvxglruhltvgjdvhvmpqmihvodrp."

„Nun, junger Mann, betrachten Sie diesen Satz genau? Hat er nicht dasselbe Aussehen wie das fragliche Schriftstück? Was geht daraus hervor? Daß die Bedeutung des Buchstabens sich nach der Ziffer richtet, die der Zufall unter ihn gesetzt hat, und daß der dem eigentlichen Buchstaben entsprechende Buchstabe nicht immer der gleiche sein kann. Sie sehen, daß Sie die Zahl 423 kennen müssen, um diese Zeilen lesen zu können. Wenn nun die Zahl, die die Grundlage des Dokuments bildet, sich Ihrer Kenntnis entzieht, wird es sich nun und nimmer entziffern lassen.“

Als Manuel den Richter mit so scharfer Logik seine Erklärungen abgeben hörte, fühlte er sich zuerst völlig niedergeschlagen. Dann aber hob er den Kopf und rief:

„Nein, Herr Richter! Ich gebe die Hoffnung nicht auf, die Zahl zu finden.“

„Vielleicht wäre es möglich,“ antwortete der Richter Jarriquez, „wenn die Zeilen des Schriftstücks in Worte eingeteilt wären.“

„Warum?“

„Das will ich Ihnen erklären, junger Mann. Man darf mit voller Bestimmtheit behaupten, nicht wahr, daß dieser letzte Paragraph des Dokuments alles noch einmal zusammenfassen muß, was in den vorhergehenden Paragraphen steht. Es steht also für mich fest, daß der Name Joam Dacosta darin vorkommt. Wenn nun die Zeilen in Worte geteilt wären, so würde ich mit jedem Worte nacheinander den Versuch machen – das heißt mit den Worten, die sieben Buchstaben haben wie der Name Dacosta – und es wäre nicht unmöglich, daß man die Zahl fände, die den Schlüssel des Schriftstücks bildet.“

„Wollen Sie mir erklären, wie man da verfahren müßte,“ fragte Manuel, der hier vielleicht einen letzten Hoffnungsstrahl erblickte.

„Nichts ist einfacher,“ antwortete der Richter Jarriquez. „Nehmen wir zum Beispiel eines der Worte des Satzes, den ich eben geschrieben habe – meinen Namen, wenn Sie wollen. Im Kryptogramm ist er durch die bizarre Buchstabenfolge: *Ncuvktygc* dargestellt. Schön! schreiben wir diese Buchstaben in eine senkrechte Reihe, indem wir daneben die Buchstaben meines Namens setzen, und wenn wir nun vom einen zum andern in der alphabetischen Reihenfolge aufwärts zählen und die sich ergebende Zahl notieren, so erhalten wir die folgende Formel:

Zwischen	N	und	J	sind	4	Buchstaben
"	c	"	a	"	2	"
"	u	"	r	"	3	"
"	v	"	r	"	4	"
"	k	"	i	"	2	"
"	t	"	q	"	3	"
"	y	"	u	"	4	"
"	g	"	u	"	2	"
"	c	"	z	"	3	"

„Wie setzt sich also die Ziffernreihe zusammen, die wir durch dieses sehr einfache Verfahren erhalten haben? Sehen Sie! die Ziffern 423 423 423 usw., das heißt, wir erhalten die mehrmals wiederholte Zahl 423."

„Hm! das stimmt!" antwortete Manuel.

„Sie begreifen! Indem ich in dieser Weise in der alphabetischen Reihenfolge vom falschen Buchstaben zum richtigen nach oben gezählt habe, statt vom richtigen zum falschen nach unten, ist es mir ein leichtes gewesen, die Zahl herauszubekommen und festzustellen, daß die gesuchte Zahl in der Tat 423 ist, die ich zum Schlüssel meines Kryptogramms gewählt habe."

„Nun, Herr Richter," rief Manuel, „wenn nun – wie es ja der Fall sein muß – der Name Dacosta sich in diesem letzten Paragraphen vorfindet, und man hintereinander jeden Buchstaben dieser Zeilen als den ersten der sieben Buchstaben annimmt, aus denen der Name Dacosta besteht, so muß man doch schließlich –"

„Das wäre in der Tat möglich," antwortete der Richter Jarriquez, „aber nur unter einer Bedingung."

„Das wäre?"

„Daß nämlich die erste Ziffer der Zahl genau unter den ersten Buchstaben des Wortes Dacosta zu stehen käme, und Sie werden mir zugeben, daß dies keinesfalls wahrscheinlich ist."

„In der Tat!" antwortete Manuel, der angesichts dieser Unwahrscheinlichkeit die letzte Hoffnung aufgeben zu sollen glaubte.

„Man mußte sich also auf den puren Zufall verlassen," fuhr der Richter Jarriquez fort, den Kopf schüttelnd, „und der Zufall hat bei Nachforschungen dieser Art nichts zu suchen."

„Aber könnte nicht schließlich," versetzte Manuel, „der Zufall uns diese Zahl an die Hand geben?"

„Diese Zahl!" rief der Beamte. „Diese Zahl! Aber aus wie viel Ziffern besteht sie? Aus zwei, drei, vier, neun oder zehn? Besteht diese Zahl aus verschiedenen Ziffern oder aus mehrmals wiederholten? Wissen Sie, junger Mann, daß man aus den 10 Ziffern des Zahlensystems, wenn alle angewandt werden, ohne auch nur eine zu wiederholen, 3268800 verschiedene Zahlen machen kann, und daß, wenn man mehrere gleiche Ziffern nimmt, diese Millionen Kombinationen sich wiederum mehren? Und wissen Sie, daß, wenn man auch nur eine einzige der 525 600 Minuten, die das Jahr hat, darauf verwendete, eine dieser Zahlen zu probieren, man über sechs Jahre brauchte und daß man über drei Jahrhunderte dazu nötig hätte, wenn jeder Versuch eine Stunde erforderte. Nein! Hier fordern Sie das Unmögliche!"

„Unmöglich, Herr Richter, ist das," antwortete Manuel, „daß ein Gerechter verurteilt werde, daß Joam Dacosta Leben und Ehre verliere, wenn Sie den Beweis für seine Unschuld in den Händen haben! Das ist das Unmögliche!"

„Ah, junger Mann," rief der Richter Jarriquez, „wer sagt Ihnen schließlich, daß dieser Torres nicht gelogen hat, daß er in der Tat ein

Dokument besessen hat, das von dem Urheber des Verbrechens geschrieben worden ist, daß dieses Papier tatsächlich dieses Dokument ist und daß es auf Joam Dacosta Bezug hat?“

„Wer das sagt?“ wiederholte Manuel.

Und der Kopf sank ihm in beide Hände.

In der Tat bewies nichts mit Bestimmtheit, daß das Schriftstück sich auf das Verbrechen im Diamantendistrikt bezog. Nichts besagte, ob es nicht überhaupt jedes Sinnes ermangelte, ob es nicht von Torres selber ersonnen sei, der ebenso wohl fähig war, ein unechtes wie ein echtes Dokument zu verkaufen.

„Macht nichts, Herr Manuel,“ antwortete der Richter Jarriquez, sich erhebend, „macht nichts! Auf welche Geschichte dieses Dokument auch Bezug haben mag, ich werde es nicht aufgeben, nach der Chiffre zu suchen! Schließlich hat das denselben Reiz wie irgend ein Logogryph oder ein Rebus.“

Nach diesen Worten erhob sich Manuel, begrüßte den Beamten und kehrte, als er gegangen war, zur Jangada zurück.

Siebzehntes Kapitel

Ganz aufs Geratewohl

Inzwischen hatte ein völliger Umschwung der öffentlichen Meinung betreffs Joam Dacostas stattgefunden. Auf die Erbitterung war Mitleid gefolgt. Die Bevölkerung begab sich nicht mehr nach dem Gefängnis von Manaos, um den Tod des Gefangenen schreiend zu fordern. Im Gegenteil! Die zuerst am wildesten ihn angeklagt hatten, daß er der Haupturheber des Verbrechens von Tijuco sei, verkündeten jetzt, er sei nicht der Schuldige, und verlangten seine sofortige Freilassung: so geht die Menge von einem Extrem ins andere.

Dieser Umschwung ist begreiflich.

Die Ereignisse der letzten zwei Tage, das Duell zwischen Benito und Torres, die Auffindung der Leiche unter so eigentümlichen Umständen, die Entdeckung des Dokuments, das, wenngleich es unentzifferbar sein sollte, den faktischen Beweis für die Unschuld Joam Dacostas enthielt, weil es von der Hand des wahren Schuldigen herrührte – alles hatte dazu beigetragen, diesen Wandel in der öffentlichen Meinung zu bewirken.

Was man vor 48 Stunden gehofft und ungeduldig verlangt hatte, das war jetzt eine Befürchtung: das Eintreffen des Befehls von Rio de Janeiro.

Das konnte jedoch nicht mehr lange dauern.

Am 24. August war Joam Dacosta verhaftet worden, und am Tage darauf hatte das Verhör stattgefunden. Am 26. war der Bericht des Richters abgegangen. Man schrieb jetzt den 28.

In drei bis vier Tagen spätestens mußte der Minister zu einem Entschluß betreffs des Verurteilten gelangen, und es war nur zu gewiß, daß „die Gerechtigkeit ihren Lauf nehmen würde".

Ja! Niemand zweifelte daran. Und wiederum war es für niemand, weder für seine Familie, noch für die ganze Bevölkerung von Manaos, die mit regster Anteilnahme die Entwicklung dieser dramatischen Angelegenheit verfolgte, eine Frage, daß in der Tat aus diesem Dokument Joam Dacostas Unschuld deutlich hervorgehe.

Aber in der Außenwelt, in den Augen unbeteiligter oder gleichgiltiger Beobachter, die nicht unter dem Eindruck der Geschehnisse standen, konnte dieses Dokument wenig Wert haben, da nicht einmal festzustellen war, daß es sich auch wirklich auf das Verbrechen im Diamantendistrikt bezog. Es war da, das ließ sich nicht bestreiten. Es war bei der Leiche Torres' gefunden worden, das stand fest.

Man konnte sich sogar darüber vergewissern, indem man es mit dem Brief, in welchem Torres Dacosta denunziert hatte, verglich, daß es nicht von der Hand des Abenteurers geschrieben worden war.

Und doch – wie der Richter Jarriquez gesagt hatte warum sollte dieser Elende es nicht zu gewinnsüchtigen Zwecken angefertigt haben? Dies konnte um so mehr der Fall sein, da Torres es nicht eher hatte hergeben wollen, als nach seiner Verheiratung mit Joam Dacostas Tochter, das heißt, wenn an der vollendeten Tatsache nichts mehr zu ändern gewesen wäre.

All diese Annahmen waren möglich – und es ist zu begreifen, daß diese Angelegenheit die höchste Spannung hervorrief. In jedem Falle stand es freilich um Joam Dacosta verzweifelt schlecht.

Solange das Dokument entziffert war, war es überhaupt, als sei er nicht am Leben, und wenn das Rätsel nicht durch ein Wunder in drei Tagen gelöst war, dann mußte der Verurteilte von Tijuco seinen letzten Gang antreten.

Und dieses Wunder wollte ein Mensch vollbringen! Dieser Mensch war der Richter Jarriquez, und jetzt arbeitete er mehr in Joam Dacostas Interesse als zur Befriedigung seiner analytischen Fähigkeiten. Ja! Auch in seinem Geiste hatte ein Umschwung stattgefunden.

Dieser Mann, der freiwillig seinen Schlupfwinkel in Iquitos aufgegeben hatte, der auf Gefahr seines Lebens gekommen war, die Wiederherstellung seiner Ehre von der brasilianischen Justiz zu fordern, war dieser Mann nicht an sich ein moralisches Rätsel, das tausend andere aufwog?

Der Richter war entschlossen, das Dokument nicht eher wegzulegen, bis er die Chiffre entdeckt hätte. Er versteifte sich darauf. Er biß sich darein fest. Er aß nicht mehr. Seine ganze Zeit verwendete er darauf, Zahlen zu kombinieren, um einen Schlüssel zu schmieden, der dieses Schloß öffnete!

Am Ende des ersten Tages war dieser Gedanke im Gehirn des Richters Jarriquez zur fixen Idee geworden. Ein mit Mühe bezwungener Zorn kochte in ihm und beherrschte ihn beständig.

Sein ganzes Haus erzitterte darunter. Seine Diener, ob weiße oder schwarze, getrauten sich nicht mehr in seine Nähe.

Zum Glück war er Junggeselle, sonst hätte Dame Jarriquez böse Stunden gehabt.

Noch nie hatte ein Rätsel dieses Original von einem Manne in diesem Maße außer sich gebracht, und er war fest entschlossen, die Lösung zu verfolgen, so lange ihm der Kopf noch nicht platzte, wie ein überheizter Kessel unterm Druck der Dämpfe.

Es stand für den würdigen Beamten jetzt völlig fest, daß der Schlüssel des Dokuments eine Zahl war, die aus zwei oder mehreren Ziffern bestand, aber daß diese Zahl unmöglich zu finden sei.

Dennoch machte sich der Richter Jarriquez mit wahrhafter Wut an diese Arbeit, und auf diese übermenschliche Arbeit verwendete er am 28. August all seine Fähigkeiten.

Diese Zahl aufs Geratewohl suchen, hieß, wie er schon gesagt hatte, sich in Millionen von Kombinationen verlieren, für die das Leben eines Rechners erster Klasse nicht hingereicht hätte. Wer wenn man auf den Zufall in keiner Weise zählen durfte, war es denn ganz unmöglich, durch logische Ueberlegung weiter zu kommen? Nein! Und dieser Aufgabe widmete sich der Richter Jarriquez mit ganzer Seele, nachdem er einige Stunden vergebens Schlaf gesucht hatte.

Wer in diesem Augenblick über die strengen Schutzvorrichtungen, die seine Abgeschlossenheit sicherten, bis zu ihm hätte dringen können, der hätte ihn wie am vergangenen Tage in seinem Arbeitszimmer gefunden, an seinem Schreibtisch, den Blick in das Dokument versenkt, dessen Tausende von verwirrten Lettern einen Tanz um seinen brennenden Kopf aufzuführen schienen.

„Ah!“ rief er. „Warum hat der erbärmliche Schuft, der es geschrieben hat, wer es auch sein möge, nicht die Worte dieses Paragraphen auseinander gehalten? Dann könnte man – dann ließe sich versuchen – aber nein! Und wenn in diesem Dokument wirtlich von dem Raubmord die Rede ist, dann müssen sich unbedingt bestimmte Worte darin vorfinden, wie Diamanten, Distrikt, Tijuco, Dacosta, und andere noch, was weiß ich! und wenn man ihnen ihre kryptologischen Aequivalente gegenüberstellte, könnte man schließlich die Zahl finden. Aber nichts! Keine Spur von einer Trennung. Ein Wort, ein einziges! Ein Wort von 294 Buchstaben! – Ach! sei er 294 mal verflucht, der Idiot, der sein System so unheilvoll verschleiert hat! Dafür verdiente er 294 mal geköpft zu werden!

Und ein heftiger, gegen das Schriftstück geführter Faustschlag lieh diesem wenig menschenfreundlichen Wunsche Nachdruck.

„Aber wenn es schließlich ausgeschlossen ist, daß ich eins dieser Worte in dem ganzen langen Schriftstück suche, kann ich da nicht wenigstens probieren, ob ich es am Anfang oder Ende irgend eines der Paragraphen finde? Vielleicht bietet sich hier eine Möglichkeit, die nicht außer acht gelassen werden darf."

Und indem er es mit diesem Verfahren probieren wollte, versuchte er, ob die Buchstaben am Anfang oder Ende jedes Absatzes des Dokuments denen entsprechen könnten, die das allerwichtigste Wort bildeten – das notwendigerweise an irgend einer Stelle sich vorfand das Wort Dacosta.

Es ergab nichts.

Um nur den letzten Absatz und die sieben Buchstaben, mit denen er begann, anzuführen, so fand der Richter Jarriquez folgende Formel:

H = D

h = a

t = c

b = b

i = s

u = t

o = a

Gleich beim dritten Buchstaben mußte der Richter Jarriquez in seinen Berechnungen innehalten, da die Entfernung der Buchstaben t und c im Alphabet nicht eine, sondern zwei Ziffern ergab, nämlich 17, und weil in dieser Art von Kryptogrammen ein Buchstabe immer nur durch einen einzigen andern ersetzt werden kann.

Mit den sieben letzten Buchstaben des Paragraphen W s u v j h d verhielt es sich eben so, denn gleich der erste Buchstabe, das W, konnte in keinem Fall für D stehen, da es von diesem um ganze 19 Buchstaben auseinander lag.

An dieser Stelle stand der Name also nicht.

Dieselbe Beobachtung machte er mit den Worten Distrikt und Tijuco, die er nun probierte.

Nach dieser Arbeit stand der Richter Jarriquez auf, der Kopf war ihm wie zerschlagen, er durchmaß sein Zimmer, schöpfte am Fenster Luft und stieß eine Art Stöhnen aus, das so laut war, daß eine ganze Schar Kolibris, die sich im Blätterwerk einer Mimose tummelte, scheu davon schwirrte.

Dann kehrte er zu dem Schriftstück zurück.

Er nahm es zur Hand und drehte es hin und her.

„Der Esel! Der Idiot!“ knurrte der Richter Jarriquez. „Er macht mich noch verrückt! Aber Halt! – Ruhe! – Nicht den Verstand verlieren! – Das wäre zur Unzeit!“

Nachdem er sich den Kopf mit einer kalten Abwaschung erfrischt hatte, fuhr er fort:

„Wir wollen etwas anderes versuchen, da ich aus der Anordnung dieser verwünschten Buchstaben keine Zahl ableiten kann; wir wollen sehen, welche Zahl der Schreiber dieses Dokuments möglicherweise hat wählen können, angenommen, daß er auch der Urheber des Verbrechens von Tijuco ist.“

Auf diese Weise versuchte der Richter es mit einer andern Methode, und vielleicht hatte er recht, denn sie entbehrte keineswegs einer gewissen Logik.

„Warum," sagte er, „sollte dieser Verbrecher nicht das Jahr gewählt haben, in welchem Joam Dacosta geboren worden ist – jener Unschuldige, den er an seiner Stelle hat verurteilen lassen – sei es auch nur, um diese Zahl nicht zu vergessen, die so wichtig für ihn war? Joam Dacosta ist 1804 geboren. Sehen wir zu, was 1804, als kryptologische Zahl genommen, ergibt."

Der Richter Jarriquez schrieb die ersten Buchstaben des Paragraphen nieder und darüber die Zahl 1804, die er dreimal wiederholte, und erhielt so folgende Formel:

1 8 0 4 1 8 0 4 1 8 0 4
H h t b j u o o k h i h

Indem er in der alphabetischen Reihenfolge um eben so viel Buchstaben, als der Wert der betreffenden Ziffer betrug, nach oben zählte, erhielt er folgende Reihe:

G . t . i m o k j . i d

welche gar keinen Sinn hatte!

Und dabei fehlten ihm noch drei Buchstaben, die er durch Punkte hatte ersetzen müssen, weil die Ziffern 8, 4 und die über den drei Buchstaben h, b und h standen, keine Buchstaben ergaben, die denselben beim Zählen aufwärts entsprochen hätten.

„Das ist es auch noch nicht!" rief der Richter Jarriquez. „Versuchen wir es mit einer andern Zahl!"

Und er fragte sich, ob anstatt dieser Zahl der Schreiber des Dokuments nicht eher die Zahl des Jahres hätte wählen sollen, in welcher das Verbrechen verübt wurde.

Das war das Jahr 1826.

Indem er nun in derselben Weise verfuhr, erhielt er die Formel:

1 8 2 6   1 8 2 6   1 8 2 6
H h t b   j u o o   k h i h

was folgendes ergab:

G . r .   i m m i   j . g b.

Dieselbe inhaltlose Buchstabenreihe, die gar keinen Sinn ergab. Wie in der vorigen Formel fehlten immer noch mehrere Buchstaben.

„Verwünschte Zahl!" rief der Beamte. „Auch das muß aufgegeben werden! Eine andere Zahl! Sollte dieser Idiot die Zahl der Kontos, die der Raub betrug, gewählt haben?"

Der Wert der gestohlenen Diamanten betrug 834 Kontos.

Die auf diese Weise erhaltene Formel war:

8 3 4   8 3 4   8 3 4   8 3 4
H h t   b j u   o o k   h i h

welche folgendes ebenso wenig befriedigende Resultat ergab:

. e p   . g q   g l g   . f d.

„Zum Teufel das Dokument und der, der es ersann!" rief der Richter Jarriquez und warf das Papier hin, das in die andere Ecke des Zimmers flog. „Ein Engel würde darüber die Geduld verlieren und zu fluchen anfangen!"

Aber sobald diese augenblickliche Wut verflogen war, hob der Beamte das Dokument auf, denn er wollte sich nicht aus dem Felde schlagen lassen. Was er mit den ersten Buchstaben der verschiedenen Paragraphen versucht hatte, versuchte er nun mit den letzten – ebenso erfolglos.

Worauf seine überreizte Phantasie nur kommen mochte, alles wurde probiert. Nacheinander wurden die Zahlen probiert, wie das Alter Joam Dacostas, das dem Urheber des Verbrechens bekannt sein mußte, das Datum seiner Verhaftung, das Datum seiner Verurteilung vorm Schwurgericht von Villa-Rica, das für die Vollstreckung festgesetzte Datum, usw. usw., selbst die Zahl der bei dem Verbrechen von Tijuco gefallenen Opfer wurde probiert.

Nichts! immer noch nichts!

Der Richter Jarriquez befand sich in einem Zustande der Ueberreizung, bei dem tatsächlich für das Gleichgewicht seiner geistigen Fähigkeiten zu fürchten war. Er strampelte förmlich mit Händen und Beinen und rang sich ab, als kämpfte er mit einem Gegner Leib an Leib.

„Aufs Geratewohl," rief er, „und möge der Himmel mir helfen, da die Logik nichts vermag!"

Seine Hand griff nach der Schnur einer Klingel, die über seinem Arbeitstische hing. Er klingelte heftig und lief sogar nach der Tür, die er aufriß.

„Bobo!" rief er.

Es vergingen einige Augenblicke.

Bobo, ein freigelassener Neger, der bevorzugte Hausbursche, kam nicht zum Vorschein. Augenscheinlich fehlte Bobo der Mut, ins Zimmer seines Herrn zu treten.

Der Richter schellte noch einmal. Er rief Bobo noch einmal, der in seinem eigenen Interesse den Schwerhörigen machen zu sollen meinte.

Endlich nach dem dritten Klingeln – wobei die Klingel herunterfiel und die Klingelschnur zerriß – erschien Bobo.

„Was befiehlt mein Herr?" fragte Bobo, vorsichtigerweise auf der Schwelle stehen bleibend.

„Komm herein, ohne ein Wort zu sprechen!" antwortete der Beamte, dessen flammender Blick den Neger erzittern machte.

Bob kam herein.

„Bobo," sagte der Richter Jarriquez, „gib wohl acht auf das, was ich dir sagen werde, und antworte auf der Stelle, ohne auch nur einen Moment nachzudenken, oder ich ..."

Bobo riß Mund und Augen auf und stand da wie einer, der sich willenlos in sein Schicksal ergibt.

„Bist du soweit?“ fragte sein Herr.

„Bin ich,“ stammelte der Schwarze.

„Aufpassen! Sage mir, ohne zu suchen, verstehst du wohl, die erste beste Zahl, die dir in den Sinn kommt.“

„Sechsundsiebzigtausendzweihundertdreiundzwanzig!“ antwortete Bobo in einem Atem.

Ohne Zweifel dachte Bobo seinem Herrn einen besondern Gefallen zu tun, wenn er eine recht hohe Zahl nannte.

Der Richter Jarriquez war nach seinem Tisch gelaufen, und mit dem Bleistift in der Hand hatte er nach der von Bobo als dem bloßen Werkzeug des Zufalls angegebenen Zahl seine Formel festgestellt.

Begreiflicherweise wäre es nur zu unwahrscheinlich gewesen, wenn diese Zahl 76 223 gerade die hätte sein sollen, die den Schlüssel des Dokuments ergab.

Die Zahl hatte daher keinen andern Erfolg, als daß sich dem Munde des Richters Jarriquez ein so nachdrücklicher Fluch entrang, daß Bobo sich beeilte, aufs schleunigste zu verschwinden.

Achtzehntes Kapitel
Letzte Bemühungen

Inzwischen erschöpfte nicht nur der Richter seine Kraft in ergebnislosen Bemühungen. Benito, Manuel und Minha hatten sich zu gemeinsamer Arbeit vereint, um dem Schriftstück das Geheimnis zu entreißen, von dem das Leben ihres Vaters abhing.

Fragoso seinerseits, dem Lina zur Seite stand, wollte nicht zurückbleiben; aber all ihr Scharfsinn hatte nichts genutzt, und die Zahl war noch immer nicht gefunden.

„So finde sie doch, Fragoso!“ hatte die junge Mulattin ihm immer wieder gesagt. „So finde sie doch!“

„Ich werde sie finden," antwortete Fragoso.

Und er fand sie doch nicht.

Fragoso trug sich jedoch mit dem Gedanken, einen Plan auszuführen, von dem er, selbst Lina gegenüber, nichts verlauten lassen wollte – ein Plan, der in seinem Gehirn auch zur fixen Idee geworden war: nämlich sich auf die Suche nach jener Truppe zu begeben, der der ehemalige Buschkapitän angehört hatte, und zu entdecken, wer der Verfasser des chiffrierten Schriftstückes, der sich des Raubmordes von Tijuco schuldig bekannt hatte, gewesen sein könne.

Der Teil der Amazonenprovinz, in welcher diese Truppe tätig gewesen war, der Ort selber, wo Fragoso vor mehreren Jahren mit ihr zusammengetroffen war, der Bezirk, für den sie bestimmt war, lag nicht allzuweit von Manaos. Man brauchte nur etwa 50 Meilen stromab zu gehen, nach der Mündung des Madeira zu, eines rechten Nebenflusses, und dort konnte man ohne Zweifel den Befehlshaber der „Capitano do mato" treffen, der Torres unter sich gehabt hatte.

In zwei bis drei Tagen konnte sich Fragoso mit den ehemaligen Kameraden des Abenteurers in Verbindung gesetzt haben.

„Ja, das kann ich ohne Frage tun," wiederholte er bei sich selbst, „aber was dann? Was wird das für einen Erfolg haben, vorausgesetzt, daß es mir überhaupt glückt? Wenn wir auch die Gewißheit haben, daß einer von Torres' Gefährten vor kurzem gestorben ist, beweist das denn, daß das der Urheber des Verbrechens ist? Beweist das, daß er Torres ein Schriftstück übergeben hat, in welchem er sein Verbrechen gesteht und Joam Dacosta entlastet? Wird schließlich auf diese Weise der Schlüssel zu dem Schriftstück gefunden? Nein! Zwei Männer allein kennen die Chiffre. Der Schuldige und Torres! Und diese beiden Männer sind nicht mehr!"

So bedachte sich Fragoso. Es war nur zu klar, daß es zu nichts führen würde, wenn er sich auf den Weg machte. Und doch hatte dieser Gedanke ihn völlig in der Gewalt. Eine unwiderstehliche Macht trieb ihn zum Aufbruch, obwohl er es nicht einmal verbrieft hatte, daß er die Miliz vom Madeira überhaupt finden würde.

Die Truppe konnte in irgend einem Teil der Provinz auf einem Streifzug sein und dann war, um zu ihr zu gelangen, mehr Zeit nötig, als ihm zu Gebote stand. Und was hatte es zu guterletzt für einen Zweck? Was wurde damit erreicht?

Nichtsdestoweniger ist es Tatsache, daß am folgenden Tage, dem 29. August, Fragoso vor Sonnenaufgang, ohne irgendwem etwas davon zu sagen, heimlich die Jangada verließ, nach Manaos ging und sich auf eine der zahlreichen Egariten begab, die täglich den Amazonas hinunterfahren.

Und als man ihn nun nicht mehr an Bord fand und er auch den ganzen Tag über nicht wieder erschien, so war aller Erstaunen groß. Niemand, selbst die junge Mulattin nicht, konnte sich das Verschwinden des so treuen Dieners in so ernster Lage erklären.

Ob der arme Bursche aus Verzweiflung darüber, persönlich dazu beigetragen zu haben, daß Torres auf die Jangada kam, sich am Ende ein Leid zugefügt hatte?

Aber wenn Fragoso sich dies zum Vorwurf gemacht hätte, was sollte sich Benito sagen? Zum erstenmal hatte er Torres in Iquitos aufgefordert, mit auf die Fazenda zu kommen. Zum zweitenmal hatte er ihn in Tabatinga an Bord der Jangada gebracht. Das drittemal hatte er ihn herausgefordert, ihn getötet und den einzigen Zeugen vernichtet, dessen Zeugnis zu Gunsten des Angeklagten lauten konnte!

Und Benito gab sich die Schuld an allem, an der Verhaftung seines Vaters, an dem furchtbaren Unglück, das die Folge sein mußte!

Wenn Torres noch gelebt hätte, so wäre es, das konnte Benito sich sagen, vielleicht gelungen, den Abenteurer zur Herausgabe des Dokuments zu bewegen. Mit Geld hätte man vielleicht Torres, der ja selber in die Sache nicht verwickelt war, zum Sprechen bringen können. Dann wäre der so eifrig gesuchte Beweis dem Richter unterbreitet worden! Ja! Ohne Zweifel! Und der einzige Mann, der dieses Zeugnis ablegen konnte, war durch Benitos Hand gefallen!

Das sagte der unglückliche junge Mann immer wieder zu seiner Mutter, zu Manuel, zu sich selbst. Diese grausame Verantwortung lud er selber seinem Gewissen auf.

Yaquita, die alle ihr bewilligten Stunden bei ihrem Manne zubrachte, und andererseits ihren Sohn in eine Verzweiflung verfallen sah, die seine Vernunft gefährdet erscheinen ließ, die mutige Yaquita verlor ihre moralische Energie nicht.

Sie zeigte sich als die tapfere Tochter Magalhaes, des würdigen Gefährten des Fazendero von Iquitos.

Die Haltung Joam Dacostas war übrigens dazu angetan, sie in diesem Herzeleid aufrecht zu erhalten. Dieser brave Mann, ein strenger Puritaner, ein harter Arbeiter, dessen ganzes Leben nur ein Kampf gewesen war, zeigte sich nicht einen Augenblick schwach.

Der schrecklichste Schlag, der ihn getroffen hatte, ohne ihn niederzuschmettern, war der Tod des Richters Ribeiro, in dessen Geist kein Zweifel an seiner Unschuld bestanden hatte. Mit Hilfe seines ehemaligen Verteidigers hatte er um die Wiederherstellung seiner Ehre zu ringen gehofft!

Daß bei der ganzen Sache Torres dazwischen gekommen war, galt für ihn als Nebensache. Und übrigens war ihm vom Vorhandensein dieses Dokumentes noch nichts bekannt gewesen, als er sich entschlossen hatte, Iquitos zu verlassen und sich der Justiz seiner Heimat zu stellen.

Er brachte nur moralische Beweise mit. Sollte unvermutet im Verlauf der Angelegenheit vor oder nach seiner Verhaftung ein faktischer Beweis zum Vorschein gekommen sein, so war er gewiß nicht derjenige, der ihn verschmäht hätte; wenn aber infolge bedauerlicher Umstände dieser Beweis verschwunden war, dann war er in derselben Lage wie beim Ueberschreiten der brasilianischen Grenze, in der Lage eines Mannes, der da sagte:

„Hier meine Vergangenheit! Hier meine Gegenwart! Hier mein ganzes ehrenvolles Leben der Arbeit und Aufopferung! Euer erstes Urteil über mich war falsch! Nach 23 Jahren der Verbannung liefre ich mich aus. Hier bin ich. Richtet mich!“

Der Tod des Abenteurers und die Unlesbarkeit des bei ihm vorgefundenen Schriftstückes hatte daher auf Joam Dacosta keinen so lebhaften Eindruck machen können, wie auf seine Kinder, seine Freunde, seine Diener, kurz auf alle, die an ihm Anteil nahmen.

„Ich vertraue auf meine Unschuld,“ sagte er immer wieder zu Yaquita, „wie ich auf Gott vertraue! Wenn er meint, daß mein Leben für die Meinen noch von Nutzen ist, und wenn ein Wunder geschehen muß, mich zu retten, so wird er dieses geschehen lassen – wenn nicht, so sterbe ich. Er allein ist der Richter!“

Inzwischen stieg die Erregung in Manaos mit der Zeit, die verfloß. Diese Angelegenheit wurde mit einer Leidenschaft ohne gleichen erörtert. Die öffentliche Meinung facht sich stets an geheimnisvollen Dingen an, und so war das Schriftstück der einzige Gesprächsgegenstand.

Am Ende dieses vierten Tages zweifelte kein Mensch mehr daran, daß es die Rechtfertigung des Verurteilten enthielt.

Uebrigens hatte jeder einzelne sich dahinter gemacht, den unverständlichen Inhalt zu entziffern. Das Diario do Gran Para hatte es im Faksimile veröffentlicht. Autographierte Exemplare waren in großer Anzahl verbreitet, und zwar war dies auf Manuels Veranlassung geschehen, der nichts unterlassen wollte, was zur Enthüllung des Geheimnisses dienen konnte.

Außerdem war eine Belohnung von 100 Kontos für den ausgesetzt, der die vergebens gesuchte Chiffre des Dokuments fand oder eine Lösung des Rätsels herbeiführte. Das war ein Vermögen. So vergaßen die Leute aller Stände Essen, Trinken und Schlafen und machten sich mit verzweifeltem Eifer über das unlösbare Kryptogramm her.

Bisher war jedoch alles vergeblich gewesen, und es ist nur zu wahrscheinlich, daß selbst die sinnreichsten Analytiker der Welt sich vergeblich um die Nachtruhe gebracht haben würden.

Es war öffentlich bekannt gegeben worden, daß jede Lösung unverzüglich dem Richter Jarriguez nach seinem Hause in der Straße Gottes des Sohnes zu melden sei; aber am Abend des 29. August war noch nichts gekommen, und jedesfalls sollte auch überhaupt nichts kommen!

Von allen, die sich diesem kopfbrecherischen Studium widmeten, war tatsächlich der Richter Jarriguez am meisten zu bedauern. Infolge einer ganz natürlichen Gedankenverknüpfung teilte auch er jetzt die allgemeine Ansicht, daß das Dokument sich auf das Verbrechen von Tijuco bezog, daß es von der Hand des Schuldigen selber geschrieben war und daß es Joam Dacosta entlastete.

Mit um so größerer Begierde ging er weiter daran, den Schlüssel zu suchen. Nicht nur der Geschmack an dieser eigenartigen Kunst leitete ihn, sondern ein Drang der Gerechtigkeit, des Mitleids gegen einen Mann, den eine ungerechte Verurteilung getroffen hatte.

Und doch dachte der Richter Jarriguez nicht daran, die Flinte ins Korn zu werfen. Wenn er jetzt nur noch auf den Zufall rechnete, dann mußte dieser Zufall ihm zu Hilfe kommen, er wollte es! Er suchte ihn auf alle mögliche und unmögliche Weise herauszufordern. Bei ihm war es zur frenetischen Raserei ausgeartet, aber das Schlimme war, daß es eine ohnmächtige Raserei blieb.

Was er während des letzten Teiles dieses Tages an verschiedenen, immer ganz willkürlich gewählten Zahlen probierte – davon hätte man sich keine Vorstellung machen können. Ja, wenn er Zeit dazu gehabt hätte, er hätte kein Bedenken getragen, sich in die Millionen von Kombinationen zu stürzen, die durch die zehn Zeichen des Zahlensystems sich bilden ließen! Er hätte dieser Arbeit sein ganzes Leben geweiht, selbst auf die Gefahr hin, darüber verrückt zu werden. Verrückt! Eh! War er es nicht schon?

Dann kam ihm der Gedanke, daß das Dokument vielleicht von hinten gelesen werden mußte. Er drehte es daher um, hielt es gegen das Licht und versuchte es auf diese Weise.

Den Kopf in den Händen, wie zerschlagen, moralisch und physisch erschöpft, hatte der Richter Jarriquez nicht mehr die Kraft, sich zu bewegen, zu sprechen, zu denken, einen Gedanken an einen andern zu fügen.

Plötzlich ließ sich draußen Geräusch vernehmen. Gleich darauf öffnete sich entgegen seiner ausdrücklichen Weisung jäh die Tür.

Benito und Manuel standen vor ihm. Benito war schrecklich anzusehen, Manuel stützte ihn; denn der unglückliche junge Mann hatte kaum noch die Kraft, sich aufrecht zu halten.

Der Beamte hatte sich lebhaft erhoben.

„Was gibt es, meine Herren, was wollen Sie?“ fragte er.

„Die Chiffre! ... die Chiffre!“ rief Benito, wahnsinnig vor Schmerz. „Die Chiffre des Schriftstücks!“

„Kennen Sie sie?“ rief der Richter Jarriquez.

„Nein, Herr,“ versetzte Manuel. „Aber Sie ...?“

„Nichts! – nichts!“

„Nichts!“ rief Benito.

Im Uebermaß der Verzweiflung zog er eine Waffe aus dem Gürtel und wollte sich erstechen.

Der Beamte und Manuel warfen sich auf ihn, und mit vieler Mühe gelang es ihnen, ihn zu entwaffnen.

„Benito,“ sagte der Richter Jarriquez mit einer Stimme, die er zu ruhigem Tone zwang, „da Ihr Vater nicht mehr der Strafe für ein Verbrechen entgehen kann, das er gar nicht begangen hat, so hätten Sie wahrlich Besseres zu tun, als sich zu töten!“

„Was denn?“ rief Benito.

„Sie müssen versuchen, ihm das Leben zu retten.“

„Und wie?“

„Das zu erraten, ist Ihre Sache,“ antwortete der Richter. „Es ist nicht meines Amtes, Ihnen das zu sagen.“

Neunzehntes Kapitel
Vorkehrungen

Am folgenden Tage, dem 30. August, besprachen sich Benito und Manuel. Sie hatten den Gedanken verstanden, den der Beamte vor ihnen nicht hatte aussprechen wollen, und suchten jetzt Mittel und Wege zu finden, um die Flucht des Verurteilten zu ermöglichen, den das Todesurteil bedrohte.

Es blieb nichts weiter übrig.

Es war in der Tat nur zu gewiß, daß für die Behörden von Rio de Janeiro das unentzifferte Dokument gar keinen Wert hatte, daß es ein totes Stück Papier war, daß an dem ersten Urteil, durch welches Joam Dacosta des Raubmordes von Tijuco schuldig gesprochen worden war, nichts geändert wurde und daß der Vollstreckungsbefehl unvermeidlich eintreffen würde, da auch eine Umwandlung der Strafe in diesem Falle ausgeschlossen war.

Ein zweites Mal also durfte Joam Dacosta nicht zögern, sich der Haft, die ihn ungerecht betroffen hatte, durch die Flucht zu entziehen.

Zwischen den beiden jungen Männern wurde zuvörderst ausgemacht, daß über alles, was vorgenommen werden sollte, strenge Verschwiegenheit zu beobachten sei, daß weder Yaquita noch Minha über ihre Versuche unterrichtet werden sollten. Das hieße ihnen vielleicht nur eine letzte Hoffnung machen, die nachher am Ende fehlschlug. Wer konnte wissen, ob dieser Fluchtversuch infolge unvorhergesehener Umstände nicht elendiglich mißglücken würde?

Bei dieser Gelegenheit wäre die Anwesenheit Fragosos ohne Zweifel von großem Wert gewesen. Dieser pfiffige und treue Bursche hätte den beiden jungen Leuten nützlich werden können, aber Fragoso war nicht wieder zum Vorschein gekommen.

Lina, die hierüber befragt wurde, konnte nicht sagen, was aus ihm geworden sei, noch warum er die Jangada verlassen habe, ohne selbst ihr etwas davon zu sagen.

Und doch hätte Fragoso, sofern er nur geahnt hätte, daß die Dinge eine solche Wendung nehmen würden, nicht die Familie Dacosta verlassen, um einen Versuch zu machen, der allem Anschein nach von keinem entscheidenden Ergebnis sein konnte.

Ja! viel lieber wäre er bei der Flucht des Verurteilten behilflich gewesen, als daß er sich auf die Suche nach den ehemaligen Kameraden Torres' begeben hätte.

Aber Fragoso war nicht da, und man mußte wohl oder übel ohne ihn fertig werden.

Bei Morgengrauen verließen Benito und Manuel die Jangada und gingen nach Manaos. Sie gelangten schnell in die Stadt und betraten die engen, zu dieser Zeit noch leeren Straßen.

In wenigen Minuten standen beide vor dem Gefängnis und durcheilten nach allen Richtungen hin das öde Gelände, auf dem das ehemalige Kloster sich erhob, das jetzt als Haftlokal diente.

Diese Oertlichkeit mußte aufs sorgfältigste untersucht werden.

In einer Ecke des Gebäudes lag 25 Fuß überm Erdboden das Fenster der Halle, in der Joam Dacosta eingeschlossen war. Dieses Fenster war durch ein ziemlich schadhaftes Gitter versichert, das leicht auszuheben oder zu zersägen sein würde, wenn man nur hinauf gelangen konnte.

Die schlecht gefügten Steine der Mauer, die an vielen Stellen bröcklig waren, wiesen zahlreiche Vorsprünge auf, die dem Fuß einen sichern Stützpunkt bieten mußten, wenn es möglich war, sich durch ein Tau hinaufzuziehen.

Ein solches Tau ließ sich vielleicht, wenn man es geschickt warf, um einen der Stäbe des Gitters schlingen, der, aus seiner Lage gehoben, als Haken nach außen hätte dienen können. Hierauf waren nur ein paar Stäbe zu beseitigen, so daß ein Mann hindurchkriechen konnte, und Benito und Manuel brauchten dann nur in die Zelle des Gefangenen hineinzuklettern.

Die Flucht war dann ohne große Schwierigkeiten bewerkstelligt mittels des an dem Eisen befestigten Taues.

Während der Nacht, die ziemlich finster werden mußte, würde keine dieser Vorkehrungen bemerkt werden, und noch vor Tagesanbruch könnte Joam Dacosta in Sicherheit sein.

Eine Stunde lang gingen Manuel und Benito unauffällig hin und her und stellten mit größter Genauigkeit ihre Untersuchungen an, sowohl über die Lage des Fensters und Gitters, wie auch über den Punkt, an welchem am besten das Tau zu werfen war.

„Das wäre also abgemacht!“ sagte Manuel. „Aber soll Joam Dacosta benachrichtigt werden?“

„Nein, Manuel! Wir wollen ihm ebenso wenig das Geheimnis eines Versuchs mitteilen, der mißglücken kann.“

„Es wird uns glücken, Benito!“ antwortete Manuel. „Indessen muß auf alles Vorbedacht genommen werden, und im Fall der Gefängnisaufseher im kritischen Moment die Flucht wittert –“

„Dann haben wir das Geld zur Hand, diesen Mann zu bestechen,“ sagte Benito.

„Schön,“ sagte Manuel. „Wenn nun unser Vater erst einmal aus dem Gefängnis hinaus ist, dann kann er weder in der Stadt noch auf der Jangada verborgen bleiben. Wo soll er Zuflucht suchen?“

Diese sehr wichtige Frage war an zweiter Stelle zu entscheiden, und man kam zu folgendem Entschluß.

Hundert Schritt vom Gefängnis etwa war das leere Gefilde von einem der Kanäle durchschnitten, die unterhalb der Stadt in den Rio Negro münden. Dieser Kanal bot einen bequemen Weg, um den Strom zu erreichen, wenn eine Piroge den Flüchtling hier erreichte. Zu Fuß von der Mauer bis zum Kanal waren es, wie gesagt, kaum 100 Schritt.

Benito und Manuel beschlossen also, daß eine der Pirogen um 8 Uhr abends unter der Führung des Lotsen Araujo und zwei kräftiger Ruderer von der Jangada abstoßen sollte. Sie sollte den Rio Negro hinauffahren, durch den Kanal hineinsteuern, durch des unbebaute Gelände hindurchgleiten und, unter dem hohen Gras am Ufer verborgen, die ganze Nacht über sich dem Gefangenen zur Verfügung halten.

Aber wenn Joam Dacosta erst in der Piroge war, wohin sollte er sich am besten wenden?

Dies war der Gegenstand eines letzten Entschlusses, den die beiden jungen Männer faßten, nachdem das Für und Wider der Frage peinlichst erwogen worden war.

Nach Iquitos zurückkehren, hieß einen schwierigen gefahrvollen Weg einschlagen. In jedem Falle wäre dieser Weg zu weit, ob er nun über Land flüchtete oder den Amazonas hinauffuhr. Weder mit einem Pferd noch mit einer Piroge konnte er sich schnell genug außer Verfolgung bringen.

Ferner bot die Fazenda ihm keine sichre Zuflucht. Wenn er dorthin zurückkehrte, war er nicht mehr der Fazendero Joam Garral, sondern der Verurteilte Joam Dacosta, dem beständig die Auslieferung drohte. Er durfte daher nicht daran denken, sein früheres Leben wieder auszunehmen.

Auf dem Rio Negro zu flüchten bis in den Norden der Provinz oder noch über die brasilianischen Besitzungen hinaus, wäre ein Vorhaben gewesen, das mehr Zeit bedingte, als Joam Dacosta zur Verfügung stand, und seine erste Sorge mußte sein, sich unmittelbarer Verfolgung zu entziehen.

Die Fahrt stromab mußte an den zahlreichen Posten, Dörfern und Städten zu beiden Seiten des Stromes vorbeiführen. Das Signalement des Verurteilten aber wurde sicher allen Polizeiämtern mit geteilt. Er lief daher Gefahr, noch ehe er das Gestade des Atlantischen Ozeans erreichte, verhaftet zu werden. Und hatte er es erreicht, wo und wie sollte er sich verbergen und eine Gelegenheit abwarten, um zu Schiffe zu gehen und ein ganzes Meer zwischen sich und die Justiz zu bringen?

Nach Prüfung dieser verschiedenen Pläne kamen Benito und Manuel dahin überein, daß sie alle nicht ausführbar seien. Einer allein bot einige Aussicht auf Rettung.

Das war folgender Plan: nach der Flucht aus dem Gefängnis die Piroge besteigen, dem Kanal bis zum Rio Negro folgen, diesen Nebenfluß bis zur Mündung in den Hauptstrom hinabfahren, dann im Amazonenstrom sich am rechten Ufer halten, etwa 66 Meilen weit stromab fahren, indem man nachts fuhr und tagsüber sich verborgen hielt, und so die Mündung des Madeira erreichen.

Dieser Zufluß, der vom Abhang der Cordilleren herkommt und von 100 Nebenflüssen gespeist wird, ist eine wirkliche Wasserstraße, welche bis in das Herz von Bolivia offen ist. Eine Piroge konnte hier hineinsteuern, ohne daß man eine Spur von ihr gewahr wurde. Dann konnte man in einem Flecken oder Weiler jenseits der brasilianischen Grenze Zuflucht suchen.

Hier würde Joam Dacosta verhältnismäßig sicher sein. Hier konnte er, wenn es sein mußte, mehrere Monate warten, bis sich eine Gelegenheit bot, den Strand des Stillen Ozeans zu erreichen und in einem der Küstenhäfen ein Schiff zu besteigen. Führte ihn dieses Schiff nach einem Staate Nordamerikas, so war er gerettet.

Dann konnte er zusehen, ob es ihm gut dünkte, sein ganzes Vermögen zu realisieren, endgiltig sein Vaterland zu verlassen und jenseits des Meeres in der alten Welt eine letzte Zuflucht zu suchen, um sein so grausam und ungerecht vergälltes Leben zu beschließen.

Wohin er auch ginge, seine Familie würde ihm ohne Zögern und ohne Klagen folgen, und zu seiner Familie zählte auch Manuel sich selber, da er ja doch durch unlösbare Banden an sie geknüpft werden sollte. Diese Frage war nicht weiter zu erörtern.

„Wir wollen gehen,“ sagte Benito. „Vor Einbruch der Nacht muß alles fertig sein, und wir haben keinen Augenblick zu verlieren.“

Auf ihrer Rückkehr an Bord schritten die beiden jungen Männer an dem Ufer des Kanals hin bis zum Rio Negro. Sie vergewisserten sich, daß die Piroge vollständig freie Fahrt hätte und daß kein Hindernis sie aufhalten könne.

Dann gingen sie am linken Ufer des Nebenflusses entlang, umgingen die jetzt schon belebten Straßen der Stadt und trafen am Ankerplatz der Jangada ein.

Die erste Sorge Benitos war, seine Mutter aufzusuchen. Er fühlte sich Herr genug über sich selbst, um von der Unruhe, die ihn verzehrte, sich nichts merken zu lassen. Er wollte sie beruhigen, ihr sagen, daß noch nicht alle Hoffnung verloren sei, daß das Geheimnis des Schriftstücks gelöst werden würde, daß in jedem Fall die öffentliche Meinung für Joam Dacosta sei und daß angesichts der allgemeinen Stimmung zu seinen Gunsten die Justiz alle erforderliche Zeit, um den faktischen Beweis für seine Unschuld endlich doch noch zu erbringen, zugestehen würde.

„Ja, Mutter, ja!“ setzte er hinzu. „Morgen werden wir nichts mehr für unseren Vater zu fürchten haben!“

„Möge Gott dich erhören, mein Sohn!“ antwortete Yaquita mit einem so fragenden Blick, daß Benito sich fast verraten hätte.

Gemäß ihrer Verabredung hatte seinerseits Manuel versucht, Minha zu beruhigen, indem er ihr versicherte, daß der Richter Jarriquez, von der Unschuld Joam Dacostas überzeugt, ihn, soweit irgend in seinen Kräften stände, zu retten versuchen würde.

„Ich will dir glauben, Manuel!“ hatte das junge Mädchen gesagt, das ihre Tränen nicht zurückzuhalten vermochte.

Manuel war rasch von Minha gegangen. Tränen traten auch ihm in die Augen und straften die hoffnungsvollen Worte, die er gesprochen hatte, Lügen.

Uebrigens war der Augenblick gekommen, dem Gefangenen den täglichen Besuch abzustatten, und Yaquita, von ihrer Tochter begleitet, begab sich eilig nach Manaos.

Eine Stunde lang besprachen sich die beiden jungen Männer mit dem Lotsen Araujo. Sie unterrichteten ihn in allen Einzelheiten von dem Plan, den sie gefaßt hatten, und fragten ihn um Rat betreffs der geplanten Flucht selber wie auch der Maßregeln, die zu ergreifen waren, um für die Folgezeit den Flüchtling in Sicherheit zu bringen.

Araujo hieß alles gut. Er nahm es auf sich, in der Nacht ganz unauffällig die Piroge durch den Kanal zu bringen, den er bis zu der Stelle, wo Joam Dacosta erwartet werden sollte, ganz genau kannte. Zur Mündung in den Rio Negro zurückzukehren, würde gar keine Schwierigkeiten machen, und die Piroge würde unbemerkt inmitten der treibenden Stämme und Inseln, die ohne Unterlaß den Strom bedeckten, mit hinabgleiten.

Gegen den Plan, den Amazonas bis zum Zusammenfluß mit dem Madeira hinunterzufahren, hatte Araujo gleichfalls nichts einzuwenden. Auch er war der Ansicht, daß dies die beste Lösung sei. Der Lauf des Madeira war ihm auf eine Strecke von 100 Meilen bekannt. Wenn unvermutet die Verfolgung in dieser Richtung geschehen sollte, so wäre es inmitten dieser wenig bevölkerten Provinzen ein leichtes, zu entrinnen, und wenn Joam Dacosta darauf bestand, sein Vaterland für immer zu verlassen, so konnte er mit geringerer Gefahr am Stillen Ozean zu Schiffe gehen als am Atlantischen Ozean.

Daß Araujo ihren Plan billigte, flößte den beiden jungen Männern Zuversicht ein. Sie hatten Vertrauen zu dem praktischen Sinn des Lotsen, und zwar mit Recht. In die Ergebenheit und Aufopferung des wackern Mannes war keinerlei Zweifel zu setzen. Er hätte sicherlich Leben und Freiheit aufs Spiel gesetzt, um den Fazendero von Iquitos zu retten.

Araujo begann sofort, aber in aller Heimlichkeit, mit den Vorbereitungen, die bei diesem Fluchtversuch ihm oblagen. Eine hohe Summe Geldes wurde ihm von Benito übergeben, damit er während der Fahrt auf dem Madeira gegen alle Möglichkeiten gesichert sei.

Er ließ sofort die Piroge in stand setzen, indem er erklärte, er beabsichtige aus die Suche nach Fragoso zu gehen, der noch nicht wiedergekommen sei und um dessen Schicksal all seine Gefährten in hohem Grade besorgt seien.

Dann legte er selber Vorräte für mehrere Tage in den Kahn und außerdem die Taue und das Werkzeug, die die beiden jungen Männer abholen sollten, sobald er am Ende des Kanals zur verabredeten Stunde eintreffen würde.

Diese Vorbereitungen fielen dem Personal der Jangada gar nicht auf. Die beiden kräftigen Neger, die der Pilot zum Rudern aussuchte, wurden nicht einmal in das Geheimnis gezogen. Dennoch konnte man fest auf sie rechnen. Wenn sie erst erführen, bei welchem Rettungswerk sie mithelfen sollten, wenn Joam Dacosta, endlich befreit, ihrer Obhut anvertraut würde, so wußte Araujo, daß sie alles, selbst ihr Leben, daran setzen würden, ihren Gebieter zu retten.

Nachmittags war alles zum Aufbruch bereit. Man brauchte nur noch die Nacht abzuwarten.

Aber bevor sie ihren Plan ausführten, wollte Manuel noch ein letztes Mal den Richter Jarriquez aufsuchen. Vielleicht hatte der Beamte ihm etwas Neues über das Dokument mitzuteilen.

Benito zog es vor, auf der Jangada zu bleiben, um auf die Rückkehr der Mutter und Schwester zu warten.

Manuel begab sich also allein in das Haus des Richters Jarriquez und wurde sofort empfangen.

Der Beamte, der sein Arbeitszimmer nicht mehr verließ, befand sich noch immer in derselben überreizten Verfassung. Das von seinen ungestümen Fingern zerknüllte Dokument lag noch immer vor ihm.

„Herr Richter,“ sagte Manuel, dessen Stimme bei dieser Frage zitterte, „ist aus Rio de Janeiro –?“

„Nein,“ antwortete der Richter Jarriquez, „der Befehl ist noch nicht angekommen – aber jeden Augenblick –!“

„Und das Schriftstück?“

„Nichts!“ rief der Richter Jarriquez, „ich habe alles versucht, was mir die Phantasie nur irgend hat eingeben können ... und nichts erreicht!“

„Nichts!“

„Doch eines – ein einziges Wort habe ich in diesem Schriftstück deutlich lesen können, ein einziges!“

„Und dieses Wort?“ rief Manuel, „Herr Richter, wie lautet dieses Wort?“

„Fliehen!“

Ohne zu antworten, drückte Manuel dem Richter Jarriquez die Hand und kehrte nach der Jangada zurück, um zu warten, die die Stunde der Entscheidung schlagen würde.

Zwanzigstes Kapitel
Die letzte Nacht

Der Besuch Yaquitas, die in Begleitung ihrer Tochter kam, war der gleiche wie alle Tage und auf die wenigen Stunden beschränkt, die die Gatten miteinander verbringen konnten. In Gegenwart dieser beiden so innig geliebten Wesen war Joam Dacostas Herz nahe am Ueberfließen. Aber der Gatte, der Vater tat sich Gewalt an. Er sprach den beiden armen Frauen Mut zu, er machte ihnen ein wenig Hoffnung, obwohl er selber fast keine mehr hegte. Alle beide kamen in der Absicht, dem Gefangenen gut zuzureden. Aber sie selber bedurften der Zusprache. Wenn sie ihn jedoch fest und hocherhobenen Hauptes bei all seinen Leiden sahen, dann fahlen auch sie wieder ein wenig Hoffnung.

Auch an diesem Tage hatte Joam Dacosta ermutigende Worte zu ihnen gesprochen. Diese unerschütterliche Energie schöpfte er nicht allein aus dem Bewußtsein seiner Unschuld, sondern auch aus dem Glauben an den Gott, der einen Teil seiner Gerechtigkeit in das Herz der Menschen gelegt hat.

Von dem Dokument sprach er fast nie. Ob es unecht war oder nicht, ob es von Torres selber oder von dem wahren Urheber des Raubmordes geschrieben war, ob es die so eifrig gesuchte Rechtfertigung enthielt oder nicht – nicht auf diese zweifelhafte Hypothese stützte sich Joam Dacosta. Nein! Er sah sich selber für den besten Beweis in seiner Sache an, und sein ganzes Leben der Arbeit und der Ehrenhaftigkeit sollte für ihn sprechen!

Gestärkt durch die männlichen Worte, die ihnen tief zu Herzen gingen, waren an diesem Wend Yaquita und Tochter zurückgekehrt, zuversichtlicher, als sie seit der Verhaftung je gewesen waren.

Ein letztes Mal hatte der Gefangene sie mit doppelter Zärtlichkeit ans Herz gedrückt. Er schien zu ahnen, daß das Ende nahe bevorstände.

Als Joam Dacosta allein war, sah er lange unbeweglich.

Die Arme hatte er auf einen kleinen Tisch gestemmt und sein Haupt darauf gestützt.

Was ging in ihm vor? War er zu der Ueberzeugung gelangt, daß die menschliche Gerechtigkeit nach dem ersten falschen Urteil endlich seine Unschuld verkünden werde?

Ja! Er hoffte noch. Mit dem Bericht des Richters Jarriquez über seine Identität mußte, wie er wußte, auch die Rechtfertigungsschrift, die er mit so fester Ueberzeugung geschrieben hatte, in die Hände des obersten Gerichts gelangt sein.

Diese Denkschrift war die Geschichte seines Lebens von seinem Eintritt in das Bureau des Diamantendistrikts an bis zu dem Augenblicke, wo die Jangada Manaos aufsuchte.

Im Geiste ging jetzt Joam Dacosta sein ganzes Leben durch. Er erlebte seine Vergangenheit noch einmal von dem Zeitpunkt an, wo er als Waise nach Tijuco gekommen war. Durch seinen Eifer hatte er dort Anstellung im Bureau des Generalgouverneurs gefunden. Er war damals noch ziemlich jung. Eine gute Zukunft winkte ihm. Er mußte zu einer hohen Stellung emporsteigen.

Und dann mit einem Schlage diese Katastrophe! Die Plünderung des Diamantenkonvois, das Blutbad der militärischen Eskorte, der Verdacht gegen ihn als den einzigen Beamten, der die geheimgehaltene Absendung hatte verraten können, seine Verhaftung, sein Prozeß vorm Schwurgericht, seine Verurteilung trotz aller Bemühungen seines Advokaten, die letzten Stunden in der Zelle der zum Tode Verurteilten im Gefängnis von Villa-Rica, seine Flucht unter Umständen, die einen übermenschlichen Mut erheischten, seine Irrfahrt durch die nördlichen Provinzen, seine Ankunft an der peruanischen Grenze, und schließlich die Aufnahme, die der aller Mittel entblößte, Hungers sterbende Flüchtling bei dem gastfreundlichen Fazendero Magalhaes gefunden hatte.

Der Gefangene durchlebte all diese Ereignisse noch einmal, die so brutal sein Leben vernichtet hatten. In seine Gedanken vertieft, versunken in seine Erinnerungen, vernahm er weder das eigentümliche Geräusch, das an der äußern Mauer des alten Klosters vernehmlich wurde, noch hörte er die Schläge eines Taues, das an die Stäbe seines Fensters gebunden wurde, noch das Knirschen der Feile, die das Eisen zerrieb. Jeder weniger mit sich selbst beschäftigte Mensch hätte dies bemerken müssen.

Joam Dacosta lebte sich weiter in die Jahre seiner Jugend hinein, die hinter seine Ankunft in der peruanischen Provinz fielen. Er war wieder Verwalter auf der Fazenda, dann Mitbesitzer und förderte durch fleißige Arbeit das Gedeihen der Ansiedlung von Iquitos.

Ach, warum hatte er seinem Wohltäter nicht gleich alles gesagt! Der hätte nicht an ihm gezweifelt! Das war der einzige Vorwurf, den er sich zu machen hatte! Warum hatte er nicht bekannt, woher er käme, noch wer er sei – vor allem in dem Augenblick, wo Magalhaes die Hand seiner Tochter in die seine legte, die doch in ihm nie den Urheber dieses furchtbaren Verbrechens erblickt hätte!

In diesem Augenblick wurde das Geräusch draußen so stark, daß selbst der Gefangene aufmerksam wurde.

Joam Dacosta hob einen Augenblick den Kopf. Seine Augen richteten sich auf das Fenster, aber mit dem leeren Blick eines Geistesabwesenden – und im nächsten Moment sank ihm die Stirn wieder in die Hände.

Seine Gedanken kehrten abermals nach Iquitos zurück.

Dort lag der alte Fazendero im Sterben. Bevor er starb, wollte er die Zukunft seiner Tochter sicher stellen; vor seinem Tode noch sollte sein Teilhaber alleiniger Besitzer dieses Anwesens werden, daß erst unter seiner Leitung so herrlich emporgeblüht war. Hätte Joam Dacosta da sprechen sollen? Vielleicht!

Aber er hatte es nicht gewagt. Er durchlebte noch einmal die glückselige Vergangenheit mit Yaquita, die Geburt seiner Kinder, das ganze Glück dieses Lebens, das nur durch die Erinnerung an Tijuco und durch die Selbstanklage, das furchtbare Geheimnis nicht bekannt zu haben, getrübt worden war.

Die Verkettung dieser Geschehnisse vollzog sich also an Joam Dacostas Geiste mit überraschender Klarheit und Lebhaftigkeit.

In diesem Augenblick ging das Fenster, von außen heftig zurückgestoßen, plötzlich auf.

Joam Dacosta erhob sich, die Erinnerungen an seine Vergangenheit verflogen wie ein Schatten.

Benito war in die Zelle gesprungen und stand vor seinem Vater. Einen Augenblick später trat Manuel neben ihn.

Joam Dacosta wollte einen Schrei der Ueberraschung ausstoßen. Benito lieb ihm nicht die Zeit dazu.

„Mein Vater," sagte er, „das Gitter dieses Fensters ist aufgebrochen. Ein Tau hängt bis auf den Boden herab! Hundert Schritt von hier wartet eine Piroge im Kanal. Dort ist Araujo, der das Boot weit weg von Manaos bringen soll nach dem andern Ufer des Amazonas, wo deine Spuren nicht entdeckt werden können! Mein Vater, Du mußt auf der Stelle fliehen! – Der Richter selber hat uns den Rat gegeben."

„Sie müssen!" setzte Manuel hinzu.

„Fliehen! – Ich! – Ein zweitesmal fliehen! – Abermals fliehen!"

Mit gekreuzten Armen und hocherhobenem Haupt trat Joam Dacosta bis in den Hintergrund der Zelle zurück.

„Niemals!“ sagte er in so entschiedenem Tone, daß Benito und Manuel für den Moment nichts zu erwidern wußten.

Die jungen Männer waren auf einen solchen Widerstand nicht gefaßt. Nie hätten sie glauben mögen, daß bei dieser Flucht ihnen Hindernisse vom Gefangenen selber bereitet würden.

Benito trat auf seinen Vater zu, er sah ihm ins Gesicht und ergriff seine beiden Hände, nicht um ihn fortzuziehen, sondern um sich Gehör zu verschaffen und ihn zu überzeugen.

„Niemals! sagtest du, Vater?“

„Niemals!“

„Mein Vater,“ sagte jetzt Manuel – „denn auch ich habe das Recht, Sie so zu nennen – mein Vater, hören Sie uns an! Wenn wir Ihnen sagen, daß Sie fliehen müssen, ohne einen Augenblick Zeit zu verlieren, so geschieht es deshalb, weil, wenn Sie bleiben, Sie gegen die übrige Welt, ja gegen sich selber als schuldig gelten müßten!“

„Wenn du bleibst,“ fuhr Benito fort, „so hast du nur den Tod zu erwarten, mein Vater! Der Vollstreckungsbefehl kann jeden Augenblick eintreffen. Wenn du glaubst, daß die Gerechtigkeit der Menschen ein ungerechtes Urteil umstoßen wird, wenn du denkst, daß sie die Ehre dessen wiederherstellen wird, den sie vor zwanzig Jahren verurteilt hat, so irrst du dich! Es ist keine Hoffnung mehr. Es gilt nur zu fliehen – also fliehe!“

Unwillkürlich hatte Benito seinen Vater angefaßt und zog ihn nach dem Fenster.

Joam Dacosta machte sich frei und trat nochmals zurück.

„Fliehen!“ wiederholte er im Tone eines Mannes, dessen Entschluß unerschütterlich ist, „das hieße mich und Euch mit mir entehren. Dies wäre einem Schuldbekenntnis gleich! da ich freiwillig gekommen bin, mich dem Gericht meiner Heimat zur Verfügung zu stellen, so muß ich seine Entscheidung abwarten, wie sie auch ausfallen möge, und ich werde warten.“

„Aber die Angaben, auf die Sie sich stützen, können nicht ausreichen," antwortete Manuel, „und der faktische Beweis Ihrer Unschuld fehlt uns bisher noch. Wenn wir Ihnen nochmals sagen, daß Sie fliehen müssen, so geschieht es, weil der Richter Jarriquez uns das selber gesagt hat! Sie haben nur diese Möglichkeit, dem Tode zu entrinnen!"

„Dann werde ich sterben!" antwortete Joam Dacosta in ruhigem Tone. „Ich werde sterben mit dem Widerspruch gegen meine Verurteilung auf den Lippen. Schon einmal bin ich wenige Stunden vor der Hinrichtung geflüchtet. Ja! Damals war ich jung, ich hatte ein ganzes Leben vor mir, um gegen die Ungerechtigkeit der Menschen anzukämpfen! Aber mich jetzt retten, wieder beginnen dieses elende Dasein eines Schuldigen, der sich unter falschem Namen verbirgt, dessen ganzes Mühen darauf gerichtet sein muß, die Nachforschungen der Polizei irre zu leiten, fortsetzen dieses Leben der Angst, das ich 23 Jahre lang geführt habe, und Euch nötigen, es mit mir zu teilen, jeden Tag einer Denunziation gewärtig sein, die früher oder später doch wieder erfolgt, und schließlich in fremdem Lande noch ausgeliefert werden! Hieße das denn überhaupt *leben*? Nein, niemals!"

„Mein Vater," entgegnete Benito, dem angesichts dieses Widerstandes der Verstand verloren zu gehen drohte, „du wirst fliehen – ich will es!"

Er hatte Joam Dacosta ergriffen und suchte ihn mit Gewalt zum Fenster zu ziehen.

„Nein! – nein!"

„Du willst mich also wahnsinnig machen!"

„Mein Sohn," rief Joam Dacosta, „last mich! Schon einmal bin ich aus dem Gefängnis von Villa-Rica entflohen, und die Welt hat glauben müssen, daß ich einer gerecht verdienten Verurteilung mich entzog! Wohl! für die Ehre des Namens, den Ihr tragt, geschieht dies nicht noch einmal!"

Benito war vor seinem Vater auf die Kniee gefallen. Er streckte die Hände nach ihm aus. Er flehte ihn an.

„Aber dieser Befehl, mein Vater," sagte er, „dieser Befehl kann heute eintreffen ... in jedem Augenblick ... und er wird dein Todesurteil enthalten."

„Und wäre er bereits da, so würde das an meinem Entschluß nichts ändern! Nein, mein Sohn! Joam Dacosta, der schuldige, könnte wohl fliehen! Joam Dacosta, der unschuldige, flieht nicht!"

Der Auftritt, der diesen Worten folgte, war herzzerreißend. Benito drang in seinen Vater, er rang mit ihm. Manuel, gleichfalls ganz außer sich, stand am Fenster, bereit, den Gefangenen emporzuheben – da öffnete sich die Tür der Zelle.

Auf der Schwelle erschien der Polizeichef in Begleitung des Anstaltsdirektors und einiger Soldaten.

Der Polizeichef begriff sogleich, daß ein Fluchtversuch gemacht worden sei, aber er sah auch an der Haltung des Gefangenen, daß dieser selber nicht hatte flüchten wollen und sich dem Ansuchen widersetzt hatte. Er sagte daher nichts!

Das tiefste Mitleid sprach sich in seinen Zügen aus. Ohne Zweifel hätte auch er wie der Richter Jarriquez es am liebsten gesehen, wenn Joam Dacosta aus diesem Kerker entkommen wäre.

Es war zu spät.

Der Polizeichef, der ein Papier in der Hand hielt, trat auf den Gefangenen zu.

„Vor allem," redete Joam Dacosta ihn an, „lassen Sie mich Ihnen versichern, mein Herr, daß es in meiner Hand gelegen hätte, zu entfliehen, daß ich aber nicht habe fliehen wollen!"

Der Polizeichef senkte auf einen Augenblick den Kopf; mit einer Stimme, der er vergebens Festigkeit zu verleihen bemüht war, sagte er:

„Joam Dacosta, soeben ist vom obersten Gerichtshof von Rio de Janeiro der Befehl eingetroffen."

„Ah, mein Vater!" schrieen Manuel und Benito.

„Dieser Befehl,“ fragte Joam Dacosta, der die Arme über der Brust gekreuzt hatte, „lautet auf Vollstreckung des Urteils?“

„Ja.“

„Wann soll es stattfinden?“

„Morgen!“

Benito hatte sich auf seinen Vater geworfen. Er wollte ihn noch einmal aus der Zelle ziehen. Die Soldaten mußten den Gefangenen seinen Armen entreißen.

Auf ein Zeichen des Polizeichefs wurden Benito und Manuel hinausgeführt. Die jammervolle Szene, die schon zu lange gedauert hatte, mußte ein Ende nehmen.

„Mein Herr,“ sagte jetzt der Verurteilte, „kann ich morgen früh vor der Hinrichtung ein paar Augenblicke mit dem Padre Passanha verbringen, den ich zu benachrichtigen bitte?“

„Er wird benachrichtigt.“

„Wird mir erlaubt, meine Familie zu sehen, ein letztesmal Frau und Kinder in die Arme zu schließen?“

„Es wird erlaubt.“

„Ich danke Ihnen, Herr,“ antwortete Joam Dacosta. „Und nun lassen Sie dieses Fenster bewachen, daß ich nicht wider Willen entführt werde!“

Nach diesen Worten ging der Polizeichef, sich verneigend, mit dem Anstaltsdirektor und den Soldaten aus der Zelle.

Der Verurteilte, dem jetzt nur noch wenige Stunden zu leben verblieben, war allein.

Einundzwanzigstes Kapitel

Fragoso

Der Befehl war also da und zwar, wie Richter Jarriquez es voraussah, ein Befehl, der sofortige Vollstreckung des gegen Joam Dacosta gefällten Urteils verfügte. Es hatte kein Beweis beigebracht werden können. Die Gerechtigkeit sollte ihren Lauf nehmen.

Am nächsten Tage, dem 31. August um 9 Uhr früh, sollte der Verurteilte sein Leben am Galgen enden.

Die Todesstrafe wird in Brasilien fast immer in Bagnostrafe umgewandelt, vorausgesetzt, daß es sich nicht um verurteilte Neger handelt. Diesmal sollte sie aber einen Weißen treffen.

Ist über Verbrechen, im Diamantenregal begangen, Todesstrafe verhängt, so läßt das Gesetz Berufung im Gnadenwege, schon aus allgemeinem Staatsinteresse, nicht zu. Für Joam Dacosta gab es also keine Rettung mehr. Nicht bloß der Verlust seines Lebens, auch der Verlust seiner Ehre drohte ihm.

Da kam am 31. August, in aller Frühe, auf Manaos zu ein Mann geritten im schnellsten Galopp: so rücksichtslos jagte der Reiter sein mutiges Pferd, daß es eine halbe Meile von der Stadt stürzte, außer stande, noch einen Schritt zu tun.

Der Reiter machte auch nicht den geringsten Versuch, sein Pferd wieder auf die Beine zu bringen. Augenscheinlich hatte er ihm das äußerste zugemutet und das Tier seinerseits das äußerste geleistet. Er selber schien aber von Anstrengung und Erschöpfung nichts zu wissen oder nichts gelten lassen zu wollen, denn er stürzte, so rasch ihn seine Füße trugen, in der Richtung zur Stadt hin, vorwärts.

Der Reiter war am linken Ufer des Stromes aus den östlichen Provinzen hergekommen. Alles, was er besaß, hatte er auf den Ankauf dieses Pferdes verwandt, das ihn schneller als ein Boot, das gegen die Strömung des Amazonas zu kämpfen gehabt hätte, nach Manaos bringen mußte.

Der Reiter war Fragoso.

Hatte der mutige Bursche Glück bei dem Unternehmen gehabt, über das er mit niemand gesprochen hatte? Hatte er die Miliz ausfindig gemacht, zu welcher Torres gehörte? Hatte er irgend welches Geheimnis entdeckt, das Joam Dacosta noch retten konnte?

Genau wußte er das selber nicht: aber jedenfalls trieb ihn höchste Eile, dem Richter Jarriquez mitzuteilen, was ihm auf diesem kurzen Ausflug bekannt geworden war.

Was sich zugetragen hatte, war Folgendes:

Fragoso hatte sich nicht geirrt, als er in Torres einen Hauptmann jener Miliztruppe wiedererkannte, die in den an den Madeirastrom grenzenden Provinzen operierte.

Er brach also auf und an der Einmündung dieses Stromes brachte er in Erfahrung, daß der Oberst, unter welchem diese Truppe stand, gerade in der Gegend aufhältlich sei.

Ohne eine Minute zu versäumen, machte sich Fragoso auf die Suche, und es gelang ihm, nicht ohne Mühe, den Oberst aufzufinden.

Auf die von Fragoso gestellten Fragen gab der Miliz-Oberst ohne Zögern Bescheid: übrigens hatte er auch keinerlei Interesse daran, auf die ihm gestellten höchst einfachen Fragen zu schweigen.

Dieser Fragen waren dreierlei: nämlich:

„Hat Kapitän Torres noch vor einigen Monaten zu Ihrer Miliztruppe gehört?“

„Ja!“

„Besaß er damals nicht einen Ihrer Kriegsgefährten, der vor kurzem verstorben ist, zum engeren Kameraden?“

„Allerdings.“

„Und dieser Mann hieß?“

„Ortega!“

Das war alles, was Fragoso in Erfahrung gebracht hatte.

Waren diese Auskünfte so beschaffen, daß sie in Joam Dacostas Lage eine Aenderung bringen konnten? Annehmen ließ sich das nicht.

Fragoso sah dies wohl ein und fragte deshalb den Miliz-Oberst weiter, ob er diesen Ortega von Person kenne? ob er ihm sagen könne, wo er her sei? ob er über seine Vergangenheit Auskunft geben könne? Da dieser Ortega, nach den von Torres gemachten Aussagen, der wirkliche Urheber des Verbrechens von Tijuco war, so war es natürlich von Belang, sich über diese Punkte zu unterrichten.

Leider konnte aber der Miliz-Oberst auf keine dieser Fragen irgend welchen Bescheid geben.

So viel stand fest, daß dieser Ortega seit vielen Jahren bei der Miliz gedient hatte, daß sich zwischen Torres und ihm eine enge Kameradschaft gebildet, daß man sie immer gesehen und daß Torres an Ortegas Pfühl gesessen hatte, als dieser den letzten Seufzer tat.

Weiter wußte der Miliz-Oberst selber nichts, konnte also auch nichts weiter aussagen.

Fragoso mußte sich wohl oder übel mit diesen geringfügigen Antworten begnügen und begab sich sogleich wieder auf den Rückweg.

Wenn aber der treue Bursche auch nicht den Beweis mitbrachte, daß dieser Ortega der Urheber des Verbrechens von Tijuco war, so ergab sich doch aus dem Ritt, den er unternommen, zum wenigsten Folgendes: daß Torres die Wahrheit gesagt hatte, als er behauptete, daß einer seiner Kameraden von der Miliz tot sei und daß er ihm in seinem letzten Stündlein Beistand geleistet habe.

Was jene Annahme nun anbetrifft, daß ihm Ortega das fragliche Dokument behändigt habe, so gewann dieselbe jetzt in hohem Maße an Wahrscheinlichkeit. Ebenso daß sich dasselbe auf das Attentat bezog, dessen Urheber Ortega in Wirklichkeit war, wie auch endlich, daß es das Geständnis seiner Schuld einschloß, in Begleitung von Umständen, die irgend welchen Zweifel an ihm nicht zuließen.

Wäre das Schriftstück also lesbar, wäre der Schlüssel vorhanden zu der Geheimschrift, in der es abgefaßt war, so hätte, wie nicht weiter zu bezweifeln, die Wahrheit endlich zu Tage kommen müssen.

Aber diesen Schlüssel kannte Fragoso nicht! Ein paar Mutmaßungen mehr, halb und halb die Gewißheit, daß der Abenteurer nichts erfunden hatte, gewisse Umstände, die zu beweisen schienen, daß in dem Schriftstück das Geheimnis dieses Ereignisses enthalten sei: das war alles, was der wackere Bursche von seinem Besuchsritt zu dein Obersten der Miliztruppe, zu welcher Torres gehört hatte, mit heimbrachte.

Und doch, so wenig das auch war, Fragoso trieb es zur höchsten Eile an, alles dem Richter Jarriquez zu melden. Er wußte, daß keine Stunde zu verlieren sei, und darum langte er an diesem Morgen gegen 8 Uhr, von Anstrengung gerädert, eine halbe Meile vor Manaos an.

Diese Entfernung, die ihn noch von der Stadt schied, legte er in ein paar Minuten zurück. Etwas wie unwiderstehliche Ahnung trieb ihn vorwärts. Fast stand er unter dem Glauben, Joam Dacostas Rettung läge jetzt in seinen Händen.

Plötzlich hielt Fragoso im Laufe inne, ganz als seien seine Füße unwiderstehlich an den Boden gefesselt.

Er befand sich am Eingang zu dem kleinen Platze, auf welchen eines der Stadttore mündete.

Dort ragte mitten aus einer schon dichten Volksmenge in Höhe von etwa 20 Fuß der Galgen herauf, von welchem ein Strick herniederhing.

Fragoso fühlte, daß ihn die letzten Kräfte verliehen. Er stürzte. Seine Augen hatten sich unwillkürlich geschlossen. Er wollte nicht sehen, und über seine Lippen glitten die Worte:

„Zu spät! Zu spät!“

Aber mit übermenschlicher Anstrengung raffte er sich auf. Nein! es war nicht zu spät! Noch hing Joam Dacostas Körper nicht am Ende dieses Strickes!

„Richter Jarriquez! Richter Jarriquez!“ schrie Fragoso … und außer Atem, von Sinnen, stürzte er zum Stadttore hin, raste die Hauptstraße von Manaos hinauf und brach halbtot auf der Schwelle des Rathauses zusammen.

Die Tür war geschlossen. Fragoso besaß noch Kraft genug, an diese Tür zu pochen.

Ein Magistratsdiener machte ihm auf: sein Herr wolle niemand vorlassen!

Trotz dieser Abweisung stieß Fragoso den Mann, der ihm den Eintritt wehrte, beiseite und war mit einem Satze im Richterzimmer.

„Ich komme aus der Provinz, wo Torres seine Buschklepperei getrieben!“ rief er: „Herr Richter! Torres hat die Wahrheit gesagt … Verschieben Sie, verschieben Sie die Hinrichtung!“

„Sie haben die Miliztruppe ausfindig gemacht?“

„Ja!“

„Und bringen mir den Schlüssel zu der Geheimschrift?“

Fragoso blieb die Antwort schuldig.

„Dann lassen Sie mich in Ruhe! lassen Sie mich in Ruhe!“ rief Richter Jarriquez, der in einem wahren Wutanfall das Schriftstück vom Tische riß, um es zu vernichten.

Fragoso faßte ihn bei den Händen und tat ihm Einhalt.

„Da drinnen ruht die Wahrheit!“ rief er.

„Das weiß ich,“ versetzte der Richter: „aber was tue ich mit einer Wahrheit, die sich nicht offenbaren kann!“

„Sie wird offenbar werden! … sie muß offenbar werden … muß! muß …“

„Nochmals: besitzen Sie den Chiffre-Schlüssel?“

„Nein!“ gab Fragoso zur Antwort, „aber ich sage Ihnen aber- und abermals: Torres hat nicht gelogen! Ein Kamerad von ihm, mit dem er eng verbunden gewesen, ist vor ein paar Monaten gestorben, und daß ihm dieser Mensch das Schriftstück behändigt hat, das er an Joam Dacosta verkaufen wollte, steht ganz außer Zweifel!"

„Ja doch! ja doch!" erwiderte Richter Jarriquez ... „das steht außer Zweifel! für uns ... aber denen, die über das Leben des Verurteilten verfügen, kommt es nicht so vor ... Lassen Sie mich in Ruhe!"

Fragoso wollte, trotz dieser Abweisung, nicht vom Platze weichen. Auf den Knieen rutschte er zu den Füßen des Richters.

„Joam Dacosta ist unschuldig!" rief er; „Sie können ihn nicht sterben lassen! Nicht er hat das Verbrechen von Tijuco begangen, nicht er! sondern der Kamerad dieses Torres! der auch dies Schriftstück verfaßt hat! Ortega ist der Verbrecher!"

Bei diesem Namen tat der Richter einen Satz in die Höhe. Dann war etwas wie Ruhe in seinem Geiste auf den Sturm gefolgt, der sich dort entfesselt hatte. Aus seiner zusammengepreßten Hand nahm er das Schriftstück, strich es auf dem Tisch gerade, setzte sich und fuhr sich mit der Hand über die Augen.

„Dieser Name!" rief er ... „Ortega! ... Versuchen wir!"

Nun begann er mit diesem neuen, von Fragoso überbrachten Namen, wie schon mit den andern Eigennamen vergeblich, die Entzifferung der Geheimschrift zu versuchen, und erhielt, als er denselben über die sechs ersten Buchstaben des Schriftstücks setzte, die folgende Formel:

Ortega
Hhtbiu

„Nichts!" sagte er, „das ergibt nichts!"

Und wirklich ließ sich das unter das r gesetzte h nicht durch eine Ziffer ausdrücken, weil in der alphabetischen Reihenfolge dieser Buchstabe an sich über dem Buchstaben r steht.

Der Buchstabe t unter dem t hätte die Ziffer o ergeben, der Buchstabe b unter dem e hätte sich aus demselben Grunde wie das h nicht durch eine Ziffer ersetzen lassen, während der letzte Buchstabe, u unter a, eine zweistellige Ziffer ergeben Hätte, was nach den früheren Ausführungen des Richters Jarriquez bei dieser Art von Kryptogrammen ausgeschlossen war.

In diesem Augenblick wurde auf der Straße furchtbares Verzweiflungsgeschrei laut. Fragoso stürzte an eines der Fenster und riß es auf, ehe der Beamte es hindern konnte.

Die Menge füllte die Straße. Die Stunde war gekommen, zu der der Verurteilte aus dem Gefängnis herausgeführt werden sollte, und die Menge drängte dem Platze zu, wo sich der Galgen erhob.

Der Richter Jarriquez, der entsetzlich anzusehen war, so starr und verbissen war sein Gesichtsausdruck, verschlang noch immer die Zeilen des Schriftstücks.

„Die letzten Buchstaben!" murmelte er. „Probieren wir's noch einmal mit den letzten Buchstaben!"

Es war die äußerste Hoffnung. Seine Hand zitterte so heftig, daß er kaum schreiben konnte, als er den Namen Ortega über die letzten sechs Buchstaben des Absatzes stellte.

Zuerst entrann ihm ein Schrei.

Von vornherein hatte er erkannt, daß diese letzten sechs Buchstaben im Alphabet unter denen rangierten, welche den Namen Ortega bildeten, und daß sie demzufolge sämtlich durch eine Ziffer darzustellen waren und eine Zahl ergeben mußten; und als er die Formel ausgerechnet hatte, indem er vom unteren Buchstaben des Dokuments zum obern des Wortes aufwärts zählte, kam Folgendes heraus:

O r t e g a
4 3 2 5 1 3
s u v j h d

Die so gebildete Zahl war 432513.

Aber war diese Zahl endlich die dem Dokument zu Grunde gelegte? würde sie nicht ebenso falsch sein wie die zuvor versuchten?

In diesem Augenblick verdoppelte sich das Geschrei – ein Geschrei des Mitleids, das die leidenschaftliche Anteilnahme der ganzen Menge bekundete.

Dem Verurteilten blieben nur noch wenige Minuten zu leben.

Vor Schmerz wahnsinnig, stürzte Fragoso aus dem Zimmer. Er wollte ein letztesmal seinen Wohltäter sehen, der zum Tode ging; er wollte sich dem traurigen Zuge entgegenwerfen und ihn anhalten mit dem Rufe:

„Tötet nicht diesen Gerechten! tötet ihn nicht!"

Aber schon halte der Richter Jarriquez die erhaltene Zahl über die ersten Buchstaben des Abschnitts gestellt und sie so oft, als erforderlich war, wiederholt:

4 3 2 5 1 3 4 3 2 5 1 3 4 3 2 5 1 3
h h t b j u o o k h i h y u j j c h

4 3 2 5 1 3 4 3 2 5 1 3 4 3 2 5 1 3
v g g x e l e p c s u h r u c z c v

Indem er im Alphabet nach oben zählte, erhielt er die richtigen Buchstaben und las:

Der wirkliche Urheber des Diamantenraubes .....

Ein Gebrüll der Freude entfuhr ihm.

Diese Zahl 432513 war die so lang gesuchte. Durch den Namen Ortega war sie gefunden worden. Endlich hatte er den Schlüssel des Dokuments, das unabstreitlich die Unschuld Joam Dacostas beweisen sollte, und ohne weiter zu lesen, stürzte er aus seiner Kanzlei hinaus aus die Straße und schrie:

„Anhalten! Anhalten!"

Die Menge zerteilen, die vor ihm auseinanderstob, und nach dem Gefängnis laufen, das der Verurteilte eben verließ, während Frau und Kinder sich mit der Inbrunst der Verzweiflung an ihn klammerten: das war für den Richter Jarriquez Sache eines Augenblicks.

Vor Joam Dacosta kam er zum Stillstand – sprechen konnte er nicht mehr, aber mit der Hand schwenkte er das Dokument – und endlich platzten von seinen Lippen die Worte:

„Unschuldig! unschuldig!“

Zweiundzwanzigstes Kapitel
Das Verbrechen von Tijuco

Als der Richter eintraf, war der ganze Leichenzug stehen geblieben. Ein unermeßliches Echo hatte ihm hinterher in einem fort den Ruf getragen, der aus aller Brust aufstieg, und der noch immer hinter ihm schallte:

„Unschuldig! unschuldig!“

Dann war vollständige Stille eingetreten. Kein einziges der Worte, die nun gesprochen werden sollten, mochte irgend wer verlieren.

Der Richter Jarriquez hatte sich auf eine Steinbank gesetzt, und während Minha, Benito, Manuel und Fragoso sich rings um ihn aufstellten, während Joam Dacosta Yaquita an seinem Herzen hielt, stellte Richter Jarriquez zuvörderst den letzten Abschnitt des Schriftstücks mittels der Zahl fest, und im selben Verhältnis, wie sich die Worte unter der Ziffer genau zusammenfügten, die das richtige Schreiben an das in Geheimschrift setzte, trennte er sie, gliederte er sie zu Sätzen, mit lauter Stimme:

Und was er las inmitten dieser tiefen Stille, war Folgendes:

der wirkliche Urheber des Diaman-

432 513432513 4325134 325 134325
hht bjuookhih yujjchv ggx elepcs

tenraubs und der Ermordung der

13432513 432 513 432513432 513
uhruczcv yqf ifu iuotsgyai ifu

militärischen Eskorte des Konvois
43251343251 34 3251343 251 3432513
qlnnudvluhihr huppuxh fjt nsqxtjv

begangen nachts zweiundzwanzig-
43251343 251343 25134325134325
fhifojiq pfdkxv bbflyqfexdrckl

sten Januar achtzehnhundert-
1343 251343 2513432513 43251
twiq lfoxeu chiwdhjsixrggwu

sechszwanzig ist nicht Joam Da-
3432513 43251 343 25134 3251 34
vifjxazeqbnh lww pndkx mqfn ge

costa, ungerecht zum Tode verur-
32513 432513432 513 4325 13432
nqxud yqijshgkv evp xrfj whvxt

teilt, sondern ich der elende Ver-
51343 2513432 515 432 513432 513
yflpw utogiup ndk hht jmhrgg afu

waltungsbeamte des Diamantbe-
432513432 51343 251 343251343

adnyvqkvdjbqxh fjt gmdofowfh

zirks ich allein der hier mit dem
25134 325 134325 134 3251 343 251
bnsnw lem bophks ehv kkjs pmw fjn

wahren Namen zeichnet
343251 34325 13432513
zektjo qepgs ahmfj sfw

Ortega
432513
suvjhd

Noch war der Richter mit Lesen nicht fertig, als endloses Hurrageschrei die Luft erfüllte.

Was war denn auch einleuchtender als dieser letzte Abschnitt, der das ganze Schriftstück zusammenfaßte, die Unschuld des Mannes von Iquitos so unbedingt feststellte, dies Opfer eines furchtbaren Rechtsirrtums dem Galgen entriß!

Joam Dacosta, von seiner Frau und seinen Kindern, von seinen Freunden umringt, konnte gar nicht all die Hände drücken, die sich ihm entgegenstreckten. So energisch er auch von Charakter war, so konnte er doch die Reaktion nicht hindern: Freudentränen traten ihm in die Augen, und sein dankbares Herz richtete sich auf zu jener höhern Macht, die ihn auf so wunderbare Weise errettet hatte gerade da, wo er die letzte, höchste Strafe leiden sollte, richtete sich auf zu jenem allmächtigen Gotte des Himmels und der Erde, der das schlimmste der Verbrechen, den Tod eines Gerechten, nicht hatte geschehen lassen wollen!

Ja! Joam Dacostas Entsündigung konnte keinem Zweifel mehr unterstehen! Der wirkliche Urheber des Attentats von Tijuco gestand selber sein Verbrechen ein und stellte selber sämtliche Umstände klar, unter denen es sich vollzogen hatte. Richter Jarriquez hatte tatsächlich mittels der Zahl die ganze Geheimschrift entziffert.

Was nun Ortega bekannte, war Folgendes:

Dieser Schurke war Joam Dacostas Amtsgenosse, war gleich ihm zu Tijuco in den Kanzleien des über den Diamantenbezirk gesetzten Regierungsamtes angestellt. Der junge Beamte, der für die Begleitung des Konvois nach Rio de Janeiro auserwählt wurde, war er selber. Vor dem schrecklichen Gedanken, sich durch Mord und Raub zu bereichern, war er nicht zurückgeschreckt, sondern hatte den Schleichhändlern genau den Tag bezeichnet, an welchem der Konvoi Tijuco verlassen sollte.

Während des Ueberfalls der Bösewichte, die dem Konvoi jenseits von Villa-Rica auflauerten, hatte er sich mit der Begleitmannschaft scheinbar zur Wehr gesetzt, hatte sich zwischen die Toten geworfen, und war von seinen Mitverschworenen weggeschleppt worden, so daß also der einzig überlebende Soldat die Behauptung aufstellen konnte, Ortega sei im Kampfe gefallen.

Aber der Raub sollte dem Verbrecher nicht zugute kommen, denn kurz darauf war er selber von seinen Helfern bei dem Verbrechen beraubt und ausgeplündert worden.

Aller Hilfsmittel bar und außer stande, nach Tijuco zurückzukehren, floh Ortega in die nördlichen Provinzen von Brasilien, nach jenen Distrikten des obern Amazonas, woselbst sich die Miliz des „Capitano do mato“ befand. Gelebt mußte doch sein, und so ließ sich Ortega in diese Truppe aufnehmen, die sich wahrlich keines guten Rufes erfreute. Dort wurde niemand gefragt, wer er sei, noch woher er komme. Ortega wurde also Buschklepper und betrieb Jahrelang das Handwerk eines Sklavenjägers.

Mittlerweile hatte der Abenteurer Torres, der sich nicht mehr über Wasser halten konnte, mit Ortega Kameradschaft geschlossen. Wer wie der erstere gesagt hatte, rührte sich bei dem Schurken Ortega allmählich das Gewissen. Die Erinnerung an sein Verbrechen verursachte ihm Entsetzen. Er wußte, daß ein anderer an seiner Statt verurteilt worden war! er wußte, daß dieser andere sein Kamerad Joam Dacosta war! er wußte endlich, daß dieser Unschuldige zwar der Todesstrafe hatte entrinnen können, daß aber nach wie vor die Gefahr einer solchen über seinem Haupte schwebte.

Da hatte es während eines vor ein paar Monaten von der Miliz über die Grenze von Peru hinaus unternommenen Streifzugs der Zufall gefügt, daß Ortega in die Umgegend von Iquitos gekommen war und dort in Joam Garral, der ihn nicht erkannte, Joam Dacosta wiederfand.

Damals faßte er den Entschluß, das Unrecht, dem sein ehemaliger Kollege zum Opfer gefallen war, nach Möglichkeit wieder gut zu machen. In einem Schriftstück faßte er alles zusammen, was auf das Attentat von Tijuco Bezug hatte; aber er tat es in der dem Leser bekannten mysteriösen Form, von der Absicht geleitet, es dem Farmer von Iquitos zusammen mit dem Chiffreschlüssel, der die Entzifferung ermöglichte, in die Hände zu spielen.

Der Tod ließ ihm nicht Zeit, dies Werk der Sühne zu vollenden. In einem Treffen gegen die Schwarzen am Madeirastrom schwer verwundet, fühlte er den Tod nahen. Sein Kamerad Torres war bei ihm. Diesem Freunde glaubte er das Geheimnis anvertrauen zu dürfen, das so schwer auf seiner Brust gelastet hatte. In seine Hand legte er das ganz von seiner Hand verfaßte Schriftstück, indem er ihm das Gelübde abnahm, es an Joam Dacosta weiter zu geben, dessen Name und Wohnplatz er ihm genau bezeichnete, und mit seinem letzten Seufzer entschlüpfte seinen Lippen jene Nummer 432513, ohne welche das Schriftstück absolut nicht zu entziffern war.

Wie sich der unwürdige Torres nach Ortegas Tode seiner Aufgabe entledigte, wie er sich vornahm, das Geheimnis, das in seinen Händen war, zu seinem persönlichen Nutzen zu verwerten, wie er versuchte, aus demselben ein schmähliches Schacherobjekt zu machen, ist dem Leser bekannt.

Torres mußte, bevor er sein Werk vollendet hatte, gewaltsamen Todes sterben und nahm sein Geheimnis mit ins Grab. Aber der von Fragoso überbrachte Name Ortega, gleichsam die Unterschrift des Dokuments darstellend, hatte es endlich dem Scharfsinn des Richters Jarriquez möglich gemacht, den Sinn des Schriftstücks zu enträtseln.

Ja! hier lag der solange gesuchte materielle Beweis! hier lag das unbestreitbare Zeugnis für Joam Dacostas Unschuld! durch dieses Schriftstück wurde der unglückliche Mann dem Leben wiedergegeben, in seiner Ehre wiederhergestellt.

Als der ehrwürdige Vertreter der Obrigkeit mit lauter Stimme und zur Freude aller Anwesenden diese grausige Mär aus dem Schriftstück herausgefunden hatte, verdoppelte sich das Hurrageschrei. Von diesem Augenblick litt es Richter Jarriquez, im Besitze des unzweifelhaften Beweises für Joam Dacostas Unschuld, im Einverständnis mit dem Polizeihauptmann, nicht, daß Joam Dacosta, so lange bis die neuen Instruktionen von Rio de Janeiro eingelangt wären, anderswo als in seiner eigenen Behausung als Gefangener gehalten würde.

Irgend welche Schwierigkeiten konnten sich nicht hieraus ergeben, und unter allgemeinem Zulauf der Bewohnerschaft von Manaos sah sich Joam Dacosta in Begleitung seiner Angehörigen bis zu dem Hause des Beamten, ganz wie ein Triumphator, mehr getragen als geleitet.

Jetzt wurde der ehrliche Farmer von Iquitos für alles, was er während so langer Jahre in der Verbannung gelitten hatte, reich belohnt, und wenn er sich, mehr um seiner Familie als um seiner selbst willen, glücklich darüber fühlte, so war er nicht minder stolz auf sein Vaterland, das sich solcher höchsten Ungerechtigkeit nicht schuldig gemacht hatte.

Und was geschah während all dessen mit Fragoso?

Je nun: schier verrückt von Liebkosungen wurde der wackere Bursche! Benito, Manuel, Minha überhäuften ihn damit, und Lina ließ es wahrlich nicht daran fehlen! Er wußte in der Tat nicht, wem er das Ohr leihen sollte, und wehrte sich seiner Haut, so gut es ging. Soviel Verdienst hatte er doch bei diesen Ereignissen gar nicht! Der Zufall allein war doch hier der wirkende Faktor gewesen. War man ihm etwa Dank schuldig dafür, daß er in Torres einen Buschklepper erkannt hatte? Nein, ganz gewiß nicht! und was den Einfall anbetraf, die Miliztruppe ausfindig zu machen, zu welcher Torres gehört hatte, so konnte solcher Einfall die Sachlage doch auch nicht bessern – zumal er ja von dem Namen Ortega gar nicht gewußt hatte, ob ihm irgend welche Bedeutung beizumessen sei oder nicht.

Wackerer Fragoso! ob du es zugeben willst oder nicht, fest steht darum nicht minder, daß du Joam Dacostas Retter gewesen bist!

Aber welch erstaunliche Kette von allerhand Ereignissen, alle dem gleichen Ziele zusteuernd, hatte sich aneinander fügen müssen, um diese Tatsachen zu schaffen: Fragosos Befreiung im selben Augenblick, als er im Walde von Iquitos dem Tode an Erschöpfung nahe war: die gastliche Aufnahme, die er in der Farm gefunden hatte, das Zusammentreffen mit Torres an der brasilianischen Grenze, seine Einschiffung auf der Jangada, schließlich jener Umstand, daß Fragoso ihn schon anderswo gesehen hatte!

„Nun, meinethalben ja," rief endlich Fragoso, „aber mir darf doch all dies Glück nicht angerechnet werden, sondern unserer Lina!"

„Mir!" versetzte die junge Mulattin.

„Jawohl, ganz ohne Zweifel! ohne die Liane, ohne den Einfall mit der Liane, würde es mir nun und nimmer möglich gewesen sein, so viel Menschen glücklich zu machen!"

Ob Fragoso und Lina von dieser ganzen ehrsamen Familie, von den neuen Freunden, die ihnen so viel Prüfungen in Manaos zugeführt hatten, gefeiert, geliebkost, gehätschelt wurden, darüber Worte zu verlieren, ist unnütz.

Aber kam nicht ein Anteil an dieser Wiedereinsetzung des Unschuldigen in seine Ehre auch auf den Richter Jarriquez? War es ihm auch, bei all seiner Begabung zu analysieren, nicht gelungen, dieses nun einmal für jeden, der nicht den Schlüssel in Händen hatte, unentzifferbare Dokument zu lesen, so hatte er doch wenigstens erkannt, auf welchem Geheimschriftsystem dasselbe beruhte! Wer hätte ohne seinen Beistand – wenn er nicht dagewesen wäre – aus diesem bloßen Namen Ortega die Zahl heraustifteln können, die dem Urheber jenes Verbrechens und Torres, die nun beide tot waren, allein bekannt war?

Darum fehlte es auch an Dank für ihn nicht!

Selbstverständlich ging noch am nämlichen Tage ein eingehender Bericht, dem mitsamt der Chiffre, die das Lesen ermöglichte, das Schriftstück im Original beigefügt war, über diesen ganzen Fall nach Rio de Janeiro ab. Nun mußte man abwarten, bis vom Justizministerium neue Instruktionen einliefen – daß dieselben aber auf sofortige Freilassung des Gefangenen lauten würden, unterstand keinem Zweifel.

Ein paar Tage mußte man noch in Manaos verweilen. Dann gedachte sich Joam Dacosta mit seinen Angehörigen, nachdem sie nun jeden Zwanges frei, jeder Unruhe und Sorge enthoben waren, einzuschiffen und die Fahrt auf dem Amazonas bis zum Para hinunter fortzusetzen, woselbst die Reise, entsprechend dem vor der Abfahrt festgesetzten Programm, durch die Doppelhochzeit Minhas mit Manuel und Linas mit Fragoso ihren Abschluß finden sollte.

Vier Tage darauf, am 4. September, langte der Freilassungsbefehl an. Das Schriftstück war als echt festgestellt worden. Die Handschrift war genau diejenige Ortegas, des alten Beamten des Diamantendistrikts, und darüber daß dies Geständnis seines Verbrechens, einschließlich der haarscharfen Einzelheiten, die er dabei angab, von ihm selbst stammte, von ihm selbst niedergeschrieben war, darüber bestanden keine Zweifel.

Die Unschuld des Verurteilten von Villa-Rica war also endlich festgestellt, die Ehrenkränkung Joam Dacostas endlich von Gerichts wegen vollzogen.

Noch am nämlichen Tage nahm Richter Jarriquez mit der Familie Dacosta an Bord der Jangada das Mittagessen ein, und als der Abend da war, fand man des Händedrückens kein Ende. Es waren rührende Abschiedsszenen, die nun folgten, aber ihr Schmerz wurde gemildert durch das Versprechen, einander auf der Rückfahrt in Manao und später in der Farm von Iquitos wiedersehen zu wollen.

Am andern Morgen, dem 5. September, bei Sonnenaufgang, wurde das Signal zum Aufbruch gegeben. Joam Dacosta, Yaquita, ihre Tochter, ihre Söhne, sie alle standen oben auf dem Floße von mächtiger Größe. Die Jangada, der Fesseln ledig, die sie am Ufer hielt, fing langsam an, die Strömung zu gewinnen, und als sie bei dem Knie verschwand, welches der Rio Negro bildet, erschallte noch immer das Hurrageschrei der am Ufer gedrängten Bewohnerschaft.

Dreiundzwanzigstes Kapitel

Der Unterlauf des Amazonas

Was sollen wir nun noch erzählen von diesem zweiten Teile der Fahrt, die sich auf dem Laufe des großen Stroms vollziehen sollte? Es war bloß eine Folge von glücklichen Tagen für die ehrsame Familie. Joam Dacosta lebte neu wieder auf, und sein Glück warf helle Freudenstrahlen auf all die Seinen.

Die Jangada machte nun schnellere Fahrt auf diesen von der Hochflut noch angeschwollenen Gewässern. Links ließ sie das kleine Dorf Don Jose de Maturi hinter sich, und rechts die Mündung des Madeirastroms, der seinen Namen der grünen Trift, jenen Flößen von ent- oder belaubten Stämmen, verdankt, die er aus dem Herzen von Bolivia herführt. Mitten durch den Caniny-Archipel, dessen Eilande richtige Palmengärten sind, trieb sie, an dem Weiler Serpa vorbei, der von einem Ufer ans andere verlegt worden, um schließlich am linken festen Halt zu finden, wo er nun mit seinen freundlichen Häuschen auf dem gelben Teppich des Strandes ruht.

Die auf dem linken Ufer des Amazonas erbaute Dorfschaft Silves, der Flecken Villa Bella, bekanntlich der Haupt-Guarana-Markt der ganzen Provinz, blieben bald hinter dem langen Holzfloße zurück. Ebenso die Dorfschaft Faro mit ihrem berühmten Flusse Nhamundas, auf welchem Anno 1539 Orellana einen Ueberfall von kriegerischen Weibern erlebt haben will, von denen seitdem aber nie wieder etwas verlautet hat oder sichtbar geworden ist – eine Mär, die hinreichend war, den unsterblichen Namen des Amazonas zu rechtfertigen.

Dort nahm die gewaltige Provinz des Rio Negro ihr Ende. Dort nimmt die Judikatur des Para ihren Anfang, und am selben Tage, dem 22. September, fuhr die Familie, entzückt von der ohnegleichen dastehenden großartigen Naturpracht eines Stromtals, in diesen Teil von Brasilien ein, dessen einzige Grenze nach Osten zu das Atlantische Weltmeer bildet.

„Wie herrlich! wie herrlich!“ rief das junge Mädchen einmal über das andere.

„Wie schön! wie schön!“ wiederholte Lina.

„Wann werden wir denn an Ort und Stelle sein!“ flüsterte Fragoso.

Nun sollen sich noch bei solchem Mißklang von Anschauungen Mittel und Wege finden zu allseitiger Verständigung! Eins aber war zweifellos: daß die Zeit fröhlich verstrich, und noch ein anderes: daß Benito, an dem sich weder Geduld noch Ungeduld verspüren ließ, all die gute Laune wiedergefunden hatte, die er ehedem besaß.

Bald glitt die Jangada zwischen endlosen Kakao-Pflanzungen hin, von deren tiefem Grün das grelle Gelb der Strohdächer oder das knalle Rot der Ziegeldächer auf den Hütten hüben und drüben am Strome, von Olbidos bis zum Flecken Monte Alegre, auffällig abstach.

Dann tat sich die Mündung des Rio Trombetas auf, der mit seinen schwarzen Fluten die Häuser von Olbidos badete: einer richtigen kleinen Stadt, mit ihren breiten, von hübschen Wohnhäusern eingefaßten Straßen fast eine „Citade“, und wichtiger Zwischenhandelsplatz für die Kakaofrucht, von Belem höchstens 180 Großmeilen entfernt.

Nun erblickt man den Nebenfluß Tapajoz mit seinen graugrünen, aus Südwest herniederkommenden Fluten; sodann Santarem, den reichen Flecken, der nicht weniger als 5000 Bewohner, zum größten Teil Indianer, zählt, und dessen vorderste Häuser auf großen mit weißem Sande bedeckten Strandstellen stehen.

Seit ihrer Abfahrt von Manaos hielt die Jangada nicht mehr, denn der Unterlauf des Amazonas bietet freieres Fahrwasser. Unter dem wachsamen Auge ihres geschickten Lotsen trieb sie bei Tag und bei Nacht. Weder zur Kurzweil der Fahrgäste, noch aus Rücksicht auf Handelsbedürfnisse wurde angelegt. Ununterbrochen ging die Fahrt weiter, und schnell kam das Ziel nahe.

Von Alemquer ab, das am linken Ufer liegt, zeichnete sich den Blicken ein neuer Horizont. An Stelle von Wäldern, die ihn bisher abgeschlossen hatten, traten im Vordergrunde Hügel in Sicht, deren reiche Wellenlinien das Auge weithin verfolgen konnte, und dahinter zackten sich am fernen Himmelsgrunde in unbestimmten Konturen die Gipfel richtiger Gebirge aus.

Weder Yaquita, noch ihre Tochter, weder Lina noch die alte Cybele hatte je im Leben solches Schauspiel genossen.

Aber in dieser Judikatur des Para wußte Manuel sich zu Hause. Er konnte jeden dieser doppelten Gebirgskette, die allmählich das Tal des großen Stromes verengerte, mit Namen nennen.

„Rechts,“ sagte er, „steigt die Sierra von Paruacarta auf, die sich nach Süden zu in Halbkreisform erstreckt; links sehen wir die Sierra von Curuva, deren letzte Wälle wir bald passiert haben werden.“

„Also nähern wir uns dem Ziele?“ fragte Fragoso abermals.

„Wir nähern uns dem Ziele!“ versetzte Manuel. Zweifelsohne verstanden die beiden jungen Männer einander, denn einunddasselbe Wiegen des Kopfes, deutlicher als aller mündliche Ausdruck, begleitete Frage und Antwort.

Endlich wurde trotz der Gezeiten, die sich von Olbidos ab fühlbar zu machen anfingen und die Abtrift der Jangada einigermaßen verzögerten, der Flecken Monte-Alegre passiert, dann der Flecken Praynha de Onteiro, dann die von den Yuruna-Indianern, deren Hauptbeschäftigung die Präparierung abgeschlagener Feindesköpfe für Naturalienkabinette bildet, vielbefahrene Einmündung des Xingu.

Bei Gurupa teilte der Strom sich in zwei große Arme, die er zum Atlantischen Ozean hin streckte: der eine Arm lief nordöstlich, der andere grub sich in östlicher Richtung sein Bett, und zwischen ihnen erstreckte sich die große Insel Marajo. Eine ganze Provinz für sich, diese Insel! nicht weniger als 180 Meilen beträgt ihr Umfang. Verschiedentlich von Sümpfen und Bächen durchschnitten, im Osten ausgesprochenes Savannengebiet, im Westen dicht von Wald bedeckt, bietet sie für die Aufzucht von Vieh, das hier nach Tausenden zählt, die vorzüglichsten Bedingungen.

Die Jangada trieb weiter und weiter stromab. Bald glitt sie, unter Gefahr daran hängen zu bleiben, dicht über jenen Klauen von Mangobäumen hin, die ihre Wurzeln gleich Pfoten von Riesenkrustentieren über die Flut hinweg strecken: bald diente der schlanke Stamm von Sumpfgewächsen mit mattgrüner Belaubung den langen Bootshaken zum Stützpunkt, das Floß in die Strömung zurückzudrängen.

Nun kam die breite Mündung des Tokantins, dessen aus den verschiedenen Rios der Provinz Goyaz stammende Gewässer sich hier mit denen des Amazonas vermischen. Dann der Moju. Dann der Flecken von Santa-Ana.

Dieses ganze Panorama der beiden Flüsse wies in unablässiger Folge, ohne allen Zeitaufenthalt, gleich als ob es durch einen unsichtbaren Mechanismus von Tal zu Berg bewegt würde, Bilder von majestätischer Schönheit auf. Endlich kam am linken Ufer Santa-Maria de Belem do Para, die „Stadt“, wie man hierzulande sagt, mit den malerischen Reihen ihrer mehrstöckigen weißen Häuser, ihren unter den Palmen vergrabenen Klöstern, den Glockentürmen ihrer Kathedrale „Unserer Gnadengöttin

Maria" auch die Flottille ihrer Goeletten, Briggs und Dreimaster in Sicht, die sie in kommerzieller Hinsicht mit der Alten Welt verbinden.

Laut schlug den Passagieren der Jangada das Herz. Endlich erreichten sie das Ziel der Fahrt, das sie schon für unerreichbar zu halten begonnen hatten. Als sie Joam Dacostas Festnahme noch in Manaos, also halbwegs der Strecke, festhielt, konnte sie da noch hoffen, die Hauptstadt dieser Provinz des Para je wiederzusehen?

Am 15. Oktober – vierundeinhalb Monate, nachdem sie die Farm von Iquitos verlassen hatten – trat hinter einer jähen Wendung, die der Strom machte, Belem in Sicht.

Schon seit mehreren Tagen war die Anfahrt der Jangada gemeldet: Die ganze Stadt kannte Joam Dacostas Erlebnisse. Man wartete auf ihn! auf diesen Mann von Ehre! den liebevollsten Empfang bereitete man ihm und den Seinen.

Darum kamen dem Farmer Hunderte von Fahrzeugen entgegen, und bald wimmelte es auf der Jangada von allerhand Leuten, die ihres Landmanns Heimkehr nach so langem Exil recht festlich gestalten wollten. Tausende von Neugierigen – oder richtiger sagen wir Freunden – drängten sich auf das schwimmende Dorf, lange bevor es am Lande festgemacht war; aber es war ja geräumig und fest genug, eine ganze Bevölkerung zu tragen.

Unter denen, die es am eiligsten hatten, das Floß zu erreichen, war eine Piroge, die eine Dame trug: Madame Valdez! Endlich konnte Manuels Mutter die neue Tochter, die ihr Sohn für sie ausgewählt hatte, in die Arme schließen. Wenn sich die brave Dame auch nicht nach Iquitos hatte begeben können, so brachte ihr doch der Amazonenstrom mit ihrer neuen Familie gleichsam ein ganzes Stück der Farm oder Fazenda herbei – oder etwa nicht?

Ehe es Abend wurde, hatte der Lotse Araujo die Jangada im Grunde einer Bucht, hinter der Spitze des Arsenals, festgemacht. Dort sollte, nach 8000 Meilen Abtrift auf der großen brasilianischen Wasserader, ihr letzter Ankerplatz, ihr letzter Halt sein; dort sollten Indianerzelte, die

Negerhütten, die Speicher mit ihrer kostbaren Ladung nach und nach abgebrochen werden; dann sollte die unter grünem Laub- und Blumenvorhang verborgene Hauptwohnstatt verschwinden: dann auch die kleine Kapelle, deren bescheidenes Gebimmel jetzt dem weithin schaltenden Glockengeläute der Belemer Kirchen mit seinen schwachen Stimmchen antwortete.

Zuvor aber sollte auf der Jangada selber ein schönes Doppelfest gefeiert werden: die Hochzeit zwischen Manuel und Minha, die Hochzeit zwischen Lina und Fragoso. Dem Padre Passanha fiel die Ehre zu, dieses doppelte Band zu schließen zu einem Bunde, der soviel Glück verhieß. In der kleinen Kapelle sollten aus seinen Händen die beiden Ehepaare den Trausegen empfangen.

War die Kapelle zu klein und eng, um mehr Personen als die nächsten Angehörigen der Familie Dacosta zu fassen, so war doch die Jangada groß und geräumig genug, um all die Menschen zu fassen, die sich zu dieser Feier drängten, und wenn auch sie noch nicht ausreichte, den Zulauf aufzunehmen: bot nicht der Strom mit seinen unermeßlichen Ufern Platz in Hülle und Fülle für diese anteilvolle Menge, die begierig danach war, den Mann zu feiern, den das seltene Ereignis einer Wiedereinsetzung in seine Ehre und Rechte zum Helden des Tags gemacht hatte?

Am nächsten Tage, dem 16. Oktober, wurden die beiden Hochzeiten mit höchstem Glanz und äußerster Pracht gefeiert.

Als die Glocke der Kapelle zum erstenmale schlug, war dies ein Freudenzeichen für Ohren und Augen. In einem Augenblick antworteten die Kirchen von Belem dem Türmchen der Jangada. Die Schiffe im Hafen schmückten sich bis zu den Mastspitzen mit Wimpeln, und die Flagge Brasiliens wurde salutiert von den Nationalflaggen der anderen Länder. Musketenschüsse knallten allerorten, und nur mit Mühe konnte dieses Geknatter unter dem lauten Hurrageschrei, das von Tausenden ausgestoßen die Luft erfüllte, zur Geltung gelangen.

Die Familie Dacosta trat setzt aus dem Hause und schritt durch die Menge nach der kleinen Kapelle.

Joam Dacosta wurde mit frenetischen Beifallskundgebungen empfangen. Am Arme führte er Madame Valdez. Yaqnita wurde vom Gouverneur von Belem geführt, der in Begleitung der Kameraden des jungen Militärarztes durch seine Anwesenheit die Hochzeitsfeier hatte ehren wollen.

Manuel ging neben Minha, die in ihrer schmucken Brauttoilette ein liebreizendes Bild bot. Dann kam Fragoso, die strahlende Lina an der Hand; endlich folgten Benito, die alte Cybele, die Diener der ehrenwerten Familie, durch das von dem Schiffspersonal der Jangada gebildete Spalier schreitend.

Padre Passanha erwartete am Eingang der Kapelle beide Brautpaare. Die Feierlichkeit ging schlicht von statten, und dieselben Hände, die einstmals Joam und Yaquita gesegnet hatten, streckten sich aus, um diesmal ihren Kindern den ehelichen Segen zu geben.

Ein so großes Glück durfte durch den Kummer langer Trennung nicht gestört werden.

Manuel Valdez wollte bald den Abschied einreichen, um bei der Familie in Iquitos zu bleiben, wo er seinen Beruf als Zivilarzt nützlich ausüben konnte.

Natürlich konnte das Paar Fragoso nicht zögern, denen zu folgen, die ihm mehr Freunde als Herren waren.

Madame Valdez hatte diese ganze ehrsame kleine Welt nicht trennen mögen, aber eine Bedingung hatte sie gestellt, daß man sie recht oft in Belem besuchen solle.

Nichts würde ja leichter sein als das. War denn der große Strom nicht gleichsam ein Verbindungsglied zwischen Belem und Iquitos, das nie wieder zerrissen werden sollte? Binnen wenigen Tagen sollte nämlich das erste Dampfschiff einen regelmäßigen schnellen Dienst antreten und zur Fahrt auf dem Amazonas bloß sieben Tage brauchen bis dorthin, wohin die Jangada nur in ebenso viel Monaten hatte gelangen können.

Unter Benitos geschickter Leitung wickelte sich das bedeutende Handelsgeschäft unter den besten Bedingungen ab, und bald war von dem, was einst Jangada gewesen war, nämlich von jenem Holzfloß, das aus einem ganzen Walde von Iquitos gebaut worden war, keine Spur mehr vorhanden.

Vier Wochen darauf fuhren der Fazendero, seine Frau, sein Sohn, Manuel und Minha Valdez, Lina und Fragoso auf einem der neuen Amazonasdampfer nach der großen Ansiedlung von Iquitos zurück, deren Verwaltung Benito übertragen werden sollte.

Gehobenen Hauptes kehrte Joam Dacosta diesmal dorthin zurück, und eine Familie von glücklichen Menschen war es, die er über die brasilianische Grenze zurückgeleitete.

Zwanzigmal am Tage hörte man Fragoso rufen:

„Ja! ja! Wenn die Liane nicht gewesen wäre!“

Das Ende vom Liede war, daß er der Lina den hübschen Namen selber gab, welche ihn durch ihre Zärtlichkeit und Liebe gegen den wackern Burschen zur Wahrheit machte.

„Lina und Liane,“ sagte er, „ist das nicht bis auf einen Buchstaben einunddasselbe?“

Ende.